J.Rangnick Verlag

Dunkle Schatten aus der Vergangenheit ziehen durch den ansonsten so beschaulichen Landstrich um den Bodensee. Schatten, deren Handlungsweisen nicht berechenbar sind und deren Existenz von allen offiziellen Stellen unseres Staates hartnäckig geleugnet oder verharmlost wird.
Aber es gibt sie, diese Schattenorganisationen und nicht nur in Deutschland.
Ebenso spannend wie erschreckend real wird in dem nunmehr sechsten Roman der Walcher-Serie ein Kriminalfall erzählt, der eine Menge Fragen aufwirft.

Alte Kameraden

Joachim Rangnick

Kriminalroman

J.Rangnick Verlag

Erstauflage Oktober 2009

www.rangnick-verlag.de

Umschlaggestaltung: Uli Strohmeier

Der Allgäuer Künstler, Maler, Karikaturist und Grafiker Manfred Küchle, Kempten/ Albus, malte das Gemälde für das Titelbild

Lektorat: Julia Raupach
Satz: J.RangnickVerlag
Druck und Bindung:
AZ Druck und Datentechnik GmbH, Kempten
Printed in Germany
ISBN 978-3-9809889-5-7

Bibliografische Information der Deutschen Bibliothek
Die Deutsche Bibliothek verzeichnet diese Publikation in der Deutschen Nationalbibliografie; detaillierte bibliografische Daten sind im Internet über http://dnb.d-nb.de abrufbar.

Ich hatt' einen Kameraden,
Einen bessern findst du nit.
Die Trommel schlug zum Streite,
Er ging an meiner Seite
In gleichem Schritt und Tritt.

Eine Kugel kam geflogen ...

(1809 Ludwig Uhland)

Drei Sonnen

Wärme. Er spürte die Wärme, die wie ein Lebewesen an seinem Schenkel herab rann. Das tat gut. Es war kalt auf dem Boden, obwohl die Sonne noch warme Strahlen sandte.
Die Sonne? Drei Sonnen schwebten über ihm, zwei kleine gelbe und eine größere weiße. Pulsierten, dehnten sich zu riesigen Glutbällen aus und verschmolzen im nächsten Lidschlag zu einem grellen Weiß, das auf der Netzhaut wie Feuer brannte.
Wenn er seinen Kopf bewegte, wanderte der weiße Sonnenkern sofort mit, als säße er im Auge. Die Corona hingegen eilte erst zeitversetzt nach, wie ein verspielter Mückenschwarm und veränderte dabei ihre Form in einer derartigen Geschwindigkeit, dass ihm schwindelte.
Weiche, ringförmige Solarisationen wechselten mit gefährlich zackigen Gebilden, die gleich darauf in Millionen winziger Kugeln zerplatzten, scheinbar nur, um sich im nächsten Augenblick zu einem wabernden Oval zu vereinen, das sich von hellem Türkis in tiefes Violett verwandelte.
Ein leuchtendes Chamäleon am Himmel, das blinkendes Metall ausspuckte?
Woher mochten die Stimmen kommen?
Das laute Gelächter?
Händeklatschen?
Vergeblich starrte er in den schwarzen Raum zwischen den Sonnen, die sich wieder getrennt hatten und nun in giftig-grellem Grün blendeten.
Nur ein wenig die Arme heben und er würde hinauf zu den Sonnen schweben. Er fühlte auch, wie es funktionierte, aber nahe bei den Sonnen begann seine Haut zu glühen, dass er nach Wasser brüllte und wieder hinunter auf den Boden stürzte, zurück in die Kälte und Dunkelheit.

Dort lag er, reglos, und starrte hinauf, und die Sonnen brannten auf seinen Netzhäuten, brannten in seinem Schädel, bis der Schmerz ihn stöhnen ließ. Oder war es das Feuer, das auf seiner Haut tobte? Jedes Haar, jede Pore ein Vulkan. Und aus allen quollen Lavaströme, blutrot, mit schwarzen Krusten, die aufbrachen und Schreie befreiten. Töne, in Sequenzen des Irrsinns.
Es schüttelte ihn wie wirbelndes Laub in eisigem Sturm und presste ihn auf den Boden.
Mit aufgerissenen Augenlidern starrte er in das Nichts, bis es ihn verschlang und wieder in die vernichtende Hitze der Sonnen trieb.
Apathisch lag er auf dem feuchten Boden, nur den Kopf in einer breiten Fuge der groben Mauersteine gestützt. In unregelmäßigen Abständen hob sich sein rechter Unterarm und führte in einer schlingernden Bewegung die Kunststoffflasche an seine Lippen.
Das schien mechanisch zu geschehen, ebenso, wie der Unterarm nach dem Ende der Aufwärtsbewegung wieder zurück sank und zum Abschluss dieses nutzlosen Tuns – die Flasche war schon seit Tagen leer – pressten die Finger den Kunststoff mit erstaunlicher Kraft zusammen.
Das Knistern klang wie ein Aufschrei. Er selbst konnte nicht mehr schreien, seine Stimmbänder schienen verdorrt und seine Zunge lag schwer wie aufgequollenes Schwemmholz in trockenem Sand.
Den pochenden Schmerz der geschundenen Hände nahm er ebenso wenig wahr, wie den trommelnden Puls.
Sein Gehirn glich einem elektrischen Schaltkasten, in dem Wasserdampf ständig neue Kurzschlüsse verursachte.
Was tat er hier?
Er?
Kurze Momente lang huschten bewusste Gedanken durch seinen Kopf.

Was war das hier?
Zeit?
Aber er konnte diese Fetzen nicht halten, zu kurz waren sie, rasten wieder davon, noch ehe er sie fassen konnte.
Die Sonnen, sie glühten wieder auf, so grell wie noch nie. Blähten den schwarzen Raum an die Ränder des Kosmos, glitten ineinander zu einem mächtigen, schmerzenden Weiß ... und erloschen in einem langgezogenen Schrei, der aus der Tiefe der Hölle kam.

Im Loch

Der Mann lag auf dem Boden, den Kopf nach oben gerichtet, in eine Fuge des groben Mauerwerks gelehnt. Oben, das war neun Meter höher, wo die Besucher dicht gedrängt um die achteckige Holzbrüstung standen und durch das Loch im Fußboden hinunter in das nur schwach beleuchtete Verlies starrten.
Manche meinten, dass es nur eine Puppe wäre, eine Marionette vielleicht oder mit einem Motor darin, so wie sie in Schaufenstern standen. Aber diejenigen, die erlebt hatten wie er hüpfte, brüllte und wie von Sinnen mit den Armen fuchtelte, übertrumpften die Ungläubigen und trugen die Botschaft hinaus in die Stadt: *Im Verlies sitzt einer.*
Einige behaupteten sogar, ihnen wäre das wirre Leuchten der Augen aufgefallen und sie sprachen mit Achtung vor der schauspielerischen Leistung und der tollen Idee der Museumsleute. Viel intensiver als Erzählungen, meinten wieder andere, rege die eindringliche Demonstration zur Vorstellung an, wie es im dunklen Mittelalter wohl den Eingekerkerten ergangen sei. Und so persönlich wäre das, wenn man gesehen hätte, wie er da unten lag, so real und

nicht nur wie eine anonyme Nachrichtenmeldung. Mitfühlen könne man da so richtig, egal was er auch angestellt haben mochte.
Seit Donnerstagmorgen lief die Vorstellung. Manchmal war er wie wild auf den Beinen, drohte, machte obszöne Gesten, hämmerte gegen die eiserne Tür, brüllte und versuchte an der Mauer hinaufzuklettern. Lustig sah das aus, weil er nicht viel höher als einen Meter kam.
Dann haute es ihn wieder zurück auf den Boden, und die Besucher applaudierten und warfen Münzen, manchmal segelte sogar ein Schein nach unten. Meist lag er aber nur da, nahe an die Mauer geschmiegt und die Besucher waren enttäuscht und beschwerten sich. Die Aufseher zuckten dann mit den Schultern und meinten, schließlich sei das kein Zirkus und mehr kosten als den normalen Eintritt würde es ja auch nicht.
Unter den Besuchern herrschte eine eher selten zu beobachtende Nähe. Sie unterhielten sich, klärten sich gegenseitig auf, wie das war im Mittelalter und welche Kerker und Folterkammern es in ihren Heimatorten gab. Und wo und wie oft man am Bodensee schon Urlaub machte, und sie tauschten Tipps über Wanderrouten, Restaurants und Geschäfte aus, in denen man freundlich bedient würde.
Einige taten sich besonders hervor, spielten den Gruppenclown und riefen ins Verlies hinunter: *Wie viel haste noch? Was hast'n ausgefressen Kumpel? Haste dem Bischof seine Alte? Warum sogst nix?*
Wie ein Lauffeuer sprach sich die Attraktion herum, und als die Zeitungen darüber schrieben und der regionale Fernsehkanal einen Bericht ausgestrahlt hatte, wurde die Meersburg am Freitag, Samstag und Sonntag von einer Menschenmenge gestürmt, wie es selbst langjährige Mitarbeiter noch nicht erlebt hatten.
Der Spuk endete am Montagvormittag, kurz nachdem

Museumsdirektor Günther Wohlraab, zurück aus Berlin, pünktlich um 9.55 Uhr mit der Lufthansamaschine in Friedrichshafen gelandet war.
Er hatte angenehme Tage hinter sich und das nicht nur, weil das Symposium, bei dem es über gestohlene Kunst ging, durchaus interessant gewesen war. Einige vielversprechende Kontakte hatte er knüpfen können, denn die großen Museen der Welt waren sein berufliches Ziel.
Wohlraab hatte keineswegs vor, auf der Meersburg zu versauern. Noch dazu bei einem Burgbesitzer, der nicht nur im Museum wohnte, sondern eigentlich überhaupt keinen Museumsdirektor brauchte. Nein, seine Lebensplanung war eine andere. Aber erst einmal holte ihn die Realität ein: Erika.
Günther Wohlraab mochte seine Frau wirklich sehr, allerdings betrachtete er sie mehr als ein Wesen, dessen natürliche Aufgabe es war, sich um sein leibliches Wohl, frische Wäsche, um eine saubere Wohnung und die Aufzucht des gemeinsamen Sprösslings zu kümmern, der in zwei Monaten zum achten Mal Geburtstag feiern würde.
Wohlraab hatte sich das von seinen Eltern abgeguckt und fand deshalb seine Ehe durchaus normal und erfüllt.
Als seine Frau ihn begrüßt hatte und noch auf dem Flughafen voller Stolz berichtete, dass seine grandiose Idee für Aufregung sorgen würde, fühlte er sich geschmeichelt, auch wenn er nicht wusste, wovon sie sprach.
Das wusste er meistens nicht, denn seine Erika plapperte unablässig. Deshalb hatte er sich angewöhnt, nur mit halbem Ohr zuzuhören und lediglich bei bestimmten Schlüsselbegriffen einen Interesse heuchelnden Grunzer auszustoßen. Erschwerend kam hinzu, dass sich Erika – im oberschwäbischen Hinterland bei Königseggwald aufgewachsen – bemühte, „fainschdes" Hochdeutsch zu sprechen.
Ich wollt' dich schon aleita, derweil mir sogar im Fernsehen

erwähnet worden sind, plapperte sie und wäre beinahe auf den Wagen vor ihnen aufgefahren, was ihn veranlasste, sie anzuherrschen, sich doch bitte auf den Verkehr zu konzentrieren und den Mund zu halten.
Beleidigt reichte sie ihm den *Südkurier,* den sie in weiser Voraussicht mitgenommen und griffbereit auf der Ablage deponiert hatte. Wohlraab las den Artikel, schüttelte den Kopf und fragte mit gerunzelter Stirn: *Hast du etwas mit diesem Nonsens zu tun?*
Noi, gwieß nicht, zischte Erika und raste mit überhöhter Geschwindigkeit in Richtung Meersburg. Nur vor Fischbach und später auch vor Hagnau bremste sie ab, denn dort war sie am vergangenen Mittwoch, als sie ihn zum Flugplatz gefahren hatte, geblitzt worden. Und zwar auf dem Hinweg zweimal und heimwärts noch ein drittes Mal. Das wirkte nach.
Ohne weiteren Wortwechsel und ohne sich anzusehen, legten sie die Strecke nach Meersburg zurück.
I lass mi von dir do nicht agoscha, wia a klois Moggl, fauchte Frau Wohlraab zum Abschied, als sie ihn auf dem Platz vor dem Neuen Schloss absetzte, weil sie dort nicht zu wenden brauchte, sondern eine Runde drehen konnte.
Wohlraab, in Gedanken schon in der Burg, hetzte, von wachsender Unruhe getrieben, ohne versöhnlichen Abschied davon.
Hektisch drängelte er sich durch die Menschenmenge vor der Burg, eilte grußlos am Eingangsschalter vorbei in Richtung Burgverlies und hatte Mühe, sich in dem engen Turmzimmer durch den Kreis der Neugierigen bis ans Geländer durchzukämpfen, mit dem das Guckloch zum Verlies gesichert war.
Fassungslos starrte Wohlraab hinunter, kurz nur, dann rannte er in Panik zurück zur Torstube.
In höchster Erregung befahl er Frau Mühlenstein, die an diesem Vormittag Dienst am Eintrittsschalter hatte, sofort

die ganze Mannschaft zusammen zu trommeln. Dank der Piepser, die alle bei sich trugen, standen sie fünf Minuten später vor Wohlraab.
Sichtlich bemüht, sich als kühlen Krisenmanager darzustellen, ordnete er die sofortige Teilräumung der Burg an: *Treibt die Leute aus dem Turmzimmer und aus dem Fürstensaal. Die Neuzugänge werden umgelenkt. Wenn jemand fragt, wir haben einen Störfall im Sicherheitssystem. Alles klar? Keine weiteren Erklärungen.*
Natürlich wollten die Mitarbeiter wissen, um welchen Störfall es sich handle, aber Wohlraab herrschte sie an, seine Anordnungen zu befolgen und zwar ohne Diskussion, nannte dann aber doch den Grund, nämlich den Mann, der im Verlies lag – bewegungslos.
Die Leute musterten ihren Direktor, so als zweifelten sie an seinem Geisteszustand. Da hatte man ein volles Haus und dann sollte man ausgerechnet das Verlies dicht machen, wo doch die meisten Leute nur deshalb gekommen waren. Das mochte verstehen, wer konnte.
Frau Mühlenstein hielt Wohlraab wortlos einen der Zettel hin, die am vergangen Donnerstagmorgen, dem Tag nach Wohlraabs Abreise, im Aufenthaltsraum auslagen und deren Inhalt von allen Mitarbeitern als tolle Idee anerkannt worden war, auch wenn sie dadurch mehr als sonst hatten arbeiten müssen.
Einen kurzen Moment sah es aus, als begänne Wohlraab zu toben, aber dann glätteten sich seine Stirnfalten, er atmete tief ein, nahm den Zettel und las.
Liebe Kollegen, es handelt sich bei dem „Gefangenen" um den Schriftsteller Walter Späher, der einen Roman über das frühe Mittelalter schreibt und sich deshalb so real wie möglich in diese Zeit hineinversetzen will.
Herr Späher sollte deshalb völlig ignoriert werden.
Er hat Lebensmittel, Getränke und ein Chemieklo dabei, das wir hinter der unteren Tür zum Verlies versteckt haben.

Herr Späher ist also völlig autark. Geplant ist sein Ausstieg am Montag, dem Tag meiner Rückkehr aus Berlin.
Die regionalen Zeitungen und Euro 3 sind informiert, dass wir als PR-Aktion einen Gefangenen im Verlies präsentieren.
Wenn Zeitungen und Sender darüber berichten, könnte es zu einem Besucheransturm kommen, den Sie aber wohl meistern werden.
Wie gesagt, vermeiden Sie jede Kontaktaufnahme mit Herrn Späher, auch in den Nachtstunden. Herr Späher legt größten Wert auf höchstmögliche Authentizität.
Für den Notfall hat er sein Handy dabei, wir haben geprüft, dass er im Verlies Empfang hat.
Bis zu meiner Rückkehr sorgen Sie bitte für den gewohnt geregelten Ablauf unseres Museums.
Ihr Günther Wohlraab
Exzellente Manager müssen immer Herr der Lage sein, dachte sich Wohlraab, nachdem er den Text gelesen hatte. Zu gerne hätte er diese Idee als seine eigene ausgegeben, aber da lag ein Mann im Verlies und rührte sich nicht, außerdem kannte er keinen Schriftsteller Walter Späher. Deshalb sah er keinen anderen Weg, als mit bebender Stimme zu erklären, dass diese Mitteilung gefälscht sei und er mithin nicht Initiator dieser Aktion.
Als die irritierten Mitarbeiter begannen, den Besucherstrom umzulenken und die Leute aus Turmzimmer und Fürstensaal zu drängen, informierte Wohlraab die Polizei. Es war fünfzehn Minuten nach elf Uhr.
Zehn Minuten später öffnete Wohlraab zwei Polizisten die eiserne Tür im Verliesturm und führte sie den engen und steilen Treppengang in der inneren Turmmauer zum Verlies hinunter.
Schwer ging das Schloss der unteren Tür und Wohlraab musste mehrmals rütteln, bis der Schlüssel griff und sie aufschwang. Den Polizisten und dem Direktor bot sich ein entsetzliches Bild.

Bekleidet mit einer Kutte aus braunem Rupfenstoff lag der Mann auf dem Boden, den Kopf angelehnt an der Mauer und starrte mit aufgerissenen Augen und verzerrter, im Todeskampf eingefrorener Grimasse, geradewegs den drei Männern entgegen, als wären sie Schreckensgestalten des Hades.
Wie in einem Thriller, flüsterte der jüngere der beiden Polizisten und rieb sich dabei den schmerzenden Kopf, denn der Treppengang war eng, niedrig und schlecht beleuchtet.
Die verbrauchte, muffige Luft, die ihnen, wohl durch die Kaminwirkung des Treppengangs verstärkt, entgegenströmte, stank nach Fäkalien, Schweiß und Tod.
Nur zögernd drückte der ältere Kollege die Fingerspitzen an die Halsschlagader des Mannes und schüttelte seinen Kopf. *Da tut sich nix mehr,* flüsterte er, räusperte sich und verkündete lauter und in einem offiziellen Tonfall: *Der Körper ist bereits ausgekühlt, der Tod liegt demnach bereits einige Stunden zurück. Da brauchen wir keinen Notarzt mehr, da kann gleich der Gerichtsmediziner kommen.*
Mit sichtbarem Ekel näherte sich Wohlraab dem Körper, drückte dann hektisch ein Papiertaschentuch auf die Nase und tastete sich rückwärts zur Tür zurück, als fürchte er, dem Toten den Rücken zuzudrehen.
Das wundgeriebene Fußgelenk des Mannes war dick angeschwollen und stank entsetzlich nach Eiter, und dass die Kugel an der Kette der Fußfessel keine Attrappe war, merkte der jüngere Polizist, als er mit dem Fuß leicht dagegen stieß. *Die isch richtig echt,* staunte er.
Dann zog er sein Handy aus der Hosentasche, wählte und deutete nach oben. *Koin Empfang!* Erst als er wieder oben im Turm stand, bekam er Verbindung zur Zentrale in Friedrichshafen.
Vor dem Turmzimmer, im angrenzenden Fürstensaal, wartete der Direktor und sah ähnlich grau und alt aus,

wie die eiserne Schatzkiste auf der er saß.
Gegen zwölf Uhr stiegen Kriminalhauptmeisterin Beate Braun und Kriminalobermeister Jens Kräuter von der Kripo Friedrichshafen in das Verlies und benachrichtigten kurz darauf ihren Chef, Kriminalhauptkommissar Johann März, der eine halbe Stunde später ebenfalls eintraf.
Die Spurensicherung war einige Minuten vor ihm angekommen und arbeitete bereits am Fundort der Leiche, dem Verlies im Westturm.

Der Kommissar hatte mit seinem Wagen auf den Platz vor dem Neuen Schloss ausweichen müssen, denn vor der Burg standen Touristen und Schulklassen derart dicht gedrängt, als gäbe *Tokio Hotel* eine Autogrammstunde.
Das Straßenstück kurz vor der Zugbrücke war abgesperrt und wurde von vier Polizisten gegen die neugierige Menge tapfer verteidigt. Kommissar März musste sich nicht ausweisen – im Bodenseekreis kennt man sich –, sondern wurde von den Polizisten durchgelassen, was ein lautes Buhkonzert unter den Neugierigen auslöste.
Kann man die Zugbrücke hochziehen?, fragte März im Spaß den jungen Mann am Burgtor, dessen mittelalterliche Tracht ihn als Burgpersonal auswies.
Theoretisch schon, ging der höflich auf die Frage des Kommissars ein, *praktisch eher nicht.*
Wo finde ich ...? Weiter kam März nicht, denn der Knappe, wie März ihn in Gedanken nannte, machte eine einladende Handbewegung. *Folgt mir Mylord, ich führe Euch an den Ort des Grauens.*
Ein Burgwächter mit Humor, dachte der Kommissar und tappte – nach der blendenden Helligkeit der Mittagssonne – etwas unsicher auf dem groben Steinpflaster im Halbdunkel des Torbaus hinter dem Knappen her.
Anette von Droste-Hülshoffs Sterbezimmer – hier ihr Arbeits-

zimmer – die Rüstkammer – Christusbrunnen – Rittersaal – Hohenstaufengang – Kapelle – der Fürstensaal, erklärte der Knappe jeden Raum, durch den sie eilten, so, als handle es sich um eine Privatführung.
Vor dem Turmzimmer trafen sie auf das Grüppchen flüsternder Mitarbeiter, zurückgehalten von einem Polizisten, der mit finsterer Miene, die Hände in die Hüften gestemmt, breitbeinig die niedrige Türöffnung verteidigte.
Wie ein Zeremonienmeister stampfte der Knappe auf den Dielenboden des Fürstensaals, dass es wummerte im Gebälk und die Gespräche auf einen Schlag verstummten.
Der Herr Kommissar, brüllte er und verbeugte sich leicht.
Sofort löste sich ein kleiner, rundlicher Mann aus der Gruppe und stürzte auf März zu.
Endlich, Herr Kommissar, sie ahnen ja nicht, was ich ..., wir alle hier durchmachen müssen. Oh, ich vergaß mich vorzustellen, ich bin der Museumsdirektor, gerade aus Berlin zurück und muss diese entsetzliche Geschichte vorfinden. Glauben Sie mir, ich hatte keine Ahnung von dieser Aktion und diese Zettel sind auch nicht von mir, wedelte er mit einem Blatt gefährlich nahe vor dem Gesicht des Kommissars herum. *Ich hoffe ...*
Weiter kam er nicht, März drückte ihn an der Schulter auf die Seite. *Später, später,* brummte er, betrat das Turmzimmer und sah durch das Loch hinunter.
Unten lag ein Körper in einer braunen Kutte, angestrahlt von den Halogenscheinwerfern der Spurensicherung.
Wie komme ich da runter?, fragte März den Fotografen, der sich gerade weit über das Loch reckte, um eine Aufnahme senkrecht von oben in das Verlies zu machen.
Do naa, deutete der Fotograf auf die offen stehende Tür aus schwarzem Schmiedeeisen.
März stieg hinunter, vorbei am offenen Türstock zum Zwischengeschoss des Turms, von dessen ehemaligem

Fußboden nur noch zwei kahle Balken den Raum durchteilten.
Auf den letzten Stufen kamen ihm seine Mitarbeiter Braun und Kräuter entgegen, die aber sofort den Rückwärtsgang einlegten. Zu eng war der Treppengang, um aneinander vorbeizukommen. Eng wurde es dann auch im Verlies.
Der Kriminaltechniker deutete grantig auf den schmalen Streifen vor der Türstiege, der mit einem farbigen Kunststoffband abgesteckt war. *Bitte noch nicht weiter,* schüttelte er den Kopf, *und schon gar nicht so.* Er zeigte auf die Schuhe von März und reichte ihm Überzieher, die März folgsam überstreifte.
Wir gehen schon mal hoch, sonst wird's eng hier, flüsterte Kräuter und stieß seine Kollegin an.
März nickte: *bis gleich.* Er fragte sich, warum auch er flüsterte. Vermutlich lag es an der seltsamen Stimmung des Gemäuers oder am Gestank. Oder war es die Nähe des Todes, die laute Töne verbat?
Einer der Techniker, eine Vergrößerungsbrille vor den Augen und eine Lampe in der Hand, suchte das Mauerwerk ab.
Umrahmt von Münzen, die unregelmäßig auf dem Boden verteilt und im grellen Licht der Strahler funkelten, lag der Tote. Halb liegend, halb an die Mauer gelehnt, eine Szene aus Madame Tussaud's Wachsfigurenkabinett, oder war es eher die Szene aus Sterntaler? Nein, dachte März, der Mann passte nicht dazu.
Das Verlies, die Kutte, das Seil, die Eisenschelle, Kette und Eisenkugel, alles schien aus längst vergangenen Zeiten zu stammen, nur die Kunststoffflasche und der Tote nicht.
Die aufgerissenen Augen in dem verzerrten Gesicht starrten an März vorbei in eine andere Dimension.
März spürte einen unangenehmen Druck in der Magen-

gegend, aber den spürte er immer, wenn er sich in der Nähe eines Toten aufhalten musste.
Er reckte den Kopf weit nach hinten und sah, vorbei an der blendenden Helligkeit der Halogenlampen, hinauf zum Loch, das Angstloch genannt wurde. März kannte die Geschichte der Burg und wusste, dass man früher die Gefangenen an einem Seil ins Loch hinunter gelassen hatte, obwohl es eine Treppe gab. Vermutlich, um das Gefühl der Endgültigkeit zu verstärken.
März konnte sie plötzlich riechen, diese Angst vor dem schleichenden Tod.
Woran dieser Mensch auch gestorben sein mochte, der Weg dorthin musste ein Horrortrip gewesen sein, der eigentlich nur im Wahnsinn enden konnte.
Dort oben, unerreichbar und doch so nah, glotzten die Menschen durch das Loch, riefen Witze, applaudierten, lachten und warfen sogar Münzen herunter.
Wenn das kein aus dem Ruder gelaufener PR-Gag war, sondern ein geplanter Mord, dachte März, dann hatten sie es vermutlich mit einem Sadisten zu tun, der auch noch Wert auf historische Authentizität legte.
März schüttelte unbewusst den Kopf, er wollte sich nicht durch voreilige Annahmen blockieren und wandte sich zur Tür. Kurz war er versucht, die Kollegen der Spurensicherung nach ersten Erkenntnissen zu fragen, aber er unterdrückte den Impuls, winkte ihnen mit der Hand einen Gruß zu und stieg langsam durch den Treppengang nach oben.
Allein schon dieser Weg konnte für Menschen, die unter Klaustrophobie litten, eine Folter sein, und obwohl der Kommissar keine Angst vor engen Räumen hatte, war er froh, dass ihm niemand entgegen kam und er oben wieder Raum und lebende Menschen um sich hatte.

Künstlich

Walcher hatte sich die Ausstellung im Kunsthaus Bregenz angesehen und überlegte, ob er den Namen des Künstlers unter dem Sammelbegriff „Kaiser“ speichern sollte.
Des Kaisers neue Kleider, nach diesem Andersen-Märchen betitelte und rächte er sich an all jenen Kunstschaffenden, von deren Kunst er sich verarscht fühlte. Wie das Kind in dem Märchen fühlte er sich mutig genug, solches auch laut zu äußern, selbst auf die Gefahr hin, von Kunstverständigen als Banause verspottet zu werden.
„Da schleppt einer einen Baumstamm ins Kunsthaus“, war Walchers gängiges Beispiel, „hängt ein verrostetes Verkehrsschild auf, rollt ein Erdkabel aus, presst ein Auto zu einem Schrottballen oder womit sonst noch einige Künstler die Wirkung ihrer Dekorationen mit Kunst verwechselten, und schafft es mit Hilfe geltungssüchtiger Kuratoren und einer ausgeflippten Kunstindustrie, den Betrachter glauben zu machen, er stünde vor einem Kunstwerk und nicht vor Arbeitsmaterialien, die von einem Handwerker nur vergessen wurden“.
Trotzdem ging Walcher zu den meisten Ausstellungen ins Kunsthaus, weil er den Bau und die Stimmung darin als das eigentliche Kunstwerk liebte. Außerdem hoffte er immer wieder auf dieses grandiose Gefühl im Bauch, das ihn dann überfiel, wenn ein Kunstwerk zu ihm sprach. Zudem fand er es wesentlich gesundheitsfördernder, sich über Kunst anstatt über Politik aufzuregen.
Auch Serras Schwarzgrafiken, so empfand es Walcher nach dem Besuch der Septemberausstellung, wurden erst durch das Bauwerk zu hoher Kunst geadelt. Serras war in seinem Kopf als Meister monumentaler Eisenplastiken gespeichert, die – allein schon des massiven Materialeinsatzes wegen – als große Kunst zu gelten hatten.

Seine Grafiken hingegen ... aber mit sich selbst über Kunst zu diskutieren empfand Walcher als ebenso freudlos wie die Tatsache, dass er bereits wieder im unvermeidlichen Stau auf der Uferstraße von Bregenz nach Lindau stand. Das alte Badehaus auf Stelzen, an dem er gerade im Schritttempo vorbei rollte, erinnerte ihn an Kommissar Brunner, den er genau an dieser Stelle vor einem Jahr angerufen hatte – zufällige Duplizität von Handlungen, sinnierte Walcher, oder steckte mehr dahinter?
Damals hatte er sich auf dem Gebhardsberg über Bregenz mit einem Mafiosi getroffen und Brunner anschließend über das Gespräch informieren wollen.
Heute gab es keinen Grund, außer, dass er sich einfach wieder einmal mit Brunner unterhalten wollte.
Kripobulle und Journalist, ein seltsames Gespann.
Walcher musste lächeln, suchte Brunners Nummer und drückte die Ruftaste des Handys. Wie oft hatten sie schon zusammengearbeitet und zwar durchaus erfolgreich?
Er begann in Gedanken die Fälle aufzuzählen, kam aber nicht zum Ende, weil Brunners Stimme aus dem Handy tönte: *Sie haben eine Leiche?*
Eine halbe Stunde später saß Walcher im Büro des Kommissars und hatte das Glas mit dem obligaten Williams in der Hand.
Wie immer irritierte ihn Brunners Büro, das so überhaupt nicht seiner und vermutlich auch nicht der mehrheitsfähigen Vorstellung vom Arbeitsplatz eines Kripobeamten, sondern eher dem Einrichtungsvorschlag eines spleenigen Wohndesign-Magazins entsprach.
Der futuristische Glasschreibtisch mit dem Computer in ebenfalls gläsernem Gehäuse standen auch nach der jüngsten Renovierung noch, aber die bisherige, mächtige Ledergarnitur, die dem Raum eine gewisse Wärme gegeben hatte, war verschwunden. Dafür standen ein Garten-Klapptisch und vier Klappstühle, alles in einem

absolut grässlichen Mintgrün, mitten im Raum. Auch die zu einer Bar umfunktionierte Weltkugel war ersetzt worden und zwar durch zwei farblich zur Gartengarnitur passenden, aufeinander stehenden Bierkisten, in denen nun Flaschen und Gläser sichtbar lagerten, die normalerweise in Büros nur hinter geschlossenen Schranktüren zu finden waren.
Brunner fing Walchers fragenden Blick auf und erklärte: *Die Ledergarnitur war dem Oberkontrolleur zu wuchtig, zu ledrig und deshalb mit dem Status eines Kommissars der deutschen Polizei nicht vereinbar. Wie geht's Ihnen, auf welcher Müllkippe scharren Sie gerade wieder herum?*
Walcher wiederholte, dass ihn die reine Sympathie getrieben und er ausschließlich aus diesem Grunde einen Besuch habe machen wollen. Auslöser sei vermutlich – er gab zu, sich selbst nicht sicher zu sein – die Ausstellung im Kunsthaus, die eine kühle Leere hinterlassen und den Wunsch nach menschlicher Wärme gefördert hätte.
Brunner schüttelte nur den Kopf und hob fragend die Williamsflasche. Als Walcher verneinte, stellte er sie in den Bierkasten zurück und meinte: *Dann haben die Kollegen vom Verkehr halt wieder keine Chance.*
Walcher schlug vor, in ein Café zu gehen, aber bevor Brunner antworten konnte, wurde die Tür aufgestoßen und Brunners Assistentin Barbara stürmte herein.
Ohne Walcher eines Blickes zu würdigen, hastete sie die drei Schritte zum Gartentisch, warf einen Aktendeckel darauf und war wieder verschwunden, ehe Walcher einen Gruß hätte anbringen können.
Brunner war erstaunlich flink ans Fenster gesprungen und hatte es aufgerissen, trotz der Wärme, die nun ins Zimmer wallte. Im ersten Moment verstand Walcher dessen Hektik nicht, dann aber, als seine Nase reagierte, eilte er ebenfalls zu Brunner und sog geradezu inbrünstig die warme Frischluft ein.

Die scharfe Babsi, wie Brunners Assistentin Frau Barbara Müller auch genannt wurde, hatte wieder einmal ein besonderes Parfüm aufgelegt, das vermutlich ihrer Bekleidung, wenn man diese denn als solche bezeichnen wollte, noch mehr Wirkung verschaffen sollte.
Unten barfuss, oben die Haare zu einer Löwenmähne toupiert, steckte dazwischen ihr schlanker Körper in einem gelb gefärbten Strickstrumpf, der selbst weniger prüden Menschen die Schamesröte ins Gesicht treiben musste, derart deutlich unterstrich das elastische Material Babsis ansehnliche Formen.
Aber das allein hätte man noch als den ungewöhnlichen Geschmack einer exaltierten jungen Frau bezeichnen können, wäre da nicht das Parfüm gewesen, das Babsi im Raum zurück gelassen hatte.
Eine schwere Wolke scheinbar fühlbarer Materie hing im Raum und weckte tief verwurzelte Irritationen zwischen Fluchtreflex und sexueller Lust. Walcher hatte sich wohl zu lange im Zentrum der Wolke befunden, denn der offensichtlich hochkonzentrierte Lockstoff ließ wilde Fantasien in seinem Kopf entstehen.
Orchideen, Brennnesselbrühe, Femme Fatale, Raubtier ... Brunner unterstrich seine Aufzählung mit gestreckten Fingern und zog dabei eine Grimasse, als hätte er Essigessenz im Mund. *Beinahe täglich wechselt sie das Zeug. Manchmal überlege ich mir, ob ich sie nicht wegen Körperverletzung abmahnen sollte.*
Walcher nickte mitleidig und hob vom Boden den Inhalt des Aktendeckels auf, den er vom Tisch gestreift hatte, als er Brunner ans Fenster nachgeeilt war.
Das Foto eines Mannes lag zwischen Textseiten. Etwas umständlich tat Walcher so, als würde er die Papiere ordnen, überflog dabei aber einige Zeilen und registrierte, dass es sich um einen Obduktionsbericht handelte.
Ganz zufällig lag dann das Foto obenauf, als Walcher den

Aktendeckel wieder auf den Tisch legte. *Den kenn ich,* meinte er, *sieht nicht besonders gut aus.*
Brunner schien der Hinweis nicht groß zu interessieren, jedenfalls tat er so: *Da werden sich die Kollegen freuen, die suchen nämlich nach einem Namen für ihn,* deutete er auf das Foto.
Wieso Kollegen?, wollte Walcher wissen.
Na, der Herr da wurde im Gebiet der Kollegen umgebracht und darüber bin ich offen gestanden ziemlich froh, wir haben hier nämlich für dieses Jahr unsere Statistik bereits voll.
Aber er gehört zu Ihren Schäflein, jedenfalls wohnte er hier in Lindau, als ich ihn interviewte, stellte Walcher in pastoralem Tonfall fest und konnte den Hauch von Schadenfreude nicht völlig unterdrücken.
So ein Scheiß, entfuhr es Brunner, griff nach den Papieren und begann zu lesen. Dazwischen sah er kurz Walcher an: *Dass ich Ihnen keinen Kaffee anbiete, verstehen Sie bitte nicht als Unhöflichkeit, aber sonst kommt sie wieder rein,* deutete er in Richtung Tür.
Walcher nickte nur und nahm sich die Blätter, die Brunner gelesen hatte. Der Bericht, er war sachlich knapp gehalten: Beschreibung der Leiche, Todeszeit und Todesursache. Dennoch waren zwei Blätter beschrieben.
Der Gerichtsmediziner hatte allerdings den rein medizinischen Befunden einige Erläuterungen angefügt, die sich irgendwie abenteuerlich lasen.
Ziemlich starker Tobak, das soll verstehen wer mag, meinte deshalb Brunner als er fertig war, *vergiftet, erfroren, verdurstet, vielleicht sollte sich der Pathologe mal entscheiden. Also schießen Sie los, wer ist das?,* hielt Brunner das Foto hoch.
Huber, jedenfalls glaube ich das, also nur unter Vorbehalt, schränkte Walcher ein. *Ernst-Uwe Huber, Hansdampf in allen Disziplinen, mit denen Geld zu verdienen ist. Finanzberatung, Immobilien, Finanzierung, Management Consultant,*

Steuerberatung und was sonst noch alles. Für ein Manager-Magazin habe ich mal eine Erfolgsstory über ihn geschrieben, ist aber schon gut zehn Jahre her. Damals sah er besser aus.
Brunner sah auf das Bild. *Wurde wohl ziemlich übel rübergeschickt, wie mein Kollege erzählte. Lesen Sie denn keine Zeitung? Stand doch überall was drin.*
Natürlich hatte auch Walcher die reißerisch aufgemachten Artikel überflogen: „Mord im Verlies und alle sahen zu", „Satanisten in Meersburg?", „Foltermord", „PR-Gag oder brutaler Mord?".
Außer der Tatsache, dass im Verlies der Meersburg ein Toter gelegen hatte, war nicht viel berichtet worden.
Die üblichen Fragen und Mutmaßungen, Fotos vom Tatort, aber mehr nicht. Auch Brunner schien keine große Lust zu haben, Walcher mit mehr Details zu versorgen, stattdessen fragte er: *Sind Sie sicher oder glauben Sie nur, dass der Mann Huber heißt?*
Walcher antwortete nicht, sondern zuckte nur mit den Schultern, aber Brunner schien ohnehin keine Antwort erwartet zu haben, sondern telefonierte, besser gesagt er brüllte in den Hörer: *Lass alles stehen und liegen und finde die Adresse von Ernst-Uwe Huber heraus und alles was es sonst noch über ihn gibt, Handelsregister, Internet, Finanzamt, Bank, Familienstand, Schule und so weiter. Huber könnte das Opfer aus der Meersburg sein. Huber, ja, Ernst-Uwe mit Bindestrich vermutlich. Natürlich, den ganzen Lebenslauf, alles, was du nur finden kannst. Das Wichtigste gibst du mir immer gleich durch. Nein, den Kollegen geben wir erst Bescheid, wenn wir sicher sind. Klar? Gut, dann bis später.*
Hätten Sie alles mich fragen können, spielte Walcher den Gekränkten. *Huber wohnt, nein wohnte in der Allersheim-Villa, in der Ladestraße am Güterbahnhof, jedenfalls war das vor zehn Jahren seine Adresse.*
Allersheim, überlegte Brunner laut, *hatten die nicht mal was mit Waschmittel zu tun?*

Richtig, die Allersheim-Soda-Werke, bestätigte Walcher. *Das Soda hatte der Vater vom jetzigen Allersheim wohl auslaufen lassen und sich auf Diabetes spezialisiert. Arthur Allersheim übernahm die kleine, aber hochkarätige Firma, ist aber wohl eher Forscher als Geschäftsmann und machte vor elf, zwölf Jahren Konkurs, nachdem – und da kommen wir wieder zu Huber – nachdem Allersheim den Huber als Berater engagiert hatte. Am Ende war Allersheim arm wie eine Kirchenmaus und Huber um einige Millionen reicher. Diese Vorgehensweise entspricht, pardon, entsprach, Hubers Credo: Beratende Übernahme.*
Woher haben Sie das alles?, wollte Brunner wissen, *Allersheims Tagebuch kopiert?*
Ohne auf Brunners kleine Bosheit einzugehen, meinte Walcher: *Huber hat sich vermutlich nicht nur die Allersheim-Villa ergaunert, sondern die ganze Firma und das Eingemachte der Allersheims. Aber das ist nicht die einzige Familie, die von Huber ausgenommen wurde. Womöglich hätte das halbe Seeufer mit Freuden und einer Menge von guten Gründen Huber ins Jenseits befördern wollen. Da jagte eine Schweinerei die andere, aber immer mieden die Betroffenen den Skandal. Also, wenn Sie den Mörder suchen, gibt's wahrscheinlich Dutzende, die triftige Motive hatten.*
Das ist Sache der Kollegen, tat Brunner den Hinweis ab.
Und warum, lieber Herr Kommissar, lächelte Walcher, *haben Sie dann gerade einen Ihrer Mitarbeiter auf die Spur Hubers gehetzt, reine kollegiale Hilfestellung?*
Was denn sonst?, nuschelte Brunner und nahm den Hörer des klingelnden Telefons ab. Es schien ein längeres Gespräch zu werden, denn Brunner deutete auf seine Armbanduhr und zog eine Miene, die wohl Bedauern ausdrücken sollte, aber auch als befreites Grinsen ausgelegt werden konnte.
Walcher winkte ihm deshalb zu und ging. Gerade rechtzeitig, denn kaum war er aus der Tür, stürmte

Löwen-Babsi aus dem Nachbarzimmer und auf Brunners Büro zu. Walcher winkte ihr freundlich zu, wurde aber mit Missachtung gestraft. Ihm fiel ein, dass die beiden Büros mit einer Gegensprechanlage versehen waren.

Klimawandel

Die rotglühende Kugel näherte sich der Silhouette des Bergpanoramas und versprach Linderung nach der ungewöhnlich hochsommerlichen Hitze des Tages zu Beginn des Septembers.
Als Walcher von der Landstraße in den Feldweg abbog, der an der Hügelflanke hinauf zu seinem Hof führte, freute er sich bereits auf die angenehm kühle Brise des Abends und ein ebenso kühles Weizenbier, sein bevorzugtes Sommer-Garten-Getränk. Da spielte es auch keine Rolle, dass der Herbstanfang kurz bevor stand.
Die zunehmende Erwärmung machte auch vor dem Allgäu nicht halt, allerdings war es hier oben erträglich, im Gegensatz zum feucht-tropischen Klima unten am See. Über die Allgäuer Hügel strich meist ein angenehmes Lüftchen und kühlte in der Nacht die Temperatur um einige Grade weiter ab als im Tiefland.
Während der Heimfahrt von Lindau hatte Walcher über das Gespräch mit Brunner nachgedacht, ebenso wie über seinen weit zurückliegenden Kontakt mit Huber. Dass sich irgendwann eines der Huber-Opfer rächen würde, war für ihn schon damals beim Interview klar gewesen. Für seltsam befand Walcher bestenfalls, dass es so lange gedauert hatte.
Aus war es mit dem Spiel der Erinnerungen, als Walcher auf dem Hof angekommen und ausgestiegen war.
Ein Kleintierzoo, bestehend aus Rolli dem Labrador,

Bärendreck dem Kater, acht Altsteirerhühner samt prächtigem Hahn und der Zoodirektorin, Adoptivtochter Irmi, stürzte ihm entgegen. Das tat gut. Familie.
Ein vergleichbares Gefühl empfand Walcher nur, wenn er manchmal am Glas mit dem Firnis schnupperte. Dann öffnete sich nämlich ein Fenster der Erinnerung an seine Kindheit, an Vaters Kellerraum. Dort, wo der Vater an den Samstagen die Ledersohlen der Schuhe mit dem honiggoldenen Firnis eingestrichen hatte. „Damit es keine nassen Füße gibt", hatte er erklärt und damit die Geschichte geliefert, aus der Walcher später dann die tiefe Fürsorge des ansonsten so beziehungsdürren Vaters extrahierte und in verklärter Erinnerung noch heute den Duft von Leinölfirnis durch die Nase sog.
Auch Mathilde winkte aus der offenen Haustür.
Seit einem halben Jahr führte sie den Haushalt und es schien, als ob es niemals anders gewesen wäre auf dem „Walcherhof".
Als sich Walcher der Haustür näherte, kam ihm ein Duft in die Nase, der vielleicht bei Irmi einmal das Fenster zu ihrer Kindheitserinnerung öffnen würde: Brot.
Es duftete köstlich nach frischen Broten, wenn Mathilde einmal in der Woche die Küche in eine Backstube verwandelte. Natursaures Roggenbrot, helles Weizenbrot, Weißbrotstangen und Semmeln zauberte sie aus dem Backrohr. Allein schon der Gedanke an frisches Roggenbrot mit Kümmel auf der glänzenden, knusprigen Rinde, trieb Walcher den Speichel auf die Zunge.
Auch die Altsteirer wussten vermutlich, was der betörende Duft versprach und hatten sich – in der Hoffnung auf ein paar Krümel – ebenfalls auf der Terrasse versammelt, auf der es eine halbe Stunde später das abendliche Vesper gab.
Mit unnachahmlichen, lang gezogenen Klagelauten versuchten sie, die am Tisch sitzenden Zweibeiner weich zu

jammern und hatten damit auch Erfolg, denn weder Mathilde noch Walcher und schon gar nicht Irmi konnten dem Trauergesang lange widerstehen. Nur Köhler, so hatte Irmi den stolzen Hahn getauft, hielt sich vornehm zurück und zeigte seinen Hühnern, dass er ihre aufdringliche Bettelei höchst befremdlich fand.

Überhaupt, Köhler hatte Stil und stets ein waches Auge auf seine Damen. Selbst zu Bärendreck oder Rolli konnte er höchst giftig werden, wenn sie seinem Harem allzu nahe kamen.

Wer einen wehrhaften und – vermutlich seiner unfolgsamen Hühnerdamen wegen – auch noch frustrierten Hahn beim Kampf beobachtet hat, wird es Bärendreck nachsehen, dass er bereits beim ersten Warnsignal Köhlers davon jagte. Köhlers Attacken waren sehenswert. Mit ausgebreiteten Schwingen heftig flatternd, trippelte er auf den Gegner zu, sprang kurz vor dem Zusammentreffen gut einen Meter hoch in die Luft, streckte dabei die Krallen vor und schlug sie mit atemberaubender Schnelligkeit, links – rechts – links – rechts, wie die Gabeln eines altmodischen Heuwenders, ins gegnerische Fleisch. Mit dieser Technik hatte es Köhler sogar geschafft, einen Kunststoffeimer zu zerfetzen, mit dem Walcher kürzlich die Küchenabfälle in das Hühnergehege hatte bringen wollte.

Vermutlich war Bärendreck schon einmal mit Köhlers Klauen in Kontakt gekommen, zumindest sprach sein übereilter Abgang dafür. Die Aufmerksamkeit seiner Damen allerdings gewann Köhler durch seinen wirkungsvollen Einsatz nicht zurück, die standen immer noch am Tisch und pickten nach Brotkrumen. Erst der Handyruf, der Irmi hektisch hochfahren ließ, trieb die erschrockenen Hühner in Köhlers Nähe zurück. Mathilde stand ebenfalls auf und bat Walcher, den Tisch abzuräumen, da sie noch einen Krankenbesuch zu machen hätte.

Nachdem er Tisch und Küche aufgeräumt, die Hühner samt Hahn in den sicheren Stall gelockt hatte, zog sich Walcher in sein Zimmer zurück, da Irmi immer noch das Handy ans Ohr drückte.
Die Sonne war längst untergegangen, der Tag dämmerte in die Ruhe der Nacht hinüber. Das Glockenorchester auf den Kuhweiden war bis auf vereinzelte Töne verstummt, auch der Rest der Welt schien den Schongang eingelegt zu haben. Die Luft trug den Geruch vom letzten Heu und dem Ende des Sommers durch das Fenster.
Walcher sah hinaus, während der Computer in Gang kam.
Der Blick über die im Grau der Dämmerung verschmelzenden Hügel, die wie Inseln aus dem Dunstmeer ragten und sich bis an die steinernen Grate und Gipfel hinzogen, faszinierte ihn immer wieder. Eine Zauberwelt. Darüber spannte sich der Himmel, auf dem sich die ersten Sterne zeigten.
Die Temperatur, die tagsüber auch hier oben das Leben verlangsamt hatte, war nun erträglich geworden.
Tief atmete Walcher ein, bevor er aus dem Bücherregal die Holzkiste zog, in der er sein Archiv aufbewahrte.
Seit seiner ersten Publikation hatte er es sich zur Gewohnheit gemacht, immer gegen Ende Dezember die wichtigen Texte eines Jahres auf CD zu speichern. Eine Kopie davon lag im Keller versteckt – keine übertriebene Sicherheitsmaßnahme, denn schon einige Male war eingebrochen worden.
Zehn Jahre musste das Interview mit Huber zurückliegen, so ganz sicher war sich Walcher nicht. Es waren dann auch elf Jahre, trotzdem war er stolz auf sein Archivierungssystem, denn ohne das Inhaltsverzeichnis, das jeder CD beilag, hätte er einige CDs durchforsten müssen. Bei solchen Gelegenheiten bekam er die Bestätigung, dass sich der Aufwand lohnte, denn immerhin saß

er jedes Jahr einige Tage, sichtete, speicherte und schrieb die Verzeichnisse.
Bevor er allerdings die Huber-Notizen durchsah, machte er sich auf den Weg nach unten, um sich einen Sherry zu holen. Doch sein Handy rief ihn zurück. Brunner lud ihn für den nächsten Tag zu sich ins Kommissariat ein.
Als Dank für den wichtigen Hinweis auf Huber, dürfe er am Informationsgespräch unter Kollegen teilnehmen.
Der ermittelnde Kommissar aus Friedrichshafen und der Gerichtsmediziner würden vortragen.
Soviel Freundlichkeit stimmte Walcher misstrauisch, doch er gab sich erfreut und sagte zu, pünktlich zehn Uhr in Lindau zu sein.
Als Walcher sich dann den Sherry aus dem Wohnzimmer holte, saß Irmi dort und telefonierte immer noch.
Hoffentlich war es noch der empfangene Anruf, dachte Walcher mit aufkeimender Besorgnis an die letzten Telefonrechnungen, die sich am ansteigenden Alter Irmis zu orientieren schienen.
Mit einem *Oloroso* aus dem Traditionsbetrieb *Valdespino* im Glas ging er zurück, setzte sich an den Computer und schob die Jahres-CD 1997 ein.
Er musste sich dann zwingen, nicht in Erinnerungen abzudriften, als er das Datenverzeichnis las. Damals hatte er hauptsächlich Auftragsinterviews und Personendossiers gemacht, teilweise mit sehr umfangreichen Recherchen, die allerdings in keinem Verhältnis zum Honorar gestanden hatten. Aber hinter solchen Hungeraufträgen verbarg sich ja immer die Hoffnung, auf einen spektakulären Fall zu stoßen.
Bei Huber hatte er nicht den Eindruck gehabt, dass es sich um eine besondere Story handeln würde, nur der übliche Filz von Interessensgruppen, die sich wechselseitig benutzten, schmierten und sich auch gnadenlos verleumdeten, wie es gerade ihren Zielen diente.

Ernst-Uwe Huber, alerter Strippenzieher, hatte ein wirkungsvolles Netzwerk gesponnen und galt seinerzeit als herausragendes Beratungswunder, deshalb auch das Dossier im Auftrag eines Manager-Magazins.
Huber stand auf der Auswahlliste zum Manager des Jahres, schaffte es dann aber doch nicht auf den ersten Platz.
Als Walcher das Interview und seine Notizen überflog, kehrte die Erinnerung zurück. Sie waren damals im protzigen Wohnzimmer einer ebenso protzigen Villa gesessen. Huber kannte keine Tabus und beantwortete alle Fragen, selbst über seine geheimsten Faibles plauderte er, als müsse er keine Öffentlichkeit fürchten.
Drei Sitzungen waren notwendig gewesen, bis Walcher genügend Material zusammen und die Nase gestrichen voll hatte von diesem Huber. Sein Gefühl, mit Huber einen skrupellosen Egomanen kennenzulernen, hatte sich von Sitzung zu Sitzung gesteigert. Huber verfügte über eine tief verwurzelte kriminelle Energie, die vermutlich nur noch durch seine sexuelle Triebhaftigkeit übertroffen wurde.
Einige Male hatte Walcher die Erzählungen von Huber unterbrochen, weil er sich die derart perversen und sadistischen Details nicht mehr anhören mochte.
In Walcher keimte damals der Verdacht, dass es Huber aber genau darauf anlegte. Auch bei einem Interview wollte er nicht auf das Spiel mit Menschen verzichten. Kurz hatte Walcher deshalb mit dem Gedanken gespielt, dieses Schwein bloßzustellen, aber dazu hätte er Hubers Schilderungen beweisen müssen, und das konnte er nicht. Leute wie Huber musste man mit Fakten festnageln. Interview-Notizen – Huber hatte Tonaufnahmen abgelehnt – besaßen die Beweiskraft eines Kindermärchens.
Trotz einiger Bosheiten, die Walcher dann in das Dossier

eingearbeitet hatte, gab Huber seine Zustimmung, denn es war seine Bedingung gewesen, die Druckversion persönlich freizugeben.
Aus den Huber-Interviews hatte Walcher vor allem wieder einmal die Erkenntnis mitgenommen, dass es nicht die rechtschaffenen Leute waren, die es zu wirtschaftlichem Ruhm und Reichtum brachten – und dass außerdem ein Netzwerk von gleichgesinnten Wölfen notwendig war, um die Schafe jagen zu können.
Huber hatte nämlich freizügig mit seinen Beziehungsfreunden geprahlt, deren Namen Walcher nicht nur notierte, sondern als Nacharbeit versucht hatte, möglichst viele Informationen über diesen „Freundeskreis" zu sammeln. So war eine Liste entstanden, die durch den Mord an Huber eine neue Bedeutung erhalten hatte.
Auch wenn sie schon über zehn Jahre alt war, fühlte sich Walcher in die Vergangenheit zurückversetzt und seine Abneigung gegen diese Spezies von gierigen Machtmenschen bescherte seinen Magennerven nervöse Zuckungen, die allerdings nach einem Schluck Sherry abklangen. Er würde eine Kopie seiner Liste Brunner geben, nahm er sich vor.
Aberl, Josef – MdL, hat seine Seegrundstücke zum vielfach überhöhten Marktwert an die Stadt verkauft, dann als Bauplätze zum üblichen Marktwert zurückgekauft. Juristisch nicht anfechtbar. Dass Aberl und Partner Huber auch noch als Bauträger das gesamte Areal bebauten, lag an der unglaublichen Tatsache, dass sie die einzigen Teilnehmer der öffentlichen Ausschreibung waren.
Huber erzählt, mit Aberl regelmäßig in FN ins Puff zu gehen. Neben seinen Beteiligungen an Aberl-Bau, ist Huber auch Teilhaber der Hotel-GmbH, die von Aberl betrieben wird.
Brehmer, Gustav – MdB, Jurist, war Mitglied in einigen Kommissionen, Parteispitze. Zog sich plötzlich aus allen politischen Ämtern zurück und sicher nicht nur, weil er einige Mal mit

Alkohol am Steuer erwischt worden war. Stammkunde im Eros-Center. Eine Zeitlang als Versicherungsmakler tätig, versuchte sich dann als Immobilienhändler und arbeitete projektbezogen mit Huber zusammen. Machte kurz darauf Pleite und wurde aus dem See gefischt. Keinerlei Zeugen, kein Abschiedsbrief. Hinterließ Frau und zwei Kinder. Brehmer hatte bei Huber Kapital in Höhe von vier Millionen eingebracht. Die Frau versuchte an das Geld zu kommen, zog ihre Anzeige gegen Huber aber zurück.

Probstler, Adolf – langjähriges Gemeinde- und Stadtratsmitglied, dessen blühende Obstgärten in blühendes Bauland verwandelt wurden, was ihn zum Millionär machte.

Enge Kontakte zu wesentlichen Entscheidern aus Politik und Verwaltungsbehörden. Probstlers Lebensweisheit seien drei „B", die die Welt zusammenhalten: „Beutel, Bix und Bortmanaie". Bauernschlau gerissen, ein Beispiel, dass es auch ohne Bildung geht, wenn nur genug Grundbesitz vorhanden ist. Treibt sich an allen Plätzen der Superreichen herum, die er in allem nachahmt: Kleidung, Pferdehaltung, Yacht, Kutschensammlung etc. Läuft ständig in Golfhosen und gelbem Pulli herum.

Huber berät Probstler in Sachen Geldanlagen. Hat Probstlers Bauland vermakelt und dabei selbst einige Mehrfamilienhäuser hochgezogen.

Deiringer, Manfred – Bankier und Mitglied einiger Aufsichtsräte, aktiv in der zweiten politischen Reihe, genannt „Hoheit", der typische Königsmacher. Golfclub, Yachtclub, Automobilclub, Rotarier und sonstige Clubs. Sponsor unzähliger Kulturvereine. Räumte Huber enorme Kredite ein, von denen einer über 60 Millionen, platzte. Hubers Kreditlinie wurde danach zwar reduziert, aber nicht gestrichen. Außer dass Huber und Deiringer in derselben Partei waren, gab es keinerlei Gründe, die Deiringers Großzügigkeit rechtfertigen würden. Deiringer ist allerdings mit Aberl, Brehmer, Grossmann, Probstler, Horn und Mendel bekannt, befreundet, in denselben Clubs, Vereinen.

Man trifft sich ständig, bei der Jagd, beim Winzerfest, bei Einweihungen, Vernissagen, Sport-, Sommer- und Familienfesten, Firmenjubiläen, Regatten oder Oldtimer-Rallyes, man kennt sich ...

Walcher stöhnte bei dem Gedanken, sich wieder mit diesen Ehrenmännern beschäftigen zu müssen. Aber musste er das? Niemand hatte ihn bisher beauftragt, und die Geschichte in Eigenregie zu recherchieren, erschien nicht sonderlich verlockend.

Ein ganz normaler Geschäftsmann mit blütenweißer Weste und hervorragendem Leumund war umgebracht worden, spektakulär zwar, aber das war überregional bestenfalls einen kleinen Artikel wert und nichts gegen den alltäglichen Wahnsinn, der aus aller Welt in die Wohnzimmer gespült wurde. Oder war sein Jagdinstinkt geweckt und er hatte sich bereits entschieden, Brunner nicht nur über die Schulter zu gucken?

Mit einem Seufzer schob er eine Büroklammer auf die ausgedruckten Blätter und griff zum Sherry, aber das Glas war leer.

Er sollte ohnehin hinunter und nachsehen, ob Irmi immer noch am Handy hing. Immerhin gab es neue Horrormeldungen über Funkwellen – oder ging es ihm mehr um die Kosten?

Irmi lag tatsächlich noch im bequemen Lehnstuhl.

Als Walcher das Licht anknipste, funkelte sie ihn giftig an und deutete mit der freien Hand auf das ans Ohr gepresste Handy. Walcher nickte und deutete auf das leere Glas, welches er füllte und wieder ging.

Er machte auch das Licht aus, vielleicht war es ja ein wichtiges Gespräch unter Schulkameradinnen, Austausch von Matheformeln oder Lösungsansätze physikalischer Probleme und dergleichen – Walcher fand den Gedanken witzig.

Für sein Verständnis wurde er zehn Minuten später, als

Irmi zu Bett ging, mit einer kurzen Erklärung belohnt. *Andy ist furchtbar eifersüchtig auf Joe, da musste ich einfach was klären. Und außerdem hat „Er“ angerufen. Gute Nacht. Ach ja, ehe ich's vergesse, Andy sucht einen Platz, wo er an seinem Roller schrauben kann. Ist das in Ordnung, wenn wir ihn in die Garage lassen?,* rief sie in sein Zimmer, schien aber auf keine Antwort zu warten, denn Walcher hörte, wie sie ihre Zimmertür schloss.
Wir, dachte Walcher laut, hatte Irmi ihre Frage im Plural gestellt oder war es gar keine Frage gewesen?

Sahras Freude

Nur wenige Tage war es her, seit der Tote im Verlies die Schlagzeilen beherrschte, aber bereits nach einem kurzen Jubelgefühl hatte sich in ihr eine bedrückende Leere breit gemacht, als ob durch Hubers Tod ein wesentliches Ziel verloren gegangen war.
Rache, Genugtuung, das hatte sie sich anders vorgestellt. Ein Feuerwerk, Höhenflug, Orgasmus, irgend etwas in dieser Richtung. Und jetzt? Wann kam er, der Kick, das Hochgefühl über den Tod dieses Schweins. Würden sie nun aufhören, die Träume? Konnte sein Tod die Erinnerungen löschen, wie man eine Festplatte löscht?
Der Tee duftete nach Fenchel und Anis, mit einem feinen Hauch Minze dabei, aber war das der Freudentrunk?
Sie trank selten Alkohol und hatte auch nichts im Haus, außer einer Flasche Strohrum, deren Schraubverschluss sie bisher nur geöffnet hatte, um mit dem Inhalt kleine Hautverletzungen zu desinfizieren.
Zwar war sie nicht verletzt, jedenfalls nicht äußerlich, aber irgendwie musste sich doch endlich das Gefühl der Freude einstellen. Vielleicht brauchte man dazu ja wirklich

eine Portion Alkohol?
Der Strohrum übernahm sofort die Dufthoheit und belegte die Kräuter im Tee mit Sprachverbot, indes, die erhoffte Wirkung ließ auf sich warten.
Erst, als sie noch einen kräftigen Schuss der bräunlichen, einem Holzschutzmittel in Farbe und Geruch nicht unähnlichen Flüssigkeit in den Tee schüttete und davon trank, setzte Wirkung ein.
Der Magen rebellierte, zog sich zusammen, verkrampfte – und trieb den ungewohnten Inhalt mit eruptiver Kraft zurück die Speiseröhre hinauf.
Sie schaffte es mit zwei Schritten gerade noch bis an die Hecke, dann erbrach sie sich über dem Giersch.
In diesem Jahr würde sie keine Blätter mehr unter ihre Salate mischen, jedenfalls nicht von dieser Stelle, nahm sie sich vor.

Morgenlauf

Verständlich, wenn Schulkinder, früh am Morgen aus ihren Träumen gerissen, stocksauer und unansprechbar in den Tag taumelten.
Irmis Frust bekam Mathilde ab, die wie ein Uhrwerk noch vor dem Hahnenschrei aufwachte, aufstand und das Frühstück zubereitete. Seit sie im Haus war, genoss diese Veränderung der Zuständigkeiten vor allem Walcher, der früher Irmis Morgenlaune konzentriert hatte ertragen müssen.
Walcher war zwar Frühaufsteher, jedenfalls im Sommer, aber auch erst ansprechbar, wenn er nach dem Morgenlauf und der anschließenden Dusche, Tee trinkend die Zeitungen gelesen hatte.
Rolli, der Labrador, stand zwar in der Hackordnung noch

vor dem Kater, aber die morgendlichen, höchst unterschiedlichen Stimmungen der Zweibeiner, stürzten auch ihn Tag für Tag in fürchterliche Krisen, die ihn früher oder später zwangsläufig in die Sprechstunde eines Hundetherapeuten treiben würden.

Freudig schwanzwedelnd versuchte er Irmi einen Blick, eine winzige Geste, vielleicht sogar ein freundliches Wort abzubetteln, während er hinter ihr herlief. Mit gehörigem Abstand allerdings, denn es konnte durchaus geschehen, dass die ansonsten so liebevolle Irmi ihrem Liebling einen Tritt verpasste, rein zufällig natürlich. Unausgeschlafen war sie unberechenbar.

Für Rolli hätte aber selbst ein derart unfreundlicher Akt bedeutet, wenigstens wahrgenommen zu werden. Aber das stellte nicht sein eigentliches Problem dar. Der Umstand, dass Walcher seinen Morgenlauf begann noch bevor Irmi aus dem Haus war, der trieb den Hund in die Krise.

Hin und her gerissen zwischen der Liebe zu Irmi und der Freude am Auslauf mit dem Chef, hetzte Rolli die ersten Meter ständig zurück zum Hof und wieder zu Walcher. Das ging so lange, bis Bäume und Büsche des nahen Waldes den Blick zum Hof versperrten. Dann erst konnte sich Rolli ganz seinem Schnupperkurs widmen und Irmi vergessen.

Walcher liebte seinen Morgenlauf über alles.

Den jungen Tag zu erleben und dabei unverbrauchte, würzige Luft atmen zu können, wäre allein schon ein wunderbares Geschenk gewesen. Aber dass er dies auch noch in einer der herrlichsten Landschaften dieser Welt tun konnte, genoss er durchaus nicht als Selbstverständlichkeit, sondern in dem Bewusstsein, vom Schicksal verwöhnt zu werden. Hinzu kam, dass er dabei am klarsten denken konnte.

Hatte er zu seinem Lauf- und Atemrhythmus gefunden,

dachte er über Probleme nach, entwickelte Lösungsansätze und vor allem, er strukturierte seinen Tag.
So nahm er sich an diesem Morgen vor, nach dem Gespräch mit Brunner und Kollegen, die Huber-Villa zu besuchen, den Steuerberater auf die nächste Woche zu vertrösten – was er schon seit Wochen tat –, seinem Freund Johannes eine Mail zu schicken und am Abend mit Irmi und Mathilde die Herbstferien zu planen.
Rechtzeitig dieses Mal, denn in den zurückliegenden Sommerferien hatte er mit Irmi gerade mal eine Wanderung im Bregenzer Wald zustande gebracht.
Auf dem Rückweg von Lindau könnte er dann einem der beiden Großelternpaare von Irmi einen Kurzbesuch abstatten und Susanna wollte er auch schon längst bitten, seinen Rasierapparat zu schicken, der immer noch in ihrem Badezimmer lag. Oder sollte er darauf verzichten? Vermutlich rasierte sich damit bereits ihr neuer Liebhaber.
Dass Irmis Freund in der Garage an seinem Roller basteln würde, sah er positiv, denn was Kontakte betraf, so mussten Jugendliche auf dem Land ungleich mehr Aufwand betreiben als in Städten. Vielleicht sollte er Irmi sogar den Raum über der Garage als eine Art Treffpunkt anbieten, oder war sie aus diesem Alter längst schon raus?
Rolli, der eine besonders heiße Spur entdeckt hatte, riss Walcher aus den Gedanken.
Ohne seinem Pfiff Beachtung zu schenken, trabte der Labrador mit Schnauze-Bodenkontakt davon und verschwand im Unterholz.
Walcher lief ein Stück weiter und stieß dann Pfiff Nummer Zwei aus, der für mittlere Warnung stand.
Als auch der keine Wirkung zeigte, folgte Pfiff Nummer Drei, der wie eine Sirene klang und den Rolli als letzte Warnung kannte. Der Hund wusste – bildete sich

Walcher jedenfalls ein –, dass auf Nummer Drei die härteste Strafe folgte, nämlich Liebesentzug von mindestens zehn Minuten. So weit ließ es Rolli selten kommen, auch in diesem Fall nicht. Als wäre nichts geschehen, tauchte er wie aus dem Nichts kommend vor Walcher auf.
Wenn Menschen bei Unerlaubtem ertappt werden und deshalb ein unschuldiges Liedchen pfeifen, sich am Ohr zupfen oder besonders interessiert in die Gegend sehen, dann verhielt sich Rolli durchaus vergleichbar.
Zwar konnte er nicht pfeifen, aber intensiv sein Fell kratzen und harmlos in die Gegend gucken, das schaffte er perfekt und Walcher glaubte, auch schon mal ein unverschämtes Grinsen in dem Hundegesicht entdeckt zu haben.

Kollegen Kommissare

Walcher hatte das Gefühl in eine Verschwörung zu platzen. Die Unterhaltung der Runde, die vor der Tür als lautes Stimmengewirr und Gelächter zu hören war, brach schlagartig ab, als er Brunners Büro betrat.
Brunner stand auf, begrüßte Walcher mit Handschlag, was er noch nie gemacht hatte seit Walcher ihn kannte und stellte die beiden Kollegen vor. Etwas förmlich deutete er dann auf Walcher: *Und dies meine Herren, ist der Investigativ-Journalist Robert Walcher.*
Es trat eine Pause ein, in der die beiden Kollegen Walcher ungeniert musterten.
Kriminalhauptkommissar März beendete die Stille, indem er aufstand und Walcher die Hand reichte: *Freue mich, Sie kennenlernen zu können, habe schon das eine oder andere von Ihnen gehört und auch gelesen,* sagte er und lächelte dabei.

Walcher lächelte zwar auch und drückte die Hand des Kommissars, seine Sensoren aber empfingen eine ganz andere Botschaft, nämlich dass ihn dieser Mann ablehnte, wenn nicht sogar regelrecht verabscheute.
Walcher irrte sich selten mit seinem ersten Bauchgefühl und nahm sich vor, März mit kritischer Distanz und Vorsicht zu begegnen. Ganz im Gegensatz dazu der Gerichtsmediziner Dr. Seyfried. Er strahlte Offenheit und Herzlichkeit aus und meinte: *Wenn ich nicht Medizin studiert hätte, wäre ich auch so ein Enthüllungsjournalist geworden.*
Zwar hatte Walcher keine bestimmte Vorstellung wie ein Gerichtsmediziner auszusehen hatte, aber Dr. Seyfried hätte er eher für einen Gemeindepfarrer gehalten. Dafür sprachen die ausgesprochen warmherzigen Augen, aus denen aber auch eine gehörige Portion Witz strahlte.
Seyfried, eher rundlich und einen halben Meter kleiner als März, unterschied sich auch im sonstigen Erscheinungsbild deutlich von seinem Kollegen, ja, die Gegensätze konnten nicht krasser sein.
Steckte Seyfried in einem grauen Anzug, den er vermutlich aus einer Kleidersammlung gefischt hatte, zumindest aber darin schon häufig geschlafen haben musste, trug März die Kombination des erfolgreichen, sportlichen Mannes.
Ebenso ließen auch die Gesichtsfarben der beiden auf völlig unterschiedliche Lebensweisen schließen: ungesund blass, mit strähnigem Haar der Wissenschaftler Seyfried, dagegen strotzend vor Gesundheit der braun gebrannte März mit dynamisch kurz geschnittenen Haaren.
Hinzu kam, dass März sich um eine Haltung bemühte, als säße er einem Bildhauer Modell, während Seyfried eher wie an unsichtbaren Seilen hing.
Ja, dann woll'n wir mal, schlug Brunner vor und deutete zum freien, vierten Klappstuhl, auf den sich Walcher vorsichtig setzte.

Wollen Sie Herr Kollege, oder Sie, wandte er sich an März und Seyfried. Der nickte, meinte aber zu Kommissar März: *Vielleicht willst du erst eine Zusammenfassung geben?*
Als März energisch mit dem Kopf schüttelte, setzte sich Seyfried und begann mit seinem Obduktionsbericht, als hielte er eine Vorlesung. Dass der Forensiker dabei nicht in seine Unterlagen sah, sprach für sein Gedächtnis, seine professionelle Vortragsweise ließ zudem auf ein ausgesprochen schauspielerisches Talent schließen.
Tja, liebe Kollegen, Herr Walcher, es gibt Fälle, da verwirren unsere Ergebnisse mehr, als sie Klarheit schaffen.
Ich meine, wir haben hier einen solchen Fall, bei dem sich einige Fakten äußerst verwirrend präsentieren und mehr Rätsel aufgeben, als sie klären. Vielleicht wollte uns der Mörder aber damit auch nur beschäftigen. Hoffentlich erfahre ich das irgendwann einmal.
Wir haben die gesamte Sektion und Analysen von einem zweiten Team wiederholen lassen, und es spricht für die Verlässlichkeit unserer Abteilung, meine ich jedenfalls, dass die Ergebnisse nahezu identisch sind.
Es folgte eine Kunstpause, als wollte Dr. Seyfried diese Information erst einmal setzen lassen.
Das Opfer hatte eine ganze Reihe von Drogen im Blut, die durchaus zum Exitus führen konnten. Ich sage durchaus, weil wir es nicht mit Sicherheit sagen können. Er könnte an den Drogen, aber ebenso gut auch an Unterkühlung gestorben oder verdurstet sein, aber ich will erst einmal bei den Drogen bleiben.
Es sieht so aus, als hätte den Drogencocktail ein Laie zusammengestellt, ebenso gut könnte es aber auch sein, dass ein Profi bei uns diesen Eindruck erzielen wollte. In jedem Fall hatte der Täter Zugriff auf Drogen, das ist sicher.
Für den kurzen Kick haben wir Tropanalkaloide, Dopamin, Adrenalin und Crack entdeckt. Für mittlere Wirkdauer stellten wir Terpenoide wie Cannabidiol und Tetrahydrocannabinol fest, und für längere Wirkung hatte der Tote Lysergsäureamide wie

Ergotamin und LSD im Blut. Gleichzeitig als Sedativa, Opiate und Diazepam, also Valium.
Das gibt eigentlich keinen rechten Sinn, weil sich einige dieser Drogen in ihrer Wirkung gegenseitig aufheben. Die Gesamtmenge ist jedoch erstaunlich und könnte, wie gesagt, durchaus zum Exitus geführt haben, wenn dieser Mensch nicht die Konstitution eines Mammuts besessen hätte.
Gestorben ist er allerdings – mit absoluter Sicherheit kann das bei diesem Drogencocktail niemand sagen – an Flüssigkeitsmangel und Unterkühlung. Ja, Sie haben richtig gehört, das Opfer ist auf seinem Höllenritt praktisch verdurstet und gleichzeitig erfroren.
Erfroren?, fragte Walcher, *ich denke, er ist im Verlies der Meersburg gefunden worden.*
Dr. Seyfried bestätigte Walchers Einwand durch heftiges Nicken. *Das hört sich verrückt an, nicht wahr!*
Wir wussten erst auch nicht, was wir von der ungewöhnlich hohen Menge Natriumnitrat im Körper halten sollten.
Die sommerliche Hitze brachte mich auf die Spur. Eis!
Im vorletzten Jahrhundert entdeckte in Sizilien ein Chemiker die Herstellung von Kunst-Eis. Er mischte Salpeter, also Natriumnitrat, in einem bestimmten Verhältnis mit Wasser, und es bildete sich Eis. Da unser Körper, wie Sie wissen, zu einem sehr hohen Prozentsatz aus Wasser besteht, ist das Opfer praktisch erfroren, mit all den dabei einhergehenden Erscheinungen.
Einfach ausgedrückt: Eiskristalle wachsen, dehnen sich aus und zerstören unsere Zellen ... wie dieser hohe Natriumnitratgehalt allerdings in den Organismus des Opfers gelangte, ist mir noch ein Rätsel.
Mal was Neues, stellte Brunner fest und März nickte dazu.
Seyfried nickte ebenfalls und sprach weiter.
Die Entzündung an seinem linken Fuß, unterhalb der Fußfessel, war zwar bereits sehr weit fortgeschritten, aber keineswegs lebensbedrohlich, bestenfalls litt er unter dem Gestank, wenn er ihn denn überhaupt wahrgenommen hat. Diese Entzündung ist

im Übrigen nicht durch die Fußfessel entstanden, sondern schon gut eine Woche alt. Ich nehme an, Huber hat sie sich an einem Dornengestrüpp zugezogen, vermutlich eine Rubus sectio Rubus, oder eine Rubus fruticosus, in jedem Fall aus der Familie der Rosaceae ... äh, Rosengewächse ... Brombeere.
Auch an seinen Hautverletzungen an den Fingern, dem linken Ellenbogen und an seinem linken Ohr ist er nicht gestorben. Vermutlich hatte er häufig versucht die Mauer hinaufzuklettern und war abgestürzt. Dafür sprechen unzählige Hämatome, verteilt am ganzen Körper. Wenn Sie wollen, ich habe einige Abbildungen dabei, deutete er auf die Mappe vor sich.
Unter den Fingernägeln von Zeige- und Ringfinger der linken Hand haben wir Spuren von Kaffee gefunden, gemahlenes, stark gebranntes, sortenreines Kaffeepulver, so wie es gerne für hochwertigen Espresso verwendet wird. Ansonsten befanden sich unter den Fingernägeln nur der Dreck aus dem Verlies und sein eigenes Blut.
Die Hände des Toten, da bin ich mir absolut sicher, haben niemals das Seil berührt, das im Verlies lag. Wir haben keine Fasern gefunden, die mit dem Seil identisch wären.
Der Penis des Toten weist Bissspuren auf und ist übersät mit Neisseria gonorrhoeae, also Gonokokken. Aber daran stirbt auch niemand.
Der Tote hatte ferner zwei Einstiche einer Injektionsnadel. An der linken Schulter einen und einen im linken Oberschenkel. Durch beide Injektionskanäle sind Drogen in den Körper gelangt.
Dr. Seyfried sah der Reihe nach Walcher, Brunner und zuletzt März an, dem er aufmunternd zunickte.
Wenn wir nicht Ihren Hinweis erhalten hätten, nochmals herzlichen Dank, übernahm März, *hätten wir vermutlich in den nächsten Tagen ein Fahndungsbild im Fernsehen und in den Zeitungen abgebildet. Wir hatten keinerlei Hinweise auf die Identität des Toten. Niemand vermisste ihn und einen Ausweis hatte er nicht dabei. Das Ganze war sehr professionell organi-*

siert und zwar von jemandem, der wusste, dass der Museumsdirektor auf einer Tagung in Berlin war. Wir gehen auch davon aus, dass der oder die Täter die Verhältnisse in der Burg, also Sicherheitssysteme, Bewachung, Personal und so weiter, gut kannten, denn einen Mann — betäubt oder nicht — in das Verlies zu schaffen, ist nicht so ohne weiteres möglich. Die Belegschaft war durch eine angeblich gefälschte Anweisung des Museumsdirektors informiert, ebenso die Zeitungen und der regionale TV-Sender. Niemand schöpfte Verdacht. Der Selbstversuch eines mit dem Direktor befreundeten Schriftstellers sollte als Werbe-Gag ausgeschlachtet werden. Und es funktionierte. Die Meersburg wurde geradezu gestürmt. Die Inszenierung, sprich Kutte, Seil, Fußfessel, alles historisch stimmig.
März machte endlich eine Pause und bat um einen Kaffee. Brunner fragte deshalb, mit etwas gequälter Miene, auch Walcher und Seyfried nach ihren Wünschen.
Wir ermitteln derzeit an allen möglichen Fronten, fuhr März fort, *aber es sah bis gestern nicht gut aus. Ohne Identifizierung des Opfers hatten wir schlechte Karten. Gut, wir sind dabei, sämtliche Mitarbeiter der Burg zu befragen, suchen nach Spuren der Utensilien und ihrer Herkunft und so weiter, also die ganze Ermittlungstechnik, aber was Konkretes können wir bisher nicht vorweisen. So, und nun werden Sie sich vermutlich fragen, warum wir Sie so offen über unsere Ermittlungen informieren. Aus Dankbarkeit?* März setzte eine Kunstpause und sah dabei provokant zu Walcher. Bevor er jedoch weiter sprechen konnte, stürmte Brunners Assistentin ins Büro, brachte den gewünschten Kaffee und eilte ebenso schnell wieder hinaus.
Brunner sprang auf, riss das Fenster auf und klärte die Herrn Kollegen auf: *Meine Mitarbeiterin liebt das Exotische.* Das war untertrieben, denn Seyfried, März und Walcher starrten immer noch zur Tür, als würden sie gleichermaßen hoffen und befürchten, das außerirdische Wesen könnte zurückkehren.

Babsi hatte sich nämlich in ein feuerrotes Trikot gezwängt und über den Oberkörper eine Tüllgardine oder etwas ähnlich Durchsichtiges drapiert. Ihr Parfüm verdiente zumindest das Prädikat „verwirrend".
Brunner setzte sich wieder an seinen Platz und vermied den Augenkontakt mit seinen Gästen. März räusperte sich und suchte den Faden. *Also ... ich glaube ... ich war bei der Dankbarkeit, also wir informieren Sie nicht aus Dankbarkeit,* hatte er ihn wieder gefunden, *sondern weil wir mit Ihnen zusammenarbeiten möchten.*
Walcher reagierte mit Schweigen, trank einen Schluck Kaffee, stellte die Tasse wieder zurück und sah März nur an. Der näherte sich wohl einem unangenehmen Teil, denn er druckste etwas verklemmt herum, bis Brunner den Part übernahm.
Seit der Name des Opfers die Runde macht, melden sich hochgestellte Persönlichkeiten und interessieren sich für den Stand der Ermittlungen. Deshalb könnten wir uns vorstellen, dass es hilfreich wäre, wenn parallel zu unseren Ermittlungen ein Journalist herumschnüffelt, noch dazu, wenn er sich schon mal mit der Person beschäftigt hat.
Das muss natürlich absolut unter uns bleiben, warf März dazwischen, und es war ihm anzusehen, dass er sich für seine Forderung im selben Moment verfluchte.
Verstehe, meinte Walcher, als hätte er mit nichts anderem gerechnet und legte die Kopien seiner Huber-Liste auf den Tisch, die sich allerdings nur schwer entrollen ließen, da er sie bis jetzt wie ein Staffelholz in der Hand gehalten hatte. *Ich dachte mir so etwas Ähnliches. Diese Namensliste habe ich damals während meiner Huber-Interviews notiert. Ansonsten werde ich gern ein wenig „herumschnüffeln", wie Herr Brunner es nannte.*
Irgendwie empfand Walcher die Situation als höchst seltsam und dachte an das japanische Drei-Affen-Motiv, denn alle drei Beamten nickten und lächelten dabei

besonders freundlich. Es konnte nicht allein an Brunners Vorschlag liegen, dass er derart vorbehaltlos zur Mitarbeit aufgefordert wurde. Polizisten sahen normalerweise in jedem Journalisten einen Pestüberträger und würden sich vermutlich lieber eine Kugel in den kleinen Zehen jagen, als freiwillig mit einem dieser Schmierfinger zusammenzuarbeiten.
Walcher verschob seine Überlegungen über das Warum, denn Dr. Seyfried sah erst auf die Uhr, dann zu März, zu Brunner und endete bei Walcher. *Sicher werden Sie noch Fragen haben, wenn Sie sich erst einmal in den Fall eingearbeitet haben. Rufen Sie einfach an, jederzeit. Hier meine Karte.*
Auch März reichte sein Kärtchen über den Tisch und meinte: *Das gilt auch für mich. Rufen Sie an.*
Da alle drei Kollegen Walcher auffordernd ansahen, stand er auf, bedankte sich bei Brunner für den Kaffee und meinte, die Türklinke schon in der Hand, ganz beiläufig: *Ihnen ist natürlich klar, dass ich eventuell über den Fall einen Artikel schreibe und an eine Zeitung verkaufe, denn davon lebe ich.*
Ob und wenn je welche Reaktion Walcher erwartete, darüber hatte er sich keine Gedanken gemacht, aber dass die Beamten nur wissend lächelten und dazu nickten, verblüffte ihn dann doch und bestätigte noch mal seine Vermutung, dass hinter alledem ein Plan stand, den er noch nicht durchschaute.
Bereits auf dem Flur, erinnerte er sich an das Gelächter der Drei, als er vor einer halben Stunde die Tür geöffnet hatte. Ihm fiel dazu nichts anderes ein, als der Begriff: Verschwörung.
Weiter kam er aber nicht mit seiner Problemsuche, denn im Gang hing noch Barbaras Parfüm, verheißungsvoll wie eine Sünde und gleichzeitig drohend wie ein Fluch.

Die Villa

Dichter Dunst lag auf dem See und reduzierte ihn zu einem Fluss, der bereits einen Steinwurf vom Ufer entfernt an einer grauen Wand endete.
Walcher war nach dem Treffen mit Brunner und Kollegen von der Dienststelle aus hinunter zum alten Güterbahnhof gefahren und hatte dort den Wagen abgestellt.
Er wollte den Kopf frei bekommen und spazierte deshalb auf die Halbinsel, auf der im Mittelalter Lindaus Galgen gestanden hatte. Irgendwie passte der Ort ja zum Mord in der Meersburg. Dort wie hier waren Menschen hingerichtet worden.
Huber hatte damals bei dem Interview von der Galgeninsel erzählt, denn vom Ufer vor seinem Anwesen aus konnte man linker Hand die Insel sehen, die im Laufe der Jahrhunderte mit dem Ufer zu einer Halbinsel verwachsen war. Blickte man nach rechts auf die Insel der ehemals freien Reichsstadt, so fiel erst einmal das moderne Gebäude der Spielbank auf.
„Ich lebe gewissermaßen zwischen Galgen und Spiel", hatte Huber gelacht und dabei auf den See gedeutet. „Wenn es denn einmal sein muss, werde ich den Mittelweg wählen, so wie es König Ludwig gemacht hat".
Walcher erinnerte sich noch sehr genau daran, weil es einer der wenigen Momente war, in denen Huber seine Ängste anklingen ließ, die er sonst hinter der Fassade des smarten Managers zu verbergen verstand.
So romantisch der Pfad durch das Schilf zur Spitze der Galgeninsel auch war, Walchers Annahme, von dort aus das Hubersche Anwesen zu sehen, quasi von der Seeseite her, bestätigte sich nicht. Damals standen Bäume und Büsche bereits winterlich kahl, während heute immer noch dichtes Laub die Sicht versperrte. Nur die Bäume des Nachbargrundstücks waren zu sehen und die Metall-

gitter, mit denen die Uferschilfzonen vermutlich vor Schwemmholz aus den Bergflüssen und vor unbelehrbaren Wassersportlern geschützt werden sollte.
Also ging er wieder zurück, um sich dem Anwesen auf dem Uferweg zu nähern. Er wollte sich die Örtlichkeit wieder in Erinnerung rufen, bevor er an der Haustür läutete.
Am Seeufer zwischen der Mündung des Flüsschens Ach und der Grenze zu Österreich gab es nur wenige Grundstücke, diese allerdings besaßen parkähnliche Ausmaße. Eines davon hatte der Familie Allersheim gehört, bevor es sich Huber aneignete, samt der wohlproportionierten dreistöckigen Jugendstilvilla die darauf stand und einem lang gestreckten Wohnhaus, in dem einst die ersten Labors der späteren Allersheimwerke untergebracht waren.
Von der Ladestraße reichte das Grundstück bis ans Seeufer, beziehungsweise bis auf einen schmalen Wegstreifen, der für die Öffentlichkeit freigehalten war.
Im Park standen Gewächshäuser, die der Firmengründer hatte erbauen lassen, um darin die Wirkung seiner Pflanzenschutzmittel zu testen. Seit der Sohn die Produktion auf Schmerzmittel umstellte, hatte die Familie darin ihr Gemüse angebaut ... bis Huber einzog.
Elf Jahre waren seither vergangen. Zum See hin schützte eine dichte, halbhohe Hecke vor den Blicken neugieriger Spaziergänger. Darüber hinwegzusehen war allerdings möglich, wenn man auf die Ufermauer stieg, mit der die gründlichen Stadtväter das Bodenseeufer bis hier hinaus befestigt hatten.
Walcher stieg auf die Mauer und sah in das Grundstück. Die Gewächshäuser schienen ungenutzt, mit blinden Scheiben, sonst sah der Park gepflegt aus. Niemand war zu sehen, aber Walcher fühlte sich durch die Fenster der Villa beobachtet.

Zu Beginn einer Recherche – Walcher musste schmunzeln, denn er hatte sich unbewusst entschieden, im Fall Huber zu recherchieren – überfiel ihn phasenweise eine Unruhe, als hätte er in dichtem Nebel eine Wanderung in unbekanntem Gebiet begonnen.
Walcher sah auf die Uhrzeit des Handys und ging langsam weiter. Warum betreibt jemand einen derart hohen und gefährlichen Aufwand? Setzt das Opfer unter Drogen, schleppt es in ein Burgverlies. Dann die Kutte, Seil und Fußfessel, alles unnötige Spuren.
Und auch das Risiko, dass die fingierte Anweisung des Museumsdirektors nicht befolgt wird, oder das Opfer bei dessen Rückkehr noch leben könnte. Bereits die telefonische Nachfrage einer der Mitarbeiter hätte genügt, und der ganze Plan wäre geplatzt. Unbewusst schüttelte Walcher den Kopf. Das war kein üblicher Mord.
Da hatte jemand sein Opfer in aller Öffentlichkeit hingerichtet. Eine qualvolle Hinrichtung.
Oder hatte der Täter sein Opfer nur bestrafen wollen und eine Befreiung nach ein, zwei Tagen eingeplant? Oder war er ein Psychopath, der sich die Leiden seines Opfers nicht nur vorstellen, sondern sich real dabei ergötzen wollte? Oder gab es eine neue Kategorie, die sich an dem Risiko einer vorzeitigen Entdeckung aufgeilen konnte? Dann hätte er allerdings sicher sein müssen, von Huber nicht erkannt worden zu sein. Oder doch nur ein PR-Gag, der aus dem Ruder geraten war? Warum sollten derartige Verrücktheiten nur sonst wo auf der Welt geschehen und nicht auch hier am Schwäbischen Meer?
Bevor sich Walcher auf den Weg zur Straßenseite des Grundstücks machte, wandte er sich um und sah auf den See hinaus. Das österreichische und schweizerische Ufer gewannen an Kontur und deuteten an, dass der Dunst den Kampf gegen die Sonne verloren gab.
Elf Uhr dreißig und die Temperatur stieg mit den Sonnen-

strahlen rapide an. Nicht einmal während des Hochsommers waren derartige Temperaturen häufig gemessen worden.
An der Straßenseite blieb Walcher im Schatten der Alleebäume stehen. Von seinem Standort aus konnte er sein Auto nicht sehen, die Straße machte eine leichte Biegung, dort wo die alten Lagerhallen begannen. Ihm fiel aber der Wagen auf, der etwa dreißig Meter entfernt auf der linken Straßenseite stand. Zwei Männer saßen darin und sahen zu ihm herüber. Sonst taten sie nichts. Leute von Brunner, nahm Walcher an.
Das Grundstück war auch zur Straßenseite hin durch Zaun und dicht wachsende Büsche abgeschirmt, nur durch die Einfahrt, deren schmiedeeisernes Tor halb geöffnet stand, konnte man das Laborgebäude und die Villa sehen.
Walcher betrat das Grundstück und marschierte über die mit Kies bestreute Hoffläche auf die Villa zu. Rechts vor dem Haus standen kapitale Buchen, deren immer noch grüne Blätter vor der heißen Mittagssonne schützten.
Ein älterer Renault, ein R4, stand vor dem ehemaligen Laborgebäude.
Vielleicht lag es an der Hitze oder auch an der Jahreszeit, dass es still war auf dem Grundstück. Nur selten zwitscherte ein Vogel. Die Brunftsaison war ja vorbei und die Jungen bereits aus den Nestern. Vielleicht war Walcher aber auch nur angespannt, dass er um sich herum Derartiges nicht mehr wahrnahm.
Es waren etwa 30 Meter über den Hof bis zu dem vorgebauten Türhaus, das ebenso mit einem Walmdach gedeckt war, wie die Villa selbst. Vier Stiegen führten zur breiten Doppelflügeltür hinauf, deren oberes Drittel in einem Rundbogen abschloss. Die massive Holztür setzte sich aus rechteckigen, auf der Spitze stehenden Kassetten zusammen, in deren obere Felder – links und rechts –

kleine, ebenfalls auf der Spitze stehende Rautenfenster eingearbeitet waren. Zusammen mit der überbetonten Metalleinfassung des Briefschlitzes wirkte die Tür wie ein Gesicht, das den Besucher kritisch zu mustern schien, in jedem Fall nicht freundlich. Dass sich links und rechts neben dem Türbau, ovale, vergitterte Gucklöcher befanden, musste bei jedem Besucher das Gefühl erzeugen, genauestens beobachtet und überwacht zu werden.
Nichts anderes empfand auch Walcher auf seinem Gang zur Tür und unwillig registrierte er, dass sich seine Nackenhaare sträubten.
Nachdem er den Klingelknopf aus Messing gedrückt hatte, steigerte sich seine seltsame Spannung noch.
Aber sich über den Grund dafür Gedanken zu machen, dazu kam er nicht, denn der rechte Türflügel öffnete sich einen Spalt.
Zwei Frauen, die eng nebeneinander standen, als wären sie miteinander verwachsen, hatten die schwere Tür aufgezogen und schienen bereit, sie bei dem geringsten Anzeichen von Gefahr wieder ins Schloss zu drücken.
Asiatinnen beide und noch sehr jung.
Walcher lächelte, schnupperte dabei ihr Parfüm, dem das Klischee der Käuflichkeit anhaftete, und zwang sich, nicht an einen bestimmten Obduktionsbefund Dr. Seyfrieds zu denken, was ihm allerdings nur schwer gelang.
He Hube is ni hiee, antworteten sie synchron auf seine Frage, ob er eintreten dürfe, lächelten dabei und wackelten mit ihren Köpfen wie Tempelhüterinnen.
Darf ich trotzdem reinkommen, mein Name ist Walcher, wir haben da noch einige Fragen.

He Hube is ni hiee, un Polizei wa schon suche ganz Haus, bekam er erneut als Antwort. Sehr groß scheint ihr Repertoire nicht zu sein, dachte Walcher und drückte die Tür einfach auf, auch um zu verhindern, ein drittes Mal hören

zu müssen, dass „He Hube ni hiee is".
In der ausgesprochen großzügigen Diele, dekorativ mit einer Fächerpalme, einem Stuhl und Tischchen aus der Zeit des Empire und mit einem ausgestopften Braunbär ausgestattet, der – mit einem Morgenstern bewaffnet – nur auf den Befehl zu warten schien, sich auf Eindringlinge zu stürzen, blieb Walcher stehen und wartete auf die beiden Frauen, die sich nur zögernd von der Tür lösten. *Verraten Sie mir bitte Ihre Namen und was Sie hier machen,* forderte er die beiden in ruppigem Tonfall auf, hätte dann aber beinahe lachen müssen, als tatsächlich zum dritten Mal kam: *He Hube is ni hiee.*
Walcher versuchte es auf Englisch und da plauderten die Damen, dass sie Lin Sanjing und Ines Pubon hießen, aus Shanghai und Macao stammten und hier als Korrespondentinnen arbeiteten.
Sie stehen also in keinem ehelichen oder eheähnlichen Verhältnis zu Herrn Huber, tat Walcher beamtenhaft und bat dann um ihre Reisepässe, Aufenthaltsgenehmigung und Arbeitserlaubnis, sowie einer anschließenden Führung durch das Haus.
Die Damen Sanjing und Pubon verstanden plötzlich recht gut und erklärten in breitem Stuttgarter Schwäbisch, nur mit dem R hatten sie Probleme: *d'Bulla hend elle Papiee mitgnomme.*
Walcher tat so, als habe er nicht daran gedacht. *Wann haben Sie Huber zum letzten Mal gesehen?*

Letzte Mittwoch zu eine Bespechung gefahe und ni mee zuückgekomm. Polizei uns ni sage, was is los.
Es sieht aus, als müssten Sie sich nach einer anderen Bleibe umsehen, klärte Walcher sie auf, *Herr Huber ist tot.*
Die beiden Frauen reagierten nicht sonderlich überrascht oder betroffen, sondern stellten sachlich fest: *schon vemutet, geschieht zu echt, das Schwein.* Sanjing zuckte mit den Schultern und klärte Walcher auf: *Wie seit dei Monate hiee,*

engagiet, um zätlich sein, koche und putze. Glaube uns, das häteste Zeit, die wie gemach in Lebe. Also ni wundeen, wenn wie kein taueig. Von sein Geschäft wie kein Ahnung, nu dasse ni nett mit sein Geschäftfeunde speche.

Erzählen Sie, forderte Walcher.

Nu höen, wenn Hube telefoniee mit Handy.

Und?

Was und?

Na, was hat er gesagt, mit wem hat er gesprochen, wie hat er gesprochen, lassen Sie sich doch nicht jedes Wort aus der Nase ziehen, grollte Walcher.

Wie ni gewusst, mit wem Hube telefoniee, nu höen wie, grollte Ines zurück.

Gut, und wie hat er telefoniert?

Wie Deckschwein, präzisierte Ines mit Bestimmtheit.

Welche Besucher hatte er in der letzten Zeit?, wollte Walcher wissen.

Letzte Zeit nu wenig, schüttelte Sanjing den Kopf, und Ines ergänzte: *Davo nu Kele, wo vögeln. Hube ein Büo in Fiedichshafen, wie wisse abe ni wo ist. Auch obe in seine Büo wie noch ni, immee zugeschlosse,* deutete sie mit dem Finger in die Höhe.

In Ordnung, nickte Walcher, *jetzt machen wir erst einmal eine Hausführung, dann sehen wir weiter. Wo sind Sie eigentlich gemeldet oder besser gesagt, wo wohnen Sie?*

Ja also, zue Zeit sind wie ehe auf Suche, druckste Sanjing herum, *vielleicht gehe wie so in die Stuttgate Gegend odee so.*

Während sie die Holztreppe in den ersten Stock hinauf stiegen, klingelte Walchers Handy. Brunner. *Wenn Sie Ihren Damenbesuch beendet haben, lade ich Sie zum Essen ein. Dreizehn Uhr im Gruber Schlösschen auf dem Hoyerberg.*

Bevor Walcher etwas sagen konnte, war die Verbindung tot. Dass Brunner wusste, wo er war, bestätigte Walchers Annahme, dass Brunners Leute die Villa überwachten. Und dass Brunner ihn zum Essen einlud, bestätigte sein

Gefühl, dass etwas faul an der Sache war.
Das Treppenhaus endete im ersten Stock in einer offenen Diele, von der sternförmig sechs Türen, also Zimmer abgingen.
Die geh in Dachwohnung wo Büo, is immee verspet, deutete Lin auf die linke Tür neben der Treppe. *Die nächst Tüe unsee Zimmee, dann komme Bad, Toilette, Schlafzimmee und Spielezimmee.*
Wie komme wie zu unsee Kohle?, fragte Sanjing, als sie im Schlafzimmer standen, das zum See ausgerichtet war. *Das Schwein hat est Anzahlung gemacht und nuee Hälfte.*

Berufsrisiko, meine Damen, hörte sich Walcher etwas gehässig sagen, korrigierte sich dann aber und empfahl: *Sie können Ihre Forderungen dem Nachlassverwalter anzeigen, der in solchen Fällen eingesetzt wird.*
Die beiden Frauen musterten ihn, als käme er von einem anderen Stern.
Ist vielleicht keine besonders gute Idee, meinte er und dachte gleichzeitig an Huber. Dieses Schwein schwamm im Geld und trotzdem nutzte er sogar noch Huren aus.
Ist das nur Zierde, oder ... deutete Walcher auf die Foltergeräte, die im Zimmer herumstanden und an den Wänden hingen. Vielleicht erklärten die Gerätschaften, warum Huber kläglich in einem Verlies verrecken musste.
Auch in der Folterkammer der Meersburg gab es ähnliche Marterinstrumente.
Die beiden Frauen sahen sich stumm an, dann wandte sich Ines ab, zog den Pullover hoch, und Lin schob die Trainingshose auf halbe Höhe der Pobacken herunter. Unwillkürlich verzog Walcher das Gesicht. Kreuz und quer zeichneten sich auf Ines Haut Linien der unterschiedlichsten Färbungen ab, von tiefblau über grün bis hin zu braun. *Gepügelt und gefoltet hate, glaube, lange wie ni meh aushalte,* flüsterte Lin.
Aber warum sind Sie nicht einfach gegangen?, fragte Walcher

und wusste, dass dies eine überflüssige Frage war.
Wohin, zu unsee Zuhälte? Die uns noch meh vepügelt. Vestehen, wie sin wie Feibank.
Feiwild, verbesserte Ines.
Bilder tauchten in Walchers Kopf auf, Erinnerungen an zurückliegende Recherchen über Menschenhandel, und er fühlte, wie sich der Magen verkrampfte. *Es gibt da so ein Ausstiegsprogramm,* begann er, *soll ich mich darum kümmern?*
Vegesse die Scheiße, habe wiee schon hintee uns. Die Jungs habe uns wiedee zuückgeholt un gesagt, dass de Ulaub vobei is und wie alles einabeite müsse. Die stecke alle untee Decke.
Aber wir sind hier nicht in Stuttgart, versuchte es Walcher noch einmal.
Vegiss es Süßee, lächelte Lin.
Walcher nickte, auch weil er eigentlich froh war, dieses Thema nicht weiter vertiefen zu müssen. Mit Leichen, Mord und Totschlag konnte er ja noch einigermaßen klarkommen, aber bei Zwangsprostitution, Sadismus und geschändeten Frauen fühlte er sich hilflos. *Sie sollten ihn anzeigen, auch wenn er schon tot ist. Vielleicht erhalten sie dann wenigstens eine medizinische Versorgung auf Staatskosten. Huber hatte nämlich Tripper.*
Beide Frauen nickten, sagten aber nichts dazu, sahen ihn nur an. Walcher überkam der Drang, dieses Horrorzimmer möglichst rasch zu verlassen, und er eilte in die Diele zurück. Aber schon als er die nächste Tür öffnete, betrat er eine ähnliche Folterkammer.
Die Einrichtung des *Spielzimmers,* wie Lin erklärte, beschränkte sich auf mehrere Lagen Teppiche, einem Berg von Kissen und runden Sitzpolstern, die sich in einigen raumhohen Wandspiegeln duplizierten. Auch die Decke war mit Spiegeln verkleidet. Hier konnte schon ein einziger Nackter den Eindruck erwecken, an einer wahren Orgie mit unzähligen Menschen teilzunehmen.

Teppiche, Kissen und Polster waren ebenso in Blautönen gehalten, wie die beiden schweren samtenen Vorhänge an den Fenstern. Lin hatte die indirekte Beleuchtung angeknipst, da die Vorhänge nur wenig Tageslicht durchließen.
Ein wirklich hübsches Spielzimmer, meinte Walcher und stieg respektlos mit seinen Straßenschuhen über die flauschigen Teppiche an das rechte der beiden Fenster.
Blauer See und blauer Himmel, passend zur Lustwiese, nur heller im Ton, Büsche, Bäume und links davor der Gartenteil, in dem früher vermutlich Gemüse angebaut wurde, jedenfalls ließen die Einfassungen darauf schließen. Am linken Rand seines Blickwinkels das ehemalige Laborgebäude. *Wer wohnt dort?,* fragte Walcher und deutete in die Richtung.
Lin und Ines nickten wieder einmal, als wären sie eine Person. *Altee Mann, He Allesheim, seh feundlich. He Hube uns vebote mit ihm speche, abee wie totzdem speche. Andee Wohnungen nich vemiete.*
Allersheim, klang es Walcher im Kopf nach. *Danke meine Damen, jetzt noch die Räume unten.* Walcher kannte zwar das Erdgeschoss von seinen Interviews mit Huber, aber vielleicht hatte sich etwas geändert, und wenn er schon im Haus war ...
Die Damen stiegen graziös die Treppe hinunter, wobei Lin sich sogar bei Walcher einhakte. Offensichtlich hatte sie ihre Zurückhaltung vor dem Bullen abgelegt.
Walcher ließ es geschehen, vor der Tür zur Küche ging Lin ohnehin wieder auf Distanz.
Die Küche, so schien es Walcher, ließ keine Wünsche eines Profikochs offen, wirkte und roch allerdings antiseptisch wie ein Operationssaal. Von der offenen Theke konnten die Speisen in ein Esszimmer gereicht werden, das einzig der Aussicht in den Garten und seiner puritanischen Ausstattung wegen einer Erwähnung lohnte.

Durch die offene Flügeltür, eine filigrane Prachtarbeit von weiß lackiertem Holz und Buntgläsern aus der Zeit des Jugendstils, ging es in den Salon, in dem Huber damals Walcher immer empfangen hatte. In diesem Raum, der den größten Teil der Hausfläche einnahm, dominierte auf der einen Hälfte der offene Kamin und die davor plazierte Ledergruppe. Auf der anderen Hälfte stand ein mächtiger Konzertflügel, dessen Linienführung und Goldeinlagen den Stil des ausgehenden Empire nachahmten. Der Flügel, hatte Huber ihm verraten, entspräche seinem Verständnis von Kultur, obwohl er klassische Musik zum Kotzen langweilig fände.
Walcher musste an die Schlafzimmer denken, die er damals noch nicht gekannt hatte.
An den Wandflächen zwischen den Fenstern und an den Innenwänden hingen einige Kunstwerke, wie sie auch in erfolgreichen Anwaltskanzleien hängen. Auffallend waren auch die Intarsien des Parkettbodens, fand Walcher, die den Buchstaben A spielerisch in geometrischen Formen variierten. Es hätte Huber eher entsprochen, wenn er den Boden, der wohl noch aus der Zeit der Allersheims stammte, mit Auslegware bedeckt oder sogar erneuert hätte.
An den Salon schloss ein kleines Kabinett an, das sogenannte Rauchzimmer, in dem allerdings nur abgedeckte Sitzmöbel und Malerkübel zu bewundern waren.
Damit endete der Rundgang, denn Walcher winkte ab, als ihm Lin noch die vorletzte Tür in der Diele öffnen wollte, die Toilette. Die Tür zum Keller war mit dem Polizeisiegel beklebt.
Das war's, oder fällt Ihnen etwas Besonderes ein, was Sie den Kollegen noch nicht erzählt haben? Irgend ein Besucher, ein Name, ein Ereignis ...
Ines und Lin schüttelten – wie konnte es auch anders sein – synchron die Köpfe. *Kollege habe viele Foto gezeigt,*

wie ni kenne.
Gut, dann gehe ich wieder, trat Walcher den Rückzug an. Zu gerne hätte er gefragt, was die Kollegen im Haus denn alles gefunden hatten, aber diese Frage sollte er besser Brunner stellen. Jetzt war er erst einmal gespannt auf Allersheim.

Unbehagen

Scheiße, fluchte März und meinte damit nicht nur den Stau, in den sie kurz nach Lindau geraten waren, sondern die Idee, einen Journalisten zur Mitarbeit aufgefordert zu haben. Ausgerechnet einen Investigativ-Journalisten.
Ein Schnüffler!
Der lag in seiner persönlichen Antipathieskala sogar noch weit vor einem Privatdetektiv. Außerdem war ihm dieser Walcher derart unsympathisch gewesen, dass er am liebsten das Gespräch rückgängig gemacht hätte. Brunner, dieses Arschloch, warum nur hatte er sich von ihm überreden lassen?
Was ist Scheiße, fragte Dr. Seyfried, *der Stau oder das Gespräch vorhin?*
Kannst du Gedanken lesen?, knurrte März.
Gedanken nicht, aber Gesichter, schmunzelte Seyfried, *und deins zeigte deutlich deinen Widerwillen. Nicht nur gegen die Idee, einen Journalisten ins Boot zu nehmen, sondern auch speziell gegen diesen Journalisten.*
Ach ja, konnte man das sehen? März klang nicht etwa betroffen.
Ich konnte es, aber ich teile weder deine Befürchtung noch deine Aversion Walcher gegenüber. Ich finde ihn sympathisch, und was ich von ihm gelesen habe, hat mir gefallen. Dr. Seyfried deutete auf die Straße, weil März scheinbar nicht

wahrgenommen hatte, dass sich die Schlange bewegte. *Mag ja sein, aber ich habe kein gutes Gefühl und werde diesen Herrn nicht mit Informationen füttern, damit ich sie dann in der Zeitung lesen kann.* März legte den fünften Gang ein und würgte damit den Motor ab. Fluchend setzte er das Blaulicht aufs Dach, startete und fuhr auf der Straßenmitte zügig an der Schlange vorbei.

Dr. Seyfried sagte nichts, aber seine Miene sprach Bände. Er hasste diese Rambo-Masche, auch wenn er sich längst damit abgefunden hatte, dass manche Polizisten etwas einfach gestrickt waren und hier und da derartige Demonstrationen für ihr Selbstverständnis brauchten.

Mit März kam Seyfried ganz gut klar, er kam eigentlich mit allen Polizisten ganz gut klar, aber es war auffällig, dass sich der Oberkellner – wie sie ihn seiner kurzen weißen Arbeitsjacke wegen nannten –, höchst selten am Gruppenleben der Kollegen beteiligte. Weder saß er bei den zahlreich stattfindenden Stammtischen der unterschiedlichen Kommissariate, noch bei denen der Richter und Staatsanwälte, die regelmäßig ihre Einladungen an die Führungsebene der Polizei wiederholten. Auch an den sonstigen Aktivitäten und Feiern der Kollegen nahm Dr. Seyfried so gut wie nie teil.

In erster Linie war er Wissenschaftler, der lieber in seinem Labor oder Arbeitszimmer saß, sich über neueste Analysemethoden informierte, eigene Verfahren entwickelte und sie testete, oder in alten Fällen herumstocherte.

Wenn sich Seyfried mal an der frischen Luft bewegte, dann nur um Giftpflanzen zu sammeln. Zusammen mit tierischen Giften verfügte er über eine der wohl umfangreichsten Naturgiftsammlungen und galt als Spezialist in Sachen Giftmorde.

Dr. Seyfried hatte seine beiden Faibles unter einen Hut gebracht und bezeichnete sich als kriminalmedizinischen

Wissenschaftler. Für ihn hatte es niemals den geringsten Zweifel gegeben, dass er den interessantesten Beruf ausübte, den es gab.

Arthur Allersheim ...

stand auf der Visitenkarte, die weiteren Informationen waren mit einem dicken Filzstift geschwärzt worden. Von zwei Klebstreifen gehalten, hing die Karte an dem rustikalen Holztor, hinter dem eher eine Garage als eine Wohnung zu vermuten war.
Der lang gezogene Bau schien in vier Wohneinheiten aufgeteilt, deren Eingänge auf den Giebel- und Längsseiten den Bewohnern wohl den Eindruck vermitteln sollten, allein in diesem Haus zu leben.
Walcher war rund um das Haus gegangen, bis er an der Giebelseite zur Grundstücksgrenze auf das – Lässigkeit demonstrierende – Namensschild gestoßen war. Da sich auf sein Klopfen hin nichts tat, eine Klingel konnte er nicht entdecken, drückte er die Klinke und öffnete die Torhälfte, die wie ein Kirchenportal aufschwang.
Würden beide Flügel geöffnet, so hätte ein Kleinlaster einfahren können, der zur Zeit allerdings nicht mehr in den Innenraum gepasst hätte. Der war nämlich vollgestopft mit Möbelstücken aller Art. Tische, Sessel, Sofas, Anrichten, Schränke, Stühle, alles mehrfach und in unterschiedlichsten Stilrichtungen, stapelten sich auf- und ineinander verschachtelt bis an die Decke.
Es roch, wie es in schlecht gelüfteten Möbellagern roch, miefig, nach einer Mischung aus Holzpolitur, Mottenkugeln, dem Kot aller möglichen Kleinlebewesen und dem Rauch dicker Zigarren.
Nur ein schmaler Korridor direkt am Tor entlang war

freigehalten, als Zugang zu den Türen links und rechts. Walcher entschied sich für die linke und klopfte daran. Den Torflügel hatte er offen stehen gelassen, damit er etwas sehen konnte.
Als auch hier nach mehrmaligem Klopfen keine Reaktion erfolgte, öffnete er und fragte in den Raum, der wie eine Wohnküche von Flüchtlingen eingerichtet war: *Hallo Herr Allersheim, sind Sie da?*
Offensichtlich war Allersheim nicht in diesem Raum und auch nicht in dem darüber. Walcher scheute sich nicht, die Wendeltreppe hinaufzusteigen und einen Blick in den oberen Teil der als Maisonette konzipierten Zweizimmerwohnung zu werfen.
Dort oben herrschte dasselbe Durcheinander wie in der Garage, nur dass es sich dabei um Kisten, gerahmte Bilder, Stehlampen, Hirschgeweihe, Kleiderständer, eine Standuhr und solche Gegenstände handelte, mit denen in Zeiten des Empires, Jugendstils und Biedermeiers die Wohnungen der gehobenen Bürgerschicht dekoriert gewesen waren. Im Zentrum des Chaos stand ein Bett, wie der Mittelpunkt eines Labyrinths. Faszinierend, was auf derart engem Raum durch kreative Lagertechnik alles untergebracht werden konnte, dachte Walcher. Entweder verdiente sich Allersheim als Wohnungsauflöser seinen Lebensunterhalt oder er hatte hier alles eingelagert, was ehemals in seiner Villa gestanden war.
Nach einem weiteren: *Hallo, Herr Allersheim?*, welches auch nur der Form diente, kehrte Walcher zum Garagentor zurück und wiederholte das Procedere an der rechten Tür. Diesmal stand er nach dem Öffnen in einem dunklen Raum, der nur durch das silberblaue Licht eines kleinen Bildschirms erhellt wurde, vor dem sich die Silhouette eines Außerirdischen abzeichnete, jedenfalls was dessen Kopfform betraf.
Soweit Walcher überhaupt etwas erkennen konnte, war

auch dieser Raum mit Gerätschaften vollgestellt, allerdings erinnerten diese ihn mehr an eine Großkücheneinrichtung. Wieder rief Walcher: *Hallo Herr Allersheim.*
Als sich nichts tat, machte er einen Schritt auf die Silhouette zu und stieß dabei mit dem rechten Knie hart gegen eine Metallkante.
Weder der laute, blecherne Ton, noch der darauf folgende Fluch Walchers, veränderte die Position des Mannes. Humpelnd tastete sich Walcher vorsichtig zwei Schritte weiter und hörte das schrille Außengeräusch überstrapazierter Kopfhörer.
Es klang nach der Symphonie Nummer Sieben von Bruckner, die er besonders mochte und die deshalb auch Bestandteil seiner überschaubaren CD-Sammlung war.
Zögernd tippte er an die Schulter des Mannes.
Der zuckte kurz zusammen, drückte auf den Wandschalter neben sich und auf der Tastatur vor sich herum, worauf die Zahlenkolonnen auf dem Bildschirm verschwanden, während eine Neonröhre an der Decke aufflackerte. Dann erst nahm der Mann die monströsen Kopfhörer aus der Zeit Edisons ab und verwandelte sich von einem Außerirdischen in einen Menschen, vermutlich Allersheim.
Wer sind Sie? Was wollen Sie? Warum stören Sie mich und vor allem, warum klingeln Sie nicht, bevor Sie in mein Haus eindringen?
Die Fragen des Mannes klangen für die Situation geradezu unangemessen ruhig und sachlich, und Walcher schob es dem schmerzenden Knie zu, dass seine Antwort dagegen etwas dümmlich ausfiel. *Sie haben gar keine Klingel, und wenn man Bruckner voll aufdreht, hört man sowieso nichts um sich herum.*

Bruckner stimmt, aber Sie nicht, stellte der Mann fest. *Ich habe schon Ihren Kollegen klar gemacht, dass ich weder Zeit noch Anlass habe, der Polizei ständig dienlich zu sein.*

Kommen Sie mit dem Staatsanwalt oder einem Durchsuchungsbefehl wieder, ansonsten bleiben Sie mir vom Hals, ist das klar?
Sie sind Arthur Allersheim, stellte Walcher überflüssigerweise fest.
Der Mann sah Walcher einen Moment scharf an. *Ja, ich bin Allersheim, und jetzt verschwinden Sie!*
Walcher, stellte er sich vor, *ich bin nicht von der Kripo, ich bin Journalist und hier, weil ich Huber vor gut zehn Jahren interviewt und mich all die Jahre gefragt habe, warum ihn niemand umbringt.*
Im kalten Neonlicht sah Allersheim aus, als wäre er so gegen hundert Jahre alt und gerade aus der Tiefkühltruhe aufgetaut worden. Einen Kopf größer als Walcher, mit einem übergroßen ovalen Schädel, dessen hohe Stirn ein Strahlenkranz dichter, langer und bis auf die breiten Schultern hängender Haare begrenzte, stand er leicht gebeugt und musterte den Eindringling mit einem Ausdruck, als studiere er gerade den Anus einer Kellerassel. Seine Stimme klang angenehm dunkel und fest, als er sagte: *Das fragte ich mich auch des Öfteren. Kommen Sie, wir gehen in den Salon.*
Allersheim drückte Walcher etwas zur Seite, um an ihm vorbeizukommen und ging voraus. Walcher folgte und fragte sich, ob er den Salon bei seiner unerlaubten Erkundung übersehen hatte und musste dann einen Lachreiz unterdrücken, als Allersheim in die Flüchtlingsküche ging und einladend auf den mit einer schweren Marmorplatte belegten Schreibtisch deutete, der als Küchentisch diente.
Nehmen Sie Platz, Herr Walcher. Ich habe damals Ihren Artikel gelesen und mir gedacht, dass Schreiber wie Sie solchen Schweinen wie Huber überhaupt erst die Felder roden, auf denen sie nach Belieben anbauen und ernten können, aber das werden Sie vermutlich vehement von sich weisen. Wie wollen Sie ihn?

Allersheim deutete mit dem Finger auf die Kaffeemaschine: *Schwarz oder bürgerlich?*
Ohne auf eine Antwort zu warten, wandte er sich dem Gerät neuester Bauart zu, nahm eine Tasse und stellte sie unter den Auslauf. *Ich vermute mal, Sie mögen gar keinen Kaffee und würden auch sonst alles trinken, was ich Ihnen anbiete, nur um mich verträglich zu stimmen. Stimmt's?*

Machen Sie ihn so, wie ihn Huber mochte. Walcher konnte schwer einschätzen, wie Allersheim reagieren würde, aber er hatte bisher den Eindruck, als käme er bei dem schrulligen Eisenfresser mit Sarkasmus weiter.
Allersheim deutete denn auch einen kurzen Lacher an. *Der hat bei mir nie Kaffee getrunken, wohl aus Angst ich würde ihn vergiften. So etwas Ähnliches wollen Sie doch hören, oder? Milch habe ich keine im Haus und der Zucker steht hinter Ihnen,* deutete Allersheim auf das offen stehende Empireschränkchen, das als Vorratskammer diente.
An Walchers Gesichtsausdruck musste sein Mitleid über die Sammlung von Dosengerichten, mit denen das wertvoll anmutende Möbelstück voll gestopft war, deutlich ablesbar gewesen sein, denn Allersheim meinte mit einem Achselzucken: *Keine Angst, ich werde Sie nicht zum Essen einladen.*
Walcher trank einen kleinen Schluck und musste sich eine Grimasse verkneifen, denn der Kaffe schmeckte nach Mottenpulver und Lavendel.
Allersheim lächelte: *Scheußlich nicht? Er stand wohl zu lange im ehemaligen Kleiderschrank, aber Sie sind ja kein Wiener und auch nicht hier, vermute ich, um meinen Kaffee zu loben, also, schießen Sie los.*
Walcher hatte sich kein Konzept zurechtgelegt, hoffte aber auf die Wirkung von Reizfragen. *Wieso sitzen Sie hier und nicht in Ihrer Villa?*
Sie meinen, Allersheim wirkte belustigt, *ich soll Ihnen ein Motiv liefern?*

Ich bin nicht hier, widersprach Walcher, *um den Mord an Huber zu untersuchen, sondern um meine Geschichte über ihn abzuschließen. Ich werde auch noch andere Leute befragen, die mit Huber zu tun hatten.*
Allersheim überlegte, schüttelte den Kopf und hatte wohl einen Entschluss gefasst. *Ich sehe keine Veranlassung Ihnen meine Vergangenheit zu erzählen, nur um sie in irgendeinem Blatt lesen zu können. Nehmen Sie das nicht persönlich, aber eigentlich will ich mich mit Ihnen nicht unterhalten, sondern wieder an meine Arbeit gehen.* Mit diesen Worten stand Allersheim auf.
Walcher rieb sich das immer noch schmerzende Knie, als versuche er Allersheim über die Mitleidsschiene umzustimmen. *Ich kann Sie durchaus verstehen, aber ich habe mir nicht das Knie in Ihrem Labor angestoßen und das schwarze Gift getrunken, um gleich wieder abzuziehen. Natürlich kann ich in Archiven herumstöbern und Leute befragen, aber das wäre alles nichts gegen ein Gespräch mit Ihnen, denn nur das verhindert falsche Schlussfolgerungen.*
Allersheim zeigte weder Mitleid, noch ging er auf die versteckte Drohung ein: *Ich habe mir angewöhnt, mir meine Zeit nicht stehlen zu lassen. Sie gehen jetzt bitte.*
Walcher nickte, deutete auf die Tasse und meinte lächelnd, während er aufstand: *Wenn ich den überlebe, werde ich wiederkommen und versuchen, Sie umzustimmen.*
Die Gesichtsfalten von Allersheim blieben unbewegt, als er dem ungebetenen Gast die Tür aufhielt.
Walcher verließ die Küche und das Haus, froh, nicht mehr lächeln zu müssen. Tief atmete er ein und am liebsten wäre ihm gewesen, wenn er sofort einen Lauf durch seinen Wald hätte machen können.
Unbewusst schüttelte er mehrmals den Kopf.
Wie man einen lästigen Hausierer davonjagt, so war er von Allersheim vor die Tür gesetzt worden – war es das, was ihn kränkte? In schlechten Filmen ging man so mit

Schnüfflern um ... und auch mit Journalisten, daran war nichts Außergewöhnliches. Vielleicht sollte er sich erst einmal eine Pause gönnen, die vergangenen Recherchen waren anstrengend gewesen. Oder hatte nur seine Empfindlichkeit zugenommen? Vielleicht ärgerte er sich darüber, dass er diesen Allersheim sympathisch fand, aber nicht auf Gegenliebe gestoßen war.

Gruber Schlösschen

Auf dem Hoyerberg, 150 Meter über dem Bodensee, bietet das *Gruber Schlösschen* nicht nur einen traumhaften Ausblick, sondern das Restaurant darin auch eine überzeugende Speisekarte.
Brunner saß schon vor einem Glas, dessen transparentroter Inhalt mit der darauf schwimmenden Zitronenscheibe einen *Campari* vermuten ließ. Walcher war zwar gespannt darauf, was ihm der Kommissar zu erzählen hatte, nahm sich aber erst einmal die Zeit für einen Blick hinunter auf Lindau und die Bregenzer Bucht.
Er sah hinüber zu den Rheinmündungen, über denen der von Wolken umringte Säntis thronte. Vielleicht braute sich dort drüben ein Gewitter zusammen, das etwas Abkühlung bringen würde.
Brunner schien die Ruhe selbst zu sein und wartete, bis Walcher sich ein Wasser bestellt und um die Speisekarte gebeten hatte. Erst nachdem das Wasser auf dem Tisch stand und Walcher einen Salat mit geräuchertem Felchen bestellt hatte, konnte sich der Kommissar nicht mehr bremsen.
Sie werden sich fragen, weshalb wir Sie auf den Fall ansetzen ... oder sagen wir mal, dazu ermuntern wollen, eigene Recherchen anzustellen. Ich hab's Ihnen angesehen, dass Sie

eine Schweinerei unsererseits vermuten ... deshalb meine Einladung zum Essen. Ich habe übrigens denselben Salat bestellt. Denselben oder den gleichen?, schweiften Walchers Gedanken in die Schulzeit ab. Wie war das? Er sah an Brunner vorbei in die Berge. Einer glich dem anderen, aber es waren nicht dieselben. Ein Polizist gleicht dem anderen und trotzdem ...

Eigentlich kam die Idee von mir, unterbrach der Kommissar Walchers grammatikalische Exkursion, *der Kollege März war eher dagegen, mit Ihnen zusammenzuarbeiten. Aber genau da drückte mich der Schuh. Ich kann nicht an März vorbei in seinem Revier wildern. Und beide können wir nicht mal kurz einem unbescholtenen Bürger in Bregenz, auf der Schweizer Seite oder in Ravensburg oder sonst wo auf die Füße treten – Sie aber können das.* Brunner zog aus seiner auf dem Stuhl neben ihm liegenden Jacke einen Umschlag und legte ihn vor Walcher auf den Tisch. *Das sind Kopien wesentlicher Seiten aus Hubers Notizbuch. Haben wir gestern in seinem Arbeitszimmer unterm Dach, hier in der Villa aus seinem Safe gefischt.*

Beweismaterial? Normalerweise bekommen wir das nur zugesteckt, wenn der Polizei nichts mehr einfällt. Walcher lächelte den Kommissar freundlich an.

Der zog nur kurz seine Augenbrauen hoch. *Verarschen kann ich mich selbst,* knurrte er und näherte sich damit wieder seiner normalen Form. *Da stehen hauptsächlich Hubers Partner, Freunde, Opfer drin und ertragreiche Geschäfte, schön aufgelistet mit Datum, Ort und Art der Zusammenarbeit. Das Finanzamt hätte Freude an Hubers sauberer Buchführung. Es handelt sich um höchst interessante Namen, und da sind wir beim Kern unseres Problems angelangt. Beim heißen Kern.*

Ein Bauernopfer also, tippte sich Walcher mit der Hand an die Brust, *damit Sie und Ihre Kollegen sich am heißen Kern nicht die Finger verbrennen, interpretiere ich das soweit richtig?*

Einige der Herren wohnen im Gebiet der Polizeidirektion Friedrichshafen und einige hier, führte Brunner seinen Gedanken zu Ende, ohne auf Walchers Frage einzugehen. Dafür wischte er sich mit der Serviette den Schweiß von der Stirn.

Und an die trauen Sie und Ihr Kollege sich nicht heran?, blieb Walcher hartnäckig.

Quatsch, darum geht es uns doch nicht. Wir wollen nur in Ruhe ermitteln, deshalb werden wir über dieses Notizbuch nichts verlauten lassen und so tun ...

Jetzt nennen Sie mir doch ein paar Namen, damit ich mir eine Vorstellung von der Schmelztemperatur Ihres Kerns machen kann, unterbrach ihn Walcher.

Brunner schüttelte den Kopf und sah nach links und rechts zu den Nachbartischen, die inzwischen von gut gekleideten Gästen besetzt waren. *Legislative, Judikative, Exekutive,* flüsterte er Walcher vorgebeugt zu, *man könnte vereinfacht auch von der Führungsriege sprechen. Wenn die sich einmischen und das werden sie vermutlich, schreibe ich binnen einer Woche Verkehrssünder in Ihrem Kuhnest auf und trainiere dort Schülerlotsen an dem einzigen Fußgängerüberweg. Und dem Kollegen in Friedrichshafen wird wohl dasselbe geschehen.*

Walcher nickte, *haben Sie sonst noch was gefunden?*

Mit verkniffenem Mund nickte auch Brunner, wartete aber bis der Kellner die beiden Salatteller samt Brotkorb abgestellt und einen guten Appetit gewünscht hatte.

Hunderte Videos, flüsterte der Kommissar, *Schmuck, Gemälde, alte Siegel, Teppiche, Pelze, Münzen, alte Waffen, Gläser, Porzellan und was weiß ich noch alles, wird gerade aufgelistet. Im Keller der Villa sieht es aus wie in der Schatzkammer des Vatikans.*

Waren Sie schon mal drin?, unterbrach Walcher den Weg seiner vollen Gabel zum Mund.

Na, gestern.

Im Vatikan?

Manchmal sind Sie unausstehlich, knurrte Brunner.

Was ist auf den Videos drauf?

Wir waren gestern in der Villa, gestern, Herr Walcher! Guten Appetit. Auch Brunner behäufte seine Gabel.

Würde mich nicht wundern, nuschelte Walcher mit vollem Mund, *wenn es sich um Pornos handelt. Bei dem Schlafzimmer! Also, was genau stellen Sie sich vor, soll ich unternehmen?*

Brunner deutete auf den Umschlag. *Da sind auch Namen Ihrer Privatliste dabei. Wie wär's, wenn Sie die Jungs einfach mal interviewen würden, was sie vom Tod Hubers halten?*

Walcher wollte in Ruhe den Salat essen – den er in Gedanken mit einem Stern auszeichnete – und versuchte, Brunner mit Fragen zu beschäftigen: *Ich soll also für Sie den Buhmann spielen, die großen Tiere in Angst und Schrecken versetzen, damit Sie in Ruhe ermitteln können, meinen Sie das?*

Brunner übernahm jedoch nicht das Gespräch, wahrscheinlich wollte auch er in Ruhe essen, nickte nur und bepackte konzentriert seine Gabel mit einem Salatblatt und einem Stück Felchen.

Walcher sah ein, dass seiner Frage die Raffinesse gefehlt hatte. *Wer weiß inzwischen alles von dem Notizbuch?*

Meine Mitarbeiter ... Brunner lud das Felchenstück, das von der Gabel gekippt war, wieder auf und führte es, obwohl es wieder herunterzukippen drohte, mit einer gekonnten Schlingerbewegung in den Mund und setzte unter hektischen Kaubewegungen, als könnte sich das Felchenstück nochmal verselbständigen, den begonnenen Satz fort, *... und dann natürlich noch die Kollegen aus Friedrichshafen.*

März?

Genau, März und Dr. Seyfried, die beiden hatte ich heute vor unserem Gespräch informiert. Warum interessiert Sie das?

Brunner legte eine kurze Kaupause ein und sah Walcher misstrauisch an.
Walcher zuckte nur mit den Achseln und wechselte das Thema. *Was meinen Sie, sollten wir einen Ausflug nach Meersburg machen? Ich würde mir gerne den Tatort ansehen, ich war zwar schon einige Male in der Burg, aber Details habe ich nicht mehr in Erinnerung.*
Brunner nickte, aber das Misstrauen in seinem Blick blieb. *Wie wär's mit Montagvormittag? Ich hol Sie ab, dann brauchen Sie nicht extra von Ihrem Bergsitz herunter.*
Passt mir gut, so gegen Neun? Aber ich komme zu Ihnen, habe nach unserer Fahrt noch etwas in der Gegend zu tun, lehnte Walcher den Vorschlag ab. *Die Lockente sitzt meist im Schussfeld des Jägers.*
Wie meinen Sie das?
Ach, nur so.
Das könnte ich zweideutig auslegen, überlegte Brunner laut.
War das eine Einladung?
Wie?
Na, das Essen hier oder habe ich Sie falsch verstanden?
Brunner nickte, auch als Walcher wissen wollte, ob noch ein Kaffee drin wäre und ob er den Rechnungsbon gegenzeichnen müsse.
Ach ja, fiel es Walcher zum Thema Rechnung ein, *Huber hatte ein Büro in Friedrichshafen, die beiden Damen wussten aber nicht wo.*
Brunner nickte, *meine Leute sind da gerade.*
Na dann, the germans to the front!
Ach nun hören Sie doch auf, knurrte Brunner, grinste aber dabei.

Sahras Traum

Hatte Sie geschrien oder war der gellende Schrei nur aus ihrem Traum herübergehallt? Ihr Hemd war durchgeschwitzt, aber das kannte sie.
Etwas taumelig tastete ihre Hand nach der Teetasse neben dem Bett. Enttäuscht fühlte sie schon an deren Gewicht, dass sie würde aufstehen müssen.
Sie brauchte nicht auf die Uhr zu sehen, um zu wissen, dass es ziemlich genau vier Uhr morgens war. Als hätte sich diese Zeit in ihrer Innenuhr eingebrannt, schreckte sie wenigstens einmal im Monat aus dem Schlaf, genau um vier Uhr, meist zu Beginn ihrer Regel.
„Lass diesen Traum zu, sieh ihn dir genau an und sprich darüber“, hatten die Therapeuten gesagt, aber wann dieser Horror endlich vorbei sein würde, das hatte keiner zu sagen gewusst. Oder trauten sie sich nur nicht, ihr die Wahrheit zu sagen? Dass es nämlich vor diesen Träumen kein Entrinnen gab. Sie liefen ab wie ein Regelwerk, wie die ständige Wiederholung des einzigen Films, der im Speicher steckte und nicht mehr zu löschen war.
Die Kanne in der Küche war noch halbvoll und sie trank gierig daraus. *Frohgarten* nannte sie die Teemischung, die ihr kalt besonders gut schmeckte. Auch Florian mochte sie. Warum nur meldete er sich nicht? Hatte sie ihn derart gekränkt mit ihren Fragen? Vier Tage, das bedeutete für Florian, der sich sonst jeden Tag meldete, eine verdammt lange Zeit. Ob sie die Eltern anrufen sollte?
Nein, entschied sie, lieber noch ein paar Tage warten. Erstens war Florian vermutlich in die Vorbereitung seiner Bio-Klausur vertieft und zweitens wurde sie von seinen Eltern nicht besonders geschätzt. Sie, die ihnen das Söhnchen wegnahm, besitzergreifend und dazu nicht ganz klar im Kopf.
Liebte sie ihn, weil sie ihn haben wollte oder weil sie

glaubte, ihn zu brauchen, oder weil sie ihn mochte und wirklich liebte? Oft schon hatte sie sich diese Fragen gestellt, aber immer an einer ehrlichen Antwort vorbeigemogelt.

Er kann so gut zuhören, ist zärtlich, sieht gut aus, verfügt über ein scheinbar unerschöpfliches Fass an Verständnis, duftet meistens gut, liebt wie sie die Natur …, hatte sie bei solchen Gelegenheiten aufgezählt, warum sie ihn mochte. Aber Liebe? Musste da nicht ein Feuer brennen, hell und heiß und wild?

Wie ein tiefer Seufzer klang es, als sie die frische Morgenluft einsog. Unbewusst war sie auf die Veranda gegangen und hatte sich auf die Holzbohlen gesetzt.

Unter die Düfte des Sommers hatte sich längst der Herbst gemischt. Der Zerfall begann, schleichend noch, aber schon bald würde sich zum Duft der Reife auch jener der Fäulnis gesellen.

Wie ein wildes Tier überfiel sie plötzlich die Lust, die sie so fürchtete. Sie zog die Beine an, umschlang sie mit den Armen und faltete die Hände. In dieser Stellung konnte sie ihre Fingernägel nicht ins Fleisch krallen oder sich in die Arme beißen. Schau in den Baum, in die Blumen, in die Zukunft, lenk dich ab, zwang sie sich an etwas anderes zu denken. Sie stellte sich ihre Therapeutin vor, aber die Gier brandete wie Brecher an eine Felsküste und tobte: Tu es, tu es, na los, es wird dir gut tun, spüren, Schmerz, los doch!

Wimmernd schwankte sie in ihrem Sturm hin und her, den Kiefer verkrampft wie die Arme. Nicht lösen, nicht aufgeben, hämmerte es in ihrem Kopf.

Oh mein Gott, stöhnte sie. Mit jeder Faser ihres Körpers fieberte sie dem Moment entgegen, in dem der Schmerz jauchzte und jubelte und sie erlösen würde. Aber sie widerstand, stöhnte, summte, schrie, sprang auf und tanzte, wirbelte im Kreis, bis den Teufeln in ihr derart

schwindlig wurde, dass auch sie ermattet zu Boden sanken und mit ihr zu schluchzen begannen.
Aber es waren befreiende Tränen, Freudentränen, die sie weinte. Sie hatte gesiegt. Kein Blut war aus malträtiertem, geschlitzten Fleisch geflossen. Glücklich fühlte sie sich, ja, glücklich. Noch vor einem Jahr wäre sie aus diesem Taumel erwacht und hätte sich verbinden müssen – oder noch schlimmer.

Ausflug

Außer einer knappen Begrüßung gab sich Brunner erst einmal beamtisch mürrisch und wortkarg und tat so, als würde ihm der morgendliche Verkehr alle Konzentration abverlangen.
Walcher sah keinen Grund den Kommissar aufzumuntern, vielmehr genoss er den Umstand, als Beifahrer ungestört die Landschaft anschauen zu können.
Die Seestrecke war frequentiert wie eine Stadtautobahn und erlaubte dem Fahrer nur kurze Ausblicke. Vielleicht war das aber auch gut so, denn bei genauerem Hinsehen wurde deutlich, dass in dem einst landwirtschaftlich geprägten Ufergürtel seit Jahren der Bauwahn tobte.
Einfamilienhäuser, Wohnanlagen, Gewerbebauten und vor allem Einkaufszentren hatten sich ausgebreitet wie Geschwüre. Bauernhöfe wurden zu Ferienwohnungen um- und ausgebaut und jedes Dorf lockte Bauwillige mit kostengünstigen Neubaugebieten.
Wann werden sie zugebaut sein, die idyllischen Flecken, die bisher Feriengäste anlockten? Warum sollten Stadtmenschen Erholung an Orten suchen, an denen es zuging wie in ihren Städten? Gut, der See würde wohl niemals seine Anziehungskraft verlieren. Und dazwischen gab es

ja immer noch genügend naturbelassene Baulücken.
Das Stück von Immenstaad bis Meersburg zum Beispiel, mit seinen Weinbergen und dem Blick auf See und Schweizer Ufer, könnte aus einem Märchenbuch stammen, wenn sich nicht täglich Schlangen von Lastwagen vorbei quälen würden, die rollenden Lagerhäuser der Neuzeit.
Obwohl der Tag noch jung war, zeigte das Thermometer bereits zwanzig Grad. Vermutlich würde heute wieder eine neue Rekordtemperatur gemessen werden, wie all die Tage vorher auch. Das mochte für Urlauber durchaus angenehm sein, für Menschen, die arbeiten mussten, war es unerträglich.
Auch Walcher litt unter der Hitze, sobald er von den Höhen des Allgäus in die Niederungen musste. Sonne liebte er im Frühjahr, im Herbst, und im Winter war er geradezu süchtig danach, aber in den Sommermonaten mied er sie. Insofern war der Ausflug in das hoffentlich kühle Verlies eine ausgesprochen gute Idee, wenn nur sein Ausflugspartner besser drauf gewesen wäre.
Walcher versuchte anfangs die miese Laune Brunners zu ignorieren, fragte nach wortlosen zehn Minuten aber nach dem Grund des Schweigens.
Brunner nahm den Spielball dankbar an, als hätte er nur darauf gewartet.
Am Vorabend habe sich Staatsanwalt Prechtinger telefonisch bei ihm zu Hause gemeldet, und ihn zur engsten Zusammenarbeit aufgefordert. Eigentlich nicht aufgefordert, eher unmissverständlich verpflichtet. Brunner hatte mit Prechtinger immer schon Schwierigkeiten, aber in diesem Fall sah er geradezu düstere Wolken am Horizont aufziehen. Prechtinger habe ihm deutlich gemacht, dass höchste Sensibilität erforderlich sei.
Das ist das Kürzel, wenn vermutlich irgendwelche Großköpfe in einem Fall involviert sind, knurrte Brunner. *Ich frag mich*

auch, woher Prechtinger von dem Notizbuch wusste. Ich hatte bisher nicht mit ihm gesprochen.

Wer käme denn als Informant in Frage? Um das Gespräch in Gang zu halten, tat Walcher, als würde es ihn interessieren, obwohl er sich durchaus vorstellen konnte, dass die halbe Kripo über die Funde in Hubers Haus Bescheid wusste.

Das habe ich mich auch schon gefragt, stöhnte Brunner auf. *Wir haben nämlich absolutes Schweigen vereinbart.*

Wer ist „wir"?, fasste Walcher halbherzig nach.

Da liegt ja der Hase im Pfeffer, es sind nur Vier, die davon gewusst haben ... und natürlich ich und jetzt noch Sie, fügte er noch an. *Kennen Sie Prechtinger?*

Walcher schüttelte nur den Kopf. Zwar erwartete er, dass ihn Brunner über den Staatsanwalt aufklärte, aber als der Kommissar schwieg, fragte er auch nicht nach.

Erst kurz vor Meersburg räusperte sich Brunner. *Ich hab beim Museumsdirektor eine Führung bestellt, seien Sie nett zu ihm, er machte den Eindruck, als sei er ziemlich durch den Wind.*

In Ihrer Gegenwart trete ich doch immer auf wie ein Klosterschüler, versuchte Walcher einen der Temperatur angepassten Witz, der den Kommissar jedoch zu keiner Reaktion anregte. Dieser musste sich allerdings auf den Verkehr konzentrieren, denn die Straße ins obere Meersburger Zentrum, in die er von der Bundesstraße mit viel zu hoher Geschwindigkeit einbog, war bereits in der Hand von Touristen.

Der heißeste September seit Beginn der Wetteraufzeichnungen und die Leute sind schon auf den Beinen, murmelte Brunner. *Wenn ich Urlaub hätte, würde ich den ganzen Tag keinen Schritt aus dem Schatten machen.* Dann stoppte er auf dem Schlossplatz, direkt vor einem Halteverbotsschild, weil das der einzig freie Schattenplatz war. Stöhnend stieg er aus dem Wagen und fluchte irgendetwas über die „flache

Karre“. Auch Walcher mühte sich aus der niederen Sitzposition des BMWs heraus und fand die Bequemlichkeit seines Espace wieder einmal bestätigt.
Brunner ging voran, um die Ecke des Neuen Schlosses auf die Meersburg zu. Vor dem Burgtor standen zwei Schulklassen, deren Lehrkräften die Freude anzusehen war, eine Bande von pubertierenden, desinteressierten und verschwitzten Schülern einen realen Burggang in Zeiten von Cyberspace-Games schmackhaft zu machen.
Einer der Lehrer, ein forscher Fünfziger in kurzen Mehrzweckhosen und braunen Baumwollsöckchen in schwarzen Sandalen, bot das wohl einzig überzeugende Argument: *Da drinnen ist es schön kühl, und im Verlies ist erst kürzlich einer verdurstet.*
Es hat sich herumgesprochen, dachte Walcher und folgte Brunner, der aber nicht das Burgtor ansteuerte, sondern an den Gruppen vorbei links die Treppen hinaufstieg, die zur Seeterrasse vor dem Neuen Schloss führten.
Walcher ging ihm ohne Widerrede nach, zumal ihn Brunner bei dem Geschrei der Schulkinder ohnehin nicht gehört hätte.
Die paar Meter höher war es ruhiger, und außer ihnen gab es nur eine Handvoll Besucher, die sich im Schatten der Bäume aufhielten.
Schon einige Male war Walcher hier oben gestanden und hatte die Aussicht auf den Überlinger See, die Mainau, Konstanz und die Schweiz genossen. Bei derart überwältigenden Ausblicken billigte er den damaligen Potentaten sogar zu, bei der Wahl des Bauplatzes – neben ihrer Protzsucht – auch einen Hauch von Empfindsamkeit für diese herrliche Landschaft besessen zu haben.
Brunner war zielsicher in die Ecke der Terrasse marschiert, von der aus man auf das Burgtor und die südliche Burgmauer sehen konnte und deutete wie ein Feldherr hinüber. *Auf den anderen Seiten sieht es nicht viel*

anders aus, meinte er, *wer das Opfer in die Burg gebracht hat, muss durch dieses Tor gegangen sein oder sich von einem Ballon abgeseilt haben, denn einen Hubschrauber hätte man gehört.*
Der Kommissar erwartete offensichtlich keinen Kommentar von Walcher, denn sein Blick auf die Uhr verriet, dass er diesen Schlenker nur gemacht hatte, weil er zu früh dran gewesen, nun aber scheinbar knapp in der Zeit war, denn er wandte sich um und eilte zum Burgtor.
Die Schulklassen formierten sich ebenfalls zum Sturm auf die Burg, aber Brunner schaffte es, gerade noch vor dem Lehrer an das Kassenhaus zu gelangen, wo er sich der Kassiererin als Kommissar Brunner vorstellte.
Walcher fiel auf, dass sich Brunner, seit er ihn kannte, noch nie als Kriminalhauptkommissar vorgestellt hatte. Trotzdem strahlte ihn die Dame an, als sei er Brad Pitt. *Herr Direktor Wohlraab erwartet Sie bereits im Café, wenn Sie bitte so freundlich sind und den Hinweisschildern folgen möchten,* gurrte sie.
Während die beiden den Schildern zum Café folgten, erinnerte sich Walcher an zwei oder drei seiner Burgbesuche und daran, dass er sich jedes Mal gewünscht hatte, nach Herzenslust herumstöbern zu können, in all den riesigen Dachböden und Kellern, versteckten Zimmern und Abstellkammern. Da brachen selbst heute noch Kindheitsträume durch. Ritter, Herzöge, Grafen, Könige, edle Damen ... aber die Realität holte Walcher zurück auf den Balkon des Cafés, dort wartete nämlich Museumsdirektor Wohlraab und bot ihnen Kaffee an, den beide dankend annahmen.
Vom Balkon aus sah man in den grünen Schlosshof der Burg. Hatte dort die Freiin von Droste-Hülshoff dem Schlag der Amsel gelauscht und sich inspirieren lassen? Nur gut, dass es damals noch keinen Wohlraab gegeben hatte, die Amsel wäre wohl samt Freiin geflüchtet.

Ohne ein erkennbares System überschüttete der Museumsdirektor seine beiden Besucher mit einer Fülle von Details, wie sie ihm scheinbar spontan in den Sinn kamen. Dass er zur Tatzeit in Berlin weilte, die Sicherheitsvorkehrungen es gänzlich unmöglich machen würden, einen Menschen in die Burg und gar in das Verlies zu transportieren, dass er das Opfer nicht kannte, die Zettel, auf denen die Mitarbeiter Verhaltensanweisungen erhalten hatten, nicht von ihm stammten, er erst durch seine Frau davon erfahren hätte, die Besucherzahlen ungeheuer gestiegen seien, das Wachpersonal sehr geschult und überhaupt er sich nicht vorstellen könne, warum jemand auf derart grausame Art und Weise umgebracht worden war und was die Zeitungen darüber berichten würden, an den Haaren herbeigezogen ...

Erst als Brunner die erste von Wohlraabs Atempause nutzend darum bat, sie ohne große Umwege in das Verlies zu führen, schwieg der Museumsdirektor, guckte verstimmt in seine Kaffeetasse, als erhoffe er sich darin eine Erklärung für die offensichtliche Missachtung seiner Person zu finden, nickte und erhob sich. Allerdings brach er bereits am Ausgang des Cafés sein Schweigen.

Kommissar März erwähnte, dass die Identität des Opfers nun ermittelt worden sei, wissen Sie schon Näheres? Brunner schüttelte zwar den Kopf, meinte dann aber – wohl um sein barsches Verhalten von eben abzumildern –, dass es sich um einen Geschäftsmann Namens Huber handle, der in Lindau gemeldet sei, weshalb er, als der für Lindau zuständige Kommissar, sich ja auch den Tatort ansehen wolle.

Wohlraab führte sie über die Nordbastion durch den Kiosk im Nordturm und durch den Fürstensaal zum Burgverlies und erläuterte ihnen, dass dies der direkteste Weg mit den wenigsten Türen wäre, zugleich auch der mit den wenigsten Schlössern. Jeder andere Weg durch

das Innere der Burg konnte nur mit einem umfangreichen Schlüsselbund bewältigt werden, da zur Nachtzeit sämtliche Türen geschlossen seien.
Als sie an der Brüstung im Verliesturm standen und durch das Loch im Boden, das nicht ohne Grund Angstloch genannt wurde, hinunter sahen, erklärte Wohlraab, dass die Besucher quasi danach verlangt hätten.
Damit spielte er wohl auf die Schaufensterpuppe an, die unten im Verlies lag.
Brunner schüttelte nur den Kopf und meinte: *Wie kommen wir zu dem Pappkameraden da unten?*
Wohlraab deutete auf die schwarze Eisentür in der Mauer neben der Tür zum Fürstensaal. *Von hier hinunter durch den Treppengang in der Turmmauer. Es gab zwar noch einen Zugang ein Stockwerk tiefer, aber der liegt bereits im Fels und ist zugeschüttet.*
Als sie kurz darauf auf dem Boden des Gefängnislochs standen, deutete Brunner auf die in Bettlerfetzen bekleidete Schaufensterfigur, die mit einer Metallschelle, Kette samt Kugelgewicht am Fußgelenk verziert auf dem Boden saß, halb angelehnt an der rohen Turmmauer. *Lag der Tote auch so?*
Wohlraab, der an Tür stehen geblieben war, lächelte verschmitzt und meinte: *Fragen Sie ihn doch selbst.*
Brunners Ausdruck war unschwer zu entnehmen, was er von dem Vorschlag hielt und auch Walcher sah verdutzt von Wohlraab auf die Figur, die in diesem Moment den rechten Arm hob.
Schaufensterfigur hin oder her, das dämmrige Licht, die Mauern, der strohbedeckte Boden, die sauerstoffarme Luft, das Wissen um den qualvollen Tod eines Menschen an dieser Stelle, das alles mochte dazu geführt haben, dass beide kurz zusammenzuckten.
Nach einem Blick auf Wohlraab, der mit dem linken Arm hinter der Türwölbung offensichtlich einen Schalter

betätigt hatte, fiel denn auch Brunners Kommentar besonders ruppig aus.

Geschmacklos, absolut geschmacklos. Damit hätten Sie doch noch ein paar Tage warten können, knurrte er. *Also, lag der Tote in etwa an der Stelle?*

Betroffen wie ein gemaßregelter Schulbub nickte Wohlraab. *Ja, so in etwa.*

Na denn. Brunner sah hinauf zum Angstloch, das als weißer Vollmond, umgeben von drei grellen Punktstrahlern, beinahe nicht auszumachen war. Walcher, der ebenfalls den Kopf in den Nacken gelegt hatte, schloss geblendet die Augen.

Das gab es natürlich früher nicht, hörte er die Stimme Wohlraabs, *das Licht meine ich. Durch das Angstloch kam nur etwas Helligkeit, wenn im Turmzimmer oben die Fenster geöffnet waren, was vermutlich sehr selten der Fall war.*

Waren hier viele Menschen eingekerkert?, wollte Walcher wissen.

Es gibt keine Aufzeichnungen, schüttelte Wohlraab den Kopf, *aber man hat einige eingeritzte Zeichen und sogar Texte gefunden. Also, dieses Verlies ist durchaus genutzt worden. So wurden zum Beispiel ...*

Seien Sie mir nicht böse, unterbrach ihn Brunner, *aber ich bin nicht hier, um ins Mittelalter zurückzublicken, sondern auf die letzten vierzehn Tage.*

Da wurde nämlich ein Mann quer durch die Burg ins Verlies geschleppt, bekleidet mit einem Büßerhemd, eine Eisenkugel am Bein, vollgepumpt mit Drogen, mit denen auch noch eine lächerlich kleine Trinkflasche gefüllt war.

Das war kein Gag, auch kein normaler Mord – wenn es denn überhaupt normale Morde gibt – das war ein außerordentlich gut geplanter, brutaler Racheakt, der vermutlich billigend den Tod des Opfers in Kauf nahm, wenn er denn nicht sogar gezielt vorgesehen war. Deshalb finde ich es geradezu zynisch, was Sie hier für ein Theater abziehen, kaum dass die Leiche aus dem

Keller ist. Haben Sie noch eine Frage, Herr Kollege?, wandte sich Brunner zu Walcher.
Walcher hatte keine und war froh aus dem Loch zu kommen. Er hatte versucht, sich in die Lage des Opfers zu versetzen. Huber war zwar mit Drogen vollgedröhnt, hatte vermutlich dennoch gegen Ende den einen oder anderen klaren Gedanken gehabt. Eine furchtbare Vorstellung, bei der es Walcher fröstelte.
Auch wenn ihm Huber höchst unsympathisch und er vermutlich ein skrupelloser Krimineller war, eine solche Todesart konnte man eigentlich nur Massenmördern wünschen.

Brunner gab sich auf der Rückfahrt ausgesprochen gesprächig, als wollte er seine Eindrücke aus dem Verlies verdrängen. So hatte das März-Team Hubers Büro in Friedrichshafen durchsucht. Es war sauber, als habe dort nie ein Mensch gearbeitet. So gut wie keine Unterlagen, Korrespondenz oder dergleichen, aber das lag ja alles in seinem Lindauer Domizil.
Auch seine Sekretärin hatte man ermittelt, die allerdings nur halbtags und auf Abruf für ihn arbeitete, meist nur mit Kaffeekochen betraut, wenn mal Geschäftspartner oder Kunden anwesend waren. Eine Frauke Römheld, die von den Kollegen gerade überprüft würde. Interessant wäre allerdings die Büroausstattung und hier besonders die Technik. Das Besprechungszimmer sei mit Mikrofonen und Videokameras gespickt, mit denen die Gesprächspartner aus allen möglichen Winkeln aufgenommen werden konnten. Frau Römheld hatte die Aufgabe, die Gespräche aufzunehmen und gegebenenfalls die Kassetten zu wechseln. Aufbewahrt habe Huber diese Mitschnitte dann aber nicht im Büro, sondern in seinem Haus. *Da sind wir dran und glotzen uns die Augen aus den Köpfen,* knurrte Brunner.

Und die Pornos, haben Sie da schon wichtige Leute entdeckt?, wollte Walcher wissen.
Brunner schüttelte heftig den Kopf, meinte dies aber nicht als Antwort, sondern eher als Zeichen seiner Abscheu. *Wir sind zwar nicht von der Sitte, aber die Huberpornos sind so ziemlich das Letzte. Huber hat vermutlich die Leute an Drogen naschen lassen und gefilmt, wie sie sich dann ausgetobt haben.*

Erpressung?

Sieht wohl so aus, nickte Brunner, *aber wir haben gerade mal eine Handvoll gesichtet. Da lagen Hunderte Kassetten herum! Und dann wollen wir auch gleich eine Portraitsammlung der Darsteller anlegen. Oh Mann,* stöhnte Brunner, *das Zeug ist blankes Dynamit. Deswegen werden wir auch noch ziemlich Zeit brauchen, ich will da nur Wehrle und Aumiller ranlassen. Ich habe mir übers Wochenende auch einige Videos im Schnelldurchlauf angetan, da vergeht einem jeder Glaube an die Liebe unter Menschen.*

Wenn Sie Namen haben, geben Sie mir die dann?, wollte Walcher wissen.
Brunner presste seine Lippen zusammen und schien nachzudenken. Dann nickte er. *Ganz offen, das habe ich mich auch schon gefragt ...*

Und?

Ich weiß es noch nicht. Brunner war anzusehen, dass er sich quälte. *Wir haben Sie ins Boot geholt, klar, und erhoffen uns viel von Ihrer Mitarbeit, aber hier bewegen wir uns eindeutig in einem klar definierten Rechtsraum, in dem die Persönlichkeitsrechte über unsere Ermittlungen zu stellen sind. Sie müssen das verstehen. Ich denke, ich werde Ihnen einen Namen nennen, wenn zweifelsfrei für mich feststeht, dass dessen pornographische Balletteinlage einen Gesetzesbruch darstellt.*
Walcher stimmte zwar zu, fühlte sich aber dennoch als der Mohr, der irgendwann seine Schuldigkeit getan haben würde. Der Unterschied zwischen der Hilfe des

Kommissars bei einer Walcher-Recherche und der Beteiligung Walchers an den Ermittlungen des Kommissars, wurde spätestens bei solch kritischen Themen deutlich. Verletzungsgefahr lag in der Luft, weshalb die restlichen Gespräche von ungefährlichen Themen handelten, wie zum Beispiel: Klima, Schneckenplage, Weinlese, und über die Essigfliege sprachen sie auch.
Die letzte halbe Stunde bis zum Ziel hatten sie dann allerdings schweigend verbracht.
Deshalb freute sich Walcher auf das Treffen, zu dem er sich mit einem Kollegen der sprechenden Zunft verabredet hatte: Onur Gülem.

Das Archiv

Die Kollegen nannten ihn schlicht *das Archiv*, denn Onur Gülem, Vorzeigetürke mit deutschem Pass, konnte auf die meisten Fragen – zum Beispiel nach einer Person, einem besonderen Ereignis, Trends oder Meinungen, speziell aus dem Bodenseekreis – eine absolut sendereife Antwort geben. Für einen TV-Nachrichtenmann vermutlich nichts Besonderes, wäre da eben nicht noch sein abrufbereites Detailwissen gewesen, vor allem was die Hintergründe betraf.
Walcher saß mit Gülem in Friedrichshafen in einer Café-Bar an der Seepromenade. Auf Walchers Frage, ob er Huber kenne, überlegte Gülem einen kurzen Augenblick, dann sprudelte in gewohnt pastoralem Tonfall der Quell seiner Erinnerungen.
Ein schlimmer Finger, dieser Ernst-Uwe Huber. 1994, als am Montag dem 14. Januar eine Cessna im See versank – die Bildzeitung fabulierte daraus einen Atomtransport und fragte: Atom im See? –, hatte ich mit ihm zu tun gehabt. Huber und

dieser Rimmele – der im See versunken sein soll, aber nie gefunden wurde auch dessen Freund Eichler –, hatten wohl einige Geschäfte zusammen gemacht und zwar sicher nicht mit dem Handel von Gesangsbüchern. Da gab es die Verbindung zu dem Präsident eines Vereins für Kriegsgeschädigte, einem Erich Kammer. Dieser Verein kümmerte sich um Wiedergutmachungsprojekte an den ehemaligen Kriegsgegnern im Osten, organisierte aber auch Hilfe für notleidende alte Kameraden. Dann hatte Huber auch noch mit einem Grossmann zu tun. Grossmann verfügte über enge Kontakte zum BND und zu allen wichtigen Leuten in der Republik, sagt man. Er war auch ein paar Jahre Bundestagsabgeordneter und danach im Beratertross des Kanzleramtes, ein Jahr lang sogar Staatssekretär im Inneren glaube ich, bin mir aber nicht ganz sicher. Ist dann in die Industrie gewechselt, das Übliche, Aufsichtsratsposten. Dass Huber die Cessna gechartert hatte, ging in dem ganzen Schlagzeilenrummel über Cäsium im See völlig unter. Es wunderte sich auch niemand darüber, wie schnell die Ermittlungen eingestellt wurden. Man konnte die Leichen nicht bergen, fand aber Ausweispapiere in der gehobenen Maschine, Kleidungsstücke, Hundefutter und ein paar Bierdosen, jedoch keinerlei Anzeichen auf irgendwelche Schmuggelwaren. Ein bedauerlicher Unfall also. Mir wurde damals zugesteckt, dass Huber eine Art Freundschaftsdienst geleistet hätte. Huber – von mir befragt – gab zu, mit Rimmele befreundet gewesen zu sein und ihm bei der Ausreise geholfen zu haben. „Dass diese Reise so tragisch endete, war sehr traurig, aber es gibt Unfälle, die muss man als Schicksal hinnehmen", erzählte er mir damals. Auch von den Polizeibehörden wurde mir zu verstehen gegeben, dass es immer mal wieder einen Absturz in den See gegeben hätte, so wie es auch auf der Straße Unfälle geben würde. Ich habe zwar noch weiter recherchiert, aber in meinen Tagesabläufen haben langwierige Recherchen einfach keinen Platz. Auch mit Hubers Frau und der Tochter wollte ich damals noch sprechen, konnte aber ihren Aufenthaltsort nicht ausfindig machen.

Frau, Tochter?, unterbrach Walcher.
Um genau zu sein, Hubers Stieftochter. Huber war drei oder vier Jahre mit einer Marion König verheiratet, die ein Kind, Sahra, in die Ehe mitgebracht hatte.
Wo halten sich Frau und Tochter auf?
Da müsste ich nachforschen, wie gesagt. Weiter kam Gülem nicht, ein Trupp Kollegen stürmte lärmend herein und verwandelte das Café in den zu engen Pausenhof einer Förderschule. Walcher zog es vor zu gehen und signalisierte Gülem, dass er mit ihm telefonieren würde.
Auf der Heimfahrt rief Walcher den Kommissar an und bat ihn ohne große Einleitung, den Wohnsitz von Sahra König und deren Mutter, Marion König, die vielleicht Huber-König hieß, ausfindig zu machen.
Brunner versprach, allerdings etwas mürrisch, sich um die Adressen zu kümmern, sobald er den Hund seiner Frau, den sie sich vor einer Woche angeschafft hatte, zum Pinkeln gezerrt habe. Ohnehin würde Kommissar Wehrle bereits daran arbeiten, denn das Nachlassgericht hatte signalisiert, dass Huber verheiratet war, und dass es eine Stieftochter gäbe, die als Alleinerbin eingesetzt wäre.
Walcher wollte noch wissen, was es denn für eine Rasse wäre, aber die Verbindung wurde schlecht und er hörte nur noch, wie der Kommissar etwas von einer ‚vermutlich weiße Mitteleuropäerin' und ‚saublöde Frage' maulte, bevor die Verbindung ganz abriss.
Bei Gelegenheit würde er klarstellen, nahm sich Walcher vor, dass er nicht die Frauen, sondern Brunners Hund gemeint hatte.

Freundeskreis

Aberl, Aurich, Budheim, Bremer, Deichmer, Eidlich ... die Liste war mit Hand geschrieben und teilweise schwer lesbar, Huber schien dies betreffend Medizinern nachgeeifert zu haben.
Hinter jedem der Namen stand eine Jahreszahl, die allerdings nichts mit dem jeweiligen Geburtsdatum zu tun haben konnte – das hatte Walcher überprüft –, sondern mit einem anderen Ereignis zu tun haben musste, vielleicht dem ersten Kontakt mit Huber.
Grundsätzlich gab die Liste wenig her und konnte bestenfalls dazu dienen, Hubers Freundeskreis in Unruhe zu versetzen. Auch Brunner hatte gemeint, dass die Liste nur solange von Wert sei, solange niemand wusste, dass praktisch nichts darin stand.
Walcher hatte übers Wochenende einen Namen nach dem anderen mit einer Adresse und einer Telefonnummer ergänzt, sowie Beruf, Laufbahn und was sonst noch aus dem Internet zu bekommen war. Zusammen mit seinen alten Aufzeichnungen hatte er diese Sammlung in einem Ordner „Freundeskreis H" zusammengefasst und plante, der Reihe nach die Herren anzusprechen.
Die Idee, sie unangemeldet zu besuchen, verwarf er wieder, denn so schön der Überraschungseffekt auch sein mochte, vermutlich würde er nur die Ehefrauen antreffen, oder überhaupt nicht auf die Grundstücke gelassen werden. Nach sozialem Wohnungsbau sahen die Adressen ohnehin nicht aus, die er sich per Google Satellit aus der Vogelperspektive angesehen hatte: durchweg Wohngebiete an den Peripherien der Städte und Ortschaften oder direkt in der Landschaft, am See, auf den Hügeln.

Der Tag war zwar anstrengend gewesen, aber irgendwann musste er mit seinen Anrufen beginnen. Kurz vor der Tagesschau griff Walcher zum Hörer und wählte die erste Nummer – und war überrascht, denn er hatte nicht erwartet, Moritz Aberl am Telefon zu haben.

Entschuldigen Sie die Störung, begann Walcher artig und stellte sich als Journalist vor, der gerne einen Gesprächstermin vereinbaren würde, außerhalb der Geschäftszeit natürlich, denn es würde sich um ein eher vertrauliches Gespräch über den Tod des Ernst-Uwe Huber handeln.

Die Antwort, die Walcher nach einer Sekundenpause zu hören bekam, entsprach nicht dem Stil, den er von einem ehemaligen Landtagsabgeordneten erwartet hätte.

Ihr Drecksäcke gehört weggesperrt, brüllte Aberl derart, dass Walcher im Reflex den Hörer vom Ohr riss.

Als er nichts mehr hörte, traute er sich wieder den Hörer ans Ohr zu halten, aber da tutete bereits der Dauerton.

Fängt gut an, dachte Walcher und wählte die Nummer von Aurich. Nur keine Pause einlegen, motivierte er sich.

Bei Aurich meldete sich der Anrufbeantworter, auf den Walcher sein Sprüchlein sprach und um Rückruf bat.

Bei der nächsten Nummer tat sich nichts, die übernächste war belegt, bei Deichmer meldete sich eine zarte Stimme und hauchte ein verheißungsvolles: *Hallo.*

Nachdem Walcher seinen Vorspann abgespult hatte, kam der Dauerton. Deshalb wiederholte er die Wahl, und wieder hörte er ein gehauchtes *Hallo,* das auflegte, als er mit seinem Begehr begann.

So wird das nichts, vermutete Walcher, wählte aber trotzdem als nächste Nummer die eines Herrn Eidlich.

Ein seltsamer Name, dachte Walcher, ob er etwas mit dem Schwur zu tun hatte wie das Ende mit Endlich?

Die Stimme am anderen Ende war entschieden zu jung für den gesuchten Johannes Eidlich, weshalb Walcher nachfragte, ob der Vater auch im Hause wäre. Nein, der würde schon seit einem Jahr nicht mehr hier wohnen, erfuhr Walcher, bekam aber ganz selbstverständlich die

neue Adresse und Telefonnummer des Papas diktiert.
Mit einem Blick auf die Uhrzeit nahm sich Walcher vor, noch diese eine Nummer zu wählen.
Es meldete sich eine angenehme, rauchige Frauenstimme, die nach Walchers Bitte, Herrn Eidlich zu sprechen, nach „Hännschen" rief, das sich kurz darauf schwer atmend meldete. Nach Walchers Spruch kam es kurz und knapp von Eidlich: *Wenn es Ihnen passt, ich könnte diese Woche Donnerstag neun Uhr in meinem Büro in Lindau, Sennhofweg Nummer 12.*
Walcher sagte zu, bedankte sich und beendete die erste Telefonrunde mit einem Gang hinunter ins Wohnzimmer an den Giftschrank. Immerhin, er hatte tatsächlich den ersten Gesprächstermin mit einer Person aus Hubers Freundeskreis.

Albdrücke

Das grelle Licht der Sonne blendete ihn, und der Kopf schien eingezwängt in einem Schraubstock. Jeder Versuch sich zu lösen, verursachte höllische Schmerzen.
Dann die Asseln, die an seinem rechten Arm nagten und sich nicht verjagen ließen, so oft er auch den Arm hob und wieder fallen ließ wie eine Marionette. Dazu lag zentnerschwer ein Gewicht auf seiner Brust und quetschte das Leben aus ihm. Er konnte nicht sehen was es war, vermutete aber die schwere Eisenkugel, die sie ihm genau auf das Brustbein gelegt hatten. Kalt war es, und trotz der feuchten Luft klebte seine Zunge fest wie eine Oblate am Gaumen.
Eine der Asseln begann zu wachsen, starrte ihn aus winzigen Augen mit einem tückischen Blick an und ließ dabei genussvoll ihre Zunge aus dem Maul hängen.

Der Atem, den sie dabei ausstieß, roch so überhaupt nicht nach Pflanzenteilen, wie sie Asseln normalerweise zu sich nehmen. Diese Assel stank nach verwestem Fleisch und sie kam näher und näher, und er war bereits bis an das kantige Mauerwerk zurückgewichen.
Jetzt tappte das Viech auch noch mit seinen gewaltigen Vorderbeinen auf die ohnehin beschwerte Brust und versuchte mit den Fühlern sein Gesicht abzutasten.
Mit einem Aufschrei stieß er das ekelhafte Tier von sich und sprang gleichzeitig auf. Dabei knallte er mit dem Kopf an die Sonne, die eine überraschend scharfe Kante hatte und blechern klang. Das schmerzte nicht nur, sondern weckte ihn auch schlagartig auf.
Die Klemmlampe lag neben dem Sessel und strahlte den höchst irritierten Hund an, vor dessen Füßen der schwere Bildband gelandet war, in dem Walcher über Burgen und Verliese gelesen hatte.
Kühle, würzige Allgäuer Nachtluft erfüllte das Zimmer, allerdings mit einer Unternote Gülle. Vermutlich hatte Bärendreck, der stinkende Kater, Walchers Schlaf zu einem Nickerchen auf der weichen Bettdecke genutzt.
Es würde nicht mehr lange dauern bis die Morgendämmerung begann, also hatte er etwa zwei Stunden im Sessel geschlafen, stellte Walcher fest. Kein Wunder, dass sich sein Nacken und Rücken anfühlten, als wäre er wirklich an einer Mauer gelegen.

Seilschaft

Was er gerade geträumt hatte, wusste Lorinser nicht mehr, nur dass es ein schöner Traum gewesen war.
Deshalb presste er unwillig die Lippen zusammen, als er die Stimme des Anrufers erkannte. *Ich habe Sie doch nicht etwa geweckt,* klang es süffisant aus dem Hörer, *um diese Zeit habe ich bereits mein zweites Hemd durchgeschwitzt, hören Sie?*
Lorinser bejahte und wälzte sich aus dem Bett. Im Stehen konnte er besser denken, und außerdem hatte er Durst.

Nach meinen Informationen soll Huber Adresslisten angelegt haben und auch von Videos ist die Rede, können Sie das bestätigen?

Ich habe morgen ein Gespräch mit dem zuständigen Kommissar, bisher habe ich nur Gerüchte gehört.

Ich hoffe, Sie wissen, was auf dem Spiel steht. Ich verlasse mich auf Sie, aber wenn Sie Ihre Leute nicht im Griff haben, dann geben Sie mir rechtzeitig Nachricht. Haben Sie mich verstanden?
Lorinser brummte eine Zustimmung und drehte an dem Schraubverschluss der Flasche, die er zwischen die Oberschenkel geklemmt hatte. *Ich melde mich, sobald ich Näheres weiß, in Ordnung?* Da er nichts mehr hörte, sah er auf die Anzeige. Die Verbindung war tot. *Arschloch,* zischte er und legte das Handy auf den Tisch.
Noch während er aus der Wasserflasche trank, griff er sich die Flasche mit Grappa und tauschte sie in fliegendem Wechsel aus. Nicht ohne Grund galt Lorinser als italophil, vor allem was die geistigen Genüsse betraf.
Noch einmal fluchte er und ließ sich mit dem Grappa in der Hand in den bequemen Sessel plumpsen. Gequält stöhnte er dabei auf und presste unbewusst die Zähne aufeinander.
Wie hatte er sich über die Nachricht von Hubers Tod

gefreut. Wie eine Botschaft des Himmels war sie ihm vorgekommen. Aber er hätte sich denken können, dass ein Huber nicht von dieser Welt verschwindet, ohne ein paar Fallgruben hinterlassen zu haben.
Der Wahn ist kurz, die Reu' ist lang, Schillers Glocke kam ihm in den Sinn. Er war der Einzige am Gymnasium gewesen, der sie vollständig und fehlerfrei hatte rezitieren können. Das war zu einem Fluch geworden, denn seither kam der innere Kommentar in Form eines Schillerverses, zumal es irgendwie immer passte.
Und da half dann auch nicht ein weiterer Schluck aus der Flasche. Kurz überlegte er, woher Grossmann von den Adresslisten erfahren haben konnte, aber dann nahm er lieber noch einen Schluck aus der Flasche. Die Behörde und ein Schweizer Käse hatten zumindest die Löcher gemeinsam. Sich Gedanken über eine undichte Stelle zu machen, war völlig unsinnig.
Huber, stöhnte Lorinser unbewusst auf, als er sich aus dem Sessel stemmte und zurück ins Schlafzimmer stampfte. Huber oder nicht, er brauchte seine acht Stunden Schlaf.

Sahra Tiefenbach

„Auf so einer Art Wochenendgrundstück wohnt sie, direkt am See in Langenargen", hatte Gülem gegen halb sechs Uhr aus dem Hörer gebrüllt, offenbar bester Laune. „Ein guter Journalist schläft nie", war Gülems Antwort gewesen, als Walcher ihn nach dessen Schlafbedarf gefragt hatte.
Nun stand Walcher vor dem Grundstück und beschloss, erst einmal einen Gang außen herum zu machen.
Die Frau im Kiosk hatte nur kurz gestutzt, als er sie nach

dem Haus von Frau Sahra Huber gefragt hatte. „Sie können nur Sahra Tiefenbach meinen und die wohnt im Brombeergebüsch, ganz vorn, eines von den letzten Häusern direkt am See".

Selten genug konnte man um ein Seegrundstück herum spazieren, aber in diesem Fall war das angrenzende linke Grundstück eine nicht eingezäunte Wiese und auf der rechten Seite führte zwischen den Grundstücken ein schmaler Weg zum See.

Wie die Kiosk-Frau treffend beschrieben hatte, war das Grundstück wirklich von einer mächtigen Brombeerhecke umwuchert, selbst an der Seeseite, wo man den Blick aufs Wasser sonst meist offen hielt. Dort erlaubte nur das verrostete, schmiedeeiserne Gartentor einen Blick hinaus oder hinein. Es stand unverschlossen, nur angelehnt.

Walcher drückte es auf und betrat eine Welt, in der eine höhere Macht die Zeit angehalten zu haben schien.

Dornröschen fiel ihm ein.

Die Luft war angenehm kühl und trug die Gerüche eines Kräuterstands auf dem Wochenmarkt mit sich.

Eine Idylle, die ihre Besitzer sicher mit einer Fülle von Obst, Gemüse, Kräutern und Gewürzen versorgte, denn auf den Flächen zwischen den Obstbäumen schien alles mögliche angebaut zu werden. Allerdings musste man genau hinsehen, denn auf den Beeten herrschte opulenter Wildwuchs. Da versuchten sich Tomatenstauden, Brennnesseln, Kümmel, Borretsch, Minze und Fenchel an Höhe zu übertrumpfen, selbst einige hochgeschossene Kopfsalate mischten in der Spitzenmannschaft mit.

Gut einen Meter hoch auch Mangold, Rosenkohl, Sellerie, Lauch – die Gärtner dieses Stückchens Erde mussten eine grüne Seele haben. Auch die Wiesenflecken hätten in jedem Prospekt für Naturkräuter abgebildet sein können. Zu hören waren hauptsächlich die sonoren Brummtöne

von Bienen und anderen Insekten, die in diesem Garten aus dem Vollen schöpfen konnten. Schmetterlinge flatterten durch die Luft, als wären es aus der Bodenhaftung befreite Blütenblätter.
Walchers Spannung, die er immer empfand wenn er unerlaubt ein fremdes Grundstück betrat, war einem Wohlgefühl gewichen, wie er es nur selten erlebt hatte.
Dieser Garten schien ein Ort der Harmonie, hier konnten keine bösen Menschen leben, dachte Walcher und lächelte dabei, auch wenn er sich schuldig fühlte, so einfach durch die Hintertür in diese Idylle eingedrungen zu sein.
Er beschloss, seine Anwesenheit wieder halbwegs rechtens zu machen und an der Haustür des pittoresken Holzhauses zu klingeln, das im vorderen Drittel des Grundstücks stand, zur Straße hin. Unter dem wilden Wein, der sich mit Efeu und Heckenrosen die Hausflächen teilte, blitzte nur an wenigen Stellen der ehemals weiße Anstrich durch. Die blauen Fensterläden waren ebenso überwuchert, wie das Walmdach, hinauf bis zur Wetterfahne, deren Funktion züngelnde Weintriebe längst erstickt hatten. Nur die Sprossenfenster und die Verandatür waren frei geschnitten.
Auf der hölzernen Veranda stand ein Wäschetrockner, behängt mit Unterwäsche, deren Formen den Schluss erlaubten, dass eine Frau in dem Haus wohnte.
Auch eine gelbe, ausgeklappte Liege, ein blau gestrichener Holztisch und zwei ebenfalls blaue Stühle. Dann stand dort noch ein metallener Kleiderständer, an dessen Haken Kräuterbüschel und Zwiebelzöpfe hingen.
In unterschiedlich großen Töpfen, die wie Palisaden an der Verandakante aufgereiht standen, wuchsen Lorbeer, Rosmarin, Thymian, Basilikum und einiges mehr, was Walcher aber nicht kannte.
Er war froh darüber, dass er niemandem begegnete und

nicht erklären musste, warum er durch den Garten schlich.
Die beiden Fenster an der Seitenfront waren offen, allerdings versperrten blaue Vorhänge die Sicht hinein.
Im Vorbeigehen registrierte Walcher, dass die Fensterflügel nicht nach innen, sondern nach außen standen. Baufehler oder Raumoptimierung, vermutete Walcher, dachte den Gedanken aber nicht weiter.
Der apfelfrische Duft eines Duschgels lag in der Luft, und als Walcher um die Hausecke schlich, hörte er aus dem kleinen Fenster neben ihm auch das dazugehörende Geräusch einer Dusche.
Walcher war nicht gerade zimperlich, wenn es darum ging, in fremde Bereiche einzudringen, aber in diesem Moment kam er sich vor wie ein Voyeur. Vielleicht lag es auch daran, dass er sich eine Frau unter der Dusche vorgestellt hatte. Immerhin lag sein letzter Kontakt zu einem weiblichen Wesen bereits einige Wochen zurück, und da konnte es dann durchaus zu derartigen Visionen kommen, selbst am hellen Nachmittag.
Walcher machte einen Schlenker über den Autostellplatz zur Straße. Er hatte beschlossen, einige Minuten zu warten. Die Reifenspuren im Kies sahen nicht frisch aus, sie waren durchgetrocknet, wie auch der Sand darunter. Jetzt eine Zigarette, kam es Walcher in den Sinn.
Unbewusst schüttelte er den Kopf und dachte über die Zähigkeit seines Suchtsystems nach, das sich immer wieder in vergleichbaren Situationen meldete, obwohl seine Raucherzeit schon Jahre zurücklag.
Nach zehn Minuten ging er wieder zur Haustür zurück und suchte die Klingel, die, wenn es sie denn überhaupt gab, unter dem dichten Efeu nicht zu entdecken war.
Er klopfte deshalb an die Tür.
Nichts tat sich, weshalb Walcher es noch einmal versuchte, etwas energischer dieses Mal.

Hab's ja gehört, bin schon da, klang es aus dem Haus, und dann stand eine junge Frau vor ihm.
Auf dem Kopf ein weißes Handtuch zu einem Turban geknotet, bekleidet mit einem langen blauen Männerhemd lächelte sie ihn an, wie Dornröschen nach dem Kuss des Prinzen.
Dachte jedenfalls Walcher. Die Realität klang etwas anders: *Egal was Sie mir verkaufen wollen, ich hab' kein Geld und brauche nichts.*

Sie sind Frau Sahra Tiefenbach, begann Walcher noch recht flüssig, stockte dann, weil ihn das Gesicht dieser Frau derart ablenkte, dass er krampfhaft überlegte, was er sie eigentlich hatte fragen wollen. Sie schien ihm die leibhaftig gewordene Aphrodite.
Wie ich heiße, weiß ich und außerdem steht es vorn am Tor. Das Lächeln dieses zauberhaften Wesens war plötzlich verschwunden. *Also, was wollen Sie?*

Ich will Ihnen nichts verkaufen, ich möchte mich mit Ihnen über Herrn Huber unterhalten, Walcher fasste wieder Tritt. Sahra Tiefenbach hatte nun allerdings nicht nur ihr Lächeln verloren, sondern sich in eine Diana verwandelt, die Walcher ansah, als wolle sie ihm an die Gurgel. *Warum sollte ich mich mit Ihnen unterhalten?*

Entschuldigen Sie bitte, mein Name ist Robert Walcher. Ich interessiere mich für die Hintergründe von Hubers Tod, weil ich ihn vor vielen Jahren interviewt habe.

Dann sind Sie Journalist, stellte Sahra mit einer Miene fest, als versuche sie seit Stunden erfolglos, mit der Zunge ein zwischen den Zähnen steckendes Kümmelkorn herauszupulen.
Warum ihn diese Reaktion so schmerzlich berührte, darüber würde er sich noch Gedanken machen, nahm er sich vor und nickte, was gleichzeitig auch als Bejahung ihrer Feststellung betrachtet werden konnte. *Ich hatte mich damals gefragt, wann jemand Huber umlegt. Dass es so lange*

gedauert hat, wundert mich, offen gestanden. Walcher wollte sich Vertrauen erschleichen, hatte aber das Gefühl, dass sie ihn durchschaute. Trotzdem nickte sie und machte einen Schritt zurück. *Kommen Sie, ich wollte mir gerade einen Tee machen, trinken Sie eine Tasse mit?*
Walcher strahlte, folgte ihr ins Haus, durch die winzige Diele in den Wohnraum und nutzte die Gelegenheit, von hinten ihre schlanken, wohlproportionierten Beine zu bewundern.
Der Wohnraum erschien größer, als Walcher von außen vermutet hatte. Vermutlich wurde die Illusion von Größe durch die Höhe des Raums geschaffen, er reichte bis in die Spitze des Walmdachs. Eine Stiege führte zur Galerie hinauf, auf der ein niedriges Bett zu sehen war.
Sahra Tiefenbach blieb bei der Küchenzeile neben der Dielentür stehen und deutete zur Veranda. *Setzen Sie sich doch schon hinaus, ich komme gleich mit dem Tee.*
Walcher folgte und erlebte nun von der Veranda aus den Blick in den verzauberten Garten und es fiel ihm schwer, sich auf das kommende Gespräch zu konzentrieren.
Erst als Dornröschen mit zwei blauen Tassen kam, fand er wieder zurück in die Wirklichkeit.
Blau schien ihre Lieblingsfarbe zu sein. Sie hatte ihren Turban abgenommen und die schwarzen Haare straff nach hinten gekämmt. Eine ausgesprochen schöne Frau, die ihn aus dunklen Augen klug und selbstbewusst musterte.
Ist kein Zucker drin, deutete sie auf die Tasse, *dafür aber frische Kräuter, alles aus dem Garten hier.*
Walcher trank einen Schluck, nickte mit erstaunter Miene über den aromatischen Tee. *Wie alt waren Sie, als Ihre Mutter starb?*
Sahra Tiefenbach sah ihn erstaunt an. *Wird das ein Verhör? Ich habe Sie zu einer Tasse Tee eingeladen, aber noch nicht zugestimmt, mich von Ihnen ausfragen zu lassen. Was sind Sie*

überhaupt für eine Sorte Journalist? Für welches Blatt schreiben Sie?

Vielleicht hätte ich erst über den wirklich sehr schmackhaften Tee plaudern sollen, entschuldigen Sie, aber Sie machen den Eindruck, als könnten Sie auf Floskeln verzichten. Walcher verfluchte sich, vielleicht hatte er sie doch falsch eingeschätzt. *Ich arbeite als freier Journalist und bin meist mit längeren Recherchen beschäftigt.*

Dieses Interview im Manager, waren Sie das?, unterbrach sie ihn. Walcher nickte und hielt sich zurück, denn Sahra Tiefenbachs Augen schienen plötzlich in einen anderen Raum zu blicken. *Damals war Mutti schon tot. Er hat sie umgebracht, aber man konnte ihm nichts beweisen. Ich war Sechzehn. Glauben Sie, dass ich ihn hätte umbringen können?* Walcher verhielt sich ruhig und tat gut daran, denn Sahra Tiefenbach wollte keine Antwort auf ihre Frage, die ohnehin mehr wie eine Feststellung geklungen hatte.

Interessiert es Sie, wie Huber meine Mutti umgebracht hat? Wieder schwieg Walcher, versuchte sich allerdings zu erinnern, wann er zuletzt gehört hatte, dass jemand seine Mutter Mutti nannte. Mutti, das klang wie Mütterchen und nach Kindermärchen.

Raffiniert, höchst raffiniert. Huber hat ihr Rauschgift unterjubeln lassen, auf einer Reise durch Burma. Er musste dann überraschend zu ganz wichtigen Besprechungen, drei, vier Tage vor dem gemeinsamen Rückflug nach Deutschland.

Heimlich hat er sich aus dem Staub gemacht, weil Mutti niemals allein in Burma geblieben wäre. Sie wurde dann bei ihrer Abreise durchsucht, festgenommen, angeklagt und verurteilt. Lebenslänglich! Er hat ihr zwar die besten Anwälte geschickt und war wohl auch bei den Verhandlungen dabei, spielte den völlig verzweifelten Ehemann, aber ich wusste es besser. Er hat sie kalt lächelnd in den Tod geschickt. Zwei Jahre später starb Mutti an Gelbsucht. Sie war im Gefängnis süchtig geworden, anders kann man dort nicht sterben, wurde mir

gesagt. Ich habe einige Jahre später mit einer Mitgefangenen von Mutti sprechen können. Die Wärter machen ihre Geschäfte mit den Gefangenen, machen sie abhängig und vermieten sie als Prostituierte ... ich hätte ihn wirklich umbringen können.
Sahra Tiefenbach hatte abrupt abgebrochen und Walcher angesehen, als ob sie überlegen würde, wer ihr gegenüber saß. *Möchten Sie noch einen Tee? Ich mische die unterschiedlichsten Kräuter zusammen und verkaufe die Tees hier in der Gegend. Ich glaube, ich will Ihnen nichts mehr erzählen. Bitte gehen Sie und lassen Sie mich in Ruhe.*
In dem Blick, mit dem Sahra Tiefenbach ihn fixierte, lagen derart viel Schmerz und Trauer, dass Walcher nicht anders konnte als aufzustehen und sich für den Tee zu bedanken. Bevor er jedoch ging, reichte er Sahra Tiefenbach seine Visitenkarte. *Bitte rufen Sie mich an, ich brauche Ihre Hilfe und es gibt noch so viele Fragen.*
Als Sahra Tiefenbach ihre Hand nach dem Kärtchen ausstreckte, rutschte ihr Ärmel zurück. Walcher konnte ein Stück ihres Unterarms sehen.
Narben, viele Narben von Schnittwunden sah er und spürte, wie sich sein Magen verkrampfte. Solche Male trugen meist Menschen, die versucht hatten, durch Schmerzen dunkle Schatten zu vertreiben.

Schweißtreibend

Exakt um das akademische Viertel verspätete sich Lorinser, als er 9.15 Uhr ins Büro gestürmt kam.
Mit seinen Einsachtzig und einem Lebendgewicht von gut 180 Kilo gab er nicht nur eine imposante Erscheinung ab, dank seiner gewaltigen Oberfläche hätte er an warmen Tagen durchaus die Luftbefeuchtung eines größeren Papierlagers übernehmen können.

Nach einem kurzen *Morgen der Herr,* hatte sich Lorinser stöhnend in den Besucherstuhl – eine Nachbildung des legendären Mies van der Rohe-Freischwingers – fallen lassen, und wie immer bei den Besuchen des Staatsanwalts hatte März diesen Vorgang mit Spannung verfolgt. Leider hatte sich auch diesmal die Hoffnung, der Stuhl würde unter dem Gewicht dieses Walrosses einfach zusammenklappen, nicht erfüllt.
Nun saß er Lorinser gegenüber, der sich mit einem durchnässten Taschentuch über Stirn und Nacken fuhr, und wartete, dass der Staatsanwalt begann. Er ekelte ihn an, dieser schwitzende Berg aus rosigem Fleisch, mit listigen Äuglein darin und der zitronenfrischen Ausdünstung von Reinigungstüchern. März konnte nicht verhindern, dass in seinem Kopf das Bild eines fetttriefenden Brathähnchens entstand, nach dessen Verzehr es das zitrusfrische Tüchlein als Gratisgabe gab.
Heute kein Wässerchen?, monierte Lorinser und zuckte gekränkt mit seinen massigen Schultern, als März ein Glas aus dem Hahn anbot, da sein Bewirtungsbudget gekürzt worden sei. Lorinser wischte sich nochmals über Stirn und Nacken, steckte den feuchten Lappen stöhnend in die Hosentasche, als handle es sich dabei um eine sportliche Höchstleistung und klappte seine feinlederne Aktentasche auf.
März zwang sich, nicht an den Rotz und den Schweiß zu denken, die in Lorinsers warmer Hosentasche vermutlich sofort zu gären begannen, sondern setzte eine interessierte Miene auf.
Wie sieht's denn mit diesem Mordfall aus, in der Meersburg?, keuchte Lorinser, als er einen Aktendeckel aus der Tasche zog. *Ich hörte, dass neue Aspekte aufgetaucht sind.*
März hatte einen genauen Plan, wie er auch diese Besprechung überstehen würde, ohne seine Magennerven über Gebühr zu strapazieren. Lächeln und nicken würde

er, hier und da etwas zu Bedenken geben, einen unverbindlichen Vorschlag machen, nicken und lächeln und nicken und lächeln. Danach würde er Tür und Fenster öffnen und richtigen Durchzug machen.

Neue Aspekte, stellte er sich unwissend, *was meinen Sie damit Herr Staatsanwalt? Wir ermitteln, Schritt für Schritt.*

Nun, Lorinser unterbrach, um einen Schweißbach an der linken Stirn zu stoppen, *ich hörte da etwas von Altlasten, die in Hubers Wohnsitz entdeckt worden seien.*

Altlasten?, März verfolgte das nächste Rinnsal und bedauerte, dass Lorinser es auch kurz vor dem linken Auge stoppen konnte. *Wir ermitteln mit allen Kräften, die wir frei haben, und die Kollegen in Lindau tun das auch.*

Ja, die Kollegen in Lindau, stöhnte Lorinser, *vielleicht sollten wir den Fall hier lösen, denn hier wurde der Mann ja schließlich umgebracht. Wie weit sind Sie denn?*

Analysen, Analysen, mühsam bisher, stöhnte März mit einer bühnenreifen Theatralik, *wir wissen noch nicht einmal mit Sicherheit, wie das Opfer in das Verlies gebracht werden konnte.*

Also, ich will Sie ja nicht antreiben, aber wir sollten da schon vorwärts machen. Die Unterlagen, die in Lindau … , Lorinser musste wieder unterbrechen, um die Augen zu schützen, *gefunden wurden, liegen die bei uns oder bei den Kollegen?*

Welche Unterlagen meinen Sie? Gut, dass er sich mit Brunner abgesprochen hatte, dachte März. Dieser schwitzende Koloss hatte Schiss oder schon von oben Druck bekommen.

Na, da soll es Namen und Adressen geben, Aufzeichnungen und dergleichen eben, Videos.

Von wem haben Sie denn das?, März spielte mit wachsender Freude den Harmlosen.

Steht das nicht in Ihrem Bericht?, klopfte Lorinser auf den Aktendeckel vor sich.

März schüttelte den Kopf: *Aber ich werde den Kollegen in*

Bayern fragen, ob er inzwischen neue Erkenntnisse hat, von denen ich vielleicht bloß noch nichts weiß. Wir ermitteln praktisch parallel.

Tun Sie das, tun Sie das, und geben Sie mir umgehend den neuesten Stand durch. Man ist an allerhöchster Stelle sehr daran interessiert, diesen Fall ... wie soll ich sagen ... aus den großen Medien herauszuhalten. Lorinser wischte wieder. *Huber besaß mal das Vertrauen einiger wichtiger Leute hier im Kreis. Und die wollen es nicht an der großen Glocke haben, dass Huber sie ausgenutzt hat.*

Kann ich gut verstehen, nickte März vertraulich. *Vielleicht sollten wir dann aber doch an unser LKA übergeben, dann kann man uns keine Parteinahme ...*

Wo denken Sie hin, unterbrach Lorinser, und seine Gesichtsfärbung verriet gefährlichen Bluthochdruck, *wir werden doch wohl selbst damit klarkommen, oder fühlen Sie sich dem Fall nicht gewachsen?*

März stellte sich das Gefühl vor, diesem Fleischberg in den Hintern zu treten. *Wer sind denn die wichtigen Leute, denen ich nicht zu nahe kommen soll?*

März! Nun seien Sie doch nicht gleich beleidigt. Sie wissen doch wie ich das gemeint habe. Oder?

März nickte zwar, spielte aber den Gekränkten und bot mit sauertöpfischer Miene eine Packung Tempo an. Paradoxe Interventionen, hatte er auf einem Lehrgang gelernt, konnten überraschende Wirkungen erzielen.

Lorinser schüttelte nur unwirsch den Kopf, sah auf seine Armbanduhr, die nicht nach einem Werbegeschenk aussah und packte seinen Aktendeckel ein. *Wir sind ja soweit. Sie werden mich über jede neue Entwicklung sofort informieren. Und mit dem LKA, das schlagen Sie sich aus dem Kopf. Sie lösen den Fall und zwar hurtig. Vermutlich war das ja wohl doch nur eine PR-Aktion, die in die Hose gegangen ist. Also, an die Arbeit. Und mit der Presse üben wir Zurückhaltung, nichts ohne Rücksprache mit mir.* Dabei wuchtete er

sich aus dem Stuhl, erstaunlich beweglich, fand März und griff Lorinsers dargebotene Rechte.
Gut, dass sich der Staatsanwalt dabei bereits in Richtung Tür drehte. Das Gefühl, ein Stück Mozzarella zu drücken, war März nämlich anzusehen. Er begleitete den Staatsanwalt noch den Flur entlang bis zur Treppe, aber nicht aus Höflichkeit, sondern um sich auf der Toilette die Hände zu waschen. Zurück in seinem Büro riss er beide Fenster auf und wählte dann Brunners Nummer.

Von Budheim

Der Tag hatte chaotisch begonnen. Von seinem Waldlauf zurückgekehrt, war Walcher vor einem verschlossenen Haus gestanden und hatte vergeblich versucht, an die Holzleiter heranzukommen, die im Gebälk des Vordaches über dem Stall lag. Über sie hätte er durch das offene Fenster seines Zimmers einsteigen können.
Um an diese Leiter zu kommen, hätte er erst einmal eine Leiter benötigt aber die einzige Leiter, die es sonst im Hof gab war zu kurz dafür.
Nachdem Walcher zwei Holzböcke aufgestellt hatte, um darauf eine ausrangierte Tür als Basis für die dann nicht mehr zu kurze Leiter zu schaffen, erinnerte er sich endlich an den Ersatzschlüssel, der im Hühnerstall lag, unter dem Heu im ersten Brutnest links bei der Tür.
Kaum dass er dann unter der Dusche stand, hatte es Sturm geläutet und zwar so lange, bis er – bekleidet in der lächerlichen Kittelschürze Mathildes, dem einzigen Kleidungsstück, das im Badezimmer herum hing – dem Paketdienst das Päckchen für Irmi abgenommen hatte.
Irmis Laptop vermutlich, den sie sich für nur 30 Euro im Internet ersteigert hatte. Ab sofort würde sie über einen

eigenen E-Mail-Anschluss verfügen, höchste Zeit für eine 16-Jährige, war seine Meinung dazu, eine vorgeschobene allerdings.
Ihn hatte es zunehmend genervt, dass die Tochter, kaum dass er seinem Arbeitsplatz den Rücken kehrte, an den PC gespurtet war, um eine Mail abzusetzen oder anzusehen, nach einem gebrauchten Lehrbuch zu suchen oder über den einen oder anderen Lösungsansatz für eine Matheaufgabe mit Gleichgesinnten zu chatten, und was sie sonst noch an nicht zu beanstandenden Gründen vorgebracht hatte.
Bei Walchers zweitem Versuch unter die Dusche zu kommen, hatte das Telefon geklingelt, das Stationäre, und weil er gern ungestört duschen wollte, war er noch einmal, allerdings laut fluchend, aus dem Bad gerast, nur um noch das Freizeichen tuten zu hören.
Rolli, mit seinem instinktiven Erkennen der Spannungszustände seiner Zweibeiner, hatte sich bei dem erneuten Klingeln des Telefons in die Küche verzogen, unbegründet jedoch, denn Walcher ließ sich dieses Mal nicht mehr stören. Er hatte den Termin mit Grossmanns Pressesprecher im Kopf und sollte dazu bereits auf dem Weg nach Friedrichshafen sein.
Eine Stunde später drückte er dann auch, noch halbwegs pünktlich, den Klingelknopf am Portal der wuchtigen Villa mit Seeblick am Stadtrand von Friedrichshafen.
Der Baustil sah nach Nazizeit aus und wirkte damals wie heute vor allem protzig. Überhaupt, fand Walcher seine Internet-Suche bestätigt, schienen die Leute, mit denen Huber zu tun hatte, respektable Häuschen zu besitzen.
Mit einem Summton öffnete sich die äußerst stabil anmutende, kupferbeschlagene Tür und erlaubte einen ersten Blick in das Innenleben des Hauses, in diesem Fall eine Sicherheitsschleuse, wie sie bei italienischen Banken anzutreffen ist. Dann summte es noch einmal und er

stand in der Diele, vor der Empfangstheke, hinter der sich eine junge Frau erhob und nach seinem Begehr fragte. Walcher lächelte zwar, verfluchte sich aber, als die Hüterin der Termine auf den Monitor vor sich zeigte – von dem Walcher allerdings nur die Rückseite sehen konnte – und freundlich aber bestimmt darauf hinwies, dass der Termin mit Herrn von Budheim für die nächste Stunde eingetragen sei. Bis dahin sei Herr von Budheim in einem anderen Termin und Walcher möge sich deshalb doch verpissen. Das sagte sie zwar nicht, aber es war ihr anzusehen, was sie dachte.

Da muss mein Sekretariat wohl geschlampt haben, meinte Walcher, dachte an Rolli und trat mit einem lockeren *also bis dann,* den Rückzug an.

Es gab Tage, an denen man sich vom organisierten Leben fernhalten sollte, sah sich Walcher in seiner Meinung bestätigt, als er wenige Minuten später auf einem geteerten Weg am Seeufer wanderte. Wie einem gehetzten Hasen wurde ihm dort eindrucksvoll das unvereinbare Nebeneinander unterschiedlicher Verkehrsgeschwindigkeiten demonstriert.

Er befand sich nämlich auf einem Stück Bodensee-Radwanderweg und musste sich in kürzester Zeit Beschimpfungen anhören, von denen *taube Nuss* oder *Blindfuchs* noch zu den akzeptablen gehörten. Hinzu kamen schrille Klingeln, die kurz vor, während und nach den Beinahe-Zusammenstößen seine Nerven malträtierten.

Walcher fügte sich der erstaunlichen Verkehrsdichte von Radlern, die von irgendeiner Tour de France zu kommen schienen, jedenfalls was ihr professionelles Outfit betraf. Er flüchtete auf den steinigen Uferstreifen, den er sich nur mit Hunden und deren Besitzern teilen musste.

Eine Stunde später saß Walcher dem Pressesprecher von Grossmann gegenüber, hatte trotz seiner total verdreckten Schuhe eine Tasse Kaffee bekommen und seine erste

Frage gestellt, nämlich warum der Name Grossmann so häufig in Hubers Notizen auftauche.
Walcher hatte sich für die harte Tour entschieden, bei dem bisherigen Tagesverlauf war er das seinem Selbstbewusstsein schuldig.
Rainer von Budheim zeigte sich erstaunlich wendig, nickte und meinte, dass ihm das auch Sorge bereite. Er sprach über die Aufgaben des Politiker Grossmann zur Zeit dieser Huber-Kontakte, und dass damals eine gewaltige Anzahl von Menschen etwas von Grossmann wollte. Lobbyisten ebenso wie einfache Menschen, die mit ihren Sorgen und Nöten Beistand und Unterstützung bei Grossmann gesucht hätten.
Von Budheim besaß fraglos das Rüstzeug eines Pressesprechers. Er beherrschte die hohe Kunst, in vertrauensbildendem Tonfall Inhaltslosigkeiten aneinander zu reihen und diese zu einer scheinbar unwiderlegbaren Indizienkette zu verknüpfen.
Ohne Probleme schaffte er es, Zusammenhänge, Abläufe, Geschehnisse durch sich selbst zu begründen und dabei sein Gegenüber milde lächelnd anzusehen, so als würde er es ihm nicht übelnehmen, selten oder überhaupt nicht verstanden zu werden.
Grundsätzlich zeigte er sich mit Walchers Bestreben, Licht in die Dunkelheit zu bringen, durchaus einverstanden und verlieh seiner Freude darüber Ausdruck, dass dieses von einem Journalisten ausging, wäre man doch so etwas wie Berufskollegen.
Um seine und auch Herrn Grossmanns wohlwollende Unterstützung zu beweisen, öffnete von Budheim eine Mappe und fächerte die enthaltenen Pressefotos wie ein Kartenspiel auf. Sie stammten alle aus jenen Zeiten der Kontakte mit Huber und ließen unschwer erkennen, dass Grossmann eben mit vielen Menschen zu tun hatte, sei es bei Spatenstichen, Besichtigungen, Einweihungen, der

Freigabe von Straßenstücken und vielerlei mehr, eben die ganz normalen Verpflichtungen eines Politikers für Partei, Staat und Vaterland.
Walcher, dem nur wenige Gesichter der Abgebildeten etwas sagten, lächelte dankbar und bat um ein Interview mit Herrn Grossmann, denn Huber habe, als er ihn für das Manager-Magazin interviewte, Herrn Grossmann und einige andere erwähnt.
Nun sähe er es als seine geradezu vermächtnisähnliche Aufgabe an, herauszufinden, ob in diesem ehemaligen Freundeskreis der Grund für Hubers Tod liegen könne. Ohne Skrupel gab sich Walcher als der Journalist aus, der sich nicht nur der Wahrheit, sondern eben auch Huber verpflichtet sah.
Von Budheims Predigermiene war nicht zu entnehmen, ob er Walcher die Geschichte abnahm. Er bot zwei Termine zur Auswahl an, allerdings jeweils nur für eine halbe Stunde, denn das wäre das Äußerste, das Herrn Grossmanns Terminkalender derzeit zuließe. Ansonsten freue er sich auf jedwede Frage, die ihm Herr Walcher jederzeit, auch telefonisch stellen könne, denn leider sei nun auch das Zeitfenster für das heutige Gespräch dabei sich zu schließen.
Da Walcher seinen Terminkalender nicht dabei hatte, bat Grossmanns Pressesprecher um die baldige Bestätigung eines der beiden Termine, stand auf und streckte Walcher die Hand hin. Dabei entschuldigte er sich für sein unerbittliches Zeitmanagement, das ihn aber vor einem frühzeitigen Infarkt bewahren würde, öffnete die Tür des Besprechungsraumes und reichte Walcher an die Frau der Rezeption weiter, die ihn mit einem wertfreien Lächeln zur Sicherheitsschleuse und hinaus in die Welt entließ.
Diese empfing Walcher erst einmal mit einem *Idiot, haben Sie denn keine Augen im Kopf!* Er war nämlich, ohne nach

links und rechts zu sehen, aus der Einfahrt auf den Bürgersteig getreten und wäre deshalb beinahe von einem Kind mit Laufrad angefahren worden. Nur eine rasche Wende zurück in die Einfahrt rettete ihn vor dem Zusammenprall und vermutlich vor Handgreiflichkeiten der entrüsteten Mutter.
So langsam addierten sich die negativen Vorfälle an diesem Tag, denn auch das Gespräch mit dem Pressesprecher musste als Tücke des Schicksals betrachtet werden. Es lag deutlich auf der Hand, dass ihn Grossmann und sein Pressesprecher benutzen wollten. Sonst hätten sie ihn wohl kaum so großzügig mit Fotos versorgt.
Vermutlich handelte es sich dabei um völlig unwichtige Gesichter oder aber um Leute, denen die Nähe zu Huber unterstellt werden sollte.
Walcher sah auf sein Handy, er hatte noch eine halbe Stunde bis zur Mittagspause, eine ideale Zeit für einen unangemeldeten Besuch bei Vonderhaiden, dem Anwalt der meisten Huber Freunde. Er residierte im obersten Stock des neu erbauten K42-Centers.
Auf dem Weg dorthin kam Walcher an seinem Wagen vorbei, den er auf dem Hafenparkplatz abgestellt hatte. Hinter dem Scheibenwischer klemmte ein Strafzettel, den er sich für die Übertretung von sage und schreibe fünf Minuten des von ihm ordnungsgemäß gelösten Parkscheins eingefangen hatte.
Tage gab es, dachte Walcher, und nahm sich vor, eine „Freies Parken"-Partei zu gründen und nach dem zu erwartenden überwältigenden Wahlerfolg den gierigen Stadtkämmerer samt seinen Ordnungsbeamten aus der Stadt zu jagen. Wenigstens brauchte er dank des Strafzettels keine neue Parkgebühr zu bezahlen, suchte er nach einem positiven Aspekt.
Das hochglanzpolierte Messingschild wies neben der Anwaltskanzlei auch noch ein Consulting Unternehmen und

eine Vermögensverwaltung aus. Die Etagentür machte den Anschein, als würde sie auch einem Angriff mit Panzerfäusten mühelos widerstehen. Blankes Metall ohne Türklinke oder Knauf, nur der Klingelknopf in der marmornen Einfassung und darüber das ebenfalls eingelassene Auge einer Kamera.

Nach dem Druck auf die Klingel ertönte von irgendwoher ein engelhaftes Stimmchen und fragte nach seinen Wünschen und seinem Namen. Er nannte ihn und erzählte etwas über ein größeres Erbenproblem, dessen vertrackte Rechtssituation profunden Beistands bedürfe und er deshalb und auf Empfehlung von Herr Grossmann gekommen sei.

Ein wahrlich wirkungsvolles Sesam, öffne dich, denn geräuschlos schwang die Tür auf und gab den Blick auf ein indirekt beleuchtetes Entree frei, dessen Stahl-Glas Einrichtung in etwa dieselbe Ausstrahlung hatte wie die Frau mit dem engelhaften Stimmchen, die sich als Frau Meissner vorstellte und ihm die Hand reichte. Sie bat Walcher um einen Moment Geduld und schwebte durch eine Mattglastür davon, die mit einem leichten Zischen zur Seite gewichen war.

Frau Meissner brauchte wirklich nur einen Moment, bis sie zurückgeschwebt kam. *Herr Vonderhaiden empfängt Sie in seinem Büro, da alle Besprechungszimmer belegt sind,* verkündete Frau Meissner, drehte sich um und ging in dem Bewusstsein voran, dass ihr der neue Klient auch ohne Aufforderung folgen würde, was er ja auch tat.

Der Flur, gut zwanzig Meter lang, völlig kahl und nicht mit der in Kanzleien üblichen, fiskalisch abschreibungsfähigen Kunst ausstaffiert, endete an einer schweren, dunklen Holztür. Im Verhältnis zu den anderen Türen wirkte sie wie ein Relikt aus vergangenen Zeiten, und als Frau Meissner sie öffnete, zeigte sich die Innenseite mit schwarzem Leder ausgepolstert.

Vonderhaiden, jedenfalls ging Walcher davon aus, dass es sich um ihn handelte, kam ihm entgegen und lud ihn mit einer Handbewegung ein, in sein Büro zu kommen. Walcher gelang es nur mit Mühe, seine Überraschung zu verbergen, denn Vonderhaiden war höchstens 1,40 Meter groß, kahlköpfig und versuchte, mit einem raffiniert geschnittenen Maßanzug seinen verwachsenen Rücken zu kaschieren.

In dem riesigen Raum wirkte Vonderhaiden wie ein verlorenes Männlein aus irgendeinem Märchen. Derartige Gedankengänge lösten sich allerdings in jenem Moment auf, in dem er in Vonderhaidens Augen sah.

Ein Raubvogel, ging es ihm durch den Kopf, oder eine Schlange, in jedem Fall kein Opferlamm. Und spätestens die Stimme des Anwalts vertrieb jedes eventuell vorhandene Mitgefühl mit diesem verwachsenen Mann.

Mit einem dunklen, knarrenden Bass stellte Vonderhaiden fest: *Ich habe damals Ihren Artikel über Huber gelesen. Dass Sie auf Grossmanns Empfehlung hier sein sollen, lassen wir einfach mal so stehen.*

Walcher ging nicht darauf ein, sondern deutete auf das riesige Wandgemälde, welches die gesamte Wandfläche des Raumes bedeckte, und das waren gut zehn Meter ohne die Tür.

Im Stil des Hieronymus Bosch gemalt, zeigte es eine Kriegszene, allerdings mit Bildelementen und Figuren, wie sie vom „Garten der Lüste" bekannt waren.

Walcher war fasziniert und vergaß kurz, warum er in diesem Büro vor diesem gigantischen Gemälde stand.

Er fühlte sich in ein Museum versetzt, was auch an dem gedämpften Licht liegen mochte, denn die gegenüberliegende Fensterfront, die vermutlich einen herrlichen Blick über den See zum Schweizer Ufer erlaubte, war von milchigen Vorhängen verdeckt, wohl um das Bild vor schädlichen Sonnenstrahlen zu schützen.

Das ist Unglaublich, brachte Walcher schließlich heraus, *ist das ...*
Vonderhaiden nahm den Ball auf und ergänzte, *ein Bosch. Die Experten streiten sich allerdings darüber, ob er wirklich von ihm ist. Die Materialien stammen jedenfalls aus dem Jahr um 1500 herum, das ist bewiesen. Allerdings malte Bosch den Garten der Lüste als Triptychon, aber vielleicht war dies hier eine Art Vorskizze, wie auch immer, es ist der größte Schatz in meinem Leben. Darf ich Ihnen etwas anbieten, Herr Walcher?*

Gerne ein Glas Wasser.
Margret, bringen Sie unserem Gast bitte Wasser. Kommen Sie, Herr Walcher, setzen wir uns. Leider habe ich nur knappe zehn Minuten für Sie, dann kommt ein Mandant, den ich nicht warten lassen will. Also, was führt Sie zu mir?
Vonderhaiden hatte sich an die Stirnseite des langen, rechteckigen Besprechungstisches gesetzt, und wirkte nun nicht mehr wie ein kleiner Mann.
Walcher fiel es schwer, sich von dem Gemälde loszureißen, setzte sich deshalb ums Eck neben Vonderhaiden, mit dem Rücken zur Fensterfront. *Entschuldigen Sie bitte,* lächelte er Vonderhaiden mit seinem strahlendsten Schuldlächeln an, *dass ich mir mit dem Hinweis auf Herrn Grossmann Eintritt verschafft habe, aber terminierte Gespräche mit einem Journalisten haben meist ihre Ursprünglichkeit verloren, wenn sie denn überhaupt zustande kommen.*

Dafür habe ich vollstes Verständnis, nickte Vonderhaiden und zwinkerte leicht mit dem rechten Augenlid, *vermutlich würde ich nicht anders handeln. Was erhoffen Sie von mir zu erfahren? Ich bin Anwalt, ebenso gut könnten Sie versuchen einen Pfarrer über die gebeichteten Verfehlungen seiner Schäflein zu befragen.*
Walcher brachte dieselben Gründe vor, die er vor einer halben Stunde dem Pressesprecher Grossmanns erzählt hatte, steigerte seine Argumentation aber noch um einen

Aspekt, dass nämlich die Art und Weise der Inszenierung von Hubers Tod seine Neugier geweckt hätte.
Dann wollen Sie also den Gendarmen spielen und den Mörder hinter Schloss und Riegel bringen?, kam es vom Anwalt und klang, als amüsiere er sich köstlich.
Nein, mich interessieren die Zusammenhänge, die Gründe, die Motive und die Menschen, die dahinter stehen.

Glauben Sie denn, dass jemand dahinter steht, ein geheimnisvoller Auftraggeber? Vonderhaidens Stimme klang immer noch amüsiert.
Vielleicht, vielleicht war es ja auch nur ein simpler Racheakt, aber ... Walcher nahm das Glas Wasser, das ihm Frau Meissner auf einem kleinen silbernen Tablett serviert hatte und trank einen kleinen Schluck. *Eigentlich wollte ich von Ihnen etwas erfahren, zum Beispiel ob und wenn ja wie lange Huber ihr Klient war.*
Vonderhaiden schüttelte leicht den Kopf und faltete seine Hände ineinander, als wolle er ihnen damit verbieten eine unkontrollierte Bewegung zu machen. Dabei fixierte er Walcher, der sich nach diesem neuerlichen Blickkontakt für den Raubvogel entschied, und meinte zögernd: *Ich selbst habe mit Herrn Huber kein Klientenverhältnis gehabt, ... wohl aber der eine oder andere aus meiner Sozietät ... was sich für Sie vermutlich gleichbedeutend darstellt, auch wenn es das nicht ist. Mein Ziel war es immer, ein guter Anwalt zu sein und zwar für jedermann, der zu mir kommt. Dabei dürfen meine persönlichen Gefühle keine Rolle spielen. Aber ... für unser erstes Gespräch haben wir uns nun genug ausgetauscht.*
Vonderhaiden stand auf und der Sitzriese verwandelte sich wieder in einen vermeintlich schutzbedürftigen Zwerg.
Eine Frage noch, auch Walcher stand auf, *gehören neben Grossmann auch Aberl, Probstler, Wohlfahrt, Münscher, Kammer, Strielitz, Eidlich und Henge zu Ihren Klienten?*
Einen kurzen Moment, so schien es Walcher, fokussierten

Vonderhaidens Pupillen zu winzigen schwarzen Punkten, aber das war auch schon die einzige ablesbare Reaktion, die der Anwalt zeigte. Er wandte sich Walcher zu und deutete auf das Gemälde hinter sich. *Kein Tag vergeht, an dem ich nicht irgend ein neues Detail entdecke. Dieses Bild ist wie das Leben, es erschließt sich von selbst, wenn der richtige Zeitpunkt gekommen ist, nicht indem man ständig nach den Dingen sucht. Und jetzt entschuldigen Sie mich. Frau Meissner wird Ihnen eine Telefonnummer geben, unter der Sie mich in besonderen Fällen auch in meiner Freizeit erreichen können. Ach ja, noch einen Rat auf den Weg. David hat Goliath besiegen können, weil es nur einen Goliath gab.*
Damit wandte sich Vonderhaiden der Tür zu und öffnete sie. Seine Miene ließ keine weitere Frage zu.
Walcher ging in dem guten Gefühl, sein Ziel erreicht zu haben. Er hatte das Stöckchen gezeigt, mit dem er ins Wespennest stechen könnte. Es sah gut aus, auch wenn er vermutete, dass Vonderhaiden seine Absicht durchschaut hatte. Aber das musste nichts bedeuten, denn die anderen besaßen vermutlich nicht das Format des Anwalts.
Auf dem Heimweg sah sich Walcher die Telefonnummer an, die auf ein ganz normales Visitenkärtchen gedruckt war, allerdings ohne Vonderhaidens Namen.
Eine Nummer, sonst nichts. Nur die Vorwahl verriet noch etwas, nämlich, dass es sich um einen Anschluss in der Schweiz handelte.
Irgendwie animierte ihn dieses Kärtchen zum Handy zu greifen und Gülem anzurufen. Der meldete sich auch nach einigen Ruftönen meinte aber, dass er knapp in der Zeit sei. Trotzdem wollte Walcher wissen, ob ihm der Name Vonderhaiden etwas sage.
Es dauerte einen Augenblick, dann meinte Gülem in seinem unnachahmlichen Tonfall, als hätte ihn Walcher nach etwas Selbstverständlichem wie der Uhrzeit gefragt: *Die einen nennen ihn den Bossi vom Bodensee, die anderen*

bezeichnen ihn als Giftkröte. Lebt in der Schweiz und betreibt in Friedrichshafen eine international agierende Kanzlei, von der man sagt, dass sie nicht nur sehr erfolgreich sei, sondern auch Fälle übernehmen würde, die andere Kanzleien bereits abgeschrieben hätten.
Vonderhaiden hat sich auf Wirtschaft spezialisiert, er bahnt Unternehmensverkäufe an und wickelt sie ab. Man sagt, es geht dabei meist um gigantische Summen. Er ist in der Schweiz, den USA und in Deutschland zugelassen und führt dort ebenfalls Kanzleien. Ein Kollege wollte über ihn eine Reportage machen, Vonderhaiden ließ abwimmeln, seine Kanzlei lege keinerlei Wert auf Publizität. Ansonsten weiß ich nur, dass er in der Schweiz, bei Amriswil, das liegt hinter Romanshorn, in einem kleinen Schlösschen lebt, als Kunstsammler gilt und mit einer Frau aus altem Schweizer Bankadel verheiratet ist.
Man spricht ihm das Gedächtnis eines Computers zu.
Als Student soll er mal Garri Kasparow geschlagen haben und zwar derart deutlich, dass Kasparow völlig entsetzt gefragt haben soll, warum Vonderhaiden nicht Schachprofi werden wolle. Vonderhaiden soll geantwortet haben, dass er Schach für das Denktraining von Pennälern und Greisen halte.
Ich glaube auch gehört zu haben, dass Huber eng mit der Kanzlei Vonderhaiden zusammen gearbeitet hat. Entschuldige, ich muss abbrechen, ruf mich am Abend an, wenn du noch was wissen willst.

Ausgrabung

Als Walcher sich den Bäumen an der Grenze zum nachbarlichen Grundstück näherte, stockte er einen Moment. Die Szene, die sich ihm bot, hätte aus einem Thriller stammen können.
Halogenscheinwerfer, auf hohen Stativen montiert, erleuchteten einen begrenzten Raum unter den mächtigen Baumkronen, deren dicke Äste wie bleiche Arme von Monstern wirkten, die sich jeden Moment auf die kleinen Menschlein zu ihren Füßen stürzen könnten.
Fünf schwarze Silhouetten standen vor einer grünen Plane, auf der ein Mann vor einem Bündel kniete und daran hantierte. Über der Gruppe tanzte ein dichter Schwarm unterschiedlich großer Insekten einen Reigen um die Scheinwerfer.
Neben der Plane war ein Loch ausgehoben und das Erdreich daraus – ebenfalls auf Planen – zu zwei Hügeln aufgetürmt worden, in denen jeweils ein Spaten steckte. Das hatte Brunner also gemeint, als er ihn vor zwei Stunden zu einer kriminologischen Gartenarbeit auf Hubers Grundstück eingeladen hatte, bei Kerzenlicht und guten Gesprächen. Walcher war sofort ins Auto gestiegen und zum zweiten Mal an diesem Tag an den See gefahren.
Nun räusperte er sich laut, um die scheinbar tief in ihre Arbeit versunkene Runde nicht zu erschrecken, erreichte aber genau das Gegenteil. Alle Sechs zuckten zusammen und starrten ihn an, als sei ein Gespenst aus dem Nichts aufgetaucht.
Man vergisst die Welt um sich herum, begrüßte ihn Brunner. *Kommen Sie, die Herren kennen Sie ja alle,* deutete er zu dem auf der Plane knienden Gerichtsmediziner Dr. Kantler und zu seinen Mitarbeitern, den Kommissaren Wehrle und Aumiller.
Die beiden Männer in den hellen Schutzanzügen, die bei

der grellen Beleuchtung aussahen als gehörten sie zu einer Raumschiffbesatzung, überging Brunner.
Wir haben einen Hinweis erhalten und sind auch bereits auf etwas gestoßen, nickte Brunner zu Dr. Kantler hin.
Dr. Kantler grüßte mit einem kurzen Seitenblick, wandte sich aber sofort wieder dem verrotteten Gewebebündel vor ihm zu. Offenbar war Walcher just in dem Augenblick gekommen, in dem der Gerichtsmediziner begonnen hatte den Inhalt des Bündels freizulegen.
Nach einer ersten Einschätzung handelt es sich bei dem Skelett um die Gattung eines Canidae Tribus Vulpini und da in dieser Gegend hauptsächlich Rotfüchse heimisch sind, wird es vermutlich ein Vulpes Vulpes sein, sprach Dr. Kantler in das Mikro, das mit einer Wäscheklammer befestigt an seinem Hemdkragen hing. *Wie gesagt, vermutlich, wenngleich das für Ihre Ermittlungen nicht von Bedeutung sein wird, denke ich. Wenn Sie mich fragen,* stöhnte Dr. Kantler als er aufstand, *sollten wir noch etwas tiefer graben. Entweder hat jemand den Fuchs überfahren und hier nur verscharrt, oder das Tier ist als Blender obenauf und darunter liegt die eigentliche Leiche oder sonst was. Bis dahin meine Herren,* er zog seine Gummihandschuhe aus und warf sie in seinen Werkzeugkoffer, *verabschiede ich mich allerdings. Wenn ich mich beeile, kann ich mich nämlich zum Schlussapplaus neben meine Frau ins Theater setzen.* Dr. Kantler klappte seinen Koffer zusammen. *Machen Sie's gut,* nickte er und verschwand aus dem Lichtkreis.
Na dann, meinte Brunner und hob das verrottete Holzkreuz auf, das neben dem Bündel lag. *Ich hatte ein Kaninchen, einen Hamster oder ein Meerschweinchen erwartet, weil Menschenleichen im Garten meist nicht mit einem Holzkreuz gekennzeichnet werden.* Er hielt Walcher das kleine Kreuz hin, dessen Aststücke mit einem Blumendraht zusammengebunden waren.
Tja meine Herren, klatschte Brunner aufmunternd in die

Hände, *finden wir heraus, ob da noch eine Schatzkiste versteckt ist.*
Die beiden Schutzanzüge griffen sich die Spaten und begannen zu graben. Kommissar Wehrle nickte Walcher und Brunner zu, ging an ihnen vorbei und meinte: *Muss mal in die Büsche.*
Nach erstaunlich kurzer Zeit kam er wieder zurück und meinte grinsend zu Walcher gewandt: *Vorhin hab' ich grad an Pharaos Fluch gedacht, wo Pestfliegen aus einem Mumienbündel schlüpfen und in dem Moment sind Sie aufgetreten. Also, das hat auf die Sekunde gepasst.*
Brunner räusperte sich etwas unwirsch. *Eine zu lebhafte Fantasie ist der Feind des Kriminalisten, mein lieber Wehrle. Sie sollten vielleicht lieber harmlosere Filme ansehen, Tatort zum Beispiel, da pinkelt übrigens niemals ein Kommissar in einen fremden Garten.*
Wehrle grinste Walcher an und deutete mit dem Kopf zu seinem Chef. *Am Anfang einer Ermittlung tritt er seine besten Mitarbeiter mit Füßen, damit er sie gegen Ende hin auch schon mal ungestraft loben kann.*
Brunner sah aus, als wolle er dazu etwas sagen, aber da rief einer der beiden Marsmenschen: *Da ist was!*
Sie knieten in dem Loch und lockerten mit Holzspateln vorsichtig die Erde rund um einen blauen Flecken. Dann unterbrachen sie, zogen sich Gummihandschuhe an und legten das Blau frei. Kommissar Aumiller fotografierte die Szene, die sich vielleicht in wenigen Minuten als ein weiterer Tatort herausstellen würde.
Die Spannung der Kommissare und der Kriminaltechniker schien geradezu fühlbar, und auch Walcher starrte gebannt in das Erdloch.
Rundherum Dunkelheit, eine kleine Insel des Lichts, in der angespannte Gesichter in eine Grube starrten, in der nun ein Körper sichtbar wurde, ein Kind, ein Baby ... nein, eine Puppe. Nur eine babygroße Puppe, grässlich real

anzusehen, mit einem zusammengedrückten Kopf und von Erde verklebten Haaren.
Die Männer entspannten sich.
Aumiller fotografierte wieder, als einer der Techniker die Puppe mit einer geradezu fürsorglichen Bewegung auf die grüne Plane legte.
Das Spielzeug sah lädiert aus, einige Stellen des Körpers, nicht nur der Kopf, waren eingedrückt. Ein blaues Wollkleid von erstaunlich intensiver Farbe, gestrickt oder gehäkelt, da war sich keiner der Männer sicher, umhüllte den kleinen Körper. An einem Fuß steckte ein Schuh aus derselben Wolle, der zweite Fuß war mit einem blauen Stofffetzen umwickelt, gehalten von einem Gummiband.
Ein Bild, das Empfindungen erzeugen konnte, dachte Walcher. Wer mochte mit der Puppe gespielt haben? Wer sie zerstört, wer sie begraben haben? Ein Kind, ein Erwachsener? Warum lag ein Fuchs darauf?
Unwillkürlich bekam Walcher eine Gänsehaut. War es das Bild vor ihm, oder spürte er etwas in der Dunkelheit hinter sich? Eine rasche Drehung — aber da war nichts. Instinkte vielleicht, Erinnerungen, nichts weiter.
Brunner klopfte ihm auf die Schulter. *Enttäuscht?*
Walcher schüttelte den Kopf. *Vielleicht gibt es ja noch eine dritte Lage.*
Brunner nickte. *Dachte ich mir auch gerade, also, wir sollten noch einen halben Meter,* rief er seinen Kollegen zu.

Von wem kam eigentlich der Hinweis auf das Grab?
Ein Fax, Brunner kratzte sich am Kopf, so als ob er bei etwas Verbotenem ertappt worden wäre. *Aufgegeben in einer Postagentur in Friedrichshafen. Natürlich kann sich dort niemand an den Kunden erinnern.*

Mitternacht

Es dauerte, bis der Klingelton in seinen Traum eindrang und als nicht dazugehörend eingestuft wurde. Weitere Sekunden brauchte Walcher, um sich von seinem Traum zu trennen, den er nur allzu gerne weitergeträumt hätte. Vielleicht war es ja ein Wink des Schicksals, dass er von Sahra Tiefenbach träumte und nun die reale Sahra am Telefon war.

Entschuldigen Sie bitte, hörte er und war sofort hellwach, *aber ich habe erst auf die Uhr gesehen, als ich Ihre Nummer schon gewählt hatte. Habe ich Sie geweckt?*

Walcher faselte etwas von: *Gerade heimgekommen, kein Problem, ohnehin Nachtmensch.*

Wann kommen Sie wieder mal vorbei?, wollte Sahra wissen und Walcher gab zu verstehen, dass er jederzeit dazu bereit wäre. *Dann kommen Sie doch gleich morgen, vielleicht am Nachmittag, so gegen 16 Uhr. Wäre das für Sie in Ordnung?*

Nach seiner Zustimmung hörte er noch wie sie sagte: *Also, bis morgen.* Dann einige Sekunden Leere bis das Netz zu tuten begann.

Er schimpfte sich einen Narren, denn sein Puls war eindeutig um ein paar Schläge beschleunigt, und in der Bauchgegend machte sich ein bekanntes Gefühl breit.

Es gab keinen Sinn, schüttelte er den Kopf. Wie alt mochte Sahra sein, 24, vielleicht 28? In jedem Fall zu jung für dich, sprach seine Ratio, oder war es die Stimme seines Vaters, der sich wieder einmal ungefragt meldete?

Quatsch, sagte sich Walcher, ich werde doch wohl einfach feststellen können, dass es sich um eine bezaubernde Frau handelt.

Wach, wie er nun war, stand er auf, zog sich den Morgenmantel über und tappte leise die Treppe hinunter. Ein verspäteter Schlaftrunk konnte nicht schaden.

Im Flur angekommen, begrüßte ihn Rolli, allerdings eher verschlafen, mit gebremster Freude und nicht wie sonst wild wedelnd.
Der Sherry war ein Geschenk von Frau Zehner, aus der Handlung in Weiler. Sie hatte ihn in ihrem Keller entdeckt, wo er wohl seit gut 80 Jahren herumlag, wie sie erklärte, und dass man das „Zeug" deshalb ja wohl nicht mehr verkaufen könne.
Walcher schmunzelte bei der Erinnerung, als er nur mit Mühe seine Freude über dieses Geschenk der Götter hatte verbergen können. Ein *Palo Cortado* aus dem traditionsreichen Haus *Agustín Balázquez*!
Zusammen mit der Lagerzeit in Zehners Keller immerhin 100 Jahre alt. Wer mochte damals im tiefen Allgäu als Käufer in Frage gekommen sein?
Gleich am folgenden Tag hatte er Frau Zehner wieder besucht und harmlos nachgefragt, ob es noch weitere Flaschen gäbe, denn das alte Zeugs sei noch einigermaßen trinkbar und er stehe halt auf Sherry.
Walcher hatte nicht einmal ein schlechtes Gewissen, als er die restlichen vier Flaschen, samt Lieferkiste aus Holz zum Sonderpreis von vierzig Euro bekam, die er Frau Zehner allerdings geradezu hatte aufdrängen müssen.
Leider konnte sich Frau Zehner nicht vorstellen, wer seinerzeit als Kunde hätte infrage kommen können, denn der Vater hatte das Zeugs bestellt, im hintersten Winkel gelagert und dort war es vergessen worden. Sie habe beim Stöbern auch einen ganzen Karton mit Leberwurst in Dosen gefunden. Auf denen wäre ein Hakenkreuz aufgedruckt gewesen. Die hätte sie in den Müll gegeben, weil ja das Hakenkreuz verboten wäre.
Der Sherry rollte wie lebende Materie über die Zunge. Eine Rarität von eindringlich wuchtigem Volumen, leidenschaftlich und rassig, und das nach einer derart langen Flaschenlagerung. Walcher stöhnte genüsslich.

Zwar fehlte dem *Palo Cortado* der nussige Geschmack einer Fasslagerung, dafür aber hatte er bei Idealtemperatur einen anhaltenden Reifeschlaf halten können und verbreitete ein derart intensives Sherry-Aroma, als hätte er nur sehnsüchtig darauf gewartet, endlich an die Luft zu kommen.
Verzückt genoss Walcher die verhaltene Glut, wurde aber in seiner schwärmerischen Suche nach weiteren Prädikaten unterbrochen, weil er einen seltsamen Schatten auf dem Hof sah.
Wie so oft, wenn Walcher in der Nacht aufstand, hatte er kein Licht gemacht und konnte deshalb beobachten, wie Irmis Freund Andy einen Roller über den Hof in die Garage schob und denselben Weg zurück eilte, allerdings nun ohne das Gefährt. Dabei guckte er mehrmals prüfend zum Haus, blieb auch kurz stehen und schien intensiv nach Geräuschen zu lauschen, bevor er aus dem Sichtfeld Walchers verschwand.
Dass Rolli nicht anschlug, lag wohl daran, dass er Andy erkannt hatte. Walcher öffnete das Fenster, an dem er stand und steckte den Kopf in die Nacht hinaus.
Ungewöhnlich mild für September, stellte er fest und hörte vom Feldweg her, der zur Bundesstraße führte, einen Motor aufbrummen. Leiser werdend, entfernte sich das Geräusch ins Tal, Richtung Weiler hinunter.
Vermutlich funktionierte Andys Roller wieder einmal nicht und er hatte sich deshalb von einem Kumpel ziehen lassen, und das machte man besser in der Nacht.
Eine schlüssige Erklärung, wie Walcher fand, weshalb er zufrieden das Fenster schloss, das Glas leerte, es in die Küche brachte und hinauf in sein Zimmer schlich.

Brunner

Gibt's was Neues?, wollte Brunner wissen.
Walcher stand gerade in der Garage und wunderte sich darüber, wie ordentlich Irmis Freund die ihm zugeteilte Ecke in der Garage hielt. Werkzeug, Ersatzteile, Kabel, Schrauben, Beilagscheiben, alles sauber in kleinen Boxen aufbewahrt – auch in einer Profiwerkstatt wurde nicht mehr Ordnung gehalten.
Nachdem Brunner seine Frage wiederholt hatte, ging Walcher aus der Garage und konzentrierte sich auf den Kommissar. *Eigentlich müsste ich das Sie fragen, schließlich arbeitet bei Ihnen eine ganze Mannschaft an der Sache.*

Hätte ja sein können, meinte Brunner gut gelaunt. *Wir haben eine interessante Entdeckung gemacht.*
Wie üblich legte Brunner seine Kunstpause ein und Walcher tat ihm den Gefallen und drängelte: *Nun spannen Sie mich nicht auf die Folter.*

Also, der Huber war blank wie eine Kirchenmaus. Stand kurz vor der totalen Pleite, Konkursverschleppung, Betrug. Sämtliche Kreditlinien waren gesperrt. Die meisten seiner Immobilien sind überbewertet und dazu gleichzeitig bei mehreren Banken als Sicherheit eingebracht. Lange wäre das nicht mehr gegangen, meint unser Wirtschaftsmann. Sie waren bei der kleinen Tiefenbach, hörte ich?
„Kleinen Tiefenbach", dachte Walcher, fand den abrupten Themenwechsel des Kommissars als nahezu tückisch und vermutete dahinter den eigentlichen Grund des Anrufs. *Sie hätten mir sagen sollen, dass Sie Sahra Tiefenbach überwachen,* konterte er. *Gilt sie als Verdächtige?*

Na ja, wenn ich darüber nachdenke, dass sie mit dem jungen Allersheim befreundet war. Da kommen doch einige Motive zusammen. Wenn ich richtig informiert bin, wirft Frau Tiefenbach dem Huber vor, ihre Mutter auf dem Gewissen zu haben.
Brunner machte eine Pause, als ob er geradezu lauernd

auf Walchers Reaktion warten würde. Der bemühte sich allerdings sachlich zu bleiben.

Und, ist da was dran?

Beweisen wird man das nicht können. Die Polizei in Birma ist so kooperativ wie der Vatikan in Fragen bezüglich der Echtheit seiner Reliquien. Brunners Stimme klang, als ob er über seinen Vergleich lächeln musste.

Apropos Reliquien, wechselte Walcher, *haben Ihre Leute noch etwas in dem Grab gefunden?*

Im Grab nicht, aber im Labor. Brunner schien heute wirklich einen mitteilsamen Tag zu haben, dachte Walcher. *Die Erde in dem Sackleinen stammt nicht aus dem Garten und das Sackleinen passt zeitlich wiederum nicht zum Puppenkleid. Und jetzt wird's vollends kompliziert.*

Walcher war erstaunt, dass Brunner nicht seine übliche Pause machte, sondern ohne dramatisches Mittel einfach weiter sprach.

Das Sackleinen, in dem der Fuchs verweste, ist identisch mit dem Sackleinen der Mönchskutte, die ...

Das bedeutet ...

Genau, das bedeutet, ließ sich Brunner nicht unterbrechen, *dass der oder die Mörder Hubers vor einigen Jahren einen toten Fuchs in denselben Stoff eingewickelt und vergraben haben. Und warum?*

Wollen Sie eine Meinung von mir hören?, fragte Walcher vorsichtshalber nach, als Brunner nicht mehr weitersprach.

Nur zu, nur zu, kam es freundlich aus dem Hörer.

Die Frage ist doch eher, zögerte Walcher und dachte angestrengt nach, um sich keine Blöße zu geben, *warum das Teil wieder ausgegraben und erneut eingegraben wird und zwar auf einer Puppe liegend. Derjenige musste doch wissen, dass Ihren Technikern die unterschiedlichen Verrottungszeiten auffallen würden. In jedem Fall aber, musste er das Puppengrab kennen.*

Sehr gut, stellte Brunner fest, *aber vielleicht dachte er nicht so logisch wie Sie und wollte außerdem nur Spuren legen oder uns verwirren.*

Aus welcher Gegend könnte die Erde am Sackleinen denn stammen?

Dr. Kantler meint, stöhnte Brunner, *sie könnte aus jedem Vorgarten kommen, in dem Lärchen, Kiefern, Tannen und die übliche Anzahl von Gräsern wachsen.*

Sprühnebel

Eidlich Beratung stand in grauen Buchstaben einer antiken Schrifttype auf der einfachen Kunststoffscheibe und darunter, dass Termine nur nach telefonischer Vereinbarung möglich wären.

Beruhigend zu wissen, dass er einen solchen hatte, dachte Walcher und klingelte an dem auf modern renovierten Häuschen, das vermutlich einfache Leute nach dem Krieg im Eigenbau und mit Nachbarschaftshilfe hochgezogen hatten.

Es dauerte, bis die Tür von einem älteren Mann geöffnet wurde, der Walcher hereinbat und irgend etwas über eine Mitarbeiterin maulte, die wieder einmal krank mache, was aber heutzutage ja normal wäre.

Johannes Eidlich ging voraus in sein Büro, das wenigstens die halbe Grundfläche des Häuschens einnahm, aber immer noch als überschaubar zu bezeichnen war und neben dem Besprechungstisch nur noch einem weiteren Tisch Platz bot, den Eidlich wohl als Schreibtisch nutzte. Die deutsche Antwort auf die große Consulting-Welt schien hier nicht Zuhause zu sein, vermutete Walcher und zwängte sich auf den angebotenen Platz zwischen Wand und Besprechungstisch.

Eidlich sah aus wie eine hochgeschossene Spitzmaus, der die hohe Stirnglatze und die dicken Glasbausteine vor den Augen zwar einen intellektuellen Anstrich gaben, den jedoch seine Zunge, die mit der hervorstehenden oberen Zahnreihe Dauerkontakt zu halten schien, zunichte machte.
Thie thind Journalissth und wollen thich mith mir über Huber untherhalthen, stellte Endlich fest und stieß dabei feinen Sprühnebel aus, der sich auf die schwarze Glasplatte zu senken begann und sich dort wohl in Tropfenform sammeln würde. Unversehens fühlte sich Walcher in einem Slapstick eingebunden und schaffte es zu nicken, ohne dabei übertrieben zu lächeln. Zu mehr kam er ohnehin nicht, denn Eidlich spielte seine Fähigkeit aus, offensichtlich ein schnellsprechendes, verbales Genie zu sein, auch wenn es an der Aussprache haperte.
Er stellte die Hypothese auf, dass Walcher des Todes von Huber wegen den Weg zu ihm gesucht und gefunden habe, belegte durch drei zwingende Beispiele, warum er Journalisten gegenüber höchste Zurückhaltung an den Tag lege, gab seine Verbindung, ja sogar Freundschaft mit Huber zu, wenngleich er zu bedenken gab, dass Freundschaft heutzutage einen anderen Stellenwert besäße als zu jener Zeit, in der er aufgewachsen und geprägt worden wäre, wobei die Verbindung zu Huber, bei aller Liebe, wohl eher eine Geschäftsfreundschaft gewesen sei, getragen von gegenseitiger Wertschätzung, gemeinsamen Zielformulierungen und einer tradierten Form der Berufsethik ...
In diesem Stil ging es eine gute viertel Stunde weiter, unterbrochen nur durch die Frage, ob Walcher denn einen Getränkewunsch hätte, denn es wäre ja ein geradezu verpflichtendes amerikanisches Diktat heutzutage, ständig an Wasserflaschen herumzunuckeln, und dass auch schon der Ansatz von Selbstbeherrschung als psychisch

bedenklich eingestuft werden würde und dies ausgerechnet von einer ausschließlich an Freizeitunterhaltung orientierten Generation ...
Nach einer halben Stunde glotzte Walcher mit stierem Blick auf die Reinkarnation von Eidlichs Sprühnebel, der sich – wie vermutet –, als Wasserpfütze auf der Glasplatte gesammelt hatte und reflektierte über die wunderbare Fähigkeit dieses Elements, immer wieder in seinen ursprünglichen Aggregatzustand zurückzufinden, egal was mit ihm angestellt worden war.
Dabei bedauerte Walcher, dass es keine Erfindung für die Rückverwandlung solchen Wortnebels in eine Buchstabensuppe gab, als ihm eine höhere Macht in Form eines schrillen Telefonrufes zu Hilfe kam, der wie eine Alarmglocke klang. Eidlich entschuldigte sich mit einem Nicken und stürmte in das Vorzimmer.
Walcher schloss ermattet die Augen und überlegte angespannt, wie er mit diesem Schwätzer umgehen sollte.
Er hörte Eidlich einige Sekunden schweigen und dann einige Male ein „Jawohl", jeweils von einem Schweigen unterbrochen. Eidlich konnte also auch zuhören, dachte Walcher und beschloss, diese Erkenntnis umzusetzen und nach dessen Rückkehr die Gesprächsführung zu übernehmen.
Dazu sollte es jedoch nicht kommen, denn Eidlich stürmte in sein Büro, entschuldigte sich tausendmal für seine Unhöflichkeit, den Herrn Journalisten gewissermaßen vor die Tür setzen zu müssen, weil soeben ein nicht aufschiebbarer Hilferuf eingetroffen sei, ein Kunde der in höchster Verzweiflung auf den sofortigen Besuch bestand, und deshalb ...
Walcher sprang sofort auf, nickte Verständnis und eilte aus dem niedlichen Häuschen, als wäre nicht Eidlich, sondern er zu einer Notfallberatung gerufen worden.
Eidlichs Angebot, einen neuen Termin zu vereinbaren,

schlug Walcher mit einer Bestimmtheit aus, die Eidlich kurz die Sprache zu nehmen schien.
Erst als sich Walcher aus Eidlichs Bannmeile entfernt hatte, begann er – wie aus einer Narkose – aufzuwachen. Vergeblich versuchte er sich daran zu erinnern, was ihm dieser Mensch erzählt hatte, aber nur einige wenige Bruchstücke zu Beginn waren haften geblieben, dann hatte wohl sein Überlebenssystem automatisch auf taub geschaltet. Von Eidlichs Monolog waren letztlich nur der Sprühnebel und die Zischlaute übrig geblieben sowie die Erkenntnis, dass diesem Menschen schwerlich irgend etwas Substantielles zu entlocken war.
Was sollte er mit dem restlichen Vormittag anfangen, mit Sahra Tiefenbach war er erst um 16 Uhr verabredet.
Nach Hause zu fahren, gab zeitlich keinen richtigen Sinn, außerdem begannen die neuerlich angestiegenen Benzinpreise an der Schmerzgrenze zu nagen. Für einen Besuch bei Brunner fehlten ihm Neuigkeiten, zudem standen sie in täglichem Telefonkontakt.
Walcher hatte sich die Namen des Huberschen Freundeskreises auf einen kleinen Spickzettel geschrieben, wie früher in der Schule. Henge stand nach Eidlich. Von der Route her machte es Sinn, erst diese Adresse anzufahren um dann auf dem Rückweg bei der Tiefenbach Halt zu machen.
Henge wohnte in Fischbach, war langjähriges Mitglied im Gemeinderat Friedrichshafen, dann im Landtag und wurde bereits im ersten Jahr seines Mandats in den Aufsichtsrat zweier Staatsbetriebe berufen. Noch im selben Jahr erhielt er auch noch Beratungsverträge bei einem Rentenversicherer und bei einem Rüstungsunternehmen am See.
Für einen einfachen Metzgersohn mit abgebrochener Lehre in Vaters Handwerk, der sich bis zu seiner Politikerkarriere mit Jobs als Autoverkäufer, Versicherungsmakler

und Immobilienhändler über Wasser hielt, eine respektable Entwicklung. Inzwischen hatte Bertram Henge die Pensionsgrenze erreicht und sich zur Ruhe gesetzt.
Walcher beschloss, Henge unangemeldet zu besuchen, zur Mittagszeit immer eine gute Idee, schmunzelte er und fuhr gemütlich in Richtung Friedrichshafen.
Der Verkehr lief zäh und Walcher bereute kurz seinen spontanen Entschluss, nutzte dann aber das unaufregende Schritttempo um über Huber nachzudenken.
Immer wieder sah er das Verlies vor sich und erinnerte sich an Dr. Seyfrieds Sektionsergebnisse. Da musste es einen Punkt geben, an den er bisher noch nicht gedacht hatte. Er rief sich alle Tötungsarten in Erinnerung, mit denen er selbst konfrontiert gewesen war oder über die er gelesen hatte.
Brutalität und Menschenverachtung gehörten zu allen Fällen und meist litten die Täter an irgendwelchen psychischen Macken. Aber dass ein Opfer eine derart perfide Rolle zu spielen hatte, die wie ein Werbegag anmutete und das über einen Zeitraum von vier Tagen und fünf Nächten, besaß eine gewisse Einmaligkeit.
Allersheim und Sahra Tiefenbach, von den Menschen aus Hubers Umfeld, die Walcher bisher kannte, hatten diese beiden ein überzeugendes Motiv, es sei denn, es handelte sich wirklich nur um einen Werbegag, den der Museumsdirektor nun vertuschen wollte. Also, gehörte auch Günther Wohlraab zum Kreis der Verdächtigen.
Aber wie hätte er Huber dazu bringen können, die Rolle als Kerkerinsasse zu übernehmen? Und dann die Drogen. Nein, das passte nicht zum Museumsdirektor. Außerdem sollten das die beiden Kommissare herausfinden, seine Aufgabe war es, den Freundeskreis Hubers zu durchleuchten. Zum Beispiel Betram Henge, dessen Adresse er sich inzwischen genähert hatte.
Fischbach, damit verband er Bahnhof, Kultur, Restaurant

und Vorort von Friedrichshafen, der wohl auch irgendwann eingemeindet werden würde, wenn er das nicht bereits war.
Schon am Anfang der Angerstraße wurde deutlich darauf hingewiesen, dass es sich um einen Privatweg handle, der eine Sackgasse sei und nicht an den See, sondern zu einem Privatanwesen führe, dessen Betreten verboten und bei Nichtbeachtung zur Anzeige gebracht würde. Außerdem wurde eindringlich vor bissigen Hunden gewarnt.
Walcher fuhr den Privatweg bis zu einem Zuckerbäckertor aus drei Meter hohem, weiß lackiertem Schmiedeeisen mit allerlei vergoldeten Schmuckelementen, die in der Mittagssonne prächtig glänzten, als wollten sie Schloss Neuschwanstein Konkurrenz machen.
Das Tor stand offen, weshalb Walcher auf das Anwesen fuhr und erst vor dem Eingang der Zuckerbäckervilla hielt, als wäre das völlig selbstverständlich.
Säulen, mit und ohne nackten Evas darauf, Amphoren und Füllhörner mit üppiger Geranienpracht bepflanzt, chinesische Blumentöpfe, Vasen, metallene und steinerne Fabelwesen, etliche Objektkunstwerke standen einträchtig neben bepflanzten Weinfässern, Schubkarren, einem ungarischen Ziehbrunnen und einer Hollywoodschaukel, auf der mindestens der halbe Gemeinderat hätte Platz nehmen können.
Hier hatte ein Landschaftsgärtner wohl ohne Kostenlimit aus dem Vollen schöpfen können.
Zwischen der sibirischen Krüppelkiefer, der kanadischen Douglasie, japanischem, chinesischem, afrikanischem und sonstigem Edelgehölz, erkannte Walcher auch einen einheimischen Baum, einen Apfelbaum. Vielleicht war er ja in einem Schulgarten gelandet, dachte sich Walcher und wollte gerade die Hand zu dem Kommunikationscenter neben dem kupfernen Portal ausstrecken, als er

seitlich von der Hausecke her aufgefordert wurde, an den Hafen zu gehen, denn dort würde sich Herr Henge aufhalten. Die Stimme kam von einer jungen Frau, die in einer Zimmermädchentracht steckte, wie man sie aus schlechten Filmen kannte. Sie lächelte höflich.
Eine solche Aufforderung sollte nicht hinterfragt werden, sagte sich Walcher und ging an den Hafen hinunter.
Erstaunt war er dann doch, dass es sich wirklich um einen solchen handelte und dass in ihm drei respektable Schiffe lagen. Zwei Segler, die durchaus für die große Fahrt taugten, und eine Motoryacht, mit der man sicher ordentlich über den See brettern konnte. Vor ihr stand ein älterer Herr in weißer Hose, weißem Hemd und Segeltuchschuhen. Fehlte nur noch die Zigarre und Corleone ließe grüßen.
Hallo Herr Henge, winkte Walcher ihm vertraulich zu, so als wäre er auf einen Törn eingeladen, *ich komme etwas unglücklich zur Mittagszeit, entschuldige mich auch dafür, aber die Sache duldet keinen Aufschub.*
Inzwischen hatte er sich Henge, der mit einem Tau in der Hand auf der Hafenmauer stehen geblieben war, genähert und streckte ihm die Hand hin, die dieser auch ohne zu zögern drückte. Auch wenn Henge einen anderen erwartet hatte, machte er keinen allzu überraschten Eindruck. Selbst als sich Walcher als Journalist vorstellte und seine Bitte angebracht hatte, über Henges Huber-Verbindung sprechen zu wollen, blieb Henge erstaunlich ruhig.
Na, wenn Sie schon mal hier sind, meinte er jovial, *dann schießen Sie los. Bis mein Freund kommt, habe ich Zeit für Sie.*
Damit hatte Walcher nicht gerechnet und er warf sich vor, einen derartigen Empfang in seinen Strategien nicht berücksichtigt zu haben. *Können Sie sich vorstellen,* wählte er deshalb die klare und direkte Linie, *wer Huber derart unschön umgebracht hat?*

Ich bestimmt nicht, lachte Henge auf. *Ich gehöre wohl zu den Wenigen, die ihn über den Tisch gezogen haben. Nein, da müssen Sie schon unter Hubers Gegnern suchen. Ich zähle mich zwar nicht zu seinen Freunden, die hatte er wohl nicht wirklich, aber ich bin mit ihm klargekommen.*

Wen würden Sie denn zu seinen Feinden rechnen?

Guter Mann, lachte Henge wieder, er schien ein fröhlicher Mensch zu sein, *ich wäre nicht geworden was ich bin, wäre ich eine Plaudertasche.*

Sie haben mit Huber Geschäfte gemacht?

Und was für welche, strahlte Henge, *die meisten waren hart am Limit, aber immer im Rahmen der Gesetze. Wissen Sie, als Volksvertreter können Sie sich alles erlauben, nur keine Steuerhinterziehung, keinen Alkohol am Steuer und keinen Sex mit der Frau des Parteivorsitzenden. Dafür sorgt schon Ihr Berufsstand,* grinste er. *Glauben Sie mir, Hubers Mörder kommt weder aus dem Kreis seiner Geschäftspartner, noch aus dem Kreis der von ihm Geschädigten. Wenn, dann hätte einer von denen ihm einen Killer auf den Hals geschickt. Bums,* zeigte Henge mit dem Zeigefinger auf Walcher, *und die Sache ist erledigt. Kein normaler Mensch zieht so eine Show ab, das ist doch nicht normal, oder? Aber jetzt entschuldigen Sie mich, da kommt mein Besuch. Rufen Sie mich an, wenn Sie noch Fragen haben, von denen Sie glauben, dass ich sie Ihnen beantworten werde.*

Sprach's, ließ Walcher stehen und wandte sich einem etwa gleichaltrigen Mann zu, der in Fischerstiefeln, Cordhosen und einem abgetragenen Hemd auf Henge zugeschlurft kam und dabei genüsslich eine dicke Zigarre qualmen ließ. Da war sie also doch noch, die Zigarre der Corleones. Allerdings passte der Typ nicht ganz dazu.

Während die beiden sich gegenseitig auf die Motoryacht halfen, machte sich Walcher mit einem freundlichen Händewinken davon und dachte sich dann, wie doch Kleidung Leute macht, denn hinter seinem Espace stand

ein amerikanischer Hummer H3 mit Schweizer Nummernschild. Bei einem Spritverbrauch von 30 Litern auf 100 Kilometer musste man ihn sich leisten können, diese monströse Zivilvariante eines Kleinpanzers.
Als er das Grundstück verlassen hatte, schloss sich hinter ihm sofort die Pforte zu dieser Welt. Walcher nahm's symbolisch und zählte gedanklich seine bisherige Strecke auf: Grossmanns Pressesprecher, Vonderhaiden, Eidlich, Henge und den Aberl hatte er immerhin am Telefon gehabt. Wenn es ein Huber-Netzwerk gab, dann müssten die Herren doch so langsam unruhig werden.

Dornröschen

Sahra Tiefenbach begrüßte Walcher so herzlich, wie man einen alten Bekannten begrüßt, mit dem man gerne wieder einmal zusammenkommt. Auf dem Verandatisch stand die Teekanne auf einem gusseisernen Rechaud, die blauen Tassen daneben.
Dass sich Sahra Tiefenbach, nachdem sie den Tee in die Tassen gegossen hatte, eine Zigarette drehte, passte zwar nicht in das Bild, das sich Walcher von ihr gemacht hatte, wohl aber zu ihren dunklen Augenschatten.
Ich habe mir Ihr Interview mit Huber hergesucht und zwischen den Zeilen Dinge entdeckt, die ich damals überlesen hatte.
Sie mochten ihn wohl nicht besonders?, begann Sahra und atmete gleichzeitig den Rauch ihres ersten Zuges aus. Walcher nickte nur, er hielt es für das Beste, sich erst einmal zurückzuhalten.
Er war ein Schwein. Ein richtiges Dreckschwein. Sie hatten mich in ein Internat nach Neuchâtel abgeschoben. Er hatte von meiner Mutti verlangt, dass ich von der Bildfläche verschwinde. Nur in den Ferien durfte ich sie kurz besuchen.

Die meiste Zeit war ich bei meinen Großeltern, die im Winter in Rorschach lebten und im Sommer in diesem Häuschen. Wenn ich bei Mutti war, versuchte Huber mich bei jeder Gelegenheit zu begrapschen. Sie ignorierte das aber, obwohl sie natürlich mitbekam, was lief. Ich solle mich nicht so haben, meinte sie immer, der Ernie würde es doch nicht so meinen, der hätte mich nur einfach so lieb. Lieb, Sahra lachte auf und schüttelte den Kopf. *So lieb, dass ich mich jede Nacht in meinem Zimmer verbarrikadierte. Einige Male gelang es ihm dann doch, mich zu fassen, aber irgendwie schaffte ich es immer zu entkommen. Einmal, da hatte ich vergessen das Badezimmer zu verriegeln, als er nackt hereinkam und zu mir in die Wanne wollte. Ich ließ gerade mit der Brause heißes Wasser nachlaufen und spritzte ihn an. Da war es rum mit seiner Lust, dafür prügelte er mich aber halb tot.*

Sahra machte eine Pause und sah in ihre Vergangenheit. Erst als die Zigarettenglut nahe an ihre Finger gekrochen kam, wachte sie auf. *Auch Mutti prügelte er nach Lust und Laune. Vor allem, wenn sie sich weigerte, nett zu seinen Gästen zu sein. Dann trug sie tagelang eine Sonnenbrille. Es war der blanke Horror. Ich glaube, ich war die einzige Schülerin im Internat, die sich vor den Ferien fürchtete.*

Sie drehte sich eine neue Zigarette und zündete sie an. *Als meine Mutter tot war, beantragte er das Sorgerecht für mich. Damals bin ich zu meinen Großeltern geflüchtet. Nur mit einem Rucksack, wie die Leute nach einem Krieg.*

Großvater hat einen Rechtsanwalt beauftragt, und ich wurde ihr Mündel. Huber lauerte mir in Rorschach auf und drohte, mich in den See zu werfen, wenn ich auch nur ein Wort erzählen würde. Immer wieder rief er an und ließ mir Grüße ausrichten, schickte Ansichtskarten und Päckchen mit kleinen Geschenken. Ein ziemlicher Terror. Das ging bis vor vier, fünf Jahren, bis ich ihm mit einer Anzeige drohte, falls er mich nicht in Ruhe lassen würde. Seither habe ich nichts mehr von ihm gehört. Glauben Sie, ich habe ihn umgebracht?, wandte sie

sich ruckartig Walcher zu.
Gründe genug hätten Sie dafür.

Das mag sein, aber ich will wissen, ob Sie es glauben? Sahra fixierte Walcher mit großen Augen.
Nein, schüttelte Walcher den Kopf.
Gut, nickte Sahra, *was wollen Sie denn sonst noch wissen?*

Wen zählen Sie zu Hubers engsten Freunden?
Ich kenne niemanden von seinen Freunden, kann mir auch nicht vorstellen, dass er überhaupt welche gehabt hat.

Geschäftliche Kontakte, Partner oder dergleichen?
Sahra schüttelte nur den Kopf.

Wohnte damals Allersheim schon in dem Laborschuppen?
Da wohnte jemand, aber ob das ... wie hieß der?

Allersheim, wiederholte Walcher.
Sagt mir nichts. Ich war ja immer nur ein paar Tage in seinem Haus und offen gestanden, ich habe alles verdrängt, was nur irgendwie mit Huber zu tun hat.
Walcher deutete auf die Teetasse. *Hervorragend Ihr Tee, stammt der wirklich aus Ihrem Garten?*

Sie können ihn sogar kaufen, lächelte Sahra, *ich beliefere damit einige Läden und Cafés in der Umgebung. „Großmutters Solibis" heißt er, weil die Zusammensetzung wirklich von meiner Großmutter stammt. Sie hatte „So lieb ich's" immer so schnell ausgesprochen, dass ich glaubte, sie würde irgendwas Lateinisches sagen. Ein halbes Jahr nach Großvaters Tod ist sie ihm gefolgt. Ich habe die beiden nie miteinander streiten hören. Bis heute kenne ich keine Ehe, die derart harmonisch verlaufen ist.*
Dabei waren sie beide durchaus streitbare und selbstbewusste Menschen. Sie liebten sich einfach, glaube ich. Sie wollte ohne ihn nicht mehr weiterleben und hat einfach zu essen aufgehört, und weil das so lange dauerte, trank sie dann auch nichts mehr. Sie ist mit einem glücklichen Strahlen zu ihm gegangen.
Sahras Stimme klang weich und warm, dann sprang sie auf und kam mit einem Klarsichtbeutel zurück.

Fünf Euro. Nehmen Sie einen Teelöffel pro Tasse und lassen Sie ihn wenigstens sechs Minuten ziehen.
Als Walcher kurz danach im Auto saß, legte er „Großmutters Solibis" mit einem Gefühl der Rührung auf den Nebensitz. Dennoch fragte er sich, ob er im Begriff war, seine Objektivität zu verlieren oder sie bereits verloren hatte. Warum hatte sie so getan, als würde sie den Namen Allersheim zum ersten Mal hören? Und warum war sie von Huber derart tyrannisiert worden, wenn er es doch nicht geschafft hatte, sich ihr wirklich zu nähern?
Kurz nach dem Ortsende wendete Walcher und fuhr zurück. Warum aufschieben, er würde Sahra direkt fragen, ob sie mit dem jungen Allersheim befreundet war und noch Kontakt hatte. Immerhin kannten sich hier zwei Menschen, die beide gute Gründe für einen Mord hatten. Sahra, warum nannte er sie in Gedanken beim Vornamen und nicht einfach Tiefenbach, wie er das bei anderen Menschen machte, deren Leben er aus beruflichen Gründen durchleuchtete.
Walcher parkte seinen Wagen vor der Einfahrt und ging zum Haus. Die Tür war nur angelehnt, trotzdem klopfte er und wartete. Erst als sich nach nochmaligem Klopfen nichts tat, drückte er die Tür auf, machte einen Schritt in die Diele und rief: *Hallo Frau Tiefenbach, ich bin's noch mal, Walcher. Mir ist noch eine Frage eingefallen.*
Irgendwie fand er es ganz in Ordnung, dass er einen Schritt in den Wohnraum machte und rief nochmals. Walcher glaubte auch, ein Geräusch und eine Bewegung aus dem rechten Augenwinkel wahrgenommen zu haben, danach zu sehen, kam er nicht mehr.
Ein ziemlich schwerer Schalter knallte auf seinen Kopf und löschte das Licht, obwohl es gerade mal später Nachmittag war.
Als Walcher die Augen aufschlug, sah er in Sahras lächelndes Gesicht, das zwar ein wenig verschwommen

schien, aber dennoch seinen Adrenalinpegel anhob.
Sie hielt ihm ein Fläschchen vor die Nase, aus dem es nach einer Mischung aus WC-Reiniger und Franzbranntwein stank.
Können Sie mich sehen und auch hören?
Walcher nickte und spürte dabei ein hässliches Ziehen am Hinterkopf, welches sich seinen tastenden Fingern als respektable Beule erklärte.
Ich, ich ... es tut mir ja so leid, jammerte Sahra, *ich hab' Sie für einen Einbrecher gehalten und hatte gerade das Stampfholz für das Sauerkraut geputzt, als ich den Schatten in der Tür ... und ... und da hab' ich einfach zugeschlagen.*
Walcher nickte gequält. *Geputzt in Ihrer Küche! Sie könnten sich als Ordner beim Oktoberfest bewerben. Obwohl Sie die Seiten verwechseln.*

Wie ...?
Na, ich hab' von rechts eins auf die Birne gekriegt, die Küche ist aber links. Kommen Sie, erzählen Sie mir keine Geschichte, wenn ich Sie nicht für eine Lügnerin halten soll. Offensichtlich waren die Schlagfolgen geringer einzuschätzen, als Walcher sie bei seinem Erwachen befürchtet hatte.
Sahra, nun wieder Tiefenbach für Walcher, seufzte und überlegte, bevor sie nickte und Walcher mit geübtem Griff unter die Achseln fasste und ihm auf die Beine half. Etwas schwindlig zielte er zum nächsten Stuhl und setzte sich. *Also, was ist?,* forderte er Sie nochmals auf.

Es war Florian, mein Freund. Er ist etwas impulsiv und dachte wohl, Sie wären mein Liebhaber. Ich war im Garten und als ich reinkam, da lagen Sie schon am Boden und er machte mir eine furchtbare Szene.
Und dann ist er einfach abgehauen, vermute ich, zwang sich Walcher ein Lächeln ab, das aber eher einer Grimasse glich. Solche Geschichten hab' ich schon tausend Mal gehört, glauben Sie mir.
In Ordnung, räumte Sahra Tiefenbach ein, *er hat Sie nicht*

für meinen Liebhaber gehalten. Er dachte, Sie wären hinter ihm her. In letzter Zeit leidet er unter Verfolgungswahn oder so ähnlich.
Walcher musste trotz der dröhnenden Kopfschmerzen auflachen.
Ach, Sie glauben mir etwa nicht, fauchte ihn Sahra an. *Flori, äh, Florian ist wirklich am Durchdrehen. Überall sieht er Männer, die ihn beobachten und verfolgen. Wenn er telefoniert, dann hört er so ein komisches Echo, sagt er, und in der Nachbarschaft ist nach ihm gefragt worden. Also, da muss schon was dran sein, ich kenne ihn. Er würde mir das sonst nicht erzählen, glauben Sie mir bitte.*

Was hat er denn angestellt, Ihr Freund?
Nichts, überhaupt nichts. Er hängt mitten in seinen Abschlussprüfungen.

Geben Sie mir bitte den vollen Namen, Adresse und Telefon von Ihrem Florian und ein Glas Wasser. Und dann erzählen Sie mir, warum Ihnen der Name Allersheim nichts sagt, obwohl Sie eine Zeitlang mit dem Junior befreundet waren.
Sahra stand auf und kam mit einem Glas Wasser zurück. Während Walcher davon trank, meinte Sie: *Ich will an manche Dinge einfach nicht mehr erinnert werden. Können Sie das nicht verstehen?*
Walcher nickte nur und hielt ihr das leere Glas hin.

Sonnenbrille und Arnika

Wer vom Feldweg nicht zu Walchers Hof abbog, sondern weiter fuhr, stieß auf die schmale, aber geteerte Straße, die drei abgelegene Höfe mit dem Wege- und Straßennetz der Gemeinde verband. Walcher benutzte die Teerstraße selten, nicht nur weil er über seinen Feldweg schneller zu und von der Bundesstraße kam, sondern weil er ungern am Nachbarhof vorbei fuhr.
Seit Walcher erlebt hatte, dass sich der frühere Nachbar als Krimineller entpuppte, dem erhebliche Mitschuld am Tod Walchers Freundin Lisa vorzuwerfen war, mied er diese Strecke. In seinen Gedanken hatte Walcher den Hof mit einem Bann belegt, und daran änderte auch die Tatsache nichts, dass inzwischen bereits zum dritten Mal der Besitzer gewechselt hatte.
Der neue Eigentümer kam im selben Augenblick mit einem Riesenvehikel, einem Mittelding zwischen Geländewagen und Unimog, auf den Hof gebrettert, als Walcher mit mächtigen Kopfschmerzen und einem flauen Gefühl im Magen aus dem Auto gestiegen war.
Mit strahlend gebleckten Zähnen, viel mehr war vom Gesicht der Sonnenbrille wegen nicht zu erkennen, kam der Typ auf Walcher zu und streckte ihm die Hand entgegen. Walcher übersah die Hand und nannte sich dafür selbstkritisch ein borniertes Arschloch, aber ihm war dieser grinsende, schwarz gekleidete, geölte Affe derart unsympathisch, dass er in ihm bestenfalls einen Zuhälter, nicht aber den um gute Beziehungen bemühten Nachbarn sah. Außerdem hatte er Kopfschmerzen und die Haare dieses Menschen stanken, als hätte er sie mit irgendeinem Aphrodisiakum bearbeitet.
Die dargebotene nachbarliche Hand derart schroff abzuweisen war dennoch zumindest unhöflich, zumal Walcher wusste, dass es sich um den neuen Nachbarn

handelte. Bei Frau Zehner waren sie sich zufällig an der Ladentür begegnet und natürlich hatte Frau Zehner ihn sofort aufgeklärt: „Kennens den? An Karra fahrt der, als wia im Kriag. S'isch Ihr nuier Nachbar".
Ohne den Mann, der so um dreißig sein mochte, zu Wort kommen zu lassen, knurrte Walcher: *Ich mache grundsätzlich keine Türgeschäfte und versichert bin ich nur noch nicht gegen lästige Hausierer. Sie werden also kein Glück haben. Adieu!*
Der neue Nachbar bewies in jedem Fall Steherqualität, denn er lachte laut, klärte den Irrtum auf und dass er nicht im Versicherungsgeschäft wäre, sondern mit Autos handle. Dabei deutete er auf den schwarzen Koloss hinter sich, für den man eine Einstiegshilfe brauchte, wie sie im Mittelalter zum Besteigen eines Schlachtrosses notwendig war.
Das konnte Walcher allerdings erst recht nicht umstimmen, weshalb er auf den Espace deutete und meinte, dass er bereits ein Fahrzeug habe, welches seinen ökologischen und ökonomischen Ansprüchen genüge. Dennoch bedanke er sich herzlich für den Besuch und wünsche gute Zeit.
Der Form halber entschuldigte er sich für seine Kurzangebundenheit, aber es wäre Zeit für das abendliche Vesper und davon ließe er sich von nichts und niemandem abhalten.
Damit ließ er den Mann stehen, schloss die Haustür auf und drückte die Tür hinter sich zu, ohne sich noch einmal umzusehen.
Eigentlich hatte er erwartet, mit einem vorwurfsvollen Blick von Mathilde begrüßt zu werden, aber da war nur Rolli, der sich mächtig freute und kurz zur Tür bellte, als wolle er damit seine Solidarität mit Walcher bekunden. Vermutlich verbellte der Hund aber nur die Steine, die von den durchdrehenden Flugzeugreifen der gutnachbarlichen Spaßkarre an die Tür geschossen wurden.

Damit fand er sich bestätigt, kein schlechtes Gewissen haben zu müssen. Im Gegenteil, er hatte die Fronten so offen und eindeutig geklärt, hoffte er zumindest, dass es zu keinem weiteren Kontakt kommen würde.
Oft genug hatte er bei Recherchen mit Leuten zu tun, die sich mit derartigen Fahrzeugen schmückten und mit ihren Sonnenbrillen vermutlich sogar ins Bett gingen.
In seinem unmittelbaren Umfeld musste er sich solche Figuren nicht auch noch antun.
Außerdem verhielt er sich nur wie die Einheimischen, die Neuankömmlinge frühestens ab der nächsten Generation als halbwegs gleichwertige Erdenbürger ansahen.
Und was diese Monsterfahrzeuge betraf, so hoffte er, dass diese Entwicklung ein letztes Aufbäumen der Autoindustrie darstellte. Die weltweite Überschaubarkeit von Rohölreserven würde derartigen Dinosauriern des Mobilzeitalters bald ein Ende bereiten.
Walcher ging mit dem Vorsatz in die Küche, sich einen Tee zu machen und für Irmi und Mathilde einen Zettel zu schreiben dass er sich bereits schlafen gelegt hätte und ungestört bleiben wolle ... stutzte aber, setzte sich an den Tisch und fragte sich, ob der Schlag auf den Kopf bereits zu Visionen der besonderen Art führe.
Auf dem Küchentisch standen nämlich eine volle Kanne mit Tee, eine Flasche von Mathildes Einreibetinktur, ein gefaltetes Geschirrhandtuch und ein Zettel, auf dem in Mathildes Handschrift geschrieben stand: *1. Arnika einmassieren, 2. Arnika auf Handtuch tröpfeln und um den Kopf knoten. 3. Tee trinken und schlafen legen. Ist ein Tee, der dir gut tun wird. Irmi hole ich ab, bis morgen. Mathilde*
Walcher saß am Tisch, an seiner rechten Kopfseite pochte der Schmerz und sein Verstand weigerte sich zu akzeptieren, was er gelesen hatte. War Mathilde eine Seherin?

Lerchenberg

Walcher wachte auf, erinnerte sich, suchte die Beule am Kopf und ertastete bestenfalls eine leichte Erhebung, die sich zudem nicht druckempfindlich anfühlte.
Wundermittel Arnika, Tee, Mathilde – wie hatte sie von der Beule wissen können? Mathilde stand im Ruf eine Gesundbeterin zu sein, gut, den hatte man im Allgäu vermutlich schnell weg, aber war sie auch eine Hellseherin? Nachdem er, doch noch etwas schwammig auf den Beinen, in die Küche hinuntergetapst war und Mathilde, die einen Teig knetete, begrüßt hatte, bestand er auf eine Erklärung.
Mathilde deutete nur auf den Tisch, auf dem seine große Tasse stand, gefüllt mit Tee. *Solltest du trinken und dich dann noch wenigstens den Vormittag über wieder hinlegen. Dann kannst wieder herumturnen.*
Mach ich, aber nur wenn du mir sagst, woher du das mit meinem Kopf wusstest, gab sich Walcher hartnäckig.
Mathilde lächelte. *Hast schon befürchtet, ich könnte Hellsehen ... na gib's zu, ich seh's dir an. Nein, kann ich natürlich nicht. Eine Frau Tiefenbach hat angerufen und gemeint, du solltest vielleicht doch zum Arzt gehen und dich untersuchen lassen.*
Ich habe mich wirklich gefragt, ob du so etwas kannst, gab Walcher zu. *Auf jeden Fall Danke, die Beule ist wieder weg und ich fühle mich prächtig, trotzdem lege ich mich aber wirklich noch ein Stündchen hin.*
Kaum wieder im Bett klingelte das Handy und eine Hortense Grossmann säuselte mit verrauchter Stimme in Walchers Ohr, dass sie unbedingt mit ihm sprechen müsse, am besten noch am selben Tag.

An manchen Menschen schien der Alterungsprozess kaum Spuren zu hinterlassen, dachte Walcher, als Hortense

Grossmann auf ihn zu kam und ihn mit einem strahlenden Lächeln begrüßte, als hätten sie zusammen wenigstens schon einmal eine Nacht durchgefeiert.
Hätte Walcher nicht bei Gülem nachgefragt, er hätte diese Frau, die in einem luftigen Sommerkleid, einen ausladenden Strohhut in der Hand, jugendlich vital, ja geradezu verführerisch wirkte, auf bestenfalls Mitte 40 geschätzt, aber niemals in die Nähe ihrer realen 68 Jahre.
Sie hatte das Kriegerdenkmal Lerchenberg als Treffpunkt vorgeschlagen, das man in einer einmaligen Aussichtslage mitten in die Weinberge zwischen Meersburg und Hagnau geklotzt hatte.
Walcher war etwas vor dem ausgemachten Termin eingetroffen und hatte den fantastischen Ausblick genossen. Wein, soweit das Auge reichte.
Unter ihm am Seeufer die Weinstube Haltnau, dann der See und auf der gegenüberliegenden Seite das Schweizer Ufer. Ein wahrhaft opulenter Landstrich, voller Lebenskraft und Harmonie.
Er hatte sich Gedanken darüber gemacht, warum Frau Grossmann ausgerechnet diesen Treffpunkt gewählt hatte. War er als ein Hinweis zu verstehen? Kriegskameraden? Seine Grübelei stellte sich als überflüssig heraus, denn nach einem kräftigen Händedruck bekam er die Erklärung.
Ich wohn gleich da drüben, deutete Hortense Grossmann in Richtung Hagnau, *und mach beinah täglich nach hier meinen Spaziergang. Schön, dass Sie sich die Zeit genommen haben.*
Sie strahlte wie ein Modell und nicht wie eine Frau im Pensionsalter. Es schien etwas dran zu sein, dass die Alten länger jung blieben, oder lag es daran, dass er selbst in die Jahre kam?
Allerdings relativierte sich Frau Grossmanns Jugendlichkeit aus der Nähe, da fiel nämlich auf, dass ihr Lächeln an deutliche Spannungsgrenzen stieß.

Walcher dachte an die massierte Ansammlung von Schönheitsinstituten rund um den See.
Ich wollt mit Ihnen sprechen, Herr Walcher, kam sie ohne Umweg zum Thema, deutete auf die Umfassungsmauer des Denkmalbereiches, steuerte darauf zu und setzte sich, während sie weiter sprach, *weil ich einige Telefonate meines Mannes mitgehört hab und deshalb weiß, dass Sie die Ermittlungen der beiden Kommissare unterstützen sollen, quasi als journalistischer Rechercheur. Fragen Sie mich bitte nich über Details, zum Beispiel, warum mein Mann so gut informiert is, das weiß ich alles nich. Nein, mir geht es um was anderes.*
Ich wünsche mir, dass Benedikt endlich wieder auf die Erde zurück kommt. Es mag egoistisch klingen und is es wohl auch, aber ich will meinen Mann wieder als den Mann lieben können, als den ich ihn geheiratet hab ... und dazu gehört wohl, dass er endlich einmal so richtig abstürzt.
Was meinen Sie mit ... Walchers Ansatz wedelte sie mit der Hand ab und ließ den Wasserfall wieder plätschern.
Scheinwelt mein ich, wir leben in einer verlogenen Scheinwelt, wissen Sie. Und in dieser Scheinwelt hat man ständig Angst, dass irgend einer mal die Nase voll hat und zu plaudern anfängt. Oder, dass gegen einen aus dem Umfeld ermittelt wird und der seine so genannten Freunde mit auf die Schlachtbank zerrt, in der Hoffnung, dadurch mildernde Umstände zu kriegen. Oh, ich sag Ihnen, ich hab's so satt. Und deshalb nenn ich Ihnen jetzt einige Leute, die mit Huber und meinem Mann Geschäfte gemacht haben, die alles andere als sauber waren. Wissen Sie, lieber verkauf ich auf dem Markt selbstgemachte Marmelade, als mit dieser Angst leben zu müssen. Ich will nich irgendwann in der Zeitung lesen, dass die und die und die Affäre aufgedeckt wurde ... und wir dann schon über die Siebzig sind. Verstehn Sie mich? Und dann der grausige Mord an Huber. Wer weiß, vielleicht ist mein Mann ja der Nächste.
Walcher nickte und wartete. Da musste schließlich noch was kommen. Ob Hortense Grossmann diese Aufführung

wirklich aus eigenem Antrieb spielte oder ob ihr Benedikt dahinter stehen mochte? Walcher hatte sie beobachtet, ihre Gesten, Mimik, Sprache, ihre Körperhaltung und war zu dem Schluss gekommen, dass er eine talentierte Schauspielerin neben sich sitzen hatte. Ihm schien das Ganze inszeniert und gut geprobt. Wahrscheinlich auf dem Sofa, vor dem Kaminfeuer oder im Schlafzimmer, wer weiß. Gut, sie spielte die treu liebende und besitzergreifende Ehefrau, die ihren Mann wieder ganz für sich haben wollte, aber brauchte sie dafür einen Investigativ-Journalisten? Ganz sicher nicht. Wenn es ihr Ernst gewesen wäre, so hätte sie sich einen Termin beim Staatsanwalt geben lassen sollen.

Sie glauben mir nich! Es klang wie ein tiefer Seufzer. *Sie glauben, ich würde ihnen was vorspielen.* Hortense Grossmann war aufgesprungen und wedelte mit ihrem Strohhut durch die Luft, wobei nicht ganz klar war, ob sie Mücken verscheuchen, sich Kühlung zufächeln wollte oder doch eine Regieanweisung dahinter stand.

Sie denken, ich würde ... Frau Grossmann setzte sich auf die Mauer und klang wieder ganz normal. *Ich kann es Ihnen nich einmal verdenken, aber das hat jetzt auch keinen Sinn. Also, kramen Sie doch bitte mal bei den Freunden meines Mannes nach, vor allem, was sie in den Jahren 70 bis 90 gemacht haben. Da wären Vonderhaiden, Münscher, Strielitz, Henge, Moosherr. Schauen Sie mal hinein in deren Vita und dann reden wir weiter, was meinen Sie? Halt, noch der Kurt Momser, da müssen Sie besonders nachgucken. So, und jetzt bin ich wieder weg. Hier, unter dieser Handynummer können Sie mich jederzeit erreichen.*

Sie reichte Walcher eine Visitenkarte, die sie vermutlich die ganze Zeit in der Hand gehalten hatte, lächelte und ging, ohne sich noch einmal umzusehen.

Walcher sah auf die stilvolle Karte, schrieb auf deren Rückseite die genannten Namen, die er bis auf den von

Kurt Momser bereits kannte, steckte die Karte ein und genoss zum Abschied noch einmal den Ausblick über den See.
Als er bei seinem Auto stand, sah er das Kleid von Hortense Grossmann flattern, die bereits ein gutes Stück in Richtung Hagnau gegangen war. Würde sie gleich von ihrem Mann empfangen und ausgefragt werden oder war an ihrem Wunsch nach trauter Zweisamkeit wirklich etwas dran?

Mathilde

Alles Quatsch, wehrte sich Mathilde, als Walcher sie nach seiner Rückkehr vom Lerchenberg begrüßte und erklärte, dass er sie doch für eine G'sundbeterin hielt, denn er habe keinerlei Kopfschmerzen und die Beule sei auch völlig verschwunden.
Bei einer Tasse Tee erzählte Mathilde dann von ihrer Großmutter, der sie ihren Ruf wohl zu verdanken habe.
Von klein an hat mir die Großmutter ihr Wissen über Heilkräuter weiter gegeben und wie man welche Krankheiten mit Hausmitteln behandeln kann.
Sie nahm mich zum Sammeln mit, erklärte mir die Kräuter und zeigte, wo sie wachsen. Später, als ich in der Schule war und schreiben gelernt hatte, schenkte sie mir ein dickes Buch und diktierte mir alles, was ihr so einfiel. Rezepte, Anwendungen, aber auch, wann man sie sammeln muss damit sie wirksam sind. War ein Buch voll, gab sie mir das nächste.
Hab alles gelernt von ihr, was sie wusste und das war viel mehr, als heute noch ein Arzt oder Apotheker lernt. Wenn zu mir jemand kommt, braucht er meistens gar nichts sagen, jede Krankheit hat ein eigenes Aussehen und einen eigenen Geruch. Na gut, vielleicht hab' ich ein besonderes Gespür, wollte ja auch

unbedingt Medizin studieren oder wenigstens Apothekerin werden, aber Frauen gehören an den Herd, hat's bei uns geheißen.
Und, Mathilde legte eine bedeutungsvolle Pause ein, *daran hat sich bis heute nur sehr wenig geändert. Hier auf dem Land werden an Frauen immer noch andere Werte höher geschätzt als Bildung. Zum Beispiel Arbeitskraft, Gläubigkeit, Sparsamkeit und vor allem Gebärfreudigkeit. Also hab' ich geheiratet, und statt Medizinerin bin ich halt G'sundbeterin geworden.*
Die Allgäuer sind eine besonders abergläubige Rasse, wenn man da mal was aus Spaß sagt, kann das schnell falsch ausgelegt werden. Hab mal einem Melker was gegen seinen Ausschlag gegeben, einfache Kernseife, weil er sich höchstens drei Mal im Jahr gewaschen hat. Ich hab' ihm gesagt, dass meine Medizin nur hilft, wenn er sich damit einmal in der Woche mit etwas Wasser einreibt und dann abspült. Dann sagte ich ihm noch aus Spaß, dass ich ihm ans Schienbein treten würde, wenn er sich nicht an meine Anweisung hielte.
Vier Wochen später hat er überall herumerzählt, dass ich die Viecher verhexen könnt'. Er hatte nämlich nach zwei Wochen wieder vergessen sich zu waschen, und am Ende der dritten Woche trat ihm eine Kuh ans Schienbein. Das hat der dumme Tropf dann so ausgelegt, als hätte ich durchs Vieh ausführen lassen, was ich ihm angedroht hatte. Durch solchen Blödsinn ist mein Ruf entstanden.
Walcher nickte verständnisvoll, worauf Mathilde ebenfalls nickte und meinte: *Das kenn' ich, so wie du jetzt nickst und trotzdem glaubst, dass etwas dran sein könnte. Und da nützt es nichts, wenn man dagegen spricht.*
Im Gegenteil, jede vernünftige Erklärung wird einem als Zugeständnis ausgelegt.
Mathilde seufzte und wandte sich wieder ihrer Arbeit zu. Sie hatte einige Bündel getrockneter Kräuter auf dem Tisch ausgebreitet und löste die Blätter ab. Die Düfte, die

davon ausgingen, waren berauschend, und Walcher musste an Sahras Tee denken. Mathilde hatte sich davon eine Tasse aufgebrüht und dann ihr Urteil abgegeben. Ein hübscher Tee sei es, vermutlich mit einigen der neuen Aromazüchtungen.
Walchers enttäuschte Miene veranlasste Mathilde wohl ihr Urteil abzuschwächen und sie hatte gemeint, dass beinahe jeder Tee durchaus gesunde Inhaltsstoffe hätte und nie so ganz falsch wäre.
Als Walcher sich entschieden hatte, den restlichen Nachmittag damit zu verbringen seine Verlagskontakte zu pflegen, wummerte mit Karacho einer jener alten Traktoren auf den Hof, den man auch noch ohne Informatikstudium bedienen konnte.
Walcher ging hinaus, er kannte das lärmende Museumsstück. Es gehörte Markus Adler, mit dem Walcher ein gutnachbarliches Verhältnis pflegte. Markus' Frau Elke saß auf dem Radsitz des uralten Deutz und hielt ihre vierjährige Tochter im Arm. In die Ruhe nach dem letzten Stampfen des Motors schrillte das schmerzerfüllte Weinen des Kindes, begleitet von Rolli, dessen Bellen nun auch Mathilde und Irmi aus dem Haus lockten.
Markus war vom Traktor gesprungen, hatte seiner Frau das schreiende Kind abgenommen und hielt es Mathilde hin. *Hot d'Hand in'd Bügelmaschin brocht,* brüllte er.
Was dann geschah, war nicht so einfach zu verstehen.
Mathilde ging auf die beiden zu, legte ihre rechte Hand auf die Stirn des Kindes und sah ihm in die Augen.
Dabei wirkte sie hochkonzentriert und abwesend, als wären nur sie und das Kind auf der Welt.
Die Kleine hörte im nächsten Moment auf zu schreien, schluchzte ein-, zweimal, atmete dann tief aus und umarmte Mathilde, die sie in ihre Arme genommen hatte.
Ruhig, als sei überhaupt nichts Besonderes geschehen, bat Mathilde dann Walcher, die Elke und ihr Kind ins

Krankenhaus zu fahren, denn mit dem Traktor sei das ja nichts. Markus lud sie zu einem Schnaps ein, damit dessen kalkweiße Nase wieder etwas Farbe bekäme.
Später im Krankenhaus wollte der Notarzt wissen, was sie dem Kind gegeben hätten, denn mit solch einer Verbrennung schrien die meisten Kinder wie am Spieß.
Als Walcher wieder zurück war, wollte auch er von Mathilde wissen, was sie gemacht hätte, um das Kind zu beruhigen. Sie zuckte nur mit den Achseln und meinte: *Wenn i des wüsst'.*

Luis Funk

Stundenlang konnte er auf der Veranda sitzen und über seinen Garten hinaus, über die Hügel, über den See hinüber auf die Schweizer Seite und in den Himmel seiner Gedankenwelt starren.
Stunden, Tage und wenn es sein musste, überdachte er wochenlang seine geplanten Aktionen.
Drehbücher waren es, die kein Wort, keine Geste, keine Handlung der Protagonisten dem Zufall überließen und zwar aus den unterschiedlichsten Blickwinkeln und in allen nur denkbaren Szenarien. Immer schon hatte er sich in dieser Rolle gefallen, er, der große Denker, Planer, Steuermann, ein Bewahrer von Recht und Ordnung.
Schon manch anderer solcher selbsternannten Führer war entweder an der Spitze eines Staates oder in der Psychiatrie gelandet.
Luis Funk blieb nach seiner Grundausbildung bei der Bundeswehr in deren Verwaltung, Abteilung Beschaffung und wechselte einige Jahre später zum Bundesnachrichtendienst. Dort, wie in seinem privaten Leben, gab er sich unauffällig, pünktlich und zuverlässig.

Dass hinter dieser Fassade ein unerkannter Supermann steckte, jedenfalls war er davon überzeugt, trug er als sein Schicksal, das wohl bis zu seinem Tod unentdeckt bleiben würde, ja geheim bleiben musste.
Luis lebte noch immer im selben Haus, in dem er geboren und aufgewachsen war. An eine feste Beziehung, gar Ehe und Familie, war bei seiner wichtigen Aufgabe nicht zu denken, da hätte es nicht einmal dieses einen Versuchs bedurft, damals vor 35 Jahren, der in einem grässlichen Chaos endete. Außerdem war da ja auch seine Mutter gewesen, um die er sich hatte kümmern müssen.
Der Vater war zum Kriegsende in Russland gefallen, was in dem jungen Bub die Vorstellung geprägt hatte, Russland sei das Reich der Dunkelheit, vor dem der Rest der Welt, in jedem Fall aber sein innig geliebtes Vaterland, beschützt werden musste. So einfach dachte Luis, immer noch.
Sein Hauptquartier, das von den Eltern geerbte Haus, stand inmitten einer Fläche von 13 Hektar auf einem der Hügelrücken zwischen Hagnau und Immenstaad.
Die landwirtschaftlichen Flächen hatte er verpachtet, nur ums Haus herum wirtschaftete er selbst, allerdings vornehmlich als Rasenmäher. Dem Umgang mit Grünzeugs hatte er noch nie etwas abgewinnen können, außer dass er den Erholungswert schätzte.
Und die beiden Pächter bauten an, was anzuschauen der Seele gut tat. Zum See hin, auf dem Südhang, standen prächtige Weinreben, auf dem Teil ins Hinterland erntete der Pächter Obst und Beeren.
Luis hätte von der Pacht und der Vermietung der oberen Wohnung im Haus gut leben können, wäre da nicht seine Aufgabe gewesen, die ihm nicht erlaubte, die Hände in den Schoß zu legen. Gerade in der letzten Zeit hatte er eine Fülle von Planungen und Aktionen zu erledigen gehabt, wie in alten Zeiten.

Aber er musste sich eingestehen, dass ihn die Arbeit angestrengt hatte. Die Spannkraft schien nachgelassen zu haben, auch wenn er sich längst noch nicht zum alten Eisen zählte. Vielleicht lag es aber auch nur an der Motivation, wer räumte schon gern alten Dreck weg.
Da ging es Luis wie mit seinem eigenen Haus. Außer den wenigen Zimmern, die er nutzte, kümmerte er sich nicht mehr um den Rest. Schade, denn es war einst ein stolzes Haus, das die Urgroßeltern gebaut hatten, aber für wen sollte es Luis pflegen? Er hatte keine Nachkommen und die Welt würde ohnehin im Chaos versinken. Schon jetzt war der Weg vorgezeichnet.
Erst hatten sie halb Europa von ihrem Gas und Öl abhängig gemacht, und jetzt kauften sie Firmen auf, Fußballvereine ein und die Schmuckgeschäfte leer.
Diese kapitalistische Kommunistenbrut war mindestens genauso gefährlich wie fanatisierte Glaubenskrieger, davon war Luis überzeugt.
Der Huber war auch so ein Kapitalist gewesen. Immer nur auf seinen Vorteil bedacht, keine Verantwortung für das Ganze, keine Moral, keine Überzeugung, nichts.
Aber es hatte gedauert, bis sich Luis darüber im Klaren war. Benutzen hatte er sich lassen, wie ein Anfänger, das gestand sich Luis ein, auch wenn sich bei solchen Gedanken sofort wieder sein Magen meldete, als würde sich darin ein Igel einrollen.

Tauchgang

Ihm stockte kurz der Atem und in seinem Kopf knisterte es gefährlich – und das, obwohl Eberhard Netzer ein Profi war.
Als Taucher der Explorer-Division von *Epexon* betreute er drei Bohrinseln im Schelfgebiet der Barentssee vor Norwegen, hatte aber selbst in seinem Urlaub nicht die Nase voll vom Element Wasser. Die Pension, bei Rorschach auf der Schweizer Seite direkt am See gelegen, bot einfach zu verlockende Aussichten.
Immer schon hatte ihn die Welt unter der Wasseroberfläche fasziniert, und um sie zu erkunden, blieb nichts anderes übrig, als hinunter zu tauchen.
Vielleicht besaß er ein stärker ausgeprägtes Ur-Gen als andere Menschen, welches ihm ein Hochgefühl verschaffte, wenn er schwerelos in dem Element schwebte, aus dem alles Leben kam.
So hatte er sich bei der örtlichen Tauchschule die Ausrüstung ausgeliehen und war, trotz der Proteste seiner Frau, die ihn endlich einmal ohne Unterbrechung an ihrer Seite haben wollte, hinunter getaucht.
Ein besonderer Kitzel war natürlich auch, dass die tiefste Stelle des Bodensees direkt vor seinem Feriendomizil lag.
Etwas enttäuscht war Netzer dann doch, denn der Tauchgang bot anfangs keine großen optischen Reize und die Sicht beschränkte sich auf wenige Meter.
Dennoch stellte sich bei Netzer jene Spannung ein, die andere Menschen vielleicht beim Diebstahl im Supermarkt empfinden oder beim Anblick eines Tempomessgeräts am Straßenrand.
Netzer hatte sich vorgenommen, nicht weiter als zwanzig Meter hinunter zu tauchen. Viel tiefer zu gehen, erlaubte der Inhalt der Flasche, in die lediglich normale Luft gepresst worden war, ohnehin nicht.

Nach den Tannenwedeln und Armleuchteralgen im Flachwasserbereich folgte der blanke Seeboden, die Wüste, wie er sie nannte, und die reizte ihn.
Was lag unter der Sedimentschicht? In der Tauchschule hatte er in einer Aufstellung geblättert, was so alles am Grund dieses Sees herumlag. Schiffe, Boote, Kähne, Bomber, Kleinflugzeuge und jede Menge Leichen wurden vermutet.
Nicht allein Netzer, auch seine Fantasie schwebte deshalb über den sandigen Hügeln und stellte sich die Dinge darunter vor, deren Formen die jetzige Oberfläche beeinflusst hatten. Deutlich glaubte er das kleine Ruderboot zu erkennen, das, von Sedimenten bedeckt, eine ähnliche Kontur erhalten hatte, als wäre es an Land von einem Schneesturm zugeschneit worden. Ein Stück weiter deutete ein verschwommener Kubus darauf hin, dass manche Barbaren selbst einen solch grandiosen Lebensspender schamlos als Müllkippe verachtet hatten.
Netzer bedauerte, dass er das handliche Sonar nicht mit in den Urlaub genommen hatte, das wasserdichte Wunderding tastete den Grund ab und bildete das Ergebnis sofort als Strichzeichnung auf einen kleinen Bildschirm ab.
Das beängstigende Sirren eines großen Schiffsantriebs, vermutlich dem einer Fähre oder eines Ausflugsbootes, veranlasste Netzer einige Meter tiefer zu gehen, aber bereits nach wenigen Flossenschlägen stoppte er.
Vor ihm, noch verschwommen durch das partikelreiche Wasser, sah er etwas, wofür er kein Sonar benötigte.
Nun sirrte nicht nur der Schiffsantrieb in seinen Ohren, er hörte auch seinen Pulsschlag, der auf die Trommelfelle hämmerte, als wären es Kesselpauken.
Der Seegrund fiel an dieser Stelle nicht steil, aber stetig ab, und ein mögliches Ende verlor sich in dem dunklen Blaugrün, das eine gewisse Ähnlichkeit mit dem Schneegestöber einer Bildstörung auf dem Fernseher hatte –

nur, dass es eben monochrom blaugrün gefärbt war.
Keine fünf Meter voraus, knapp über dem Grund, schwebte ein Mann der aussah, als würde er nur die Luft anhalten und so tun, als wolle er Netzer einen Schrecken einjagen.
Um den Bauch, an Armen und Beinen trug er Gewichtgürtel, wie sie Taucher benutzten. Bekleidet war er allerdings nicht wie ein Taucher, sondern mit einer blauen Jeans und einem T-Shirt, auf dem in großen Buchstaben *randy* stand. Damit hatte es sich dann wohl, dachte Netzer.
Dass der Mann tot war, daran hatte Netzer keinen Zweifel, auch wenn die Gesichtshaut frisch wirkte. Seine langen Haare bewegten sich in der leichten Strömung wie in einem Werbefilm für ein Haarshampoo. Die linke Hand schien ihm zuzuwinken.
Netzer zwang sich zur Ruhe, obwohl er instinktiv am liebsten aufgetaucht wäre. Durch einen Rundumblick vergewisserte er sich, dass er mit dem Toten allein war, schwamm zu ihm hin und band das Ende der Bojenleine um dessen linkes Handgelenk.
Der Tauchlehrer hatte etwas von „Profi" gemurmelt, als er die Ausrüstungsstücke kontrollierte, die Netzer sich aus dem Angebot der Tauchschule zusammengesucht hatte. Netzer hatte gelernt, das jeder Tauchgang alle möglichen Überraschungen bieten konnte und so hatte er auch die rote Faltboje in eine der Westentaschen gesteckt. Mit zwei, drei Füllungen ausgeatmeter Luft stieg die Boje wie ein Luftballon nach oben. Die Leine war allerdings um einiges zu lang, weshalb Netzer sie kürzte, damit die Boje möglichst direkt über der Fundstelle stand.
Eine Stunde später saß er im Boot der Schweizer Wasserschutzpolizei und führte die Polizisten zu der Boje, die wie ein Wurstzipfel aus dem Wasser ragte.
Es sollte Netzers letzte Bootsfahrt während seines

Urlaubs sein. Die restliche Zeit verbrachte er mit seiner Frau auf den Wanderwegen der Appenzeller Bergwelt. Zudem hatte sich seine Frau jedes Gesprächsthema verbeten, das irgendwie mit Wasser zu tun hatte.

Auf dem See

Lange hatte Walcher gegrübelt, was sich hinter der Einladung von Kommissar März verbarg, bis er aufgegeben und sich entschlossen hatte, pünktlich 14 Uhr am Treffpunkt zu sein, der Anlegestelle Immenstaad.
Der barsche Ton, mit dem März gebeten hatte, pünktlich zu sein, hatte ihn zwar gestört, aber das schob er in den Speicherplatz seiner kritischen „März-Gefühle".
Umso überraschter war Walcher, von einem freundlich strahlenden März begrüßt zu werden, der ihn an der Anlegestelle empfing und seinen Assistenten Jens Kräuter vorstellte.
Wir haben heute Lädinen-Dienst, lächelte März und deutete auf den nachgebauten Lastensegler. Da strahlte auch Walcher, denn er hatte sich seit dem Stapellauf des historischen Nachbaus vorgenommen – und der lag bereits einige Jahre zurück –, eine Fahrt auf der Lädine zu machen.
März und Kräuter präsentierten sich als eingespieltes Team, das routiniert die Bug- und Heckleinen löste und mit leise tuckerndem Motor den Kahn von der Anlegestelle steuerte. Dann setzten sie gemeinsam das riesige Rahsegel, obwohl nur ein Windhauch wehte. Aber den Fahrgästen des bis auf den letzten Sitzplatz besetzten Lastenseglers ging es wohl nicht um das Tempo, sondern eher um das Erlebnis, sich wie in längst vergangenen Zeiten über den See treiben zu lassen, ohne die Vibratio-

nen, den Gestank und den Lärm eines Schiffsdiesels.
März, Kräuter und ein Dritter wechselten sich in ihren Rollen als Kapitän, Steuermann und Stewart ab und März erzählte etwas über die Geschichte der Transportschifffahrt auf dem Bodensee. Zum Beispiel, dass vom 14. bis zum 20. Jahrhundert so ziemlich alles mit der *Lädine* und der etwas kleineren *Segmer* kreuz und quer über den See geschafft worden war. Und zwar ganze Wagengespanne samt Zugtieren, denn das sparte – gegenüber dem Landweg – bis zu vier Tagesreisen.
Über diese erheblichen Zeitvorteile hinaus bot der Seeweg auch höhere Sicherheit, jedenfalls was mögliche Überfälle betraf. Außerdem konnten mit der Frachtladung einer einzigen Lädine die Ladungen von über hundert Fuhrwerken transportiert werden.
Selbst wenn der Wind nicht mitspielte, denn die Lädine konnte wegen ihres flachen Schiffskörpers nicht gegen den Wind kreuzen, kam man ans Ziel. Dann mussten die Schiffsknechte rudern, im Uferbereich mit langen Stangen an ihr Ziel staken oder sie zogen ihren Kahn mit Seilen am Ufer entlang.
Am liebsten war Wein transportiert worden, denn dafür gab es als Fuhrlohn meist Naturalien. Das waren dann jene Boote, deren Mannschaften die Bewohner am Ufer mit ihren Gesängen beglückten.
Nach der Historie offerierte März einen Roten und einen Weißen, natürlich vom Seeufer. Während der Freizeitkapitän die Fahrgäste versorgte, beantwortete er noch ein paar Fragen, dann lehnten sich die Leute zurück, genossen Ruhe, Sonne und die entspannenden Bewegungen der Lädine, die nur dann zu schlingern begann, wenn eine Fähre oder ein Ausflugsschiff vorbeifuhr und das Schwäbische Meer in Aufruhr versetzte.
März setzte sich mit zwei Gläsern Roten in Händen zu Walcher und meinte lächelnd: *Ich freue mich sehr, dass Sie*

gekommen sind. Ich hatte befürchtet, dass Sie mir bei unserer ersten Begegnung meine Aversion gegen Ihren Berufszweig deutlich angemerkt haben und wollte mit dieser Einladung klarstellen, dass sich das nicht gegen Sie persönlich richtet. Ich freue mich auf gute Zusammenarbeit, denn ich glaube inzwischen auch, dass wir externe Hilfe benötigen. Zum Wohle.
Walcher stieß gern mit März an und nahm sich vor, mit dem Kommissar künftig etwas freundlicher umzugehen, wenngleich ein gewisser Restvorbehalt durchaus bleiben durfte.
März erzählte, dass er zu den Gründern des Lädinen-Vereins gehörte und gelegentlich Fahrten übernahm, obwohl es inzwischen etliche ausgebildete Kapitäne im Verein gäbe, die Fahrgastschiffe steuern dürften.
Für ihn wäre aber immer noch jede Fahrt wie ein Zeitsprung, ein kleines Abenteuer, auch wenn bei widrigen Winden statt der Ruderer ein Diesel das Schiff in den sicheren Hafen bringen würde. Er habe sich gedacht, dass man sich in dieser neutralen Zone bestens austauschen könne, weshalb er den Platz für ihn reserviert habe.
Dann begann er von den Ermittlungen seines Teams zu berichten, so als säße er neben einem gleichwertigen Partner.
Das beeindruckte Walcher durchaus, jedenfalls anfangs. März beschrieb die Probleme der Kriminaltechnik herauszufinden, welche Substanzen Huber intus hatte und welche neuen Wirkungen sie erzeugen würden, denn schon eine winzige Veränderung würde eine neue chemische Substanz erzeugen, für die keine vergleichbaren Reaktionsdaten vorlägen. Er sprach von der Detailarbeit bei dem Kuttenstoff, von dessen Verarbeitung, von Garnen und Stichtechnik, dem Zuschnitt des Stoffes, der auf einen Linkshänder schließen lassen könnte und dass dieser Rupfenstoff in der vorliegenden Qualität schon seit Jahren nicht mehr produziert wurde.

Auch das Seil stamme noch aus der Hand eines richtigen Seilers, hätte allerdings der Belastung durch Hubers Körpergewicht nicht mehr standgehalten. Also wäre er nicht an dem Seil ins Verlies hinuntergelassen worden, das sei wohl nur als Beigabe zur historischen Abrundung herumgelegen. Die Eisenkugel dagegen sei eindeutig neueren Datums, ebenso Kette und Schelle. Solches Zeug würde reihenweise für Umzüge und Ausstellungen angefertigt und auch in vielen Museen oder Burgen stünden Rüstungen, Waffen und dergleichen herum, die aus der Neuzeit stammten.
Walcher hörte nur mit halbem Ohr zu, denn März erzählte eine gute Viertelstunde von jedem Detail, mit dem sich seine Mitarbeiter herumschlagen mussten.
Der Plauderton des Kommissars, die Schiffsbewegung, die Sonne, der Wind, alles zusammen hätten schläfrig machen können, aber Walcher fragte sich die meiste Zeit, weshalb ihm März belangloses Zeug erzählte.
Erst als März wohl nichts mehr zu dem Fall einfallen wollte, stellte er eine Frage, die Walcher erwartete hatte, denn inzwischen war ihm klar geworden, dass sich hinter dieser Einladung nichts weiter verbarg, als der Versuch ihn auszufragen. Aus irgendeinem Grund traute wohl März seinem Kollegen Brunner nicht und wollte direkt an die Quelle. Es sollte vermutlich nebensächlich klingen, aber Walcher hörte eine Vibration in der Stimme des Kommissars, die bisher gefehlt hatte.
Mit welchem der Gentlemen haben Sie sich denn inzwischen befasst? Brunner machte mir nur vage Andeutungen, aber ich möchte nicht wegen mangelnder Information Ihre Recherchen stören oder gar gefährden.
Schade, dachte Walcher. Diese Fahrt hätte vielleicht nicht gerade der Beginn einer Freundschaft werden, zumindest jedoch in einer verständnisvollen Zusammenarbeit münden können. Aber nun war die Katze aus dem Sack.

Den Herrn Kommissar drückte etwas. *Die Spitze, ich habe mit der Spitze des Eisberges begonnen, dort wo die Luft gefährlich dünn ist,* orakelte Walcher.
Hätte ich vermutlich auch getan, nickte März, *aber machen Sie's nicht so spannend, wen haben Sie sich denn vorgenommen?*
Die, die am meisten zu verlieren und deshalb die triftigsten Gründe haben, ein Problem wie Huber aus der Welt zu schaffen. Walcher wusste nicht so recht, ob ihm das Wechselspiel Spaß machte.
Und wer ist das Ihrer Meinung nach? März gab nicht so leicht auf, obwohl er längst gemerkt hatte, dass sich Walcher spröde gab.
Lieber Herr Kommissar, wenn wir jetzt nicht in die Bregenzer Bucht, sondern auf die Rheinfälle zusteuern würden, wäre es doch aus mit der Entspannung, gell?
Darauf können Sie wetten, lächelte März etwas gequält.
Aber weil das nicht der Fall ist, sollten wir den Nachmittag unbeschwert genießen und die wunderbare Stimmung nicht mit diesem hässlichen Mordfall vergällen. Walcher hielt März das Glas zum Anstoßen hin, was der auch prompt tat.
Zum Wohle. Woher wussten Sie, dass ich schon seit langem mit diesem Kahn fahren wollte?
März schien endlich kapiert zu haben und meinte, während er aufstand: *Weil ich Sie für einen Romantiker halte.*
Als hätte die Regie einen Themenwechsel angeordnet, röhrte backbords ein bulliger Motor aus dem Rumpf einer protzigen Yacht der Monaco-Klasse.
Das Boot näherte sich mit hoher Geschwindigkeit und beschleunigte sogar noch, als es auf gleicher Höhe lag und abdrehte. März war zum Steuerstand gespurtet und verfolgte das Manöver mit dem Fernglas. Er wollte wohl den Kapitän identifizieren, der ein solch angeberisches und dazu durchaus gefährliches Manöver fuhr.

Auch Walcher sah hinüber zu dem großen Boot, auf dessen Sonnendeck sich eine kleine Gesellschaft bestens zu amüsieren schien, denn die Leute lachten herzerfrischend und prosteten einander mit Sektkelchen zu. Vermutlich freuten sie sich über die Wellen, die ihr Boot produzierte.
Die Yacht kam Walcher bekannt vor, wenngleich er sie nicht in Aktion, sondern vertäut im Privathafen von Bertram Henge gesehen hatte. Allerdings stand auf der Brücke nicht Henge am Ruder, sondern ein junger Mann, dessen Gesicht Walcher unbekannt war.
März hatte etwas auf einen Zettel geschrieben und winkte damit zu Walcher. *Kann den Eigner seine Lizenz kosten. Geschwindigkeit weit über den erlaubten vierzig Stundenkilometern, ferner unterschrittener Sicherheitsabstand von wenigstens fünfzig Metern, kann ich mit Ihnen als Zeuge rechnen?*
Und wenn es einer von der Spitze des Eisbergs war? Walcher hatte sich kurz überlegt, ob er den Namen des Eigners nennen sollte, sich dann aber dagegen entschieden, schließlich war er nicht bei der Wasserschutzpolizei.
März schüttelte den Kopf. *Auf dem Bodensee gelten die schärfsten Zulassungsbestimmungen und Gesetze aller europäischen Binnengewässer. Schließlich ist der See Trinkwasserreservoir. Da wäre selbst der Papst seinen Schein los.*
Walcher ging nicht darauf ein, obwohl er ein verlockendes Bild vor Augen hatte, den Papst in wehendem Ornat als Steuermann. Er verdrängte auch das leicht bittere Gefühl, diese Fahrt der Neugier des Kommissars zu verdanken und konzentrierte sich auf die fantastische Welt um ihn herum. Die Lichtreflexe des Wassers gaukelten vor, der See sei eine Suppe aus unendlich vielen Diamanten. Hinzu kamen die Schwärme von Seglern, die wie riesige Schmetterlinge die Lädine umflatterten als sei sie der Mittelpunkt auf dem See.

Die Kombination aus dem Schlingern des Kahns und dem Glas Wein in der Sonne des frühen Nachmittags, entführte Walcher in einen seligen Schlaf und ließ ihn erst wieder erwachen, als die Lädine begann, die unterschiedlichen Wasserfarben an den Einflüssen des Alten Rheins, des kanalisierten Rheins und der Bregenzer Ach zu durchpflügen.
Kurz nachdem er sich über die ungewohnte Hinteransicht der Seebühne gefreut hatte, holte die Mannschaft das Segel ein. Als Gag hielt März zwei Ruder hoch und fragte, wer die erste Schicht übernehmen wolle, denn es müsse nun gerudert werden. Unter dem Gelächter der Gäste startete sein Assistent den Diesel und steuerte die Lädine aus der Bucht in Richtung Heimathafen.
Vorbei am eindrucksvollen Lindau und der Schachener Prachtmeile aus Hotels und Seevillen, tuckerte die Lädine der späten Nachmittagssonne entgegen.
Wasserburg, Nonnenhorn, Kressbronn, der Kahn konnte ganz schön Dampf machen. Nur vor den Yachthäfen drosselte der Kapitän das Tempo. Hier ballten sich die Segelboote zu besonders dichten Schwärmen.
Ohne das imposante Rahsegel war die Begeisterung der Fahrgäste längst auf ein Minimum gesunken, historischer Nachbau hin oder her, es hätte genauso gut auch die Fahrt auf einem Fischerkahn sein können.
Da entlockte dann auch der Hinweis auf Graf Zeppelin und seine Zigarren gerade mal ein müdes Nicken. Erst als Immenstaad in Sicht kam, hellten sich die Mienen wieder auf.
Nach dem Anlegen verabschiedeten sich die meisten Fahrgäste mit Handschlag von der Besatzung.
Auf einer Lädine das Gefühl der Einfachheit wiederzuentdecken, war trotz Hilfsmotor eben doch etwas ganz Besonderes.
März lud noch zu einem Glas ein, was Walcher aber

verbindlich lächelnd mit dem Hinweis ablehnte, dass er ja noch fahren müsse. Es folgte ein Abschied, der sich von der Stimmung her durch nichts von der ihres ersten Zusammentreffens unterschied, nur ihre Gesichtsbräune hatte deutlich zugenommen.

Allersheims Erbe

Im Gegensatz zum ersten Treffen zeigte sich Allersheim diesmal von seiner Zuckerseite.

Haben Sie herzlichen Dank, begrüßte er Walcher in freundlichem Ton, *dass Sie gleich gekommen sind. Ich brauche Ihren Rat. Kommen Sie, kommen Sie.* Er zog Walcher am Arm hinein, warf einen Rundblick zurück über den Hof und schloss das Garagentor. *Ich habe etwas entdeckt und weiß nicht, wie ich mich verhalten soll.*

Allersheim hatte in der Mitte der Garage alle Möbelteile weggerückt und dadurch die Reparaturgrube freigelegt. Die vorderen Bohlen der Abdeckung lagen auf den hinteren und durch das so entstandene Loch war der Treppenabgang in die Grube zu sehen.

Allersheim stieg drei Stufen hinab, drehte seitlich an einem Schalter und wiederholte, nach den restlichen Stufen auf dem Boden der nun hell erleuchteten Grube stehend seine Aufforderung, ihm zu folgen.

Walcher ging ihm hinterher, wenngleich er sich – wieder einmal zu spät – vorwarf, niemandem von diesem Treffen erzählt zu haben, nicht einmal Mathilde wusste davon.

Seit ihn ein durchgeknallter Zuhälter entführt, in einem Keller eingesperrt und gefoltert hatte, flackerten bei ähnlichen Situationen und Räumlichkeiten sämtliche Warnlichter. Er musste sich deshalb damit beschwichtigen,

dass Allersheim keinen Grund hätte, ihn in einem Geheimversteck verrotten zu lassen.
Allersheim kniete vor ihm auf dem Boden der Grube und deutete auf die Metallregale an der linken Wand, in denen noch einige Werkzeuge lagen: ein Universalschlüssel, den man vor der Zeit der europäischen Union *Franzos* genannt hatte, einige Schraubenzieher, ein Gummihammer und eine Stablampe, die in einer Gummihülle steckte.
Die graue Haarmähne Allersheims warf den Schatten eines Monsters auf die Treppen vor Walcher, was nicht gerade zum Abbau seiner Befürchtungen beitrug.
Allersheim stöhnte, als würde ihm die Stellung große Schmerzen bereiten, stützte sich dann an der rechten Grubenwand ab und drückte mit der anderen Hand gegen das Regal. Walchers Jagdtrieb war nun endgültig geweckt, zumal es sich offensichtlich um eine Geheimtür handelte, die lautlos aufschwang und muffige Kellerluft freisetzte.
Allersheim griff in die schwarze Öffnung, drehte hörbar einen Schalter, und aus dem dunklen Loch flackerte das Licht von Neonröhren. Dann streckte er seine Beine in die Öffnung und war darin verschwunden. Walcher tat es ihm nach und staunte im nächsten Moment fassungslos. Unversehens fühlte er sich in einen Spionagethriller oder Schatzsucherfilm versetzt.
Er stand auf der obersten Ebene eines Treppenturms aus Metallelementen, direkt unter der Decke einer Halle, deren Boden gut zehn Meter unter ihm lag.
Die Reparaturgrube, aus der sie gestiegen waren, klebte wie ein Schwalbennest an der Hallendecke. Die Halle mochte zwanzig Meter Breite und vierzig Meter Länge messen und war ausgestattet wie der Abfüllbereich einer Brauerei. Es roch allerdings nicht nach Bier, sondern nach dem abgestandenen Wasser, das den Boden bedeckte. Um die Abfüllanlage in der Mitte waren Geräte und

Maschinen angeordnet, wie sie in Großlabors anzutreffen sind. Rundherum standen Metallregale an den Wänden, befüllt mit Kartons, Glasballons und Kisten in unterschiedlichsten Größen, meist aus Metall oder Holz, wie es schien.

Drei Reihen von Neonröhren an der Decke, von denen allerdings nur noch die Hälfte halbherzig flackernd funktionierte, gaben der Szenerie eine seltsame Lebendigkeit. Fehlte nur noch das Signal für das Ende der Pause, und die Arbeiter kämen wieder in die Halle geströmt ...

Allersheim wartete am ersten Treppenabsatz nach unten, er war wohl der Meinung, Walcher genug Zeit gelassen zu haben, das unerwartete Bild auf sich wirken zu lassen, denn er deutete auf die bereit stehenden Stiefel und stieg hinunter. Wie bei einer Führung erklärte er: *Wir sind hier bereits unterhalb der Wasserlinie des Sees und dass hier all die Jahre nicht mehr Wasser eingesickert ist, zeugt von einem hochverdichteten Beton oder gigantisch dicken Wänden.*

Hier wurde während des Krieges alles Mögliche zusammengemixt und abgefüllt — für die Nazis, versteht sich.

Stärkungsmittel und Penicillin für die Goldfasane ebenso wie Läusegift, medizinischer Alkohol und Äther, Morphium, Eukodal, Belladonna, Testosteron, Jodtinkturen und wohl so etwas wie die erste Flüssigseife, aber auch Parfüms für die Damen der Nazigrößen. Allersheim schüttelte den Kopf, während er weiter hinabstieg und Walcher, inzwischen in die Stiefel geschlüpft, ihm folgte.

Ich habe das aus einem sehr detaillierten Eingangs- und Ausgangsbuch, das da drüben liegt, deutete er in die linke Ecke der Halle. *Sie werden mir sicher nicht glauben, denn es klingt wahrlich unglaubwürdig, aber ich hatte bis vorgestern von dem Ganzen hier keine Ahnung. Mein Großvater, den ich ja noch kennenlernen durfte, mein Vater, ja nicht einmal meine Mutter, niemand hatte mir von diesen Produktionsräumen erzählt. Nicht einmal, als sie schon kurz vor ihrem Tod standen.*

Er hatte auf Walcher gewartet und deutete auf dessen Kopf. *Vorsicht, jetzt kommt ein etwas niedriges Stück.*
Walcher nickte nur, denn ihn beschäftigte die Frage, warum er diese Privatführung bekam. Warum zeigte ihm Allersheim diesen Betrieb, noch bevor er die Polizei oder Staatsanwaltschaft informierte? Suchte er über ihn die Öffentlichkeit? Brauchte er einen Zeugen?
Walcher war gespannt, was noch kommen würde, duckte sich und watete Allersheim nach, der unter den niedrigen Verstrebungen des Treppenturms auf eine Metalltür zustrebte, die mit zwei Hebeln versehen war. Die Tür zu einem weiteren Schutzbunker?
Das Wasser reichte bis zur Hälfte der Stiefel und erzeugte in Walcher Bilder aus Horrorfilmen, die etwas mit Kurzschlüssen und abartigen Fischwesen zu tun hatten.
Er konnte sich wahrhaftig eine angenehmere Umgebung vorstellen, sah kurz auf sein Handy und fand bestätigt, was er vermutet hatte. Hier unten brauchte er keine Funkwellen zu fürchten.
Nach der Bunkertür ging es geduckt weiter, denn dem Gang fehlte es deutlich an Höhe. Eine Röhre aus Beton, an deren höchster Stelle, also auf Stirnhöhe, auch noch die Lampen befestigt waren, deren verbeulte Schutzgitter von häufigen Kopf-Kontakten zeugten.
Es roch nach Mottenpulver, abgestandenem Wasser und seltsamerweise nach Vanille.
Der Gang machte einen langen Bogen nach links und stieg deutlich an. Wenn seine Orientierung stimmte, dann bewegten sie sich in Richtung der Bahngleise.
Gespenstisch wirkten drei Gasmasken, die wie seelenlose Ameisengesichter an der Wand hingen. Ob sie noch funktionierten? Kohlefilter müssten doch ewig halten, dachte Walcher. Warum hingen die Dinger hier?
Die Luft war stickig und verbraucht. Sie gingen nun im Trockenen, nur Spuren, die vermutlich von Allersheims

vorherigen Besuchen stammten, waren zu sehen, zumindest handelte es sich um dasselbe Sohlenmuster.
Allersheim hustete und fluchte etwas, aber Walcher hatte ihn nicht verstanden. Dann waren sie an einer offen stehenden Bunkertür angekommen.
Die kann man nur von dieser Seite öffnen, erklärte Allersheim und griff nach der Stablampe, die am oberen Hebel der Bunkertür hing. *Habe ich besorgt, da drinnen gibt es kein Licht, jedenfalls habe ich keins entdeckt.*
Mit den Worten: *Aladins Wunderlampe, darf ich bitten,* leuchtete Allersheim vor sich in die Dunkelheit und quetschte sich durch den zur Hälfte zugemauerten Durchgang in der Betonwand.
Er hat Humor, dachte Walcher und folgte seinem Führer, der die Lampe über seinem Kopf hielt und den Raum ausleuchtete. Hatte er gerade an den *Führer* gedacht? Wie alt mochte Allersheim damals gewesen sein?
Ein Kellerraum von normaler Höhe, etwa zehn auf fünfzehn Meter Grundfläche. Es roch wie ein schlecht gelüftetes Altkleiderlager. Eine Holztreppe führte zur Decke und endete dort an einem ausgesparten Geviert vor einer Metallplatte. Allersheim leuchte hin und meinte: *Da geht es nicht weiter und zu klopfen habe ich mich noch nicht getraut. Müsste eines der alten Lagerhäuser sein.*
Dann ließ er den Schein der Taschenlampe über die einfachen Holzregale wandern, die rund an den Wänden und in zwei Reihen in der Raummitte standen.
Auch vor dem Durchschlupf, durch den sie gekommen waren, stand ein Regal. Allersheim hatte den Durchgang frei gemacht und drei Bretter herausgedrückt.
Einige Kartone, die darauf gestanden hatten, lagen aufgeplatzt auf dem Boden, die Inhalte hatten sich rund um den Durchgang verteilt. Schwarze Filmdosen, Haushaltskerzen und Zündhölzer.
Walcher hob eine Filmdose auf und öffnete sie.

Allersheim leuchtete ihm. Agfa, ein hochempfindlicher Schwarzweißfilm war darin.
Ich habe mich gestern ein wenig umgesehen, kann sich eigentlich nur um ein geheimes Depot handeln. Eine Fälscherwerkstatt mit blanko Ausweisen aus halb Europa, Pistolen, Munition, Sprengstoff, Zünder, Kabel, Geld in den unterschiedlichsten Währungen, die aber außer den Dollars und Franken nicht mehr gültig sind, Funkgeräte, Taschenlampen, Batterien, Nachtsichtgeräte und Ferngläser, Medikamente, Schlauchboote, Kohletabletten, Dosenbrot ... wie das Warenlager einer Sekte, die auf den jüngsten Tag wartet.
Aus der Zeit meines Vaters kann es allerdings nicht kommen, das Zeug wurde erst in den Siebzigern und Achtzigern hergestellt, da lebten meine Eltern schon am Comer See.
Wie sind Sie überhaupt auf diese Unterwelt gestoßen? Walcher lag die Frage schon seit dem Einstieg auf der Zunge.
Ich hatte in allen möglichen Unterlagen gestöbert, wegen Huber und meinen Besitzansprüchen und bin auf Baupläne gestoßen, die mit ‚Streng Geheim' und ‚Reichssicherheit' und dem Hakenkreuz gestempelt waren, ich zeig sie Ihnen nachher.
Wir sollten auch wieder zurück. Die Batterien machen es nicht mehr lange und hier aus dem Lager traue ich mich keine zu nehmen. Wer weiß, vielleicht explodieren die Dinger. Außerdem brauche ich wieder frische Luft.
Walcher nickte und ging wieder hinter Allersheim her, der nun ein forsches Tempo vorlegte.
Ist frisch, hob Allersheim lächelnd die Dose hoch, als er Walcher kurz darauf in der Wohnküche einen Kaffee anbot und ihm einen Stapel Baupläne zuschob, bevor er zwei Tassen spülte und die Maschine bediente.
Es war ein seltsames Gefühl, über einer Produktionsstätte aus der Nazizeit zu sitzen und die Baupläne dazu in Händen zu halten. Nicht nur die reinen Baupläne, auch Maschinenaufbau, Produktionsbereiche, Luftversorgung Anschlüsse, und der Fluchtweg zu dem Lagerhaus auf

der gegenüberliegenden Straßenseite, alles war genauestens eingezeichnet und beschrieben.
Haben Sie eine Erklärung dafür, dass Ihre Eltern Sie weder damals, noch nach dem Krieg informiert haben?
Allersheim schüttelte nur den Kopf und zuckte mit den Schultern, *Verdrängung, Trauma, Scham, was weiß ich. Kann sie ja nicht mehr fragen.*

Wo waren Sie während der Bauzeit, das hier musste doch ziemlich auffällig gewesen sein? Walcher bekam seinen Espresso, schlürfte daran und nickte.
Sie hatten mich vermutlich ganz bewusst zu meiner Tante nach Hamburg geschickt und dort wurde ich in die Jungschar gesteckt. Habe nachgerechnet, in den vermutlichen Baujahren 40/41 durfte ich nicht mal zu Weihnachten nach Hause. Hart wie Kruppstahl und so weiter.
Als ich 42 dann kommen durfte, fiel mir der neu angelegte Park auf, aber wir sprachen nicht darüber. Überhaupt, wissen Sie, in meiner Familie wurde gearbeitet und wenn wir miteinander gesprochen haben, dann über geschäftliche Dinge.
Allersheim wedelte mit der Hand durch die Luft: *Ich weiß ja, das hört sich alles sehr unglaubwürdig an.*
Walcher nickte nur.
Ich verlange ja nicht, dass Sie mir glauben, warum auch. Ich habe die Firma meines Vaters 1975 übernommen, nach seinem ersten Schlaganfall, dem noch zwei weitere folgen sollten. Aber bereits nach dem ersten konnte er fast nicht mehr sprechen, und in der Firma gab es kein Archiv oder alte Mitarbeiter.
Die Firma war nach dem Krieg neu gegründet worden, dies war nur noch der Familiensitz. Die Produktion hatte man nach Überlingen umgesiedelt. Hier in diesem Haus gab es nur noch Labors, in denen mein Vater und noch ein paar Chemiker herumexperimentierten.

Und warum haben Sie mit mir diese Führung veranstaltet?, Walcher bemühte sich, möglichst sachlich zu klingen.
Allersheim breitete seine Arme aus. *Ich bitte Sie um Ihren*

Rat. Sie sind ein erfahrener Journalist und recherchieren im Todesfall Huber. Und ich bin einer Ihrer Hauptverdächtigen. Also sagte ich mir, mach den Bock zum Gärtner. Dabei lächelte Allersheim derart offen und herzlich, dass Walcher gar nicht anders konnte, als sein Lächeln zu erwidern.
Kommen Sie, wir rufen Kommissar Brunner an, das ist der einzig richtige Weg, schlug Walcher vor.
Ich hatte keinen anderen Vorschlag erwartet, nickte Allersheim, *offen gestanden wollte ich bei Ihnen mein unmögliches Benehmen wieder gutmachen und einen Journalisten als Rückversicherung gegen überbordende Staatsmacht in der Hinterhand zu haben, kann ja auch nicht schaden. Sie erhalten von mir die Vermarktungsrechte für diese Geschichte. Könnte doch eine internationale Story werden: „Seife für Hitlers Paladine", mit Fotos, Lagerbüchern, Bauplänen und was es sonst noch alles da unten gibt. Machen Sie was draus. Vielleicht sollte man Fotos machen, bevor die Polizei einmarschiert.*
Walcher nickte und schob den Gedanken an Brunner zur Seite. Was machte es, wenn er erst einmal eine Handvoll Fotos aufnahm. Die Kamera hatte er im Wagen.
So kam es, dass Walcher die nächste Stunde drei Speicherkarten von jeweils fünf Gigabyte füllte. Stimmungsbilder der Halle, der Arbeitsplätze, der Toilette, der Teeküche fotografierte er, Details, Dokumente, Materialien, Werkzeuge, Geräte, Maschinen, Phiolen, Pipetten, Pillen und was ihm sonst vor die Linse kam, bis auch die beiden Reservebatterien leer waren.
Die Seiten mit Namen von Lieferanten in den Eingangsbüchern hatte er ebenso fotografiert, wie die Adressen der Empfänger und auch das Dankesschreiben eines Obersturmbandführers, der sich herzlich für die außerordentliche Wirksamkeit eines Flohmittels bedankte.
Da war es gut, dass Walcher in den ersten Schuljahren noch die deutsche Schrift hatte lernen müssen.

Neuigkeiten

Danke für die prompte Information über Allersheims Keller, hörte Walcher den Kommissar ein paar Stunden später aus dem Handy blöken. *Das ist ja echt der Hammer. Schade, dass wir im Garten nicht tiefer gegraben haben, dann wären wir wohl auf die Bunkerdecke gestoßen. Aber mal ganz unter uns, Sie glauben ja nicht, welche Menge von Höhlen und Kellern, Bunkern und Lagerräumen es hier rund um den See gibt. Einiges wurde sogar in den 60ern und 70ern neu gebaut, Atombunker, Leitstände und dergleichen. Im Eriskircher Ried zum Beispiel ... aber das wollte ich Ihnen ja gar nicht erzählen, sondern dass wir eine neue Leiche haben, die wohl irgendwie zu Huber gehört.*

Walcher war versucht nach dem Alter derselben zu fragen oder danach, ab wann eine Leiche als neu oder alt einzustufen sei, ließ es aber und meinte nur: *Ich bin sehr gespannt!*

Die Eltern des Freundes Ihrer Sahra ...

Bitte, lieber Herr Kommissar, unterbrach ihn Walcher, *machen Sie es etwas kürzer. Ich stehe nämlich gerade im Hühnerstall, halte ein Huhn, dessen linke Kralle verletzt ist und wollte es eigentlich behandeln. Haben Sie schon einmal versucht ein Huhn zu fangen? Und außerdem ist Sahra Tiefenbach nicht m e i n e Sahra!*

Oh, nicht gut drauf heute, also, die Eltern von Sahra Tiefenbachs Freund hatten vor einigen Tagen eine Vermisstenanzeige aufgegeben und Derartiges wird an alle Polizeistationen rund um den See weitergereicht. Brunner besaß die nervtötende Angewohnheit, sich erst recht nicht kurz zu fassen, wenn er um mehr Tempo gebeten worden war. Vermutlich hatte er sogar Spaß an der Qual seines Gesprächspartners und war vielleicht deshalb Polizist geworden.

Das sind die Ergebnisse der Polizeichef-Vereinigung Bodensee. Wir kriegen alle wichtigen Meldungen rund um den See auf

unsere Computer, dozierte er wie auf einem Seminar, *also sowohl die Suchmeldung der Eltern, als auch die Fundmeldung der Leiche.*
Brunner hatte wohl doch Verständnis für Walchers Situation und schilderte nun in kurzen Worten vom Tauchgang eines Norwegers vor dem Schweizer Ufer, der dabei eine Leiche entdeckt hatte, die als der vermisste Florian Barkow identifiziert worden war.
Haben Sie Sahra Tiefenbach informiert?, wollte Walcher wissen, auch wenn er dadurch der Fantasie des Kommissars neue Nahrung zuführte.
März war dort, Langenargen gehört zu Baden-Württemberg. Und noch etwas, wir haben bei Allersheim einen Stofffetzen in der Mülltonne gefunden, der mit dem Kuttenstoff identisch ist.

Kann nicht sein, gab Walcher zu bedenken, *so dämlich ist Allersheim nicht. Wurde die Kutte fotografiert, ich meine kann man feststellen, ob ein Stück davon fehlt?*
Wollen Sie etwa der Polizei unterstellen ... fing Brunner mit deutlich erhöhter Lautstärke an, wurde aber von Walcher unterbrochen. *Nach dem, was ich heute morgen bei Allersheim im Keller gesehen habe, kann ich mir sogar vorstellen, dass Goebbels plötzlich vor der Tür steht, um Grüße von Professor Morell auszurichten.*
Hä?, kam es kleinlaut aus dem Handy.
Schlagen Sie doch einfach mal im Internet nach, mein Huhn wird langsam ungeduldig.
Zum Teufel mit Ihrem Huhn, knurrte Brunner, *wir haben im Lagerkeller Spuren von Drogen gefunden, Heroin und einiges an neueren synthetischen Drogen. Wie es scheint, war Huber wirklich ein Tausendsassa.*
Walcher ließ das Huhn frei, steckte das Handy ein und machte sich auf den Weg nach Langenargen.

Sahra

Vermutlich lag es am Nieselregen, den man erst richtig wahrnahm, wenn die Nässe bereits durch die Kleidung gedrungen war, dass sich der Zauber aus Dornröschens Garten verflüchtigt hatte.
Die Pflanzen, die beim letzten Besuch noch kniehoch in den Beeten gestanden waren, lagen nun von der Last der Feuchtigkeit zu Boden gedrückt, als hätten sie es aufgegeben, weiter für den Verbleib des Sommers zu demonstrieren.
Nicht berauschende Düfte, sondern Fäulnis und Zersetzung mischten sich mit der Regenluft. Selbst die eifrigen Wespen, die in den vergangenen Tagen mit dem Most der gärenden Früchte ihr hartes Arbeitsleben versüßt hatten, trauten sich nicht in den Dauerbeschuss der feinen Regentropfen. Kein Flugwetter. Vielleicht schliefen sie aber auch nur ihre Räusche aus.
Walcher war um das Haus herum gegangen und stand nun an der Verandatür, klopfte und sah hinein.
Sein Klopfen an der Haustür war vergeblich gewesen, nichts hatte sich gerührt und trotzdem war er sicher, dass Sahra im Haus war. Das leichte Ziehen zwischen den Schultern, der Instinkt des Jägers, Signale all der Sinne, die bereits seit Urzeiten vor Gefahr warnten, sie schlugen an, wie ein Haushund seine Angst verbellte.
Walcher schreckte zurück, als Sahra plötzlich, wie aus dem Nichts kommend, an der Scheibe erschien.
Stumm wie ein Geist, in einen blauen Morgenmantel gehüllt, stand sie da und starrte Walcher aus dunkel umrandeten Augen an, in denen die wässrige Farblosigkeit depressiver Entrücktheit schwamm.
Geh weg, sagte ihre vage Armbewegung, die ebenso kraftlos wie ihre Haltung die Trostlosigkeit des Loches ausdrückte, in dem sie sich zu befinden schien.

Machen Sie bitte auf, rief Walcher, aber sie schüttelte nur den Kopf.
Dann trete ich die Tür ein.
Kurz sah es so aus, als ob ihr Widerstand aufflackern würde, aber dann sank sie wieder in sich zusammen und öffnete die Tür.
Walcher strömte verbrauchte Luft entgegen.
Sahra ging, nein, sie schleppte sich wie eine Greisin zu dem Sofa neben der Verandatür, auf der sie wohl gelegen hatte und wickelte sich in die Patchworkdecke. Dort saß sie dann wie eine Indianerin und starrte vor sich auf den Fußboden.
Kann ich Ihnen irgendwie helfen?, versuchte es Walcher, denn immerhin hatte sie auf sein Klopfen reagiert und die Tür geöffnet, völlig abwesend konnte sie also nicht sein.
Bei welchem Arzt sind Sie?
Ich brauche keinen Arzt, ich brauche nur Ruhe. Es war mehr ein Stöhnen, aber Walcher hatte verstanden, was sie gesagt hatte. Er nahm sich einen Stuhl und setzte sich ihr gegenüber. *Florian?*
Sahra nickte. *Floh wurde umgebracht. Ersäuft. Ich ... er war doch noch hier ... ich hätte ihn nicht gehen lassen dürfen ... er war so ...*
Walcher wartete, aber Sahra blieb stumm. Es sah aus, als würde sie weinen, nur die Tränen fehlten.
Nach endlos scheinenden Minuten machte Walcher einen neuen Anlauf. *Ist er gegangen, nachdem er mir eins verpasst hatte?*
Sahra zuckte leicht mit den Schultern.
Was machte man in solch einer Situation, überlegte Walcher. Diese Frau brauchte vermutlich die Hilfe eines Arztes. Oder sollte er sich nicht einmischen. Einfacher wäre es ja. Er sah auf dem Handy nach, ob er die Nummer von Irmis Therapeutin gespeichert hatte. Sie stand direkt nach Irmis Nummer. Isolde Becker. Die Nummern aus

dem Familien- und Freundeskreis ordnete Walcher nach den Vornamen. Isolde war zwar Kinder- und Jugendtherapeutin, aber vielleicht konnte sie ihm einen Tipp geben. Weiter kam Walcher in seinen Überlegungen nicht.

Machen Sie mir einen Tee?

Gern, wenn Sie mir sagen aus welchem Ihrer Zauberbeutel?

Die große Blechdose auf der Theke, vier Esslöffel auf die blaue Kanne, die neben dem Herd steht.

Vielleicht brauchte sie doch keinen Arzt, dachte Walcher, setzte Wasser auf und löffelte den Tee in die Kanne, froh darüber, etwas Sinnvolles tun zu können.

Als er Sahra den Tee brachte, dankte sie ihm und trank kleine Schlucke, konzentriert, als wäre dies im Moment das Wichtigste auf dieser Welt. Dann setzte sie die halb geleerte Tasse ab, fuhr mit ihrer Hand unter die Decke und kam mit einem kleinen blauen Etwas zurück, das sie auf ihre andere Handfläche legte.

Ein kleiner Babyschuh, gehäkelt aus blauer Wolle.

Das Schlimme ist, flüsterte sie und sah Walcher mit großen Augen an, *dass ich Floh nicht fragen kann, ob er mir den Schuh gebracht hat und woher er ihn hat.*

Wann haben Sie ihn denn entdeckt?

Sahra zuckte mit den Schultern, *Samstag, glaube ich.*

Und was ist daran so besonders? Walcher hatte zwar in etwa den Puppenschuh in Hubers Park vor Augen, aber sicher war er nicht. So oder so, irgendwie hatte Walcher das Gefühl, als öffne sich gerade eine wichtige Tür zu dem Geheimnis um Hubers Mord.

Der Schuh ist von meiner Puppe. Huber hatte mir vorgemacht, wie es mir ergehen würde, wenn ich nicht folgsam wäre.

Er ... er stampfte mit dem Fuß auf meine Puppe und nahm sie mit. Ich sah nie wieder etwas von ihr ... bis dieser Schuh auftauchte.

Wie könnte ihr Freund an diesen Schuh geraten sein?

Überhaupt nicht, schüttelte Sahra energisch den Kopf, *er wusste nicht einmal, dass es die Puppe oder den Schuh gab. Ich kann mich nicht erinnern, sie jemals erwähnt zu haben.*

Dann nehmen wir doch einmal an, dass nicht ihr Freund, sondern ein anderer diesen Schuh hergebracht hat. Wo haben Sie ihn denn gefunden?

Sahra überlegte, wickelte sich dann aus der Decke, verschwand hinter der Küchentheke und kam mit einer gefalteten Zeitung in der Hand wieder zurück. *Der Schuh lag auf dem Fußboden, etwa hier.* Sie tippte mit ihrem Fuß auf den Boden, ungefähr einen Meter vor der Tür zum Flur. Dann klappte sie die Zeitung auf, legte den Schuh darauf, faltete die Zeitung zu einer flachen Rolle zusammen, ging zur Haustür und steckte sie in den Briefschlitz. *Vielleicht war es so,* rief sie, *könnte gut sein.*

Walcher hörte wie die Klappe des Briefschlitzes zufiel. Sahra spielte, wie sie sich jeden Morgen verhielt. Sie ging zurück ins Wohnzimmer, warf die Zeitung auf die Küchentheke, tat so, als würde sie sich etwas in eine Tasse eingießen, hielt die rechte Hand mit der imaginären Tasse und kam hinter der Theke hervor. Beiläufig griff sie nach der Zeitung und ging in Richtung Veranda. Etwa an der Stelle, die sie vorher als Fundort bestimmt hatte, ließ sie die Zeitung aufklappen und der Schuh fiel heraus.

Walcher applaudierte und meinte: *Sehr schlüssig und eindrucksvoll, was die schauspielerische Leistung betrifft.*

Sahra war stehen geblieben. Ihrer gerunzelten Stirn war anzusehen, dass sie konzentriert überlegte. *Huber fällt weg, bleiben noch die beiden Allersheims. Sonst fällt mir niemand ein, der an diesen Schuh herangekommen sein könnte.*

Und wenn Huber einem seiner Freunde von dem Vorfall erzählt hat?, hakte Walcher nach.

Warum hätte er das tun sollen, also Huber, und warum hätte mir dann dieser Jemand den Schuh in die Zeitung stecken sollen? Das ergibt doch überhaupt keinen Sinn.

Fällt es Ihnen sehr schwer oder können wir über den Tod Ihres Freundes nachdenken?, tastete sich Walcher weiter.
Was glauben Sie, mache ich seit die Polizei hier war und mir ein Foto vor die Nase gehalten hat.

Und, zu welchem Ergebnis sind Sie gekommen? Walcher hatte das Gefühl, dass er Sahra antreiben musste.
Sie setzte sich wieder auf das Sofa und schlürfte ihren Tee. *Vielleicht klingt es ja verrückt und konstruiert und so, aber ich drehe mich im Kreis und komme immer wieder auf die Frage, was, wenn Floh mich hatte rächen wollen. Floh wusste von Huber und auch, dass der meine Mutter auf dem Gewissen hat und dass er ständig hinter mir her war, das hatte ich ihm irgendwann einmal erzählt. Ganz am Anfang, als es zwischen uns Probleme gegeben hat.*
Walcher fielen die Narben an Sahras Unterarm ein und er hätte gerne gewusst, ob seine Vermutung zutraf, aber dazu hätte er Sahra fragen müssen, ob sie den Grund für ihre Selbstzerstörung kannte. Er befürchtete allerdings, dass Sahra dann sofort dicht machen würde. Stattdessen fragte er, ob Florian vielleicht Menschen aus dem Kreis um Huber kannte.
Sahra schüttelte den Kopf. *Das habe ich mich auch gefragt. Ich wollte schon Flohs Eltern deswegen anrufen, aber ich traue mich nicht. Die haben mich noch nie gemocht, und jetzt werden sie mich vermutlich hassen.*
Sie musste Walchers fragenden Blick richtig gedeutet haben und erzählte, dass ihr Florians Mutter schon vorgeworfen hätte, ihren Sohn zu verführen, zu entfremden, vom Studium abzuhalten, zu verderben und sonst noch einiges. Aber Walcher könnte ja bei ihr mal nachfragen, ob Floh irgendwelche Verbindungen zu Hubers Kreisen hatte, schlug sie vor. Allerdings ordnete sie die Vorstellung, Hubers und Florians Tod könnten irgendetwas miteinander zu tun haben, dem Reich der Fabeln zu.
Erzählen Sie, was hat Ihr Freund gesagt, als er mich

niedergeschlagen hatte?
Sahra legte wieder ihre Stirn in Falten. *Drecksschnüffler, sagte er. Dieser Drecksschnüffler ist schon seit Tagen hinter mir her.*

Aber er kannte mich doch überhaupt nicht!

Ja ... ich fragte ihn, ob er Sie kennen würde, nickte Sahra, *aber er meinte, dass die Typen sich doch ablösen würden.*

Und dann?

Dann ging er und meinte, dass er wiederkommen würde, wenn Sie weg wären.

Und, kam er wieder?

Nein, kein Anruf, nichts mehr, bis dann die Polizei mit seinem Bild ...

Wo wohnte Florian eigentlich, hier?

Sahra schien die Frage nicht zu verstanden haben, aber dann seufzte sie, als hätte sie an etwas anderes gedacht: *Bei seinen Eltern, im Studentenwohnheim in Freiburg und bei mir.*

Und die Eltern, wo leben die?

Friedrichshafen.

Friedrichshafen?, wiederholte Walcher und es klang enttäuscht, denn er hatte erwartet, dass Florian und dessen Eltern in Meersburg wohnten. *Wo haben Sie Florian kennen gelernt?*

Sahra lächelte traurig, es war ihr anzusehen, dass sie im Album ihrer Erinnerungen blätterte. *Hier am Ufer,* deutete sie hinaus. *Er war mit einem uralten Faltboot unterwegs und der steinige Strand hatte die poröse Gummihaut aufgeschlitzt. Da stand er, in nassen Klamotten und klapperte mit den Zähnen. Es war Oktober und schon recht kalt damals. Ich musste ihm einfach helfen.*

Wie lang ist das her? Walcher nahm an, dass Fragen ihr helfen konnten, außerdem würde sie sich wehren wenn sie nicht mehr wollte.

Fünf, sechs Jahre etwa.

Was machte Florian beruflich?
Er studierte noch, erst Chemie und daran hängte er Biologie an, die er jetzt ... Sie brach ab und wurde von heftigen Krämpfen geschüttelt. Dann kamen Tränen.
Walcher wusste sich nicht anders zu helfen, er rief Irmis Therapeutin an und war froh, sie auch zu erreichen.
Nachdem er kurz die Situation geschildert hatte, ließ sie sich die Adresse erklären und meinte, dass sie etwa eine viertel Stunde bräuchte.
Es dauerte dann zwar fünf Minuten länger als angekündigt, aber dennoch fühlte sich Walcher befreit.
Er war nämlich die zwanzig Minuten hilflos neben Sahra gesessen, die unansprechbar und steif wie eine Puppe auf die Muster ihrer Decke starrte.
Walcher hatte Isolde Becker, die Irmi therapierte und als ältere Freundin immer noch begleitete, als sehr patente Frau kennen gelernt, die auch mal ungewöhnliche Wege beschritt. So steckten in ihrem Notfallkoffer nicht nur Schlaf- und Beruhigungsmittel, zu ihrer Ausrüstung gehörten auch ein Schlafsack und eine Thermomatratze.
Diese Polizisten, schimpfte sie, *einfach unverantwortlich, sie hier allein zu lassen. Ich bleibe bei ihr und morgen sehen wir weiter. Du kannst mir noch ein wenig Gesellschaft leisten, denn Frau Tiefenbach wird gleich eingeschlafen sein. Dann kannst du mir schon mal die Details erzählen und auch wie es Irmi geht. Sie hat sich schon länger nicht gemeldet, was ja als gutes Zeichen zu werten ist.*

Muß wirken und streben
Und pflanzen und schaffen,
Erlisten, erraffen,
Muß wetten und wagen,
Das Glück zu erjagen.

Noch bevor er den vollständigen Satz Grossmanns zu Ende gehört und verstanden hatte, rezitierte Lorinsers Pennälerecke in seinem Kopf bereits wieder passende Zeilen aus Schillers Glocke.

„Mein Gott Lorinser", hatte Grossmann durch den Hörer gefaucht, „nun wachen Sie doch endlich auf oder wollen Sie wieder Taschendiebstähle bearbeiten? Sie kommen mir wie ein Jäger vor, den man zum Jagen tragen muss, aber dazu sind Sie mir, verdammt noch mal, einfach zu schwer".

Das traf hart und Lorinser verfluchte, wie so häufig in den vergangenen Jahren, seinen naiven Glauben, Grossmann hätte ihn nur aus Sympathie so selbstlos und großzügig gefördert.

Hören Sie? Sind Sie noch dran?

Lorinser nickte mehr ein *Ja, natürlich,* als er es aussprach.

Also, dann hören Sie mir verdammt noch mal zu. Schlage vor, Sie ziehen den Fall von diesem März ab, ich trau dem nämlich nicht über den Weg. Dann sollten Sie dringend mit Ihrem Kollegen sprechen, der für den Kommissar in Lindau zuständig ist. Fordern Sie die Unterlagen zur Prüfung ein, vor allem diese Videos, die bei Huber gefunden wurden. Ich muss wissen, was die in der Hand haben. Das kann doch nicht so schwer sein. Oder? Hören Sie?

Wieder bestätigte Lorinser, dass er den Hörer noch am Ohr hatte.

Ich habe, fuhr Grossmann fort, *mit allen notwendigen Ebenen gesprochen. Wir alle sind der Meinung, dass wir uns zum jetzigen Zeitpunkt auf folgende Sprachregelung einigen sollten und in diesem Sinne die Ermittlungen dahingehend steuern, dass entweder ein Suizid oder eine PR-Aktion herauskommt, die aus dem Ruder gelaufen ist. Haben Sie das verstanden?*

Ich bin weder schwerhörig, noch schwer von Begriff, stellte Lorinser fest, aber es klang eher wie eine weinerliche Beschwerde.

Dann ist ja gut. Sie halten mich auf dem Laufenden!

Natürlich, bestätigte Lorinser und freute sich auf das sich abzeichnende Ende dieses Gesprächs. In Gedanken schenkte er sich bereits ein Bier ein und rezitierte dabei:

Weiße Blasen seh' ich springen:
Wohl! die Massen sind im Fluß.

Cousin Luis

Hast du's schon gehört?

Luis musste überlegen, wem er den leidvollen Tonfall zuordnen sollte, aber dann war es ihm klar, die Cousine, und ihm war auch klar, weshalb sie anrief.

Er drückte deshalb den blauen Knopf an seiner Telefonanlage, der seine Antwort derart zerhackte, als würde er von einem Handy am Rande eines Funkloches sprechen. Dann legte er den Hörer auf die Gabel und drückte die Speichertaste für unerwünschte Nummern, die Roswita künftig mit dem Hinweis abwimmeln würde, dass der Empfänger derzeit nicht erreichbar sei.

Schon immer hatte Luis den Kontakt mit seiner Cousine gemieden, und in diesem Fall wäre es ihm geradezu ein Graus gewesen, ihr womöglich auch noch kondolieren zu müssen. Als ob er nicht auch unter dem Tod von Florian leiden würde. Schließlich war Florian der einzige Verwandte, zu dem er Kontakt gepflegt und dem er sogar

einen Teil seines Studiums finanziert hatte, auch wenn er ihn nur als einen Bastard betrachtete.
Florians Mutter war für Luis gestorben, als sie diesen Barbaren aus dem Osten heiratete. Rassenschande!
Diese Hure hatte die Familienehre mit Füßen getreten. Ein Ast an dem sonst so makellosen Stammbaum der Familie, der abgesägt und verbrannt werden müsste.
Leider gehörte auch Florian zu diesem Ast, aber dieser Spross war ja nun gekappt. Schade, dass er sich in diese Tiefenbach verliebt hatte, auch so eine Schlampe, die es schon von klein auf mit jedem getrieben hatte.
Schon der Name, Sahra, eindeutig. Luis nickte bei dem Gedanken und spürte diese seltsame Übelkeit aufsteigen, die immer wieder kam, wenn er daran dachte, dass die Kleine auch schon auf seinem Schoß gesessen war und ihn angelächelt hatte, verführerisch wie eine professionelle Hure. Aber dann war das verderbte Miststück in höhnisches Gelächter ausgebrochen, nur weil er keine Erektion zustande brachte, und Huber hatte auch gelacht, als er diesen Abschaum von sich gestoßen und aus dem Zimmer gerannt war.
Dieses verhasste Gelächter, es tobte immer noch in seinem Kopf.
Eine der vielen Signallampen der Telefonanlage, die eine gewisse Ähnlichkeit mit einem Tonstudio besaß, blinkte einige Male. Vermutlich versuchte dieses Dreckstück ihn zu erreichen.
Luis schüttelte den Kopf, er hatte Wichtigeres zu tun, als Tote zu betrauern.

Beunruhigende Zeichen

Mit seiner großen Tasse voll mit Schwarztee, in dem die letzten frischen Minzblätter aus dem Garten üppig ihren Duft abgaben, hatte sich Walcher an den PC gesetzt.
Eigentlich wäre er lieber noch auf der Terrasse sitzen geblieben, aber Mathilde hatte prüfend in den Himmel gesehen, genickt und zufrieden festgestellt: *Wurde auch Zeit.*
Auf Walchers Frage nach dem Was, hatte sie hinauf gedeutet und erklärt, dass es in wenigen Minuten regnen würde.
Der abendliche Himmel war zwar bewölkt, aber nach Regen sah es nicht aus, hatte sich Walcher gedacht, aber da er ihre Vorhersagekompetenz in keiner Weise anzweifelte, hatte er zustimmend genickt und war mit der Tasse in sein Büro gegangen.
Seit Mathilde auf dem Hof lebte, hatte sie sich in ihren Wettervorhersagen selten geirrt, und das nur, wie sie erklärte, weil der Großvater sie gelehrt hätte, auf die Wetterzeichen zu achten.
Als Irmi und Walcher wissen wollten, welche Zeichen das wären, hatte sie ihnen angeboten sie einzuweihen, schrittweise, denn jede Jahreszeit hatte ihre eigenen Zeichen, die der Tiere, der Pflanzen und der Insekten. Dann kämen noch die Gerüche hinzu, die Wolkenbilder, die Luft, die Spannungen, die eigene Haut und die Haare. Alles zusammen wäre Lehrstoff für ein halbes Leben.
Während Irmi einen guten Zauberlehrling abgab, vergaß Walcher meist die Hälfte der Lektionen und lag mit seinen Voraussagen derart daneben, dass er beschlossen hatte, sich nicht unter die Wetterseher einzureihen.
Auch den von Mathilde vorausgesehenen Regen hätte er frühestens nach den ersten Tropfen ansagen können.
Nun zerplatzten die ersten Tropfen auf dem Fensterbrett,

weshalb Walcher das Fenster schloss und völlig überflüssig hinunter rief, dass es zu regnen begonnen hatte.
Er wandte sich mit einem Seufzer wieder jener Tätigkeit zu, die er besonders hasste, sah traurig die Teetasse an und überlegte, ob er sich nicht lieber gleich ein intensiveres Stärkungsmittel holen sollte, bezwang sich aber und öffnete die Homepage seiner Bank, um die Kontobewegungen des zweiten Quartals auszudrucken.
Er hatte sich vorgenommen, die Umsatzsteuervoranmeldung abzugeben, weil er wieder einmal im Verzug war.
Während der Drucker arbeitete, überflog er am Bildschirm die Zahlen des halben Septembers und wollte die Seite bereits schließen, als er stutzte.
1.400 Euro waren als Eingang gebucht, überwiesen von der Grossmann Immobilien GmbH, „Öffentlichkeitsarbeit“ war als Grund der Zahlung angegeben.
Etwas plump, Herr Grossmann, dachte Walcher und suchte nach einem Grund, weshalb Grossmann eine solche Transaktion vornehmen sollte. Schweigegeld? Dazu war der Betrag lächerlich niedrig. Wollte er den neugierigen Journalisten rein prophylaktisch markieren? Walcher schüttelte den Kopf. Grossmann überwies keine läppischen 1.400 Euro auf das Konto eines Journalisten, selbst wenn er von dessen Absprache mit den Kommissaren wusste. Grossmann hatte Vonderhaiden.
Oder wurde er nervös? Aber auch dann stimmte die Höhe des Betrages nicht. Außerdem sah Walcher, dass es sich um eine Bareinzahlung auf einer Postbank handelte. Das konnte jeder machen, ohne sich groß ausweisen zu müssen.
Walcher öffnete den E-Mail-Ordner und schrieb eine kurze Info an Brunner. Danach löschte er vier Aufforderungen seinen Gewinn abzuholen, sechs Mails, die ihn lockten, in einem Internet-Casino mitzuspielen, vierzehn Superangebote für Potenzmittel, drei Mails mit

Aktienoptionen und beinahe löschte er auch die E-Mail von einem Benedikt, der sich herzlich für das Gespräch bedankte.
Benedikt, dazu fiel ihm erst einmal kein Gesicht ein. Einem Impuls folgend, nahm Walcher die Kopien von Hubers Liste und fand dort den Vornamen von Grossmann. Plump, viel zu plump, schüttelte er unbewusst den Kopf. Offensichtlich versuchte jemand, eine Verbindung zwischen ihm und Grossmann herzustellen.
Vermutlich war diese E-Mail in einem Internetcafé auf den Weg gebracht worden.
Nach dem Blick auf die Uhr beschloss Walcher, noch einen oder zwei Huberfreunde anzurufen. Blind tippte er mit dem Kugelschreiber auf die Liste und wählte die getroffene Nummer von Adolf Probstler.
Nach dreimaligem Rufton mischte sich der Anrufbeantworter ein und knallte lautstark Blasmusik in Walchers Ohr, irgendeine Polka, die von einer denkwürdigen Botschaft unterbrochen wurde. „Niemed isch dahoim ond aufspreache hot koin Sinn it, i härs alleweil it ab“. Dann bliesen wieder die Almdudler. Offensichtlich ein lustiger Zeitgenosse, der Herr Probstler.
Walcher gab sich noch einen Versuch, ließ wieder die Kugelschreiberspitze über der Liste kreisen, stach zu und traf einen Hartmuth Strielitz.
Sechs mal klingelte es bei Strielitz und Walcher wollte bereits auflegen, als sich eine hohe Stimme meldete. *Ja?* Das liebte Walcher besonders. *Spreche ich mit Strielitz?*
Herr Strielitz, soviel Zeit muss sein. Wer sind Sie und was wollen Sie? Es ist immerhin bereits nach 22 Uhr!
Obwohl Herrn Strielitz’ Stimme zu hohen Alkoholgenuss verriet, setzte Walcher sein Sprüchlein ab und endete mit der Bitte um einen Gesprächstermin.
Die Pause, die dann entstand, dauerte bis an die Grenze des Erträglichen und hätte Walcher im nächsten Moment

zu der Frage veranlasst, ob denn Herr Strielitz noch am Apparat wäre, als Strielitz ein Lebenszeichen gab – er hustete. Offenbar hatte er die Pause gebraucht, um seinen Innendruck zu erhöhen, denn die Worte zischten nun heraus wie die Raketen aus einer Stalinorgel.
Dass nach 22 Uhr kein anständiger Mensch einen anderen, noch dazu unbekannten Menschen belästigen würde. Dass Journalisten mit der sechsten Plage des alten Testaments zu vergleichen wären. Dass er deshalb ganz sicher nicht mit einem derartigen Individuum über Huber oder sonst etwas plaudern würde und dass er ihn bei einem erneuten Anruf wegen Stalkings anzeigen würde.
Dann brach die Verbindung ab und Walcher klickte im Internet Wikipedia an, um herauszufinden, was er denn für eine Plage sei.
Ungeachtet der anerkennenswerten Tatsache, dass Strielitz scheinbar bibelfest war, fand es Walcher durchaus nicht in Ordnung, mit schwarzen Blattern verglichen zu werden.
War es nicht auch ein Bibelwort, das „Auge um Auge" empfahl?

Schatten

Kannst du sprechen?
Die Stimme kam ihm bekannt vor, trotzdem musste er überlegen, wem er sie zuordnen konnte und während er antwortete, dass er immer sprechen könne, fiel es ihm wieder ein. Moosherr, Gustav Moosherr, Abteilungsleiter Aufklärung Süd, BND, sein ehemaliger Vorgesetzter.
Deshalb setzte er noch hinzu: *Du müsstest doch auch schon längst pensioniert sein.*
Moosherr lachte aus dem Hörer. *Das hatte ich mir auch*

gedacht und auf dem Papier steht's ja auch, aber du weißt, wie das so ist. Eigentlich ein schönes Gefühl, manchmal doch noch gebraucht zu werden. Wie sieht's aus, können wir uns treffen?

Sag mir wann und wo, ich habe Zeit.

In einer halben Stunde am Portal von St. Oswald.

Du bist hier? Luis' Puls geriet in heftige Unruhe, dennoch meinte er ruhig: *Dann wird es wohl wichtig sein. Gut, in einer halben Stunde.*

Moosherr hatte ohne ein weiteres Wort die Verbindung abgebrochen. Auch Luis legte den Hörer weg, nachdem er ihn angesehen hatte, als könne er ihm seine Fragen beantworten. Was machte Moosherr einen Steinwurf von seinem Haus entfernt? Woher kannte er das alte Kirchlein in Frenkenbach? Wurde er beobachtet? Hatte man ihn im Visier?

Luis schüttelte sich, als wolle er derartige Gedanken abwerfen. In einer knappen halben Stunde konnte er Moosherr fragen, was sollten also solche Hirnfürze.

Luis zog seinen leichten Sommerparka an, steckte das Nachtglas ein, das winzige Aufzeichnungsgerät und seine Beretta, die immer geladen im Sicherungskasten neben der Haustür lag, man konnte ja nie wissen.

Trotz des vergangenen Regens war es viel zu mild für die Jahreszeit, und Luis verwünschte sich deshalb, dass er den Parka angezogen hatte, denn schon nach wenigen Minuten stand ihm der Schweiß auf der Stirn.

Für die unglaubliche Aussicht über die Hügelrücken bis zum Bregenzer Wald, rechts der See und das Schweizer Ufer, hatte er keinen Blick, auch nicht dafür, dass zwischen den Lichterketten, die rund um den See gespannt schienen, die roten Blinklichter der Sturmwarnung zuckten.

Moosherr. Luis war gut mit ihm klargekommen, aber das lag wohl daran, dass er nie ein engeres Verhältnis zu ihm gesucht hatte. Für Luis war sein Vorgesetzter einer der unfähigsten BNDler gewesen, der nur Eines beherrschte,

nämlich für die eigenen Interessen graue Netze aus Verbindlichkeiten zu stricken. Moosherr kannte alle, die in der Republik etwas zu sagen hatten, und war darüber hinaus liebstes Kind beim CIA.
Luis schreckte kurz aus seinen Gedanken auf, aber der Auslöser war nur eines der Pferde auf der Koppel, das sich an einem der alten Obstbäume das Fell scheuerte.
Sonst war es ruhig und die Luft duftete nach reifem Obst.
Selten verirrte sich ein Autofahrer nach hier oben und wenn, dann waren es um diese Zeit höchstens Besoffene auf ihren Schleichwegen nach Hause.
Luis liebte diese Wege, auf denen er beinahe jeden Tag und jede Nacht spazieren ging. Für ihn waren es Adern, Lebensbahnen, auf denen davor schon die Eltern und deren Eltern gegangen waren. Da spielte es keine große Rolle, dass er nicht auch Kinder auf diese Wege gebracht hatte. Um die Gesellschaft als Ganzes ging es.
Jetzt sah er den Kirchturm. Luis mochte die kleine Kirche, sie strahlte Ruhe aus und das Gefühl von Sicherheit. Vielleicht, weil der Turm auch als Burgturm hätte gelten können. Schon als Junge hatte er sich vorgestellt, dass darin seine Vorfahren Schutz vor Banden marodierender Hunnen oder Türken gefunden hatten, die nur auf Zerstörung, Hammelfleisch, Wein und Frauen aus waren, und ansonsten keine Achtung vor Religion oder Kultur der Besiegten hatten.
Außer der Tatsache, dass Luis fest an sich selbst glaubte, hatte er nie viel mit Religionen anfangen können, aber die bauliche Schlichtheit dieses Kirchleins hätte ihn einfangen können.
Irgendwo schrie ein Kauz und ein paar Akkorde Heavy Metal hämmerten durch die Nacht, bis der Verrückte seine Anlage wieder zurückdrehte.
Der Treffpunkt war gut gewählt, denn um diese Zeit brannten hier keine Lichter und man musste nicht lang

einen Schatten suchen, die ganze Welt lag im Schatten. Moosherr löste sich aus dem Türbogen und kam Luis entgegen. *Schön, dass es so dunkel ist, da brauchen wir uns nicht belügen, wie gut wir immer noch aussehen,* lachte er. *Danke dir, dass du gekommen bist, ich bin ja auf gut Glück hergefahren.*

Habe mir Gedanken gemacht, ging Luis die Sache direkt an, *was so wichtig sein könnte, kam aber auf keine Idee.*
Nein?, Mosherr hatte die perfide Art nicht abgelegt, mit der er einen in die Schulzeit zurückschicken konnte, mit nur einem einzigen Wort. Aber Luis kannte ihn ja und ließ ihn auflaufen, schwieg einfach.
Es dauerte einige Sekunden bis Moosherr das verstand und Atem holte. *Also, unsere Freunde in den Staaten sind, wie soll ich sagen, ein wenig beunruhigt.*

Ja?, Luis wusste, dass Moosherr es hasste, mit seinen eigenen Waffen attackiert zu werden.
Du willst nicht wissen, worüber unsere Freunde beunruhigt sind?

Ich bin Pensionär!
Komm schon, das nehme ich dir nicht ab, ich kenne dich. Moosherr stieß Luis an die Schulter, was wohl Vertraulichkeit erzeugen sollte. *Du hast doch sicher von ... von Huber gehört. War ja dein Ziehsohn.*
Luis wollte sich spontan verteidigen, konnte sich aber beherrschen und meinte, als ging es um eine absolute Nebensächlichkeit: *Ja, auch ich habe mich blenden lassen.*
Also?

Also, was?
Wir brauchen uns doch nichts vorzumachen. Uns interessiert auch nicht, wer Huber liquidiert hat, uns interessiert, ob bei ihm noch etwas herumliegen könnte.

Gladio wurde sauber aufgelöst, jedenfalls hier am See. Luis hasste Moosherr dafür, dass er ihm nun doch das Gefühl gegeben hatte, sich verteidigen zu müssen.

Das mag ja sein, wir haben uns nur überlegt, wer das Zeug zu solch einer Inszenierung hätte.

Überlegt?, Luis hatte einen spöttischen Tonfall versucht, heraus gekommen war aber eher ein Pistolenschuss. Moosherr besaß wirklich ein besonderes Gefühl für das Erkennen gegnerischer Schwäche. *Entspann dich Luis, wir könnten uns vorstellen, dass du alte Rechnungen begleichen wolltest, weil er dich gelinkt hat, du enttäuscht warst. Und nochmals, wir wollen nicht den Mörder fangen, weil Huber mal eine Randfigur in unserem Verein war. Uns geht es nur um all die Namen, die durch den Dreck gezogen werden könnten, wenn bei Huber noch Material herumliegen würde, verstehst du?*

Seit wann interessieren Dich ehemalige Mitarbeiter?, brach es aus Luis heraus und auch dafür verfluchte er Moosherr wieder, diese gerissene Schlange. Natürlich hätte er Hubers Erpressung ansprechen können und auch, was er von den Leistungen der ehemaligen Kollegen hielt, dass er schon immer der Meinung war, dass diesen schlapphütigen Pfadfindern jedes Verantwortungsbewusstsein abging, dass er auch ihm, Moosherr, nicht über den Weg trauen würde, dass Huber immerhin sein Mitarbeiter gewesen war und er deshalb immer noch Verantwortung dafür übernehmen würde – aber es wäre vergebliche Mühe gewesen. Moosherr war ein typischer Geheimdienstler der neuen Zeit. Da war nichts mehr von den Visionen und dem Ehrenkodex der alten Garde. Heute ging es um den Feierabend, um das Eigenheim, um ein gutes und leichtes Leben, um ... *Dilettantenpack,* fluchte Luis und merkte, dass er laut gesprochen hatte.

Wie?, Moosherr tat als ob er sich verhört hatte, aber Luis ging nicht darauf ein.

So gerne ich dich wieder einmal getroffen habe, ich denke du hättest dir diesen Besuch ersparen können.

Hast du Huber ... ach was, vergiss es. Moosherr drehte sich

um und schien sich im Schatten des Kapellenturms aufzulösen, so wie man das von einem Geheimdienstmann erwarten konnte.
Luis wartete einen Moment, ging dann zur Straße, die an der Kirche vorbei ins nächste Dorf führte. Er drückte das Nachtglas an die Augen und war einmal mehr davon fasziniert, wie sich die technische Ausrüstung doch in unglaublich kurzer Zeit verändert hatte.
Die Nachtsichtgeräte der Vergangenheit, klobige Dinger und dazu steinschwer und dagegen jetzt dieses unscheinbare Glas, das mit seinem digitalen Innenleben die Nacht in eine Dämmerung verwandelte. *Unglaublich!,* flüsterte er. Allerdings meinte Luis damit nicht mehr das Nachtglas, sondern was er dadurch sehen konnte.
Moosherr schlenderte nicht mehr, sondern eilte mit großen Schritten auf seinen Wagen zu, der etwa hundert Meter nach dem letzten Haus des Weilers am Straßenrand stand. Deutlich konnte Luis die Gesichter von zwei Männern erkennen, von denen der auf dem Beifahrersitz einen Kopfhörer aufhatte. Das Gespräch war also abgehört worden.
Da haben wohl einige Herrschaften die Hosen gestrichen voll, dachte Luis und musste schmunzeln.
Die Innenbeleuchtung ging an, als Moosherr einstieg. Luis musste die Augen kurz schließen, die überraschende Helligkeit hatte ihn geblendet.
Dilettanten, schüttelte er ärgerlich den Kopf. Stellen nicht mal die Innenbeleuchtung ab, erste Pflicht bei einer nächtlichen Aktion.
Er prägte sich das Nummernschild und die beiden Gesichter ein. Das Fahrzeug war ein schon etwas betagter BMW, immer noch die Lieblingsmarke der Schlapphüte. Das Fahrzeug kam nun unbeleuchtet auf ihn zu, weshalb er hinter Büschen in Deckung ging.
Irgend ein Gefühl sagte Luis, dass der Wagen nun auf die

Nebenstrecke abbiegen würde, die an seinem Haus vorbeiführte, aber sie bogen nicht ab, fuhren an ihm vorbei, machten die Lichter an und verschwanden aus seinem Blickfeld.
Musste er sich Gedanken machen, fragte sich Luis, als er langsam nach Hause spazierte.

Andy

Die sogenannte *Füllabank*, jene Bank, die vor einem Haus zum Ausruhen einlädt, stammt noch aus Zeiten, in denen man nicht jeden gleich ins Haus hinein ließ.
Auf der Bank vor dem Haus wurden die Geschäfte mit Hausierern getätigt, hielt man ein Schwätzchen mit dem Postboten oder dem Gemeindediener, oder mit dem Nachbarn – denn tagsüber, noch dazu in Arbeitskleidung, betrat niemand fremde Häuser.
Eine Art neutrale Zone mit Gastrecht, so könnte man im Allgäu die Bank vor dem Haus bezeichnen.
Walcher hatte am Nachmittag den Hühnerstall ausgemistet, desinfiziert und frisches Heu in die Nestkisten gestopft. Nun saß er neben Mathilde auf der Hausbank und ließ sich aufklären, ab wann frühestens mit Hühnernachwuchs zu rechnen sei und dass man einige Eier in einem Nest liegen lassen müsse. Dann würde sich der Bruttrieb des Huhns einstellen und sie „bruateln".
Und was machen wir dann mit noch mehr Hühnern?, wollte Walcher wissen, als im selben Moment zwei Polizeitransporter mit hohem Tempo auf den Hof rasten, aus denen, kaum dass sie in einer mächtigen Staubwolke zum Stehen gekommen waren, Bereitschaftspolizisten herausstürmten und sich auf dem Hof verteilten, als würden sie genau festgelegte strategische Positionen einnehmen.

Die erschrockene Hühnerschar war in heilloser Flucht im Zickzack aus der Gefahrenzone geflattert, selbst der ansonsten so kampffreudige Hahn hatte ebenfalls das Weite gesucht. Rolli war außer sich und verbellte die Angreifer derart wütend, dass Walcher Mühe hatte, ihn zu halten.
Aus einem dritten, etwas später angekommenen Wagen waren Polizisten der Dienststelle Lindenberg gestiegen, die Walcher kannte.
Ihnen schien das Ganze höchst peinlich zu sein und sie ließen wohl deshalb dem Einsatzleiter den Vortritt.
Der blieb zwar in respektvollem Abstand zu Rolli vor Walcher stehen, sagte jedoch in resolutem Ton sein Sprüchlein auf.
Einen richterlichen Durchsuchungsbeschluss habe er und man solle ihm deshalb keine Schwierigkeiten machen und vor allem den Hund anketten.
Walcher dachte an die Unverhältnismäßigkeit der Mittel, fragte aber noch nicht nach dem Grund des Aufmarsches, sondern nickte nur – das Zugeständnis, wenn man ständig mit der Polizei zu tun hatte und dazu noch mit einem Kriminalbeamten befreundet war. Deshalb zerrte er den kläffenden Hund über den Hof zur Garage, zog den offen stehenden Torflügel fast zu und schob Rolli durch den Spalt hinein. Das Tor zu schließen war allerdings nicht möglich, weil Walcher die Reparatur des Schlosses schon seit zwei Jahren auf seiner Arbeitsliste vor sich her schob. Deshalb bat er einen der neben ihm stehenden Polizisten, gegen das Tor zu drücken.
Nach einem fragenden Blick zu dessen Vorgesetzten, der daraufhin nickte, stemmte sich der junge Polizist gegen das Tor, als gelte es den Hades gegen den Ausbruch des Höllenhundes zu sichern.
Deutlich war zu hören, dass der Hund mit dieser Behandlung keineswegs einverstanden war, er tobte hinter dem verschlossenen Garagentor wie ein Berserker. Aber das

war in Walchers Sinn, denn er vermutete, dass diese Razzia auch etwas mit Andy zu tun haben könnte.
Nachdem der Hund weggesperrt war, wollte Walcher den Grund für diese Großrazzia erfahren, die, wie er sich vorsichtig ausdrückte, die Zerschlagung eines internationalen Drogenringes vermuten ließe.
Es ging wirklich um Andy und seine Motorroller, wie der Kommissar der Sonderkommission mit der sinnigen Bezeichnung *Easyrider*, kurz und hektisch erklärte.
Seit einigen Monaten wären sie hinter einem Ring von Motorrollerdieben her, die im gesamten süddeutschen Raum den Diebstahl und Handel von Motorrollern und deren Ersatzteilen organisiert. Höchst raffiniert würde diese Bande vorgehen, die geklauten Roller zerlegen, die Teile mit System in Süddeutschland verteilen und daraus wieder Fahrzeuge zusammenbauen.
Der besondere Clou sei dabei, dass die Nummern von Fahrgestellen und Motorblöcken durch einige Nummern verlängert würden, die Fahrzeugpapiere beinahe perfekt gefälscht und die Fahrzeuge sogar an Händler verkauft worden wären. Als eines der Werkstatt-zentren sei dieser Hof ausgemacht worden, weshalb sie hier wären und alles durchsuchen müssten.
Walcher erklärte, wer er war und warum Andy auf dem Hof an seinem Roller basteln durfte, und ließ dabei auch nicht Kriminalhauptkommissar Brunner unerwähnt.
Wenn Andy in irgendwelche kriminelle Machenschaften verwickelt sei und das auf diesem Hof betrieb, so würde sich das durch einen Blick in die Garage aufklären.
Gegen eine Durchsuchung des Hauses allerdings, noch dazu mit einer derart fadenscheinigen Begründung, verwehre er sich nicht nur in aller Form, sondern würde, wenn dieser Spuk nicht sofort ein Ende fände, sich nicht scheuen, sofort den Innenminister anzurufen; und zwar nicht, weil er mit diesem befreundet sei, sondern weil das

Haus eines Journalisten durchschnüffelt werden sollte, nur weil zufällig ein Heranwachsender die Garage des Journalisten nutzen durfte. Dies Ganze sei ein durchschaubarer, billiger Angriff auf die Pressefreiheit, nichts weiter. Davon würde man bereits in den Abendnachrichten erfahren und zwar mit den Namen aller dafür Verantwortlichen, auch jenen, denen seine derzeitigen Recherchen galten und die vermutlich diese Show in Szene gesetzt hätten, um an seine Unterlagen zu kommen und ihn mundtot zu machen. Hierbei allerdings hätten sich alle Beteiligten ganz erheblich verkalkuliert.
Während Walcher seine Rede hielt, hatte er sein Handy aus der Tasche gezogen und Brunners Nummer gewählt. Der Einsatzleitende hob zwar die Hand und meinte, dass jegliche Kontaktaufnahme untersagt wäre, beließ es aber bei dieser fruchtlosen Drohung. Er war unsicher und kaute unentwegt auf seiner Unterlippe herum, außerdem schwitzte er, als säße er in einer Sauna.
Brunner meldete sich und meinte, bevor Walcher etwas sagen konnte: *Gut dass Sie anrufen, ich hatte auch gerade den Hörer in der Hand. Sie werden in der nächsten Zeit Besuch von einem Rollkommando erhalten, das ...*

Sind bereits auf dem Hof, unterbrach ihn Walcher.
Dann geben Sie mir doch bitte den Kollegen.
Walcher reichte dem Einsatzleiter sein Handy und konnte sich ein mildes Siegerlächeln nicht verkneifen, als sich dessen Miene schlagartig verdüsterte. Mit gesenktem Kopf stand der Kommissar im Hof, nickte einige Male und hielt dann Walcher dessen Handy mit den Worten hin: *Der Herr Kollege möchte Sie noch mal.*
Die Jungs werden abziehen und sich vermutlich nicht so schnell wieder blicken lassen, hörte Walcher den Kommissar aus dem Handy. *Und wenn nicht, dann berufen Sie sich auf den Paragraphen 98 StPo. Der besagt, dass es keine Möglichkeit gibt, ohne Ihre Einwilligung eine Durchsuchung zu erzwingen,*

wenn nicht Sie selbst zu den Verdächtigen gehören. Ich vermute mal, dass Lorinser und seine Freunde dahinter stecken. Eine saubere Möglichkeit zu erfahren, was Sie inzwischen alles gesammelt haben. Was mich übrigens auch interessieren würde. Wir sollten uns wieder einmal treffen.

Machen wir, ich rufe Sie an, wenn es hier etwas ruhiger geworden ist, brüllte Walcher ins Handy und brach die Verbindung ab. Auf die Paragraphen brauchte er sich nicht mehr zu berufen, denn die Polizisten saßen bereits in den Transportern, und der Einsatzleiter stand wartend vor Walcher, um sich mit einer angedeuteten Verbeugung zu verabschieden. *Entschuldigen Sie, da ist wohl etwas nicht korrekt gelaufen. Wäre schön, wenn Sie die Sache vergessen könnten oder zumindest als ein Beispiel dafür betrachten, dass die Polizei manchmal erst hinterher die Qualität eines Hinweises beurteilen kann.*

Walcher schüttelte den Kopf *Ich fürchte, dass ich weder das Eine noch das Andere machen werde. Bevor Sie gehen, sagen Sie mir aber noch bitte Ihren Namen, Sie hatten sich nicht vorgestellt.*

Kommissar Pretzlinger, Kripo München, und nichts für ungut, und nochmals Entschuldigung.

Etwas langsamer zwar als sie gekommen waren fuhren sie davon, aber noch schnell genug, um eine Staubwolke in die Luft zu hängen. Walcher entließ den immer noch wütenden Hund, der wie ein schwarzer Blitz aus der Garage fegte und laut kläffend dem Konvoi nachjagte.

Da wirkten auch Walchers Pfiffe nicht, derart durchgedreht schien Rolli. Allerdings war sich Walcher nicht sicher, ob der Hund nur eine gute Show abzog, denn er kam kurz darauf in lockerem Trab zurück und legte sich neben Mathildes Füße, als sei nichts geschehen.

Auch Walcher setzte sich wieder auf die Bank und nickte, als Mathilde meinte: *Du kannst richtig giftig werden, so kannte ich dich ja noch gar nicht.*

Wie war das mit unser Hühnerzucht?, wollte Walcher wieder zum Thema zurück, als sie erneut unterbrochen wurden. Als ob eine übergeordnete Instanz Regie führte, fuhr Andy auf seinem Roller über den Hof zur Garage, hielt dort und winkte ihnen zu.
Ich werde mich mal mit dem jungen Mann unterhalten, deutete Walcher zu Andy hin, stand auf und ging hinüber. Dass Rolli ihn nicht begleitete, sondern bei Mathildes Füßen liegen blieb, hing wohl mit seiner jüngsten Garagenerfahrung zusammen.
Nachdem Walcher von der verhinderten Hausdurchsuchung erzählt hatte, wobei er den vermutlich wirklichen Grund dafür verschwieg, nickte Andy. Er habe die Bullen Richtung Lindenberg fahren sehen. Es wäre auch nicht das erste Mal, dass er verdächtigt würde.
Ein früherer Freund von ihm stecke da mit drin und hätte ihn schon zweimal verleumdet, um von sich abzulenken. Als Walcher nach dem Roller fragte, den Andy kürzlich in der Nacht hergeschoben hatte, deutete der in die Garage: *Steht noch da, ist eine supergünstige Unfallkarre, das gleiche Modell wie meiner und fast neu. Da hab' ich für die nächste Zeit alle Ersatzteile, die ich brauchen werde. Das meiste hält ja nicht lang, alle drehenden Teile sind nach ein paar tausend Kilometern im Arsch.*

Und warum hast du ihn in der Nacht hergebracht?, wollte Walcher wissen.
Ein Freund hat mich hergeschleppt und das geht halt nur nachts. Ist ja nicht mehr angemeldet die Karre. Hab' schon mal Ärger mit so ner Geschichte gehabt. Stellen sich echt an die Bullen. Hier steht das Schmuckstück, zeigte Andy den Roller, den er hinter dem Traktor abgestellt hatte.
Dass es sich wirklich um ein Unfallfahrzeug handelte, beruhigte Walcher und auch, dass sonst keine Fahrzeugteile herumlagen, außer einem verrosteten Auspuff, einer Lichtmaschine und einigen Blechteilen.

Allerdings beunruhigte ihn die Tatsache, dass der Initiator dieser Aktion genau Bescheid gewusst hatte, dass Andy in der Garage herumbastelte und deshalb als Grund für die angestrebte Durchsuchung herhalten musste. Wurde er wieder einmal observiert?

Stimmen

Gegen Mitternacht war es, als Walcher den Computer ausschaltete. Er lächelte noch über das E-Mail, das erste von Irmi, abgesandt vom eigenen Computer.

Sie dankte ihm darin für seine Nachsicht, wenn sie dauernd um seinen PC gekreist war und er so getan hatte, als würde ihn das nicht sonderlich stören. Damit wäre nun Schluss, versprach sie und bot ihm an, ihren Laptop zu nutzen, falls sein Gerät mal ausfallen sollte. Auch sein Verhalten bei der Andy-Aktion hätte sie sehr beeindruckt, und sie hoffe, dass sie ihm das alles irgendwann einmal und irgendwie zurückgeben könne.

Sie schreibe ihm dies per E-Mail, nicht nur weil sie nun einen eigenen Anschluss habe, sondern weil sie kaum noch mit ihm reden könne. Er sei ja meist unterwegs. Dennoch wünsche sie ihm eine gute Nacht.

Dann hatte sie noch ein Bild von sich beigefügt, aufgenommen mit der Laptop-Kamera. Unter einem riesigen Kussmund stand *Deine Tochter Irmi*, was Walcher sehr anrührte. In diese Gefühlslage hinein klingelte das Handy. Er nahm den Anruf an, brauchte dann aber einige Sekunden des Verstehens.

Stimmen hörte er, erst erkannte er Mathildes Stimme, dann seine eigene und danach war Irmis Stimme zu hören. Es waren Gesprächsfetzen aus unterschiedlichen Situationen, aber alle aus der jüngsten Zeit.

Mathilde erzählte etwas über Kräuter, Irmi über die wahren Interessen junger Männer und Walcher hörte sich, wie er den Nachbarn abgefertigt hatte.
Kälte kletterte seinen Rücken hinauf und legte sich wie ein Nebel über seine Gedanken. Terror war das, übelster Psychoterror, wie er in Diktaturen praktiziert wurde.
Er wurde also belauscht, vielleicht sogar am Telefon abgehört wie ein Staatsverbrecher. Noch einmal hörte er sich das Telefonat an, denn er hatte nach den ersten Worten die Aufnahmetaste gedrückt. Handytechnik, seinerseits ansonsten häufig kritisiert, sei Dank.
Dann startete er erneut den Computer, stöpselte das Handy mit einem Verbindungskabel an und speicherte die Aufnahme in dem bereits angelegten Huber-Ordner unter dem Begriff *Stasi*.
Wer waren sie? Hubers Freundeskreis? Gleichgültig, sie waren zu weit gegangen. Ganz offiziell würde er morgen Anzeige gegen Unbekannt erheben. Es musste öffentlich werden, dass jemand versuchte, einen Journalisten mit Stasi-Methoden mundtot zu machen.
Stasi, Geheimdienst, das war das Schlüsselwort. Als er mit Allersheim in dem Lagerkeller gestanden war, hatte er sich spontan an die EU-Resolution von 1990 erinnert, mit der die Mitgliedsstaaten aufgefordert worden waren, die von NATO, CIA und den jeweiligen nationalen Geheimdiensten gegründete *Stay-Behind-Organisation* unverzüglich aufzulösen und durch Untersuchungsausschüsse die illegalen Eingriffe in innere und äußere Rechtsstaatlichkeit aufzuklären.
Diese *Stay-Behind-Organisation* hatte nach dem Krieg in ganz Westeuropa Depots angelegt, um bei einem Angriff der Warschauer-Pakt-Staaten auf ein Versorgungs-Netzwerk zurückgreifen zu können. Darüber hinaus gab es einige Gerüchte, dass diese Geheimdienst-Ableger der nationalen Geheimdienste nicht nur auf einen derartigen

Supergau warteten, sondern nahestehende Parteien zum Erhalt der politischen Macht unterstützt haben sollten.
„Festigung der Macht durch destabilisierende Terroranschläge", so lautete die Logik der hauptsächlich rechtsgerichteten Kräfte. Und deshalb explodierten in Europa einige Bomben unter Strommasten, wurden Banken überfallen, Menschen entführt, Attentate verübt, alles nur, um Angst zu schüren und die Anschläge obendrein politisch Andersdenkenden in die Schuhe zu schieben.
Das Depot im Lagerkeller, mit Waffen, Sprengstoff, Fälscherwerkstatt, Geld und allem, was ein Terrorist so braucht, passte genau in dieses Schema. War Huber ein ehemaliges Mitglied dieser Organisation und gehörte sein sogenannter Freundeskreis ebenfalls dazu? Handelte es sich bei den Namen auf seiner Liste nicht um Geschäftskontakte, sondern um ehemalige Geheimdienstler? Sollte mit Hubers Mord ein Schlussstrich unter eine ganz andere Geschichte gezogen werden?
Wenn es sich um einen Geheimdienst handeln sollte, dann gab es nur die große Pauke und die hieß Öffentlichkeit. Alle anderen Vorgehensweisen würden irgendwann auf irgendwelchen Behördenschreibtischen verhungern, im Reißwolf enden oder von Arbeitskreisen und Untersuchungsausschüssen totgeredet werden.
Walcher saß noch eine gute Stunde vor dem Computer und spannte die Felle der Pauken, auf denen er am nächsten Tag kräftig trommeln wollte. Er schrieb die ersten Textentwürfe, unterbrochen nur durch zwei Gänge zum Drogenschrank im Wohnzimmer, bei denen er jedes Mal in Gedanken Frau Zehner zuprostete.
Zufrieden mit sich und der Entwicklung drehte er mit dem Hund noch eine kleine Runde durch die Nacht, bevor er sich ins Bett legte. Aber seine Gedanken ließen sich nicht abstellen.
Eine Stunde später saß er wieder am Computer und stellte

erstaunt fest, dass es eine Menge Informationen über die *Stay-Behind-Organisation* gab, die auch *Gladio* genannt wurde.
Die halbe Nacht las Walcher Informationen der unterschiedlichsten Quellen über *Gladio* in Deutschland, über die P2 in Italien, selbst die Schweiz hatte sich eine Geheimarmee geleistet, ebenfalls am Parlament vorbei.
Von Müdigkeit keine Spur, formulierte Walcher eine Anzeige gegen Unbekannt, wegen Verletzung der Privatsphäre, dem Abhören und Speichern von Telefongesprächen, sowie der Bedrohung im Sinne einer Erpressung, die eine Verletzung des Deutschen Presserechts vermuten ließ.
Dann informierte er den deutschen Ableger des Internationalen Presse Instituts, den Deutschen Presserat, den Deutschen Journalisten-Verband, schrieb eine E-Mail an Brunner, in der er seine Aktivitäten ankündigte und legte sich gegen vier Uhr morgens endlich ins Bett.

Abmahnung

Einen kurzen Moment unterbrach Lorinser seine Anklage, um sich die silbernen Schweißperlen aus dem hochroten Gesicht zu wischen, und März freute sich schon auf das sich abzeichnende Ende dieser merkwürdigen Besprechung, die mehr einer Abmahnung glich. Aber in Lorinsers Kopf war nur wieder einmal Schiller rezitiert worden. Irgendwie hatte sich das längst verselbständigt, dachte Lorinser und es ängstigte ihn, vor allem, wenn er dadurch in seinem Gedankenfluss unterbrochen wurde.
„Gefährlich ist's den Leu zu wecken,
verderblich ist des Tigers Zahn,

jedoch der schrecklichste der Schrecken,
das ist der Mensch in seinem Wahn"
Wie eine Bildunterschrift waren die Zeilen in seinem Kopf vorbeigewandert.

Glauben Sie mir, schon in Ihrem Interesse, es ist gefährlich, sich mit solchen Leuten anzulegen, schlug Lorinser nun einen etwas versöhnlicheren Ton an, nachdem er März ausführlich klar gemacht hatte, gefälligst diese unselige Anzeige zurückzuziehen. „Verdiente Persönlichkeiten, Führungskräfte des Staates quasi, ehrenamtliche Arbeitstiere des Gemeinwohls", hatte er anklagend getobt, „die zeigt man nicht einfach so an, nur weil sie mal zu schnell gefahren sind oder den Sicherheitsabstand zu irgendwelchen Lastkähnen unterschritten haben sollen, was ja auf dem Wasser ohnehin schwer zu erkennen und noch schwerer zu beweisen ist".

Dieser Mann, wiederholte er noch einmal seine Argumente, *hat sein Leben in den Dienst der Gesellschaft gestellt und als Dank wird er von einem Polizisten verfolgt wie ein Schwerverbrecher. Das wird nur unnötig diese blödsinnige Neid-Diskussion wieder anheizen. Und dann auch noch als Zeugen einen aufsässigen Journalisten zu benennen! Instinktlosigkeit, nichts anderes fällt mir dazu ein. Ein Journalist als solcher ist ja schon höchst bedenklich, aber dann auch noch diesen, der gerade im gesamten Huber-Umfeld herumschnüffelt wie ein Schweißhund auf der Fährte eines waidwunden Wildes. Nein, ein solches Vergehen ist bestimmt keiner beruflichen Entwicklung dienlich oder wollen Sie wieder Parksündern auflauern oder noch besser, bei der Wasserabteilung Schnellfahrern hinterher jagen, da sind Sie ja wohl offensichtlich in Ihrem Element. Also, ziehen Sie gefälligst Ihre Anzeige zurück, und die Sache ist vergessen. Ohnehin wird mein Kollege das Ganze wegen Geringfügigkeit einstellen.*

März wartete noch ein paar Sekunden, ob Lorinser auch wirklich fertig war und schüttelte dann trotzig den Kopf.

Ungeachtet der Tatsache, dass nicht Henge der Bootsführer war, würde ich, selbst wenn er es gewesen wäre, meine Anzeige nicht zurücknehmen. Also, mal ganz im Ernst, Herr Staatsanwalt. Lieber quittiere ich den Dienst, als dass ich mir vorwerfen ließe, einen Fischer anders zu behandeln, als einen millionenschweren Fischdosenfabrikanten.

Das ist es ja eben, was Sie scheinbar nicht kapieren. Sie können Henge nicht wie einen Fischer behandeln und das hat auch nichts mit dem Gesetz zu tun, das hat etwas mit Moral und Dankbarkeit zu tun. Leute wie Henge haben sich den Arsch aufgerissen, damit es uns besser geht, und als Dank zeigen wir sie wegen einer läppischen Übertretung an. Waren Sie denn schon mal an einem anderen See, in Italien zum Beispiel? Da sind die Leute um einiges toleranter, da fährt jeder wie er kann und niemanden stört es, auch nicht die Polizei.

Das mag ja durchaus sein, nickte März scheinbar gehorsam, *aber wir sind hier auf dem Bodensee, in Deutschland und wenn wir nichts dagegen tun, traut sich bald kein Schwimmer mehr ins Wasser und kein Bootsführer mit einem kleinen Kahn auf den See. Und gerade von solchen Dienern und Wohltätern unserer Gesellschaft müsste ich einen besonders hohen Respekt vor unseren Gesetzen erwarten können.*

Lorinser hatte sich mit einem plötzlichen Ruck aus dem Freischwinger katapultiert und stand nun drohend wie ein Berg vor März, dessen Miene Traurigkeit verriet, die allerdings nichts mit dem Thema sondern mit der Tatsache zu tun hatte, dass dieses verdammte Sitzmöbel ihn auch diesmal bitter enttäuscht hatte.

Sein trauriges Lächeln bewirkte allerdings, dass Lorinsers weicher Kern zutage trat, der wie eine überreife Pflaume in dem Birnenkörper schwamm.

Na, ich habe vielleicht mit etwas schwerem Geschütz geballert, meinte er, *aber Sie sind ja auch so was von stur. Also, ich lasse Ihnen noch eine Frist bis morgen 12 Uhr, dann wird die Sache für Sie ernst. Ach ja,* drehte er sich an der Tür nochmal um,

bis heute Abend, punkt 18 Uhr, möchte ich einen detaillierten Zwischenbericht in der Ermittlungssache Huber auf dem Schreibtisch liegen haben. Auch in dieser Angelegenheit verliert sich so langsam meine Freundlichkeit. Tach auch.
Damit walzte sich Lorinser aus dem Zimmer und ließ einen Kommissar zurück, dessen Miene sich schlagartig änderte, ebenso wie seine Dulderhaltung. Allerdings dauerte es noch eine Weile, bis er wieder lächeln konnte, solange nämlich, bis er beide Fenster geöffnet hatte und der Durchzug die feinstofflichen Reste Lorinsers aus dem Raum geweht hatte.

Seelenwunden

Sahra Tiefenbach hat mir aufgetragen, dir ihre Geschichte zu erzählen. Sie selbst kann es nicht, noch nicht. Aber ich denke, sie ist auf einem guten Weg. Isolde Becker stand auf, ging an die Bücherwand hinter ihrem Schreibtisch, zog einen der dicken Wälzer heraus, griff in die Lücke und holte eine Packung Gauloise heraus. Dann schob sie das Buch zurück und wiederholte dieselbe Prozedur zwei Regalbretter tiefer. Diesmal entnahm sie dem Versteck ein Feuerzeug.
Walchers amüsierten Blick kommentierte sie mit einem Seufzer. *Macht es dir etwas aus?*
Walcher dachte an seine Zeit als Raucher, die schon Jahre zurück lag. Er schüttelte den Kopf, was auch dem eigenen, wieder einmal aufflackerndem Verlangen galt.
Isolde setzte sich ihm gegenüber in einen der vier Ledersessel, die den Gesprächsbereich ihres Arbeitszimmers komplett ausfüllten. Konzentriert und mit offensichtlichem Genuss zündete sie die Zigarette an und inhalierte den ersten Zug. Dann reichte sie Walcher einen Zettel, auf

dem in einer akkuraten Schrift neun Namen standen. Acht davon kannte Walcher: Grossmann, Tiech Henge, Lorinser, Strielitz, Eidlich, Probstler, Kammer. Funk war neu für ihn. *Hubers Freunde, einen Namen kannte ich noch nicht,* stellte Walcher fest.

Isolde nickte. *Freunde ist gut! Vergewaltiger wäre richtig.* Sie nahm noch einen tiefen Zug und wirbelte die halb gerauchte Zigarette in das Reservoir des Dreh-Aschenbechers, der an die Rauch-Sets der sechziger Jahre erinnerte. Dann lehnte sie sich zurück, schloss die Augen und begann zu erzählen.

Dass sie nach der ersten Nacht noch den Tag mit Sahra verbracht hatte und dann noch die zweite Nacht.

Ihr ganzer Terminplan wäre deshalb durcheinander gekommen und hätte derart viel Chaos in ihr ansonsten so wohlgeordnetes Leben gebracht, dass sie wieder die eine oder andere Zigarette angezündet hätte.

Sahra Tiefenbach, wiederholte Isolde noch einmal ausdrücklich, hätte ihr nicht nur erlaubt, sondern sie darum gebeten, ihm Sahras Geschichte zu erzählen, was sie hiermit tue.

Was dann folgte, öffnete in Walcher all die grässlichen Erinnerungen, mit denen er bei seinen Recherchen über Menschenhandel und Kindesmissbrauch konfrontiert gewesen war. Sahra Tiefenbach war, so hatte sie Isolde nach langen Gesprächen über die gefährliche Wirkung von unbehandelten Verletzungen der Seele erzählt, von Huber und seinen Freunden sexuell missbraucht worden, und zwar seit sie denken konnte. Erst sei es nur Huber gewesen, der sie, offensichtlich mit Duldung der Mutter, mehrmals wöchentlich missbraucht hatte. Dann, später wären andere Männer dazu gekommen.

Sahras besonderes Problem sei, dass sie manchmal Spaß dabei empfunden hatte. Es sei oft sehr lustig gewesen.

Ich vermute, dass dieser Huber ihr Drogen gegeben hat.

Eigentlich schade, dass der Typ tot ist, ich hätte Sahra mit Freuden geholfen, ihn umzubringen.

Glaubst du, dass Sahra ihn umgebracht hat?

Quatsch, ich sprach von der Möglichkeit, schlug Isolde die Augen auf und sah Walcher kämpferisch an. *So ein Typ hätte heute doch nichts mehr zu befürchten. Sahra hat so gut wie keine Beweise und dann noch dieses „False memory-Syndrom", da traut sich kein Staatsanwalt, solche Schweine anzuklagen.*

Und wenn es Videos gäbe?, wollte Walcher wissen.

Isolde starrte Walcher mit vor Entsetzen geweiteten Pupillen an und flüsterte: *Das würde sie vermutlich umbringen. Sahra kämpft ohnehin mit den schwersten Selbstvorwürfen. Noch kein Jahr ist es her, dass sie sich zum letzten Mal geritzt hat. Aber natürlich, mit Videos, auf denen die Männer und das Kind identifizierbar sind, wandern die auch heute noch in den Knast. Bei Kindesmissbrauch beginnt die Verjährung erst ab der Volljährigkeit des Opfers und dann erst nach 28 Jahren, glaube ich. Allerdings wandert dann Sahra auch und zwar in die Klapse!*

Ich hatte mir schon etwas in der Richtung gedacht, nickte Walcher, *nicht mit dem Missbrauch, sondern, dass Sahra ziemliche Probleme haben muss, ich konnte kurz ihre Unterarme sehen. Wie lang ging denn der Missbrauch, ich meine, wie alt war Sahra, als sie von Huber flüchtete?*

Wieso flüchtete?, stutzte Isolde, *Sahra lebte bis vor etwa fünf Jahren bei Huber, und damit hat sie ein weiteres Problem.*

Und welches wäre das?, wollte Walcher wissen und dachte an das, was Sahra ihm erzählt hatte und ob er Isolde von dieser Version berichten sollte.

Ich glaube, sie hatte zu Huber eine Art Hassliebe entwickelt, die mit ihrer Abhängigkeit zu begründen ist.

Abhängigkeit?

Sahra ist süchtig. Sie schluckt alles, was sie in die Hände bekommt. Kein Wunder, wenn man ihr schon als Kind irgend-

was gegeben hat, damit sie den Missbrauch lustig findet und richtig Spaß dabei hat – anstatt vor Schmerzen zu schreien oder aus Scham und Ekel den Schweinen auf den Bauch zu kotzen.

Hat sie sonst noch etwas erzählt?

Ja, dass sie Angst hat. In ihrem Haus hat sie einen Babyschuh gefunden, gehäkelt oder gestrickt, ich war nie gut in Handarbeit, aber darum geht's ja nicht, sie versteht ...

Sahra hat mir davon erzählt, unterbrach sie Walcher.

Isolde stand auf und ging zum Bücherregal. Bevor sie sich aber wieder eine Zigarette holte, wandte sie sich ihm zu und brachte ihren Satz zu Ende, *das als Warnung, um nichts zu erzählen. Und sie glaubt, dass Florian aus demselben Grund umgebracht wurde. Einer aus Hubers Freundeskreis will sie mit allen Mitteln mundtot machen.*

Sahras Fluch

Seit den Gesprächen mit Isolde fühlte Sahra große Erleichterung, aber die hatte sie nach früheren Therapiestunden auch empfunden. Es tat gut, den Mülleimerdeckel von Zeit zu Zeit zu heben und ein paar der eingesperrten Geister davonfliegen zu lassen. Bisher hatte das befreiende Gefühl nie allzu lange angehalten, aber dieses Mal war Sahra überzeugt, dass sie sich endlich in eine hoffnungsvolle Richtung bewegte. Die Situation hatte sich ja auch grundlegend geändert.

Da gab es keinen Huber mehr und Floh konnte sie auch nicht mehr bedrängen, ihm endlich die Wahrheit zu erzählen. Die Wahrheit! Was wusste Floh schon, wie weh Wahrheit tun konnte? Sahra schüttelte den Kopf, nein, es schien sich gut zu entwickeln. Sie war in jedem Fall erst einmal frei. Frei, naja, nicht so ganz, da waren noch die

Pillen, aber auch das würde sie in den Griff bekommen. Einen Entzug machen und dann neu starten.

Die Basis war ja nicht schlecht. Das Haus der Großeltern in Romanshorn, das Grundstück samt Gartenhaus hier und Huber hatte versprochen, sie als Erbin einzusetzen. Sie konnte das aber nicht nachprüfen, wäre zu auffällig gewesen. Sie musste völlig überrascht sein, auch wenn ihr das niemand glauben würde. Vor allem der Kommissar, der mochte sie nicht. Der Journalist war zwar auch misstrauisch, aber leichter zu täuschen. Er schien sie toll zu finden, jedenfalls sah er sie immer so zärtlich an.

Floh, sie vermisste ihn. Er konnte so liebevoll sein, nicht wie diese geilen Böcke, die nur schnell ihren Spaß haben wollten. Stundenlang streicheln ohne etwas zu wollen, das konnte nur Floh. Und wenn er Gitarre gespielt und dazu gesungen hatte, dann war ihre Seele in den blauen Himmel geflattert und hatte sich auf weißen Wolkeninseln ausgeruht.

Sahra seufzte, aber sie hatte gelernt, dass Geschehenes nicht ungeschehen gemacht werden konnte. Dann war da noch der Babyschuh. Wer hatte ihn hergebracht? Immer wieder war sie im Kopf die Liste durchgegangen, aber keiner der Namen stach hervor. Sie hoffte, dass Walcher herausfinden würde, wer dahinter steckte.

Diese Isolde hatte ihm inzwischen sicher die Namen gegeben. Es befreite sie wirklich, sie spürte es, auch wenn die Leute sie als Hure beschimpfen würden. Endlich war es heraus, sie war das Opfer. Floh, warum nur hatte er sie derart bedrängt und sich einmischen müssen. Nur gut, dass sie noch den größten Teil von Hubers Vorrat abgeschöpft hatte. Intuition. Einen Tag später und die Bullen hätten es sich gekrallt. Wenn sie sorgsam damit umging und nur zwei, drei die Woche ...

Mathildes Rat

Mathilde wäre niemals auf die Idee gekommen, Müllbeutel zu kaufen. Sie verwendete selbstverständlich die Einkaufsbeutel, die sich aus unerfindlicher Systematik in kürzester Zeit vermehrten, obwohl sie, Irmi und auch Walcher, die mehrfach vorhandenen Taschen oder Körbe im Haus zu ihren Einkäufen mitnahmen.
Mathilde weigerte sich auch, die praktischen Folienbeutel zu nutzen, die es für beinahe jedes Aufbewahrungsgut gab. Sie nahm Gläser oder Papiertüten, die sie nach dem Einkauf glatt strich und aufbewahrte.
Walcher meinte, dass die Menschen auf dem Land sorgsamer mit Materialien umgingen, weil sie um die Mühen wussten, bis Gemüse und Obst, bis Milch, Butter und Käse oder Fleisch auf dem Teller lagen, der Baumstamm zu einem Brett gesägt war und Brennholz im Ofen prasselte. Er wäre deshalb niemals auf die Idee gekommen, über Mathildes Sparsamkeit zu spötteln.
Als er Mathilde in der Küche antraf, wie sie Packschnüre über die Hand aufwickelte und sorgsam zusammenband, musste er lächeln, denn auch seine Mutter, erinnerte er sich, hatte eine Schublade mit solchen Schnüren und Bändern gehabt.
Vor allem nach Weihnachten war die Schublade mit Geschenkbändern gefüllt gewesen, hatte sich langsam über's Jahr hinweg geleert und was davon noch übrig war, wurde wieder zu Weihnachten eingesetzt. Ohnehin waren das meist nur noch die Bänder mit Weihnachtsmotiven drauf.
Während Walcher darauf wartete, dass sein Teewasser zu sprudeln begann, unterbrach Mathilde ihre Arbeit und meinte: *In den letzten Tagen gibt's auffallend mehr Menschen um den Hof herum als sonst. An welcher Geschichte bist du denn dran?*

Was meinst du mit „mehr Menschen um den Hof"? Walchers Innendruck war von „normal" auf „leicht erhöht" angestiegen.
Einmal kam einer, der wollt Gas ablesen, obwohl wir gar keins haben. Dann war einer da von der Brandversicherung und dann noch mal von einer Marktforschung. Der wollt, dass ich ein neues Produkt teste.

Was war's denn für eins?
Mathilde errötete leicht und sah zu Boden. *Irgend so ein Reinigungsmittel.*

Was für ein Reinigungsmittel?
Ja, halt so was intimes.

Das hört sich ja geradezu unverschämt an.
Das hab ich ihm auch gesagt. Mathilde stand auf, wohl um das peinliche Thema zu beenden, als ihr noch etwas einfiel. *Und dann hab ich noch zweimal dasselbe Auto stehen sehen, einmal unten an der Bushaltestelle und einen Tag später, am Dienstag, beim kleinen Waldweg hinter der Einfahrt zum Adlerhof.*

Kannst du dich noch erinnern, Walcher wollte Mathilde zwar nicht beunruhigen, aber einfach übergehen konnte er ihre Beobachtungen auch nicht, *was das für ein Auto war, Farbe ... und vielleicht auch noch das Kennzeichen?*
Ein schwarzer BMW, älteres Modell aus der 3er-Serie, mit einem M vorn am Nummernschild. Auf den Rest hab ich nicht geachtet.
Walcher war über Mathildes Modellkenntnis überrascht. *Sonst war nichts, keine komischen Anrufe?*
Anrufe nicht, aber komisch war, dass ich den Menschen mit dem Reinigungsmittel unten bei der Zehner hab aus dem Laden gehen sehen, auch am Dienstag war das. Aber jetzt sagsch mir, an was du grad bisch.

Dann setzt' dich aber wieder hin, deutete Walcher auf die Eckbank, setzte sich dazu und gab Mathilde einen groben Lagebericht, denn wenn Mathilde von Hochdeutsch auf

Dialekt umstellte, war das ein Zeichen von Unbehagen. Sie schien dann von Walchers Fall-Beschreibung beruhigt und meinte: *Dann ist klar, dass wir observiert werden.*
Walcher schmunzelte, denn aus Mathildes Mund hatte es wie „abserviert“ geklungen.
Brauchst nicht so grinsen, maulte sie, *i mein des so. Und noch was, sei vorsichtig. Jetzt wird mir nämlich klar, was mich an dem Menschen so irritiert hat ... der ist nicht normal im Kopf.*

Der mit dem Reinigungsmittel?

Genau, der!

Wie sah er denn aus?

Mathilde überlegte einige Sekunden. Ihre Gesichtszüge veränderten sich dabei von konzentriert hin zu verblüfft. Sie sah Walcher mit gerunzelter Stirn an: *Das ist seltsam, ich kann sein Gesicht nicht mehr sehen, es verschwimmt völlig, als ob ...*
Walcher war schon versucht nachzufragen, als Mathilde fortfuhr, *... als ob es nur so ein Schatten gewesen wär!*

Wanderkarten

Dass dieser Wahnsinnige nicht die richtigen Karten verbrannt hatte, sondern irgendwelches kopiertes Zeug in die Flammen geworfen hatte – noch im Nachhinein schmerzte es höllisch, von diesem Dreckstück derart verarscht worden zu sein. Luis sah die Szene noch genau vor sich.
Am Lagerfeuer, draußen vor der Veranda, waren sie gesessen, hatten schweren Rotwein getrunken und das Ende von Gladio betrauert.
„Wie soll man dem Volk dienen“, hatte Huber theatralisch in den Nachthimmel gebrüllt, „wenn die Politik immer nur den Schwanz einzieht?“ Dann hatte er eine Karte

nach der anderen ins Feuer geworfen, das aufloderte und sein Gesicht angestrahlt hatte, als wäre er Mephisto.
„Wir werden trotzdem immer bereit sein, wenn man uns ruft", hatte Luis ergänzt und sein Glas in einem Zug geleert.
Es war eine schöne, aber dennoch schmerzliche Nacht gewesen, denn symbolisch war in Flammen aufgegangen und zur Asche geworden, wofür sie – jedenfalls glaubte das Luis damals noch – gearbeitet und gestanden hatten. 1992 hatte diese Feuernacht stattgefunden, im Herbst, wo an anderen Orten Kartoffelfeuer auf den Feldern brannten, jedenfalls tagsüber.
Über zwanzig Jahre hatte er die Organisation am See aufgebaut und geführt. Mehr als 50 Verbindungsleute angeworben und geschult, und an die 40 Depots eingerichtet. Der Grenze zur Schweiz kam dabei eine weit größere Bedeutung zu als allen anderen Grenzen.
NATO, CIA und BND waren der Meinung, dass selbst die Warschauer Paktstaaten niemals die Schweiz antasten würden – denn schließlich hatten auch sie dort ihre Gelder liegen – also wäre die Schweiz das Tor zur freien Welt schlechthin gewesen.
Huber war sein bester Mann, den er schon im dritten Jahr der Zusammenarbeit als seinen Stellvertreter eingesetzt hatte. Gemeinsam hielten sie auch die Kontakte zu der schweizerischen, österreichischen, französischen und sogar zur italienischen Organisation.
Unglaublich, Luis musste immer wieder den Kopf schütteln, wenn er daran dachte. Vermutlich hätte er niemals erfahren, was für ein gerissenes Dreckschwein Huber war, wenn der nicht vor drei Monaten eines Nachts vor der Tür gestanden und ihm zwei Blätter in die Hand gedrückt hätte. Eine Kartenkopie und eine Namensliste. Zwei Depots waren auf der Karte verzeichnet und die beiden Standorte gehörten zu all den anderen, die Huber

angeblich aufgelöst hatte. Dass die Liste auf dem zweiten Blatt stimmte, wusste Luis, als er die ersten Namen überflogen hatte. „Ich brauche fünf Millionen", hatte Huber nur gesagt. „Habe sämtliche Unterlagen, sämtliche Details, sämtliche Namen bis hinauf in die Regierungsspitzen und natürlich auch die von den Kollegen im Ausland gesammelt. Und ich habe auch noch einiges an Material: Ausweispapiere, Waffen, Munition, Funkgeräte und so. Da sind die paar Euros geradezu eine Okkasion".
Dann hatte sich Huber umgedreht und war in der Dunkelheit verschwunden.
Luis war wie versteinert gewesen. Erst sein Magen hatte ihn in die Realität zurück geholt und ihn vom Hauseingang weg zum Garagenschuppen getrieben. Dort hatte er sich anlehnen und auskotzen können.
Viele Menschen gab es, denen Luis Derartiges zugetraut hätte, aber nicht Huber. Immerhin hatten sie auch nach der Auflösung von Gladio noch erfolgreich zusammengearbeitet. Hatten Leute, Informationen und Material aus dem Ostblock herausgeschmuggelt.
Huber war immer ein verlässlicher Partner gewesen, auch dann, wenn er sich dem Verdacht ausgesetzt sah, selbst der Initiator all dieser zwielichtigen Geschäfte zu sein. Luis dachte an die Cessna, die 1994 auf dem Bodensee notgewassert hatte und gesunken war. Huber hatte derart perfekte Spuren gelegt, dass die wildesten Theorien durch die Presse gegeistert waren, vom Atomschmuggel bis zur Drogenmafia.
In Wirklichkeit hatte Huber zwei russische Botschaftsmitarbeiter aus Prag geholt, die jahrelang für den BND gearbeitet hatten. Sie waren in Verdacht geraten und mussten befürchten, liquidiert zu werden.
Luis hatte Huber immer als seinen Ziehsohn betrachtet, der einmal seine wichtige Arbeit fortsetzen würde. Aber diesen Traum kotzte er sich in jener Nacht aus dem Leib.

„Wenn Sie in der Nähe sind, schauen Sie doch mal wieder bei mir vorbei", hatte Brunner vorgeschlagen, und das, obwohl sie sich seit dem Huber-Fall beinahe jeden zweiten Tag trafen und fast täglich miteinander telefonierten. Walcher hatte deshalb in Brunners Worten nach einer versteckten Botschaft gesucht, aber weil er keine fand, geantwortet, dass er in einer Stunde in Lindau zu tun hätte und in etwa zwei Stunden bei ihm vorbeischauen würde.
Als er dann in Brunners Büro stand, nahm ihn dieser am Arm, deutet auf sein Ohr und meinte: *Wie wär's, wenn wir erst mal einen kleinen Spaziergang machen, bin den ganzen Tag nur herumgehockt. Kommen Sie, ich lade Sie zu einer Tasse Kaffee ein.* Brunner nickte dabei verschwörerisch, meldete sich bei seiner Mitarbeiterin ab und zog Walcher geradezu aus dem Gebäude. *Habe ich Ihnen nicht schon einmal den alten Friedhof gezeigt? Ja? Macht nichts. Geben Sie Ihrem Hund etwas gegen Zecken?*
Walcher nahm an, dass Brunner Gründe für sein Spiel hatte, dachte an belauschen und bespitzeln und meinte, dass gegen Zecken nur die Zeckenzange helfen würde und zwar wenigstens einmal am Tag. Ansonsten würde er auf das ganze chemische Zeug verzichten. Immerhin wäre die Spezies der Caniden bis heute noch nicht durch Zecken ausgerottet worden, der Mensch im Übrigen auch noch nicht.
Derart plaudernd schlenderten die beiden in Richtung alter Lindauer Friedhof und erst als sie außer Sichtweite der Dienststelle waren, erklärte Brunner sein Verhalten, dass er nämlich glaube, von einem ganzen Rudel von Spitzeln abgehört und beschattet zu werden. *Es sind diese Gesichter mit diesem typischen Allerweltsausdruck der Geheimdienstler. Vielleicht bin ich ja auch nur überarbeitet,*

aber ich kenne diese Typen, und ich kenne ihre Tricks. Außerdem passieren Dinge, die ich bisher bei der Kripo nicht für möglich gehalten habe.
Walcher wusste, dass er keine Fragen zu stellen brauchte, sah sich nur einmal prüfend um, ohne allerdings unauffällige Typen zu entdecken, aber er war ja schließlich weder ein geschulter Kripomann, noch Geheimdienstler. Auch Brunner sah zurück, deutete allerdings dabei auf das Schulgebäude, an dem sie vorbei gegangen waren, als würde er Walcher etwas erklären. *Vorgestern fiel Aumiller auf, dass wenigstens zehn Videokassetten vom Huber-Fundus verschwunden waren. Heute morgen kam er in mein Büro, völlig durch den Wind und behauptete, diese Kassetten lägen wieder in der Kiste, wo er sie ursprünglich aufbewahrt hatte. Er war sich absolut sicher, obwohl er es nicht beweisen konnte, dass auf den Bändern einige Abschnitte gelöscht worden wären, denn aus dieser Kiste hätte er alle schon durchgearbeitet und sich dazu Notizen gemacht. Ich gehe mal davon aus, dass es stimmt was er sagt.*
Ein anderer Vorfall. Wehrle sollte gestern aus dem Labor das Huber-Tagebuch zurückholen. Ich wollte, dass dort die üblichen Tests gemacht werden. Echtheit, Schriftprobenvergleiche, Geheimtinte und all so'n Kram. Was glauben Sie hat er als Antwort erhalten? Na, was glauben Sie?
Da Brunner ihn derart drängelte, gab Walcher ihm die Antwort, die ohnehin auf der Hand lag: *Ist nie angekommen.*
Sehr gut, genau, so war's, hier läuft eine Scheiße ab wie in einem miesen Agentenfilm. So, jetzt kann uns niemand mehr zugucken und belauschen, wenn wir nicht gerade herumbrüllen.
Sie waren am alten Friedhof angekommen und betraten diese Oase der Ruhe, an deren Mauern der tosende Verkehrslärm einen Großteil seiner Wirkung verlor.
Bis auf zwei Frauen, die auf ihre im Gras krabbelnden

Kinder achteten, einem Touristenpärchen und zwei noch jungen Mädchen, von denen eine weinte und die andere kiffte, jedenfalls roch es danach, war der Friedhof leer. Brunner steuerte eine Bank in strategisch günstiger Lage an, setzte sich und redete weiter. *Mein Staatsanwalt spricht mich auf Fundstücke in Hubers Villa an, von denen ich ihm noch nichts erzählt habe. März schien mir neuerdings sehr zurückhaltend mit Informationen, weshalb ich ihn direkt ansprach und er zugegeben hat, dass er mich oder Sie für eine poröse Stelle halten würde. Porös, ich! Wie finden Sie das?* Diesmal erwartete Brunner keine Antwort. *Und dann die Telefone, wir werden abgehört. Verstehen Sie? Abgehört, ein Kriminalhauptkommissar der deutschen Kriminalpolizei wird abgehört, weil er in einem ominösen Mordfall ermittelt.*
Ich bin kurz vor der Explosion. Was soll ich machen?
Mit meinem Vorgesetzten sprechen, mit dem Oberstaatsanwalt, mit dem Richter, dem Innenminister, oder soll ich mir lieber einen Kneipenwirt suchen ...

Sie haben doch mich, versuchte Walcher zu trösten.
Stimmt, also, was schlagen Sie vor?

Von allen Beweismaterialien in aller Heimlichkeit Duplikate ziehen, über jede Aktion Protokolle anlegen, immer als Doppelstreife agieren ... und Fallen stellen.
Fallen? Das ist gut! Warum bin ich da nicht selbst drauf gekommen? Brunner strahlte und hätte Walcher beinahe auf dessen Oberschenkel geschlagen, machte aber einen Schlenker mit der Hand und klatschte sich selbst aufs Bein. *Haben Sie weitere Ideen?*, flüsterte er.

Erst einmal allen Mitarbeitern und Kollegen, die etwas mit der Ermittlung zu tun haben — unter dem Siegel der absoluten Vertraulichkeit versteht sich — eine Info ins Ohr zwitschern, und zwar ohne Ausnahme. Walcher unterstrich seinen Vorschlag indem er beide Hände hinter die Ohrmuscheln hielt.
Wetten, Sie meinen damit den Kollegen März?, meinte Brunner.

Natürlich, auch den Kollegen März. Dem würde ich zum Beispiel die Info geben, dass einige Herren deutlich auf einem Video erkennbar wären und diese Aufnahmen nicht unter das Persönlichkeitsrecht fielen, sondern einen eindeutigen Beweis für ein Offizialdelikt darstellen würden, nämlich Körperverletzung und sexueller Missbrauch einer Minderjährigen.

Oh Mann, stöhnte Brunner.

An Doktor Seyfried geht die Information, dass Sie in Hubers Villa eine Kiste mit Kinderkleidern entdeckt haben, auf denen sich offensichtlich Spuren von Sperma befinden. Die Kollegen von März bekommen alle eine andere Info, zum Beispiel dass ... vielleicht eine Verteilerliste für Kokain bei Huber gefunden wurde; Telefonmitschnitte, Fingerabdrücke auf einer Kiste voll mit Marterinstrumenten, fein säuberlich mit Namensschildern versehen; Hubers Memoiren sind aufgetaucht, es wird heimlich gegen den Staatsanwalt ermittelt; eine Liste mit Bestechungsgeldempfängern, eine ehemalige Mitarbeiterin von Huber hat sich als Starzeugin angeboten ... also da können Sie doch aus dem Vollen schöpfen.

Meine Mitarbeiter auch? Brunner war der Schmerz deutlich anzusehen.

Nur so gibt das einen Sinn.

Wenn das rauskommt, kann ich mir einen Job als Käsewäscher suchen, imitierte Brunner mit beiden Händen die Arbeit am Käselaib.

Einen als Ziegenhirte kann ich Ihnen vermitteln. Johannes könnte sicher Hilfe brauchen, lachte Walcher und nahm sich vor, seinen Freund Johannes wieder einmal zu besuchen, vielleicht mit Irmi. Auch Mathilde könnte er fragen, ob sie mitwollte. Schließlich gehörte sie inzwischen zur Familie.

Ich mache das, stieß Brunner vor Begeisterung in Walchers Seite, *und Ihre Infos übernehme ich auch, die hören sich verdammt glaubhaft an.*

Wenn ich Ihnen noch einen Tipp geben darf, Walcher hoffte, dass er Brunner damit nicht kränken würde, *schreiben Sie auf, wem sie welche Info und wann gegeben haben. Mitschnitte wären auch nicht schlecht. Es muss allerdings persönlich und in nicht abhörbaren Situationen erfolgen, soweit das kontrollierbar ist. Also nicht per Telefon oder E-Mail, Intranet, Fax, Polizeifunk oder mit was Ihre Mannschaft sonst kommuniziert.*

Klar, nickte Brunner, *hab' ja auch sonst nichts zu tun.* Das klang zwar mürrisch, war aber nur die übliche Floskel. Walcher nickte dazu und lenkte ab. *Was gibt's denn sonst Neues?*

Sie sind schon ein zäher Hund, meinte Brunner und gab den neuesten Stand durch. *Seltsame Spuren fallen uns vor die Füße. Allesamt unterstellen sie den dadurch Belasteten, im wesentlichen Allersheim und seinem Sohn, dass sie sich bisher mit dem IQ eines Dreijährigen ganz respektabel durchs Leben gemogelt haben ...*

Kaum hatte Brunner Oberwasser, stellte Walcher fest, spielte er wieder sein altes Pausenspiel, und wie immer musste Walcher viel Energie aufbringen, diese Pausen auszusitzen ohne die erwarteten Zwischenfragen zu stellen. Vielleicht lag es an seinem verhaltenen Stöhnen, denn nach der Pause zählte Brunner ohne weitere Unterbrechung all die Spuren auf, die er für manipuliert hielt. Dazu gehörte der Fetzen Kuttenstoff in Allersheims Mülleimer, die mit Hubers Trinkflasche identischen Drogenspuren bei der Durchsuchung der Wohnung von Allersheims Sohn in Freiburg, die manipulierten Einladungen, die Vater und Sohn gleichzeitig nach Meersburg gelockt hatten und zwar am Mittwochabend, dem Einlieferungstag Hubers in das Burgverlies, die Seilspuren im Kofferraum von Allersheim Senior.

Was den Tod von Florian Barkow betraf, so handelte es sich bei den Tauchgewichten um Modelle aus den USA. Allersheim Junior hatte zwei Jahre in den Staaten studiert und dort auch einen Tauchkurs gemacht. Er hatte allerdings angegeben, seine gesamte Ausrüstung auf einem

Flohmarkt verkauft zu haben. Das alles hätte zwar neben den Motiven der beiden durchaus Beweiskraft, erklärte der Kommissar, würde aber beide praktisch für nicht straffähig erklären, denn so unverschämt dämlich könne niemand sein, schon gar nicht, wenn er gleichzeitig das Drehbuch für eine derart filigrane Mordinszenierung geschrieben hatte.
Das mit den Zecken vorhin, schwenkte Brunner derart abrupt um, dass Walcher geradezu aufschreckte, *war Ernst gemeint. Die Töle meiner Frau, irgend so ein Hirtenhund, der mir seine Liebe zeigt, indem er in meine Schuhe pisst, jedenfalls meint das meine Frau, sammelt bei jedem Ausgang sämtliche Zecken des Weges ein.*
Meinen Tipp mit der Zeckenzange meinte ich auch ernst, grinste Walcher und wollte wissen, wie künftig die Kommunikation zwischen ihnen ablaufen sollte.
Als Erstes bekommen meine Leute die Testinfos und wer sich als sauber herausstellt, den ernenne ich zum reitenden Kurier. Ansonsten schlage ich vor, Anruf wie heute, irgend einen plausiblen Grund und ein Treffen vereinbaren, an frischer Luft, mit hoffnungsfroher Aussicht, wie hier eben. Wir könnten ja auch mal unsere Hunde gemeinsam ausführen.
Oh, meinte Walcher, *das ist doch mal eine hübsche Idee.*
Bei dieser Gelegenheit klärte Walcher dann auch endlich das Missverständnis bei einem ihrer Telefonate auf, als er nach der Rasse von Brunners Hund gefragt hatte und nicht etwa nach der von Hubers Stieftochter.
Brunner konnte sich aber nicht mehr an das Gespräch erinnern, hatte es mit einem Mal auch sehr eilig. Er war aufgesprungen und entschuldigte seine plötzliche Hektik damit, dass er sofort die ersten Fallen auslegen wolle.

Team Friedrichshafen

Die Gesichter wirkten müde und schlecht gelaunt.
Sie hatten sich mürrisch und knapp begrüßt, saßen nun in dem engen Besprechungsraum zusammen und warteten, dass März die Arbeitssitzung eröffnete. Aber der saß nur stumm an der Stirnseite des Tisches und blätterte in den Papieren vor sich.
Beate Braun und Jens Kräuter sahen sich an und tauschten vielsagende Blicke aus, die von der Kriminalkommissar-Anwärterin Sabine Maurer nur mit einem Zucken ihrer Augenbraue bedacht wurden. Der Pathologe Dr. Seyfried brach das Schweigen und meinte mit Blick auf Kommissar März: *Bevor ich wieder einschlafe, erzähle ich euch schon mal, was wir bei Florian Barkow festgestellt haben. Die Schweizer Kollegen haben ihn inzwischen frei gegeben. Hat ja etwas gedauert, dafür haben sie uns aber ihren Untersuchungsbericht übermittelt, der unseren bestätigt.*
Die Kollegen arbeiten so gründlich, dass wir uns wohl in Zukunft die Arbeit ersparen könnten, nur an ihrem Tempo müssten sie noch was ändern. Seyfried hatte die Bemerkung zur allgemeinen Aufheiterung gedacht, aber nur er selbst konnte darüber lächeln. Mit einem Achselzucken wurde er dienstlich und gab die wesentlichen Sektionsbefunde wieder. *Aber das wissen Sie ja bereits alle. Etwas Neues habe ich Ihnen allerdings auch zu bieten, nämlich Hubers Fußentzündung. Sie stammt vom Stachel einer Brombeere, einer veredelten um genau zu sein. Da mir Hans erzählt hat, dass es im Garten dieser ...*, Seyfried machte eine Pause um den Namen in seinen Unterlagen zu suchen, *Tiefenbach auch Brombeeren gäbe, habe ich dort Proben entnommen, heimlich, wie ein Einbrecher,* lächelte er, blieb damit aber immer noch allein. *Das Ergebnis ist allerdings nur insofern verwertbar, dass es sich bei dem Entzündungsherd an Hubers Fuß um einen Stachel der gleichen Pflanzenart handelt. Ob der Stachel*

aus genau diesem Garten stammt, konnten wir leider nicht herausfinden. Ich hatte auf ein besonderes Spritzmittel oder einen besonderen Pilzbefall gehofft, aber wir haben nichts dergleichen gefunden. Dr. Seyfried gab Zucker in seine Tasse und rührte, während er weitersprach. *Ich mache jetzt einen Sprung zu Huber. Habe mir noch einmal alles durchgesehen. Dabei ist mir aufgefallen, was vielleicht bei Ihnen untergegangen ist, nämlich der Einstich in Hubers linkem Oberarm.*

Nun war es Seyfried doch gelungen, die müde Runde aufzuwecken, denn sie hingen geradezu gebannt an seinen Lippen. Doch der Pathologe trank erst einmal genüsslich von seinem Kaffee, bevor er weiter sprach.

Die Richtung des Stichkanals deutet entweder auf eine Selbstbeibringung hin oder wurde von einem Linkshänder beigebracht. Bei einem Rechtshänder wäre der Kanal anders ausgerichtet. Wir haben das durch einige Tests bestätigt gefunden.

Was könnte das bedeuten?, meldete sich Kommissar März.

Nun, was ich sagte, Huber erhielt die Injektion von einem Linkshänder oder hat sie sich selbst beigebracht. Dasselbe gilt auch für den Stich im Oberschenkel. Ich meine nur, wir sollten dieses kleine Indiz im Kopf behalten.

Gut, übernahm März, der nun endlich aufgewacht schien. *Das kann wirklich sehr hilfreich werden. Danke dir für deinen Bericht. Hat noch jemand einen neuen Ansatz?*

Der Aushilfskellner, meldete sich die Kriminalhauptmeisterin Braun, *ist zwar immer noch auf Weltreise, obwohl sein Wintersemester am ersten Oktober beginnt, jedenfalls offiziell, aber wir haben endlich die kompletten Daten von ihm beieinander. Dabei hat sich herausgestellt, dass er mit Florian Barkow befreundet war und Chemie studiert und noch dazu an derselben Uni wie Barkow, in Freiburg nämlich. Sein Aushilfsjob im Museumscafé endete am Freitag, den 5. September. Obwohl ihm die Verwaltung doppelten Wochenendzuschlag geboten hatte, weil doch der Ansturm so hoch war, lehnte Jens Sauter ab.*

Sehr schön, lächelte März, *fass im Museum nach, ob jemand diesen Sauter empfohlen hat. Ansonsten bleib an ihm dran, damit wir ihn so bald wie möglich verhören können.*
März war aufgestanden, hatte sich hinter seinen Stuhl gestellt und mit den Armen auf die Lehne gestützt.
Ich habe heute allerdings ein ganz anderes Problem.
Der Reihe nach sah er seine Kollegen an, die sich nun allerdings auffallend intensiv in ihre Unterlagen vertieft hatten. Sie schreckten erst auf, als März festgestellte: *Wir haben einen Maulwurf unter uns, eine Schwachstelle, einen Spion oder wie immer ich das nennen soll.*
Vier Köpfe drehten sich ruckartig zu März und allen war anzusehen, dass sie geschockt waren.

Festspiele

„Schon mal auf der Bregenzer Seebühne gewesen?" hatte Brunner wissen wollen.
„Als klassischer Bildungsbürger war ich Besucher seit es die Bühne gibt, nur bei Tosca hab' ich gepasst, aber das lag am Wetter" war Walchers Antwort gewesen.
„Dann sollten Sie sich wenigstens das Bühnenbild ansehen. Schaffen Sie es, in einer Stunde dort am Eingang zu sein?"
„Wie es Euch gefällt".
„Tosca", meinte Brunner und Walcher hatte ihn durchs Telefon grinsen gesehen, „sie spielten Puccini, nicht Shakespeare".
Die Fahrten an den See addierten sich, hatte Walcher gedacht, sich aber sofort in den Wagen gesetzt und war hinten herum über den ehemaligen Grenzübergang bei Neuhaus nach Bregenz gefahren.
So kam es, dass Walcher bereits auf einem der Plätze in

der ersten Reihe vor der Bühne saß, als Brunner sich stöhnend neben ihn setzte.
Hinten rum gefahren? Ich musste durch den üblichen Stau, begrüßte er Walcher. Dann nestelte er aus einem Einkaufsbeutel zwei Gläser und eine Miniflasche Prosecco. *Wir müssen auf Ihre Fallen anstoßen,* strahlte er.

Und wen haben Sie gestellt?
Ja, also ... das ist weniger erfreulich ... einer meiner Leute ..., Brunner stöhnte, weil sich der Korken offensichtlich widersetzte und als er ihn heraus hatte, sprudelte gut die Hälfte der ohnehin geringen Menge direkt in den Bodensee. *Naja,* meinte er, *ist ohnehin kein wirklicher Anlass zum Feiern. Rudi Wehrle, mein hoffnungsvoller Kommissar, plant seine Karriere unter dem Schirm übergeordneter Mächte — jedenfalls sieht es danach aus. Zum Wohl!*
Das Zeug schmeckte furchtbar, weshalb Walcher es Brunner nachmachte und auch sein Glas in den See leerte.
Mit einer resignierten Geste verstaute Brunner die Gläser samt Flasche wieder in seinem Plastikbeutel. *März rief mich an und war furchtbar sauer auf mich, dass er von seinem Staatsanwalt erfahren musste, dass in Hubers Villa Kinderkleidung mit Spuren von Sperma und Namenszetteln daran gefunden wurden, und ...*

Und die Story, setzte Walcher fort, *hatten Sie Ihrer Nachwuchshoffnung Wehrle gesteckt, richtig?*
Glauben Sie mir, nickte Brunner versonnen und starrte auf die leere Bühne vor sich, *ich hätte jeden anderen verdächtigt, aber nicht ihn. Das tut weh, mehr, als ich mir eingestehen will. Jetzt müsste man halt noch wissen, ob Wehrle den Staatsanwalt direkt informiert hat oder ob es da einen oder mehrere Zwischenträger gibt.*

Was werden Sie mit Wehrle machen? Walcher stellte seine Frage mehr aus Höflichkeit, er kannte Wehrle nur von wenigen Begegnungen und hatte dabei nie das Gefühl gehabt, ihn unbedingt näher kennen lernen zu wollen.

Im Moment überhaupt nichts, ich werde ihn beschäftigen und beobachten und wenn die Sache abgeschlossen ist, werde ich mit ihm sprechen und vermutlich eine interne Untersuchung anleiern.

Und wie geht's sonst weiter?

Brunner zuckte mit den Achseln, *hab ja noch einige Eisen im Feuer, muss ja nicht die einzige Schlange gewesen sein. Aber was anderes fällt mir gerade ein. Dieser Florian Barkow, Sie wissen schon, der im Wasser, ist definitiv nicht ertrunken, sagen die Schweizer Kollegen und auch Dr. Seyfried. Er hatte zwar einiges an Drogen im Blut, aber kein Wasser in der Lunge. Reflex sagen die Fachleute dazu. Ist auf einem Trip, wird ins Wasser gestoßen und hält die Luft an. Erstickte quasi, ein seltsamer Schutzreflex.*

War er abhängig?, wollte Walcher wissen.

Brunner schüttelte den Kopf. *Jedenfalls haben sie nur einen frischen Einstich entdeckt und zwar in der Schulter, dazu noch eine flache Schlagstelle am Kopf. Sieht also eher nach Mord aus.*

Hört sich wirklich nicht nach einem Suizid an, schüttelte auch Walcher mit dem Kopf, *wirft aber die Frage nach der Droge auf. Würde sie mal mit dem Zeug von Huber vergleichen lassen.*

Genau das habe ich mir auch gedacht. Brunner stand auf und stöhnte dabei herzerweichend. *Muskelkater,* erklärte er. *Musste gestern diesen Hund suchen, war stiften gegangen, das Miststück. Bin wie bescheuert zwei Stunden kreuz und quer durch den Wald rund um den Golfplatz, oben bei Weissensberg, bis es dunkel wurde. Was glauben Sie, wo der Köter war?*

Zuhause, vermutete Walcher und musste grinsen, weil er sich den Kommissar gut vorstellen konnte, wie er fluchend dem Hund seiner Frau hinterher gejagt war. Zu Brunner passte eher eine Katze.

Genau. Nickte Brunner und seiner Mimik war anzusehen, dass er noch keinen Frieden mit dem Hund geschlossen hatte. *Dieses hinterhältige Vieh saß bei seinem Frauchen.*

Die Schöne und der Bär

So richtig wohl fühlte sich Walcher nicht, als er vor der Wohnungstür der Barkows stand. Vermutlich war er nicht der erste Journalist, der seit dem Leichenfund im See an dieser Tür geklingelt hatte, Pietät gehörte nicht gerade zu den Tugenden der Nachrichtenbranche.
Die Barkows wohnten eher bescheiden, dritter Stock in einem Wohnblock aus den Fünfzigern, vermutlich eine Werkswohnung eines der großen Friedrichshafner Unternehmen. Im Treppenhaus roch es nach Putzmittel und aufdringlichem Rasierwasser. Es dauerte, bis sich hinter Barkows Tür etwas regte und Walcher das unangenehme Gefühl hatte, durch den Spion gemustert zu werden.
Erstaunlicherweise öffnete der Mann die Tür nicht nur bis zu dem schmalen Spalt den die Sicherheitskette zuließ, sondern zog sie ganz auf.
Das konnte er sich auch erlauben, denn Gordian Barkow besaß die Statur eines Hünen. Dazu versprach sein Gesichtsaudruck massiven Ärger, sollte irgendetwas nicht so laufen wie er das wollte.
Walcher erklärte deshalb, noch bevor er sich vorstellte, dass ihm Kommissar März die Adresse genannt hätte, da er in diesem Fall der Polizei von Friedrichshafen gewissermaßen zuarbeiten würde.
In überraschend gutem Hochdeutsch – irgendwie hätte Barkows Gesichtsausdruck eher zu: *was du wolle* gepasst – brummte der Riese, dass es seiner Frau zwar nicht gut gehe, aber wenn es wichtig wäre, dann müsse es eben sein. Drehte sich um und tappte voraus, denn vorbei lassen hätte er Walcher nicht können, dazu war der Flur zu schmal.
In dem unerwartet großen Wohnzimmer deutete Barkow auf die Sitzgarnitur und meinte, dass er seine Frau holen würde. Artig setzte sich Walcher, stand aber gleich

wieder auf, als Frau Barkow das Wohnzimmer betrat. Sie war das Gegenteil ihres Mannes: klein, feingliedrig und von außergewöhnlicher Schönheit, wenngleich die dunklen Schatten um ihre Augen nicht vorteilhaft wirkten, aber verständlich waren. Ihre Stimme passte zu ihrer Erscheinung, leise aber melodiös und bestimmt. Nur ihre Augen irritierten Walcher, Frau Barkows Blick glich dem einer Jägerin, scharf und emotionslos.
Die Schöne und der Bär, dachte Walcher und vermutete, dass in dieser Beziehung sie das Sagen hatte. Sie war es dann auch, die mit Walcher sprach, der Bär brummte nur hier und da.
Walcher erklärte, dass er Themenbereiche ansprechen wolle, die von der Polizei meist übersehen wurden und begann gleich mit Fragen, ob Florian ein ehrgeiziger junger Mann gewesen sei, warum er an ein abgeschlossenes Chemiestudium noch Biologie gehängt hatte, ob er sportlich war, hinzuverdiente, welche besonderen Hobbys er hatte, sein Leibgericht, ob er ordentlich war, sich um die Verwandtschaft kümmerte.
Alles Fragen, die Eltern gerne beantworten und dabei ihre Vorbehalte gegen den Frager abbauen. Allerdings hätte sich Walcher nicht die Mühe machen müssen, denn Frau Barkow schien keinerlei Abwehr aufgebaut zu haben, sondern beantwortete Walchers Fragen nicht nur, sondern spann sie weiter, so als ob sie selbst unablässig nach einem Grund für das grausame Ende ihres Sohnes suchte. Das Gespräch glich eher dem Brainstorming einer kleinen Arbeitsgruppe.
Von ihrer Verwandtschaft erzählte sie, von der es allerdings nur noch einen Cousin gäbe, nämlich Luis Funk, den Sohn der Schwester ihrer Mutter. Die Verwandtschaft ihres Mannes Gordian wäre ebenfalls überschaubar, da von den Kommunisten ausgerottet, bis auf die Eltern, die sich als Kriegsgefangene auf einem Bauern-

hof in Süddeutschland kennen gelernt hatten und inzwischen in einem Altenheim lebten.
Frau Barkow hatte sich bei der Schilderung ihres Cousins sichtlich verkrampft und Gordian hatte etwas von einem Altnazi gebrummt, weshalb Walcher nachfragte, ob man nicht von engen Familienbanden sprechen könne.
Ohnehin war er bei dem Namen hellhörig geworden, denn dieser Name stand auch auf Sahras Zettel.
Florians Eltern nickten denn auch gleichzeitig, und Frau Barkow beschrieb ihren Cousin als einen ewig gestrigen Psychopathen, der nur dank seines Erbes und der damit verbundenen wirtschaftlichen Unabhängigkeit noch nicht im Gefängnis gelandet sei. Ihr Kontakt wäre auf ein absolutes Minimum reduziert seit sie Gordian geheiratet habe. Sie räumte zwar ein, dass der Cousin ihrem Sohn gegenüber den großzügigen Onkel gespielt und dessen Studium mitfinanziert hätte, aber das ändere nichts an ihrer Meinung. Sie wäre immer versucht gewesen, gab sie offen zu, die Verbindung der beiden nicht zu eng werden zu lassen, wenngleich ihr das nicht immer geglückt sei.
Es wäre auffallend gewesen, wie Florian eine Zeitlang diesen faschistischen Nazischeiß seines Onkel nachgeplappert habe.
Das war der entscheidende Hinweis, auf den Walcher gehofft hatte, und er wäre am liebsten aufgesprungen und zu Brunner gerannt. Aber er zügelte sich und bohrte weiter. Was der Cousin denn beruflich gemacht habe, wo er wohne, wie alt er sei, ob der Name Huber schon einmal gefallen wäre und wenn ja, in welchem Zusammenhang.
Als Walcher ging, drückte er ihr sein Kompliment aus, dass sie sich trotz ihrer Trauer derart aufgeschlossen und kooperativ verhalten hätte. Sie stellte allerdings sachlich fest, dass es ihr einzig und allein darum ging, dass der Mörder ihres Sohne gefasst werde.
Als Walcher bereits wieder im Auto saß, fiel ihm auf, dass

weder er noch Frau Barkow oder deren Mann von Sahra gesprochen hatten. Zumindest er hätte das Thema anschneiden müssen, warf sich Walcher vor. Versuchte er, Sahra zu schützen?
Den Rest der Fahrt überdachte er das Gespräch mit den Barkows und überlegte, ob er Brunner und März darüber informieren sollte, immerhin hatte ihm März ohne zu zögern die Adresse der Barkows gegeben.
Walcher entschied sich dafür, noch etwas zu warten und sich erst einmal selbst diesen Onkel anzusehen, immerhin gab es Informanten bei der Kripo, die andere Interessen verfolgten. Mit den Kommissaren konnte er immer noch sprechen.
Spätestens als Walcher wieder zu Hause angekommen war, sah er sich in seiner Entscheidung bestätigt.
Irmi und Mathilde berichteten von einer derartigen Fülle von Absonderlichkeiten, die unmöglich aus Zufall alle an diesem heutigen Freitag geschehen sein konnten.
Um die beiden nicht unnötig zu beunruhigen versuchte er dennoch, den Besuch eines Immobilienmaklers, der gehört habe, dass der Hof zum Verkauf stünde – die Ankündigung der Gewerbeaufsicht, den offensichtlich gewerblich betriebenen Hühnerhof überprüfen zu wollen, mit der gleichzeitigen Aufforderung endlich die dafür vorgeschriebene Gesundheitsprüfung zu absolvieren – die deutliche Drohung der Gemeinde, endlich den Hund anzumelden und die Hundesteuer rückwirkend zu bezahlen – der Ausspähversuch eines TV-Gebühreneintreibers – die kurzzeitige Stromabschaltung und die Information eines Gemeindemitarbeiters, dass geplant wäre, den Feldweg zur Bundesstraße endlich zu teeren, was natürlich eine Kostenumlegung der Anlieger nach sich ziehen würde –, als eine unglückliche Ansammlung von Ereignissen abzutun, die weder etwas miteinander, noch mit seiner derzeitigen Recherche zu

tun hätten, wie Mathilde und Irmi nicht unbegründet vermuteten.
Als Walcher dann aber die Tagespost durchging und darin zwei Briefe des Finanzamtes fand, war auch für ihn endgültig klar, dass es sich nicht um Zufälle, sondern um gezielte Aktionen handeln musste.
Offensichtlich ließen Leute, die beste Verbindungen zum Verwaltungsapparat besaßen, deutlich ihre Muskeln spielen. Im ersten Brief des Finanzamtes wurde die überfällige Steuererklärung für das vergangene Jahr bei Androhung von geschätzter Festlegung und Verfahrensstrafe angemahnt, im zweiten der Besuch einer Steuerprüfung angekündigt, mit dem Hinweis, sämtliche Unterlagen der vergangenen vier Jahre bereit zu halten.
Jede dieser Botschaften für sich stellte ja noch nichts Außergewöhnliches dar, aber die Massierung an nur einem Tag konnte durchaus beunruhigend wirken.
Mit einem tiefen Seufzer nahm Walcher die Freundesliste Hubers zur Hand, die er mit dem Namen aus Sahras Liste ergänzt hatte. Luis Funk, der Cousin von Florians Mutter, warum stand der auf Sahras Liste? Frau Barkow nannte ihn einen ‚gestrigen Psychopathen', der sich für ihren Geschmack etwas zu intensiv um ihren Sohn kümmerte. Gab es da einen neuen Ansatz?
Ein Luis Funk wurde in den Internet-Telefonbüchern nicht angeboten, auch in anderen Verzeichnissen gab es keinen Treffer, allerdings tauchte in der Liste der Kriegsopfer und in der historischen Mitgliederliste des Winzerverbandes jeweils ein Ägidius Funk aus Frenkenbach bei Hagnau am Bodensee auf. Im Winter 1941 war ein Winzer und Grenadier der Infanterie Ägidius Funk in Russland gefallen.
Wie immer, wenn Walcher auf einer Fährte einen Schritt weitergekommen war, empfand er ein prickelndes Gefühl, das er sich unumwunden als eine Form des

Jagdtriebes eingestand. Im regionalen Telefonbuch Friedrichshafen tauchte bei Hagnau dann eine Luise Funk auf. Luise – Luis Funk? Einen Versuch war es allemal wert, ansonsten würde er den Kommissar bitten müssen, die Telefonnummer von Luis Funk herauszufinden.

Bevor er allerdings die Nummer wählte, konnte eine Tasse Tee und ein Glas Sherry nicht schaden, immerhin war es kurz nach 19 Uhr, mithin hatten ,normale Menschen' ihren Arbeitstag bereits hinter sich.

Der Schwarztee verteilte sein, mit Ingwer und marokkanischer Minze angereichertes Aroma, großzügig in Walchers Schlafbüro. Den Schluck Sherry sparte er sich für später auf, er hatte die Spannung auf den Anruf lange genug kultiviert, dachte er, wählte und lauschte gespannt den Rufzeichen.

Nach dem siebten Ton schaltete sich der Anrufbeantworter ein und eine männliche Stimme erklärte, dass es sich um den Anschluss von Luise Funk handle, derzeit niemand zu erreichen wäre, jedoch die Möglichkeit bestünde, nach dem Tonzeichen aufzusprechen.

Walcher legte auf, drückte die Wiederholtaste und formulierte in Gedanken, was er auf das Band sprechen wollte, als nach dem vierten Rufzeichen abgenommen wurde und sich die Stimme des Anrufbeantworters im Original meldete, allerdings recht zögerlich mit einem: *Hallo, ja.*

Mit wem spreche ich bitte, fragte Walcher nach, bekam aber als Gegenfrage: *Wer will das wissen?*

Damit daraus kein Ringelspiel wurde, nannte Walcher seinen Namen und schilderte, wie bisher bei den Anrufen bei Hubers Freundeskreis-Mitgliedern, warum er sich gerne mit Herrn Luis Funk unterhalten würde.

In der darauf eingetretenen Pause hörte Walcher erst einige Sekunden deutlich den Atem seines Gesprächspartners, dann schnarrte irgend ein Relais und die typisch

zerstückelten Wortfetzen eines instabilen Funknetzes erklangen, bevor die Verbindung abgebrochen wurde.
Nun trank Walcher seinen Sherry, denn der kurze Wortwechsel hatte seinen Puls einige Takte erhöht.
Er konnte sich seinen Spannungszustand selbst nicht erklären, außer durch den Instinkt des Jägers, der auf eine heiße Fährte gestoßen war.
Zwei weitere Anrufversuche scheiterten an dem Besetztzeichen und dem jeweils folgenden Vorschlag einer künstlichen Stimme, es doch später noch einmal zu versuchen.

Schattenwesen

Nicht einmal Liebespaare und wenn, dann konnte es sich nur um Ortsfremde handeln, trauten sich bei Dunkelheit ins Ried zu gehen. Aber die dunklen Gestalten kannten sich offensichtlich aus. Sie waren einer nach dem anderen, wie aus dem Nichts auf dem Spazierweg aufgetaucht, hatten den Weg verlassen und waren auf dem – selbst bei Tag kaum erkennbaren – Pfad quer durch das Ried zum Seeufer gewandert.
Einem zufälligen Beobachter wäre wohl ziemlich flau im Magen geworden, hätte er die dunklen Gestalten beobachtet, die sich ohne Hast und geräuschlos, beinahe schwebend fortbewegten.
Da hätte der rationale Geist noch so sehr begründen können, dass es an dem Bodennebel lag, der wie eine Watteschicht, einen Meter hoch über dem Ried lag.
Sie wirkten einfach gespenstisch, diese schwebenden Oberkörper. Aber es war um Mitternacht und niemand in der Nähe, der diesen unheimlichen Aufmarsch hätte beobachten können.

Luis bedankte sich bei den Schattenwesen für die reibungslos abgelaufenen Aktionen, die wieder einmal die Schlagkraft der Kameraden alter Schule eindrucksvoll demonstriert hätte. Auch wenn es ihm das Herz bräche, dass er die Leistungen und Aufwendungen der Kollegen nicht in D-Mark, sondern mit Dollars honorieren müsse. Drogen- und Mafiadollars vermutlich, aber immerhin hatten die Amis noch ihre Währung und nicht so eine Einheitssuppe wie in Europa.
Als Luis den vier Schattenwesen Briefumschläge überreichen wollte, geschah etwas für ihn jedoch völlig Unerwartetes. Die Schatten lehnten die Annahme ab und schüttelten ihre vermummten Köpfe.
Sie wären eigentlich hauptsächlich gekommen, um über ihren Unmut, ja Ärger zu sprechen, denn dass „Reuse“, das war Luis' Codename, parallel eine zweite Gruppe auf den Barkow angesetzt hatte, wäre ja wohl der absolute Wahnsinn gewesen. Man stelle sich vor, die Aktionsgruppen wären sich an den Schauplätzen begegnet.
Es dauerte, bis Luis und die Kameraden verstanden hatten, dass für Barkows Tod offensichtlich andere verantwortlich waren. Da stieg dann nicht nur der Nebel höher, auch ein beklemmendes Gefühl breitete sich unter den Kapuzenmännern aus. Wer, wenn nicht sie, hatte die brisante Quelle zum Versiegen gebracht?
Als sich die Versammlung auflöste, schwebten nicht mehr die Hüter von Recht und Ordnung von dannen, sondern verwirrte alte Männer stolperten durch die vernebelte Dunkelheit, die mindestens ebenso dicht schien, wie die Verunsicherung in ihren Köpfen.
Vor allem in Luis Kopf herrschte Unordnung. Bereits der Anruf dieses Journalisten hatte ihm mehr zugesetzt, als er sich eingestehen wollte.

Der Ziegenhirte

Braun gebrannt, ohne ein Gramm überflüssiges Gewicht, kam ihnen ein strahlender Johannes entgegen, gefolgt von Magdalena und dem Hund.
Ein Jahr war es her, dass sich Walcher und Johannes zuletzt gesehen hatten, das galt auch für Magdalena.
Nach der Vorstellungsrunde und der Entschuldigung, dass man sich nicht angemeldet habe, konnte man den Eindruck gewinnen, es handle sich um ein Familientreffen, derart selbstverständlich und vertraut gingen alle miteinander um, obwohl sich Magdalena, Mathilde und Irmi nur von Erzählungen her kannten.
Das Wetter war herbstlich aber sonnig, und so saß die kleine Gesellschaft draußen um den Holztisch vor der Hütte, lauschte dem Schellenklang der Ziegenherde, die vom Hund bewacht in Sichtweite das bereits spärliche Grün abweidete.
Johannes und Magdalena schienen immer noch verliebt zu sein, denn es lag eine beneidenswerte Harmonie und Zärtlichkeit in ihren Blicken und Gesten und wenn sie voneinander sprachen, so taten sie es mit Respekt und Wärme.
Johannes hatte sich inzwischen zum Fachmann für *Gaiskäsli* geschult, wie Ziegenkäse in der Schweiz genannt wird. Er legte drei Sorten auf den Tisch, einen Frischkäse, einen jungen und einen älteren Hartkäse, die alle ausgezeichnet schmeckten. Vor allem Mathilde war begeistert, denn sie wusste, wie schwer es ist, einen guten Käse herzustellen.
Mathilde und Magdalena fühlten sich ganz offensichtlich vom ersten Händedruck an seelenverwandt und tauschten sich über Kräuter, Krankheiten, Rezepte, Religionen und sonst noch alles Mögliche aus. Zusammen mit Irmi spazierten sie nach der Brotzeit zu den Ziegen, die sich

die G'sundbeterin aus dem Allgäu ansehen sollte.
Walcher hatte Mathildes Gabe verraten und sich dafür einen strafenden Blick von ihr eingehandelt.
Irgendwie waren dann Johannes und Walcher auf das Thema „Stay-Behind-Organisation" gekommen, vermutlich weil Johannes gefragt hatte, an welcher Recherche Walcher gerade wäre.
Es gibt keine Zufälle, schüttelte Johannes den Kopf, ging ins Haus und kam mit einem schmalen Hefter zurück. *Hier,* reichte er ihn Walcher, *das ist ein ziemlich umfassender Bericht über das Projekt 26, kurz P26 genannt. Ich kann und will damit nichts mehr anfangen. Hatte mal vor, die Schweizer wieder einmal über ihr Schattenmilitär aufzuklären.*
Interessiert mich jetzt nicht mehr. Hier oben geht es um wichtigere Probleme.

Und die wären?

Wintervorrat, Gesundheit, Verdauung und wenn du das alles im Griff hast, dann kommt die Liebe. Wir leben hier in einem archaischen Kanon ...

Trotz Handy, Laptop, Elektrizität und den sonstigen Segnungen der Neuzeit? Walcher hatte die Frage eigentlich nur im Spaß angedeutet, viel lieber hätte er in dem Hefter geblättert, als mit Johannes über Lebensstile zu diskutieren.
... und planen noch autarker zu werden, sprach Johannes unbeirrt weiter, *haben uns an einem Solarprojekt beteiligt, und ansonsten setzen wir einen Schritt vor den anderen, wie es uns die Jahreszeiten und das Wetter vorschreiben und erlauben. Das ist etwas, was ich nie wieder missen will. Nach der Natur zu leben und zu akzeptieren was sie uns diktiert.*
Wie ein übergeordneter Masterplan, bei dem du gar nicht mehr groß denken musst. Du hetzt nicht irgendwelchen Storys oder Geschäften nach, sondern weißt, das Heu muss rein, der Käs geputzt und die Ziegen gemolken werden, so einfach ist das. Hätte nie gedacht, dass in solch einem Neuzeitgläubigen wie

mir ein derart einfacher Mensch steckt. „Zufriedenheit ist die Akzeptanz des nicht Änderbaren", hat mal ein amerikanischer Psychoguru gepredigt. Das ist grundsätzlich richtig, aber ich meine, dass dazu noch ein wesentlicher Nachsatz fehlt, nämlich, dass Zufriedenheit vor allem aus der artgerechten Lebenshaltung resultiert, und dies gilt bitte nicht nur für unsere Viecher, sondern ebenso für uns Menschen.

Hier oben brauchst du am Abend nicht mehr viel Licht oder Zerstreuung, weil du nämlich fix und fertig bist. Wir sind ja aufgewachsen mit der Botschaft, dass nur mehr auch mehr bringt. Mehr Zeitung, mehr Radio, mehr Fernsehen, Computer. Roller, Fahrrad, Auto, Düsenjet, immer schneller, immer mehr. Aus der Luftmatratze wurde die Motoryacht, aus dem Zelt die Finka auf Mallorca, aus Marmelade die Elegie in Nougat, aus dem Heringsrogen der Kaviar und aus dem Honig ... die .. Creme Royal. Mehr, immer noch mehr.

Vor keinem Bereich macht die verordnete Konsumwut halt, nicht vor dem Bleistift, nicht vor der Zahnbürste, Kleidung, alles, aber auch wirklich alles muss so unglaublich perfekt und verlockend werden, als würde einzig und allein unser Wohlbefinden davon abhängen.

Anstelle des Denkens haben wir den Konsum gesetzt und uns zugemüllt. Wir sind kurz befriedigt, wenn wir etwas kaufen, ins Heim schleppen und auspacken können. Einen Großteil unseres Lebens haben wir damit verbracht Packungen zu entsorgen und irgendwelche Anleitungen zu verstehen, aber nicht unsere eigentlichen Bedürfnisse anzusehen und uns mit der Frage zu beschäftigen, was Leben eigentlich bedeuten könnte. Hier oben wird man, wenn nicht gläubig, so doch respektvoll gegenüber den wirklichen Mächten, die uns umtreiben.

Aber jetzt muss ich einen Schluck trinken, habe schon lange nicht mehr so viel am Stück geredet.

Walcher stieß mit Johannes an, wedelte dann mit dem Ordner und stellte fest: *Du wirst mir hierüber vermutlich auch nichts erzählen wollen.*

Johannes nickte. *Mich hat dieser unglaubliche Schwachsinn schon damals aufgeregt. So ganz sattelfest bin ich in dieser Welt hier oben doch noch nicht angekommen, dass ich nicht Angst vor Rückfällen hätte. Diese P26 zeigt für mich, wie gefährlich kranke Köpfe für jede Demokratie sein können.*
Bevor ich dieses Zeug da recherchierte, musste ich immer über Weltverschwörungstheorien schmunzeln. Ich hielt sie für Fantasieprodukte durchgeknallter Typen. Damals ist mir aber das Lächeln im Hals vertrocknet. Du musst dir mal vorstellen, eine komplette geheime Militärorganisation innerhalb des Militärs einer der vermeintlich stabilsten Demokratien Europas, also das ist schon ziemlicher Tobak. Und wenn ich richtig informiert bin, so wollte bis heute niemand klären, welche Köpfe dahinter standen und vielleicht immer noch stehen.
Es gab zwar einen Untersuchungsbericht, der aber immer noch aus Gründen der Geheimhaltung nur in unwesentlichen Teilen veröffentlicht wurde. Da stellt ein Minister einfach fest, dass es dem einfachen Bürger nicht gut tut, Derartiges zu erfahren, also wird es geheim gehalten. Aber du siehst, ich bin schon auf dem besten Weg mich aufzuregen. Johannes nahm noch einen kräftigen Schluck vom Roten und schlug vor, zu den Damen zu gehen, das wäre ungleich sinnvoller, als sich mit solchem Mist zu beschäftigen.

Landwehr

„Nette Leut kennsch", hatte Mathilde auf der Rückfahrt festgestellt und dass es wie ein Familiensonntagsausflug gewesen sei, so richtig gut „für'd Seel".
Beim Gespräch über alte Freunde, wollte dann Irmi wissen, warum Hinteregger sich schon seit einiger Zeit nicht mehr gemeldet hätte, schließlich wäre er ja auch ihr Freund. Sie würde ihm eine E-Mail schicken, kündigte sie an.

Walcher hatte Zustimmung genickt, auch er vermisste den Kontakt mit dem Freund und nahm sich vor, demnächst auf den Österreicher zuzugehen, auch wenn er seine Kränkung über Hintereggers Betrug in der *Lifus*-Sache noch nicht ganz verarbeitet hatte.
Natürlich steckten nicht nur freundschaftliche Gefühle sondern auch ein wenig Berechnung dahinter, wenn er zu Hinteregger wieder Kontakt aufnehmen würde. Vermutlich könnte Hinteregger über die Stay-Behind-Organisation, die Rollen von NATO, CIA und den europäischen Geheimdiensten, einige Informationen aus dem Ärmel zaubern, die nicht bei Google zu lesen waren.
Andererseits hatte Walcher seinem Freund auch beweisen wollen, dass er ohne dessen Apparat zurecht kam.
Umso unverkrampfter würden sie aufeinander zugehen können, hatte er sich überlegt.
Irmi und Mathilde hatten mit Magdalena vereinbart, in den Herbstferien wieder zu Besuch zu kommen und einige Tage zu bleiben. Es wäre genug Platz und sie könnten dann auch gleich lernen, wie *Gaiskäsli* gemacht werden. Natürlich wäre auch Walcher herzlich eingeladen, tuschelten die beiden Frauen, zum Holz hacken könne man Männer immer brauchen.
Es war dann gegen elf Uhr, als Walcher auf den Weg zum heimischen Hof abbog. Die Lichtkegel der Scheinwerfer streiften kurz die Reihen der *Hoiza,* die er im Obstgarten aufgestellt hatte, und machte sie lebendig, als wären sie eine kleine Armee von Heugeistern.
Mehrmals hatte Walcher beobachtet, wie Mathilde Blüten von der Wiese erntete oder einfach nur langsam durch das Meer der blühenden Gräser und Kräuter gewandert war. Die Wiese hinterm Haus, mit den alten knorrigen Obstbäumen, schloss an den Gemüsegarten und reichte bis zum Feldweg und den Wiesen des Nachbarn. Insgesamt etwa von der Größe eines halben Fußballplatzes.

Seit Jahren ohne Düngung, hatte sich der Streifen in eine prächtige Naturwiese zurückverwandelt, wie sie nur noch auf höher gelegenen Bergalmen anzutreffen war. Bereits auf der Nachbarwiese herrschte das inzwischen übliche monotone Futtergrün vor. Fressgräser, die schnell wuchsen und von den Kühen ebenso schnell verdaut und in fette Milch umgewandelt wurden.
Im Juni, als alle Gräser und Kräuter in voller Blüte standen, hatte Mathilde eines Nachmittags auf die Wiese gedeutet und Walcher mit einem versonnen Lächeln der Erinnerung erklärt, dass noch in ihrer Kindheit die meisten Wiesen hier so ausgesehen hätten.
Hunderte unterschiedliche Pflanzenarten, wo es heute vielleicht noch zehn geben würde. Aber damals hatte man nur gedüngt, was die Kühe selbst produzierten, im Kreislauf also.
Dann hätte man auch später gemäht, einen Teil auswachsen lassen und als Einstreu verwendet. In jedem Fall wären die Viecher gesünder gewesen. Tierärzte brauchte man nur im Notfall, während sie heute in jedem großen Stall beinahe eine Praxiszweigstelle hätten.
Mit einem traurigen Lächeln hatte Mathilde ihn gebeten, erst im September zu mähen, damit alle Pflanzen ihre Samen reifen lassen und abwerfen konnten.
In zwei Frühschichten hatte Walcher dann am vergangenen Freitag und Samstag, gleich nach Sonnenaufgang, die Wiese mit der Sense gemäht und die querverstrebten Holzpfähle, die im Allgäu *Hoiza* genannt werden, in Reihen in den Boden gerammt.
Mathilde und Irmi hatten das geschnittene Gras aufgeschichtet und damit die Holzgestelle zu pummeligen Wiesengeistern erweckt.
Daran dachte Walcher und auch an den Muskelkater, den er sich von der ungewohnten Bewegung mit der Sense geholt hatte. Mit Johannes hatte er sich zwar auch über

das Mähen unterhalten, aber natürlich den Muskelkater mit keiner Silbe erwähnt. Erst als Johannes von seinen Schmerzen erzählte, die ihn in der ersten Zeit gequält hatten, von all den ungewohnten Arbeiten in den steilen Hängen, gab auch Walcher zu, dass ihm nach dem Sensen die Bauchmuskeln gewisse Probleme bereiteten.
Rolli begrüßte sie freudig, aber auch, als ob er ihnen etwas erzählen wollte. Mathilde meinte: *Schad' dass er nicht sprechen kann, aber ich merk' ihm an, dass ihn was druckt.*
Die Hühner hatten sich freiwillig in ihren Stall zurückgezogen. Sie mochten die Dunkelheit nicht besonders und fürchteten wohl die Gefahren, die in Gestalt von Fuchs und Marder in der Nacht auf sie lauerten.
Schließlich hatte ihnen niemand erklärt, dass ihr Freigehege raubtiersicher gebaut war.
Mathilde und Irmi verschwanden rasch in ihren Zimmern, auch Walcher war müde, aber Johannes Hefter übte eine magische Anziehungskraft aus.
Nach einer kleinen Runde ums Haus mit dem Hund, machte er sich eine Tasse Tee und holte sich eine Flasche Weißen aus dem Keller, einen Chardonnay vom Überlinger Ufer.
Derart bevorratet blieb er im Wohnzimmer, denn Rolli hing Walcher nach dem einsamen Tag an den Fersen, und er brachte es deshalb nicht übers Herz, in die für den Hund verbotene Zone hinauf zu gehen.
Überrascht las Walcher die ersten Sätze von Johannes' Recherche. Das war nicht die erwartete lockere Faktensammlung, sondern ein ausgearbeitetes Dossier über das Schweizer Projekt 26. Brillant geschrieben, packend wie ein Politkrimi aus der Fantasie eines Autors. Die belegten Fakten bewiesen jedoch eine traurige und beängstigende Realität.
So gab es bis 1990 in der Schweiz nicht nur die geheime Armee P26, sondern auch noch einen ebenfalls geheimen

Nachrichtendienst P27. Für diese Geisterarmee gab es weder eine rechtliche Grundlage, noch parlamentarische Kontrolle. Es existierte zwar ein Beirat, genannt „Gruppe 426", der sich allerdings aus gleichgesinnten Bundesparlamentariern zusammensetzte.

Was die Einsatzpläne der P26 betraf, so gehörte das Szenario eines inneren Umsturzes dazu, der sogar im Falle eines demokratisch legitimierten Machtwechsels als mögliches Instrument eingesetzt werden sollte.

Dieser militärische Geheimdienst bespitzelte auch Personen im Inland, die nach rechtsorientierter Denkart eine mögliche Bedrohung des politischen Machterhalts hätten darstellen können. Auch steht die Vermutung unwiderlegt im Raum, dass die P26 in die Sprengung von Strommasten in der Nordschweiz sowie der Bedrohung prominenter AKW-Gegner verwickelt war – Instabilität und Verängstigung als Mittel zum Machterhalt.

Diese Untergrundarmee sollte nicht nur im Kriegsfall eingesetzt werden, sondern bereits bei politischen Gegnern zum Einsatz kommen. Als Chef dieser Armee, die immerhin auf 400 Krieger kam – bei einem angestrebten Sollbestand von 1000 Soldaten –, galt Generalstabsoberst Efrem Cattelan, der eine Tarnfirma für Personal- und Kaderschulung führte.

Finanziert wurde dieser Irrsinn aus Kreditüberschüssen der offiziellen Armee-Waffenbeschaffung und aus Zinserträgen vorfinanzierter Rüstungsausgaben.

Über die ganze Schweiz waren Waffendepots verstreut, die seit 1983 angelegt wurden. Der Generalstabsoberst war bereits am 30. Juni 1979 für ein Gehalt von 240 000 Schweizer Franken als Leiter des Projekts 26 angestellt worden. Erstaunlich ist, dass für diesen Vorgang bis heute noch kein Verantwortlicher vor Gericht gestellt wurde.

Ebenso existierte eine Liste von etwa 10 000 Verdächtigen

und „Extremisten“, die im Ernstfall in Lagern zusammengefasst werden sollten – und zwar ebenfalls nicht nur im Kriegsfall, sondern bereits bei politischen Machtverschiebungen.

In der Schweiz steht zwar nicht die Wiege der Demokratie, trotzdem gelten die Eidgenossen als stabile Demokraten. Und dann eine solche Geheimarmee. Unfassbar!

Eine Verbindung zum NATO-Geheimdienst jener Zeit oder zum CIA oder zum britischen Geheimdienst M16 wurde zwar nie nachgewiesen, aber als logisch vermutet. Die Parlamentarische Untersuchungskommission PUK-EMD deckte 1990 die Existenz der P26 auf.

Auch in Italien gab der damalige Premierminister Andreotti unter dem Druck der Ermittler 1990 die Existenz einer Geheimarmee Namens Gladio zu, auch P2, *Propaganda due* genannt. Ihr wurden Verbindungen zu Mafia, Faschisten und der katholischen Kirche nachgesagt und zu den Gladio-Netzwerken in Belgien, Italien, Frankreich, Deutschland, Norwegen und Österreich.

Der offizielle Untersuchungsbericht der Schweiz, „Cornu-Bericht“, wurde bisher nur in stark gekürzter Form veröffentlicht, weil eine Veröffentlichung „die guten Beziehungen der Schweiz zu anderen Staaten gefährden würde“, so die offizielle Begründung.

Walcher versuchte sich an die Jahre um 1990 zu erinnern, als zum ersten Mal der Begriff ‚Stay-Behind-Organisation‘ aufgetaucht war. Irgendwie hatte er damals das Thema nicht ernst genommen und als typische Geheimdienst-Story abgetan.

Schließlich lebte man in einer Demokratie, in der die gewählten Parlamentarier in alle Bereiche des Staates Einblick hatten und derartige Schattenorganisationen von Altmilitärs, Alt- und Jungnazis schon ans Licht der Öffentlichkeit zerren würden.

Vermutlich war das ein Irrtum, denn auch in Deutschland ist das Thema Gladio bisher so gut wie nicht aufgearbeitet worden, weder von politischer noch von juristischer Seite.
Hatte der Mord an Huber etwas mit dieser Geheimdienstorganisation zu tun? Das Depot im Keller sprach dafür, nicht aber die Form des Mordes, die war entschieden zu laut, zu öffentlich für eine geheime Organisation.
Oder war es Kalkül, dass nämlich gerade eine solche, publikumswirksame Form niemals Leuten zugetraut wurde, die aus dem Untergrund agieren?
Die Sammlung von Beweisen, die auf Allersheim und Sohn hinwiesen, aber auch Florian und Sahra verdächtig machten, sprachen zwar nicht für eine überragende Intelligenz der Belasteten, in jedem Fall aber für ein Konzept und für die Logistik der Umsetzung.
Walchers Gedanken begannen sich in immer engeren Spiralen zu drehen, der Tag war lang und anstrengend gewesen und weder Tee noch Wein konnten seine zunehmende Müdigkeit aufhalten.
Rollis Knurren, das aus der Tiefe der Hölle zu kommen schien, riss Walcher dann aus einem Kurzschlaf.
Die Haltung des Hundes drückte höchste Anspannung aus. Seine Haare standen ebenso senkrecht wie seine Ohren, die nach oben gezogenen Lefzen legten imposante Zähne frei, der Körper schien gespannt wie ein Bogen, bereit, sich auf einen Gegner zu stürzen, der unsichtbar im dunklen Hof lauerte.
Auch Walchers Puls legte zu. Dem Hund hatte er längst abgewöhnt, jeden Wiesel oder Fuchs zu verbellen, der nachts den Hof querte, deshalb beunruhigte ihn Rollis Verhalten. Was also war da draußen in der Dunkelheit?
Walcher klappte den Hefter zu, beugte sich zur Stehlampe, knipste das Licht aus und fühlte sich schon etwas sicherer. Er hielt kurz die Augen geschlossen, um sie

möglichst rasch an die Dunkelheit zu gewöhnen, stand auf und schlich ans Fenster.
Der Vollmond beleuchtete einen leeren Hof, auch am Hühnergehege war nichts Außergewöhnliches erkennbar. *Hast schlecht geträumt,* flüsterte Walcher dem Hund zu, auch um sich durch die eigene Stimme zu beruhigen und tätschelte ihn am Kopf.
Die Bewegungsmelder im Hof, längst wäre die Beleuchtung angegangen, wenn sich etwas bewegt hätte. Aber da erinnerte sich Walcher an die Nacht, an der Andy seinen Unfallroller über den Hof geschoben hatte, auch da war es dunkel geblieben. Er würde die Dinger überprüfen müssen, nahm er sich vor.
Jetzt wird geschlafen, meinte er halblaut zu Rolli, ertastete Glas, Flasche und Tasse und ging in die Küche ohne Licht zu machen, was nicht unbedingt etwas mit der Situation zu tun hatte. Walcher machte auch kein Licht, wenn er nachts auf die Toilette musste oder sich aus der Küche Wasser holte. Ein Urinstinkt vielleicht. Schon als Kind hatte er die Dunkelheit eher als Schutz, denn als Bedrohung empfunden.
Dass Rolli auch in der Küche unverändert gespannt in Zeitlupe an die Tür zur Terrasse schlich, trug allerdings nicht gerade zu Walchers Beruhigung bei. Er hatte Glas und Tasse in die Spüle gestellt und war kurz versucht, die halbvolle Weinflasche in den Kühlschrank zu stellen, als ihm die Lampe darin einfiel und er die Flasche deshalb auf der Anrichte daneben abstellte.
Rolli lauerte an der Tür und sein Knurren hatte an Tiefe zugenommen. Kein Wunder, dass für Walcher die Gruppe der Heugeister zwischen den Obstbäumen nun plötzlich nicht mehr pummelig gemütlich wirkte, sondern eine neue Dimension bekommen hatte, eine bedrohliche. Mit aufgerissenen Augen versuchte er irgendetwas zu erkennen, was da draußen zwischen den Heuständern

sein könnte, aber die Konturen verschwammen und die Heugeister begannen sich zu bewegen.
Kurz überlegte Walcher, ob er Rolli hinaus lassen sollte, schaltete dann aber erst einmal das Terrassenlicht an.
In diesem Moment geschah es.
Ein Blitz zuckte im Schatten der Heugeister auf und gleichzeitig knallte es an der Terrassentür, als hätte jemand einen Stein dagegen geworfen.
Im Reflex zuckte Walcher zurück, doch es war nichts geschehen, außer, dass sich in der Scheibe vor ihm eine Art Spinnennetz gebildet hatte.
Nach der Schrecksekunde atmete Walcher auf: Endlich war das Sicherheitsglas einmal gefordert worden.
Jeder, dem er die Sicherheitsausstattung von Türen und Fenstern bisher erklärte, hatte höflich interessiert bis verständnislos geguckt und ihn für einen überängstlichen Hypochonder gehalten. Und nun hatte jemand auf ihn geschossen, jemand, der offensichtlich nichts von dem Panzerglas wusste. Das Sicherheitsglas hatte zu einer Konkursmasse gehört und war bei der Renovierung nur deshalb eingebaut worden, weil der Bauunternehmer es besonders günstig angeboten hatte. Auch die Fenster im Parterre waren sicher und die Haustür glich der Panzertür einer Bankfiliale.
Geschossen! Hallte es durch Walchers Kopf, irgendwie wurde ihm erst jetzt die Tragweite des Geschehens bewusst. Er knipste das Terrassenlicht aus und starrte in die Dunkelheit. Jemand hatte auf ihn geschossen! Mitten in der Nacht, auf dem Land, im Allgäu!
Er musste sich setzen, denn jetzt reagierten auch seine Knie.
Ohne Sicherheitsglas hätte ihm die Kugel das Gehirn aus dem Kopf geblasen, denn das Zentrum der kristallenen Kreise in der Scheibe lag in etwa auf Augenhöhe.
Brunner, Polizei. Kurz nur flackerte die Idee durch

Walchers Kopf, dann verwarf er sie. Bis um diese Zeit jemand hier draußen war, verging mindestens eine halbe Stunde, eher mehr. Und Spurensuche machte ohnehin erst bei Tageslicht einen Sinn. Außerdem schien ihm der Gedanke, in dieser Nacht das sichere Haus verlassen zu müssen, nicht sonderlich verlockend.
Andererseits wollte er sich nicht so völlig ohne Gegenwehr im Haus verkriechen.
Zwei Minuten später zischten fünf Silvesterraketen in die Septembernacht und illuminierten mit ihren prächtigen Blütengebilden die Heugeister und den Obstgarten.
Erst gelb, grün, dann rot, rosa und silbern glühte der Nachthimmel, kurz nur, dann war das Spektakel vorüber. Zurück blieb ein grinsender Walcher, der mit diesem Spielchen wenigstens seinen eigenen Schrecken überwunden hatte.
Hätte Walcher geahnt, dass er mit seinem kindischen Feuerwerk den Attentäter in arge Bedrängnis gebracht hatte, mit einem doppelten Sherry hätte er darauf einen Toast ausgebracht, so aber beschränkte er sich auf ein Glas Weiswein aus der schon offenen Flasche.
Nachdem der schwarz gekleidete und ebenso maskierte Schütze enttäuscht und verärgert die Qualität von Walchers Glasscheibe erkannte, hatte er sich zurückgezogen.
Er querte gerade die nachbarliche Jungviehweide, als das Feuerwerk losging. Nur eine fulminante Flucht rettete ihn vor den in Panik wild durcheinander galoppierenden Tieren. Dabei vergaß er den Stacheldraht, an den zu erinnern er sich beim Herweg vorgenommen hatte.
So übertönten das Feuerwerksgeknatter und das wilde Glockengeläut der Jungtiere einen gellenden Schrei, als der schwarze Läufer schmerzhaft gestoppt wurde.
Schon einmal in seinem Leben hatte er erfahren müssen, welche Wunden diese tückischen Drahtstacheln reißen konnten. Damals hatte er einer Militärstreife entkommen

wollen, als er sich nach der Sperrstunde aufs Kasernengelände zurückschleichen wollte. An den gleichen Stellen fraßen sich nun die Stacheln des Weidezauns in die alten Narben an beiden Oberschenkeln.

Zwischenwelten

Sie ahnte, nein, sie wusste, was sich da näherte, auch wenn sie sich danach an nichts mehr erinnern würde. Daran wie es begann, daran erinnerte sie sich, das hatte sich in ihr Bewusstsein eingebrannt.
Wie ein Fieber überfiel es sie, plötzlich und ohne lange Vorwarnung. Ihr war dann, als ob sie ganz nahe an Eisenbahnschienen stehen würde und gebannt und entsetzt zugleich dem heran donnernden Schnellzug entgegen starrte, wie versteinert, erst das Singen der Schienen hörte, dann das Vibrieren des Bodens unter den Füßen spürte, unfähig, ein paar Schritte auf die Seite zu tun, davonzulaufen. Die Augen weit aufgerissen, auch den Mund. Dann traf sie das Tosen wie ein Hammerschlag und der Luftzug schleuderte sie in ein schwarzes Loch, in eine andere Welt. Und die lag irgendwo zwischen dem Jetzt, dem Gestern und dem, was kommen würde.
Nur manchmal hatte sie sich erinnern können, kurze Filmfetzen, an Riesen, zu denen sie aufschauen musste. Freundliche und gleichzeitig grobe Riesen.
So schnell sie auch lief, nie kam sie weit genug weg von diesen großen Gestalten. Die streckten nur ihre Pranken aus und schon war sie wieder gefangen. Manchmal schlug sie in wilder Verzweiflung auf die Monsterwesen ein, aber die lachten nur und kniffen sie in die Backen.
Irgendwann blendete sie dann helles Licht und sie taumelte aus der Dunkelheit heraus.

Wer sie war und wo? Bis sie das verstand, dauerte es dann immer seine Zeit.
Meist hatte sie aber keine Erinnerung an diese seltsamen Erlebnisse. Sie wusste nur, dass etwas ungeheuer Beängstigendes, Schreckliches geschehen war mit ihr und auch mit ihrer Wohnung und dass die Zeiten ihrer Reisen immer länger wurden.
Sie stand dann vor einem Haufen ungelesener Zeitungen, die so schwarz-weiß waren wie das Gefühl, das sie in sich trug, aber nicht erklären konnte. Wie ein Stummfilm, in dem sie irgendwie eine Rolle spielte und als ein graues blutleeres Wesen durch die Filmrisse schwebte.
Auch dass sie sich eine Zeitlang nicht gepflegt hatte, fiel ihr auf und wohl auch nichts gegessen hatte, denn sie verspürte danach immer einen tierischen Heißhunger.
Dass scheinbar ein Wirbelsturm im Haus getobt hatte, nahm sie als Selbstverständlichkeit hin und räumte auf, bis alles wieder in Ordnung war.
Spätestens dann überfiel sie eine Traurigkeit, deren Schmerz sie unbeschreiblich quälte und nur durch das Zaubermittel vertrieben werden konnte. Auch wenn dieses Leben schwer zu ertragen war, sie würde es meistern ... solange sie noch genügend ‚davon' hatte.

Telefonat unter Profis

Nach Geburtstagen und vor allem nach Weihnachten hörte man sie, die Kinder in der Nachbarschaft, die mit einem Funkgerät beglückt worden waren und deren erste Faszination weder Kälte noch Regen abkühlen konnte. Mit wichtigen Mienen brüllten sie dann seltsam verstümmelte Codeworte in die Geräte und spielten, je nach den Fernsehgewohnheiten der Familie, KIKA, Terminator oder das Bewacherteam von Puff Daddy. Ähnlich kommunizierten zwei Männer bei Sonnenaufgang nach dem Anschlag auf Walcher.

Hallo, ja?

Hier Poller, Kennung?

Reuse hier, wie war dein Ausflug?

Beschissen, warum hast du mir nicht gesagt, dass dieser Schmierfink in einem Hochsicherheitstrakt mit Luftabwehr sitzt?

Verstehe ich nicht.

Na, vor dem Ziel war Sicherheitsglas.

Dann ist er nicht?

Genau und zudem habe ich die Pelle aufgerissen.

Wer ist Pelle?

Na Mensch, Pelle, Haut, stell dich doch nicht so begriffsstutzig an, giftete Poller und ihm waren Wut und Frust deutlich anzuhören.

Was meinst du mit Luftabwehr?

Hat ein Feuerwerk abgezogen wie an Silvester und ich mitten unter verrückt gewordenen Viechern.

Welche Viecher?

Na, Rindviecher und ich mitten auf der Weide, gerade als der Zauber losging und dann auch noch der Zaun.

Zaun?

Stacheldraht! Hab mir beide Oberschenkel aufgerissen. Melde mich erstmal ab.

Heißt das ...

Genau, rechne die nächste Zeit nicht mit mir.

Die Kugel und das Blasrohr?

Der Liebesgruß steckt vermutlich im Glas und die Puste ist gut verwahrt.

Kann ich was für dich tun?

Ja, mich in Ruhe lassen.

Damit war das Gespräch beendet und Reuse konnte ungehemmt Poller verfluchen, denn der Gedanke, dass

Poller nicht der richtige für solche Einsätze war, kam ihm nicht zum ersten Mal. Ohnehin war er davon ausgegangen, dass Poller diesen Schmierfinken nur erschrecken würde. Poller hatte noch nie ins Schwarze getroffen.

Gladio

Immer noch im Dienst? Hörte Walcher, wie Mathilde den Besucher begrüßte, der so stürmisch geklingelt hatte.
Am Lachen erkannte Walcher den Kommissar und rief aus der Küche: *Immer herein, immer herein, ich bin auch erst gekommen und mit dem Essen gerade fertig, Sie können aber gerne noch die Reste ...* Walcher deutete auf den Kartoffelsalat und die letzte Bratwurst, auf der allerdings Rollis ganze Hoffnung lag, denn er schielte sie über die Tischkante mit feuchten Augen an.
Danke, ich habe auf der Fahrt zwei LKWs verschlungen, grinste Brunner, *außerdem würde er mich nicht mehr mögen.*
Er zeigte auf Rolli, der ihn als Konkurrent mit höherer Rangstufe erkannt hatte und traurig ansah.
Vom See direkt ins Allgäu, erklärte Brunner und stellte zwei Weinflaschen auf den Tisch. *Kommen aus Schönau, oberhalb vom Hoyerberg. Ich hatte mir damals bei unserem Treffen vorgenommen, mal den Wein vom Berg zu testen.*
Ein Maréchal Foch, Versuchsanbau, eine Rebe aus Frankreich. Sei ziemlich resistent und braucht deshalb so gut wie kein Spritzmittel, aber das sagen sie ja alle am See.
Walcher war aufgestanden, um den Kommissar zu begrüßen, Flaschenöffner und Gläser zu holen. *Herzlichen Dank, Sie freuen sich wohl wirklich über mein Sicherheitsglas.*
Über alles zusammen, nickte Brunner. *Über Allersheims und Hubers Keller und Depot und vor allem über Ihre Anzeige. Geniale Idee, auch wenn einige Leute noch mehr Druck auf*

mich machen, bei Journalisten sind sie übervorsichtig.
Wer macht Druck?, wollte Walcher wissen, als er den Korkenzieher in das Fleisch des Korkens stach und drehte.
Meine Vorgesetzten, die Staatsanwaltschaft, das Innenministerium, das Außenministerium, sogar das Kanzleramt hat sich direkt bei mir gemeldet. Alle machen sie Druck und haben eine absolute Informationssperre verhängt. Jetzt ist irgend ein Ministerialer aus München für jede Öffentlichkeit zuständig. Dem Kollegen März geht es ähnlich. Wenn die wüssten, dass ich mit Ihnen zusammenarbeite. Brunners Geste ließ an Eindeutigkeit nicht zu wünschen übrig, weshalb er sich wie ein kleiner Junge mit einem entschuldigenden Lächeln zu Mathilde wandte und scheinheilig fragte: *Auch ein Gläschen?*
Mathilde schüttelte nur mit dem Kopf und meinte, dass sie die Herren lieber alleine lasse, außerdem hätte sie noch keinen Feierabend, sondern würde Irmi von der Tanzstunde abholen.
Es wurde ja auch Zeit, zuckte Walcher mit den Schultern und roch an dem Korken, der sich mit einem leisen *Plopp* aus der Flasche gelöst hatte, *dass Ihnen mal der Wind des Lebens entgegenbläst.*
Auf solche Sprüche habe ich gehofft, grinste Brunner, griff sich eines der Gläser, die Walcher gefüllt hatte, und probierte. *Ja ..., also ich weiß gar nicht, wo ich anfangen soll. Momentan strömen derartig viele Details herein ...*
Es war Brunner anzusehen, dass er den Wein überhaupt nicht wahrgenommen hatte. Umso mehr gab sich Walcher der Weinprobe hin, während Brunner weiter sprach.
Ein ungewohnter Tropfen für den See, wie Walcher fand. Fruchtig, mit einem Hauch von Brombeeren, stabilem Körper – Brombeeren – Sahra, wanderten seine Gedanken, bis er von Brunner grob unterbrochen wurde.
Sagt Ihnen Gladio etwas?

Walcher setzte sich aufrecht, mimte einen Schüler in einer mündlichen Prüfung und sprach im Telegrammtempo. *Gladius, Schwert, Rom, dann nach dem letzten Weltkrieg paramilitärische Geheimorganisation durch die CIA, NATO, vermutlich gehörte auch der britische M16 dazu und natürlich die jeweiligen nationalen Geheimdienste Westeuropas, wie zum Beispiel Deutschland, Italien, Schweiz, Frankreich, und so weiter. Diese so genannte Stay-Behind-Organisation sollte sich im Falle eines Angriffs durch den Warschauer Pakt überrollen lassen, Aufklärung betreiben, Sabotage und vor allem die wertvollen Politiker außer Landes bringen — das war jedenfalls die erklärte Zielrichtung.*
In Wirklichkeit ging es wohl um politischen Terror. Es gab da nachweislich einige Terrorakte der Rechten, die anderen Parteien in die Schuhe geschoben werden sollten. Propaganda Due, bekannter als P2-Loge, von Andreotti bis Berlusconi, in Italien lebt die Organisation immer noch und wer weiß wo sonst auch noch. Zusammengesetzt haben sich diese Gladiatoren aus Militärs, Geheimdiensten und wohl auch Rechtsextremisten. Das Europäische Parlament verlangte 1990 nach Aufklärung, die in den meisten Ländern jedoch immer noch nicht in Gang gekommen ist. Auch hier in Deutschland gab es bis heute keine ernst zu nehmende Untersuchung. Dafür sorgten die Altnazis aus Politik, Militär und BND und wahrscheinlich haben auch die CIA Leute einiges bewirkt.
Auch unsere Schweizer Nachbarn machten es sich mit ihrer Geheimarmee da sehr einfach. Bis heute ist der Bericht einer Untersuchungskommission als geheim eingestuft und nur in gekürzter Form veröffentlicht worden.
Brunner applaudierte. *Journalist, klar, vergesse ich manchmal. Sie sind natürlich bestens informiert.*
Walcher räumte ein, sich das meiste seines Wissens erst letzte Nacht angelesen zu haben, worauf sich in Brunners Gesicht ein Lächeln ausbreitete, in dem Anerkennung für solche Offenheit lag. *Wir haben bei uns ein paar unerledigte*

Fälle, deren Tatmotive niemand verstanden hatte, bisher jedenfalls. Ich denke, wir werden den einen oder anderen Aktendeckel wieder aufmachen.

Aber zurück zu Allersheim und Huber. In dem Keller haben wir Fingerabdrücke gefunden, vor allem die von Huber. Allerdings scheint der immer nur durch den Einstieg in der Lagerhalle in den Keller gekommen zu sein. Da läuft noch ein Mietvertrag auf ihn, wobei er die oberirdische Fläche untervermietet hatte und zwar doppelt so hoch wie er selbst bezahlte, aber das nur am Rande.

Die Produktionshalle der Allersheims hat nichts mit dem Lager von Huber zu tun. Huber, und da sind wir noch dran, war wohl so ein Gladiator, der allerdings das Material nicht an seine Leute verteilt, sondern gehortet oder verhökert hatte.

Geplant war, dass die Gladio-Leute Depots anlegen sollten, in denen eine Art Grundausstattung das Überleben und die Flucht von Politikern ermöglichte, jedenfalls war das die offizielle Zielrichtung. Deshalb sind wohl hier in Seenähe zur neutralen Schweiz besonders viele Depots angelegt worden. Ist aber nur eine Vermutung von uns, denn ich kann anklopfen bei wem ich will, niemand weiß Bescheid und alle winken ab.

Streng geheim, das hab' ich die letzten Tage mehrmals gehört. Nirgends gibt es ein offizielles Papier, welches unsere These bestätigen würde. Es gab zwar Anhörungen, Untersuchungen und und und ... aber das ist irgendwie alles im Sande verlaufen.

Da mauern alle, die etwas damit zu tun hatten, wohl auch, weil die meisten eine Menge Dreck am Stecken haben, denn da sind vermutlich Unsummen einfach verheizt worden. Der ist ja wirklich ausgezeichnet, schob Brunner ein, als er einen Schluck bewusst probiert hatte. *Mein Problem ist, dass ich nun eine völlig neue unbekannte Größe in meiner Verdächtigensammlung kriege, an die ich vermutlich nicht heran komme.*

Oder können Sie sich vorstellen, gegen den BND oder die NATO oder gar die CIA zu ermitteln?

Diese Leute haben doch alle was an der Klatsche, wenn Sie mich

fragen. Und ich habe keine Lust Schülertrainer auf einem Verkehrsübungsplatz zu werden.
Walcher musste schmunzeln, zeigte jedoch Anteil und wollte wissen, was Brunner denn nun zu tun gedenke.
Ich hatte eigentlich gehofft, dass Sie noch etwas lauter auf die Pauke hauen, damit ich dann die Scherben einsammeln kann.
Brunner grinste und hielt sein leeres Glas hin.

Ihre Offenheit überwältigt mich, immerhin ist bereits auf mich geschossen worden. Walcher schenkte Brunners Glas voll.
Da wende ich mich doch lieber den Perlen der Winzerkunst zu. CIA, NATO, BND, Hubers Spezerln aus Politik und Wirtschaft, um an die ran zu kommen, müsste ich in irgendeinen dieser Vereine eintreten.
Ich würde Ihre Bewerbung beim BND befürworten, grinste Brunner.

Die stellen keine Journalisten ein, die stellen sie kalt, meinte Walcher, bat Brunner um einen Moment Geduld und holte aus dem Arbeitszimmer die Kopie von Sahras Liste, die er für den Kommissar bereit gelegt hatte. *Vielleicht sollten Sie sich mal den Namen ansehen, der bisher nicht in Hubers Liste aufgetaucht ist. Die Liste ist*, nahm er Brunners Frage vorweg, *von Frau Tiefenbach. Es handelt sich dabei um Männer, die zu Hubers Orgien eingeladen waren. Sahra Tiefenbach war auch meist dabei, allerdings als Opfer und zwar schon im Kindesalter.*
Brunner stöhnte auf und flüsterte: *Mein Gott!*
Eine Weile lang war es ruhig in der Küche. Dann stand Walcher auf und legte die Wurst in Rollis Fressnapf, als brächte ihn das in die Realität zurück. Brunner griff zum Glas und trank es aus. Dann hörte er zu, wie Walcher eine kurze Zusammenfassung von Sahras Geschichte gab.
Es gibt immer mehr Teilchen, die irgendwie zusammen passen, stellte Brunner fest. *Wir haben in Hubers Keller einen Karton mit Pervitin gefunden und anderes Drogenzeugs.*

Pervitin?

Geradezu genüsslich klärte nun der Kommissar Walcher auf. *Pervitin, ein Vorläufer der heutigen Modedroge Crystal, Methamphetamin. Durchhaltepillen im zweiten Weltkrieg, mit denen Soldaten vor besonderen Einsätzen gedopt wurden.*
Ob Flieger, Matrosen in U-Booten, Panzerfahrer, aber auch die ganz normale Infantrie bekamen das Zeug ins Essen oder der Schokolade beigemischt. Hatte deshalb auch den Spitznamen „Panzerschokolade" oder „Stuka-Pillen".
Das Zeug wurde millionenfach verfüttert als die Wehrmacht zu den Blitzkriegen auf die Polen und Franzosen gehetzt wurde. Das Zeug macht süchtig. Kein Wunder, dass eine ganze Reihe von Soldaten auch nach dem Kriegsende um Pervitin bettelte. Vermutlich dopte die ganze Nazispitze.
Im Vietnam-Krieg kam der Wirkstoff auch wieder zum Einsatz, dann schluckten ihn Sportler und sogar dem Mannschaftsarzt der Deutschen Fußballnationalelf wurde nachgesagt, dass er beim Wunder von Bern mit Pervitin nachgeholfen hätte.
Erst 1988 wurde die Droge vom Markt genommen.
Und diesen Herrn hier, tupfte Brunner auf Sahras Liste, *haben wir heute Mittag unter dem dringenden Verdacht festgenommen, den Schuss auf Sie abgegeben zu haben. Jedenfalls hat ein Vergleich der Fasern am Stacheldraht und seiner schwarzen Kampfhose das erst einmal ergeben. Die DNA steht noch aus, das dauert.*

Wollen Sie einen Weltrekord aufstellen?, strahlte Walcher den Kommissar ungläubig an.
Brunners Siegerlächeln verriet, den eigentlichen Grund seines Besuches. *Erfahrung gepaart mit kriminologischer Intuition,* erklärte er.

Unglaublich, wie haben Sie das in der kurzen Zeit geschafft?
Ängstlichkeit!

Wie?
Ja, Ängstlichkeit, nickte Brunner. *Ich nahm an, dass der Schütze aus Hubers Freundeskreis stammt und eben dieser Generation wurde eingebläut: Wundstarrkrampf ist tödlich!*

Wir haben deshalb gleich am Morgen in einer Blitzaktion sämtliche Krankenhäuser, Apotheken und niedergelassene Ärzte nach Patienten und Käufern von Tetanus-Serum abgeklappert. Der Anruf Nummer 87 war ein Treffer. Erich Kammer, Überlingen, hatte sich eine Auffrischungsimpfung geben lassen und besitzt eine schwarze Hose mit zwei Löchern am Oberschenkel. Bingo. Fehlt nur noch das Gewehr und das Motiv. Prost!
Erich Kammer, Gülem hatte ihn im Zusammenhang mit Huber und der abgestürzten Cessna erwähnt, dachte Walcher, sagte aber nichts. Warum sollte er dem Kommissar nicht seine Freude lassen.

Sankt Antonius

Ich darf noch einmal betonen, dass dieses Gespräch rein informellen Charakter besitzt. Kaltenbacher hatte sich als Mann für Presse- und Öffentlichkeitsarbeit im BND vorgestellt und sich als Verbindungsmann im Fall Huber bezeichnet, allerdings auf der rein informellen Ebene.
Weder Brunner noch März, schon gar nicht Walcher wollten mehr darüber erfahren.
Ihn hatten die beiden Kommissare besonders eindringlich um Zurückhaltung gebeten, da sie selbst die Tragweite dieses Gesprächs nicht abschätzen konnten.
Organisiert hatte das Treffen ein Mitarbeiter von Heiner Müller, Brunners Verbindung beim BND. Dabei war ausdrücklich auf die erwünschte Teilnahme des Journalisten hingewiesen worden.
Wir sind in Sorge, begann Kaltenbacher und seine ernste Miene unterstrich seinen staatstragenden Tonfall, *dass sich hier Altlasten auftun, mit denen heute niemand mehr etwas zu tun haben will, und zwar weder was die Personen betrifft,*

noch von der ideologischen Seite her. Der Fall Huber könnte geeignet sein, den von unserer politischen Führung gewünschten Prozess einer neuen Öffentlichkeit ganz erheblich zu gefährden, wenn Sie verstehen, was ich meine. Kaltenbacher sah seine Zuhörer mit prüfendem Blick an, aber keiner der drei fühlte sich angesprochen.

Inzwischen ist Ihnen ja bekannt, dass Herr Huber ein Kontaktmann der sogenannten Stay-Behind-Organisation war, die Anfang der Neunziger aufgelöst wurde. Der BND hat nie einen Hehl daraus gemacht, dass er mit dieser, ihm quasi zwangsweise untergeordneten Organisation nichts am Hut hatte.

Dennoch wurde diese Organisation von den damaligen Regierungsverantwortlichen durchgesetzt.

Kaltenbacher machte ein paar Schritte zur Seite und wieder zurück.

Dem Ganzen hing schon damals der Ruf einer gewissen Peinlichkeit an, jedenfalls unter den Profis. Ich war noch nicht dabei, hatte aber die Gelegenheit mit zweien der ehemals verantwortlichen Leiter zu sprechen.

Die Ziele der Organisation stammten aus einer sehr unreifen Denkart und konnten wohl nur mit der damaligen Angst und eben einer gewissen Naivität der politischen Kräfte erklärt und entschuldigt werden, vielleicht auch noch durch den Druck der Amerikaner. Sie hören mir aber schon noch zu, meine Herren?

Brunner, März und Walcher öffneten gleichzeitig ihre Augen und nickten. Die Bank auf der sie saßen, wäre viel zu unbequem für ein Schläfchen gewesen. Dass sie alle drei die Augen geschlossen hatten, lag an der Sonne.

Sie hing tief über dem Bodensee und Kaltenbacher stand mit dem Rücken zu ihr.

Überhaupt ein idyllisches Bild, wie die drei auf der Bank saßen, im Hintergrund die Antonius Kapelle, vor ihnen der Gruppenführer, der auf und ab lief und hier und da mit den Händen herum fuchtelte. Eine etwas müde Führungsmannschaft vielleicht, die von ihrem Chef auf

Linie gebracht wurde, oder doch eher Zeitschriftenwerber beim Kritikgespräch mit ihrem Gruppenleiter?
Auch was den ideologischen Habitus der angeworbenen Helfer betraf, so darf deren Rechtslastigkeit nicht dem BND angelastet werden, es gab damals ja praktisch nur Personal aus Altbeständen. Deshalb waren die neuzeitlich denkenden Verantwortlichen dann auch geradezu heilfroh, dass die Organisation aufgelöst werden musste. Und nur so kann man verstehen, dass es damals niemand so genau nahm, als nur ein geringer Teil der über das ganze Land angelegten Depots in die Zentralen zurückfloss.
Auch was die Verabschiedung der verpflichteten Leute betraf, so verhielt man sich damals wenig professionell. Man ließ den Leuten mehr oder weniger ausrichten, dass die ganze Sache mit der Rückgabe der Depots erledigt sei und sie einfach vergessen sollten, was geschehen war, sie natürlich aber weiterhin Geheimnisträger seien und deshalb zur strengsten Geheimhaltung verpflichtet. Über manche waren ja nicht einmal Daten angelegt worden, und somit müssen wir davon ausgehen, dass vereinzelt noch Leute auf ihren Depots sitzen und immer noch darauf warten, aktiviert zu werden.
Ich weiß, wehrte Kaltenbacher mit beiden Händen ab, *das hört sich heute alles nur schwer verständlich an, aber als die EU damals der NATO und den nationalen Geheimdiensten vorwarf, an den Parlamenten vorbei eine geheime, paramilitärisch organisierte Truppe aufgebaut zu haben, wollte niemand mehr etwas mit der Organisation zu tun haben. Es ging bei der Auflösung wohl drunter und drüber ... vermutlich wurden sogar einige Schriftstücke gezielt vernichtet.*
Wir sollten nicht vergessen, dass zeitgleich die Wiedervereinigung ablief und der Dienst einen riesigen Haufen Arbeit bekam. Damals wurde eine Arbeitsgruppe mit dem Ziel gegründet, die ehemaligen Leute und vor allem die Quellenführer oder Gruppenführer, die aus dem Dienst entlassen worden waren, noch eine Zeitlang im Auge zu behalten.

Aber das ist generell das Problem von Geheimorganisationen, nur das Allernotwendigste wird schriftlich festgehalten.
Kaltenbacher stöhnte. *Wie das in großen Behörden eben so ist, da gibt es viele Winkel und Lücken und wohin mit den Leuten, die quasi direkt dem BND unterstellt waren.*
Einige wurden wohl in den Dienst übernommen, geschult und in anderen Tätigkeitsbereichen eingesetzt. Deshalb ist es umso schwieriger, an die Leute von damals heranzukommen.
Inzwischen hat sich der BND zu dem entwickelt, was er sein soll und auch die, ganz unter uns gesagt, alten Wehrmachtsschädel sind aus dem Dienst geschieden, wenngleich meist nur durch natürliche Auslese, dank Erlangung des Rentenalters.
Sie werden sich fragen, warum wir dieses Gespräch mit Ihnen gesucht haben und Sie auch so offen informieren.
Ich will es Ihnen sagen. Kaltenbacher war anzusehen, dass er sich auch gerne gesetzt hätte, aber die drei auf der Bank machten keine Anstalten zusammenzurücken.
Zum einen gibt es inzwischen ja Veröffentlichungen, die immerhin erste Schritte zu einem neuen, offenen Umgang mit dieser Materie darstellen, zum anderen befürchten wir, dass es vereinzelte Grüppchen ewig Gestriger gibt, die ... die wohl noch immer Krieg spielen wollen.
Wir haben deshalb entschieden, Ihre Ermittlungen in jeder Hinsicht zu unterstützen, jedenfalls soweit es sich nicht um notwendigerweise staatliche Geheimhaltungsinteressen handelt. Dass Sie an dieser Besprechung teilnehmen, Kaltenbacher hatte Walcher zugenickt und fixierte ihn mit einem Blick, der jede andere Deutung zuließ, außer Sympathie, *zeigt nicht nur die demokratische Basis des heutigen BNDs, sondern sollte auch als ein Signal von Herrn Müller verstanden werden, der Ihre Leistungen, speziell seit der Viren-Sache, besonders schätzt. Um es nochmals ganz klar und deutlich zu machen, wir werden niemanden schützen, der gegen geltende Gesetze verstößt, ganz egal, ob es sich dabei um einen ehemaligen Staatsbeamten, Politiker oder einen Mitarbeiter des BND handelt.*

Dass wir uns, um Ihnen dies zu übermitteln, hier auf dem Hügel des heiligen Antonius treffen mussten, deutete Kaltenbacher auf die Kapelle hinter ihnen, *liegt einmal an der Tatsache, dass der Heilige auch für Wahrheitsfindung gut sein soll und an der technischen Ausstattung der Leute, die als mögliche Täter in Frage kommen. Wenn Sie jetzt keine Fragen mehr haben,* Kaltenbacher zückte sein Handy und kontrollierte wohl seinen Terminplaner, *dann sollte ich mich verabschieden.*
Kommissar März streckte die Hand hoch, als säße er auf einer Schulbank, grinste dabei gequält und meinte: *Ich kann mir einfach nicht vorstellen, dass Sie glauben, wir, ich meine ich ... dass ich Ihnen diesen Schwachsinn abnehme.*
Kaltenbacher musterte März wie ein lästiges Insekt, sagte aber nichts, wartete nur.
März betrachtete dessen Schweigen dann auch als Aufforderung. *Sagen Sie uns doch einfach, wenn Sie schon die neue Offenheit des BND verkünden, wessen Interessen hier in Wirklichkeit geschützt werden sollen und wer wirklich als Organisator dahinter steckt.*
Er besaß das gewisse Etwas, dieser Kaltenbacher, das musste man ihm lassen, dachte Walcher, denn der BND-Öffentlichkeitsarbeiter schüttelte den Kopf und meinte nur: *Ich kann Ihnen nicht folgen, Herr März. Wenn Sie hinter meiner Information etwas anderes als unsere Bereitschaft zu einer offenen und sachlichen Zusammenarbeit vermuten, sollten Sie sich vielleicht mit Ihrer Paranoia beschäftigen. Hier,* Kaltenbacher verteilte seine Visitenkarten, *ich bin für Sie jederzeit erreichbar. Jetzt muss ich aber wirklich.*
Kaltenbacher reichte jedem der drei die Hand und eilte in Richtung Parkplatz davon.
Auch Brunner stand auf. Offensichtlich hatte er keine Lust auf weitere Gespräche, denn als ihn März nach seiner Meinung über diesen Auftritt fragte, gab Brunner eine ausweichende Antwort. Was März dazu veranlasste,

über die ‚beschissene Zusammenarbeit' zu fluchen und grußlos hinter Kaltenbacher her zu stampfen.
Kann mich auch, knurrte Brunner, nahm Walcher am Arm und zog ihn in die entgegengesetzte Richtung, auf der sie ebenfalls zum Parkplatz kommen würden. *Was halten Sie von dieser Inszenierung?*
Wenn er schon solch einen Aufwand treibt, der Kaltenbacher, dann hätte er wirklich mehr herauslassen müssen. Zum Beispiel wer aus Hubers Freundeskreis auch noch Gladiator gespielt hat oder sonst irgendwie mit dem BND verbandelt ist. Mir scheint, Kaltenbacher ist weniger an Aufklärung interessiert als um Schadensbegrenzung bemüht.
Brunner nickte zur Bestätigung. *Denke ich auch. Ich habe mir vorgenommen, mich gleich nachher mit Müller zu unterhalten, wollte jetzt nur nicht bei Kaltenbacher nachfassen. Bei März bin ich mir einfach nicht sicher genug. Kann mich ja täuschen, aber irgendwie brutzelt der seinen eigenen Braten. Aber etwas anderes. Wir haben Tauchutensilien bei Allersheim gefunden. Zwei Bleigewichte, wie sie in den USA zu bekommen sind. Die gleichen steckten im Gürtel von Barkow.*
Der junge Allersheim hat ohne groß ein Drama daraus zu machen erklärt, dass er während seines Studienaufenthalts in den USA einen Tauchkurs gemacht und die ganze Ausrüstung mitgebracht hat. Das meiste hätte er allerdings auf einem Flohmarkt verkauft, als er Geld brauchte. Woher nun die Gewichte aufgetaucht wären, konnte er sich nicht vorstellen, höchstens, dass er sie damals übersehen habe.
Die Armbewegung, mit der Walcher eine lästige Wespe davon scheuchte, hätte ebensogut auch seine Meinung unterstreichen können. *Warum sollten Allersheim junior oder senior oder beide den Freund von Sahra Tiefenbach umbringen? Ergibt das einen Sinn? Aber es gibt ja bisher bereits einiges, was keinen Sinn macht. Der Schuss auf mich zum Beispiel. Ich mache mir Gedanken, aber komme einfach nicht auf das Motiv. Außer, dass ich Hubers Freundeskreis befrage, habe*

ich nichts gemacht, was jemanden, den ich nicht einmal kenne, dazu treiben könnte, auf mich zu schießen. Und dann der Presserummel wenn's geklappt hätte. Der hätte den ermittelnden Behörden ja geradezu Höchstleistungen abverlangt.

Brunner knurrte etwas von ‚Selbstüberschätzung', wurde aber gleich wieder sachlich. *Vielleicht will ja jemand genau das erreichen ... ich dreh' mich da auch im Kreis,* stöhnte Brunner. *Übrigens stimmt das Blut am Zaun mit Kammers DNA überein und wir haben auch noch Handschuhe in seinem Wagen gefunden, mit Schmauchspuren dran. Also ist er mit hoher Wahrscheinlichkeit der Schütze, es sei denn, es war noch ein zweiter dabei.*

Was machen Sie mit ihm?

Er sitzt ja bei März und mit dem habe ich vereinbart, dass er ihn erst einmal schmoren lässt. Natürlich laufen Verhöre und psychologische Tests und die Recherchen, was der Gute bisher so alles angestellt hat, aber langfristig brauchen wir das Gewehr und ein Motiv.

Soll ich ihn wegen versuchten Mordes oder versuchten Totschlags anzeigen, oder wenigstens wegen Hausfriedensbruch und Sachbeschädigung?, wollte Walcher wissen, hatte die Frage allerdings eher zynisch gemeint und war überrascht, dass Brunner mit großem Ernst seine Frage beantwortete und eine solche Anzeige unbedingt wichtig und sinnvoll fand, ungeachtet davon, dass es sich ohnehin um ein Offizialdelikt handelte.

Leitstelle

Die vier nebeneinander an der Wand montierten Bildschirme waren mit den Buchstaben der Himmelsrichtungen gekennzeichnet und erlaubten einen lückenlosen Rundblick um das Haus. Zu verdanken war dies den extremen Weitwinkelobjektiven der jeweils in der Mitte der Aussenwände angebrachten Kameras, die als rechte und linke Bildbegrenzung sogar noch die Dachrinnen und die unteren Hauslinien erfassten.
Unmöglich also, sich unbeobachtet Luis' Haus zu nähern, wenn er die Kameras eingeschaltet hatte. Das tat Luis zwar nur wenn er in seiner „Leitstelle" saß, im Bunker unterhalb der Kellerräume – aber da saß er praktisch jeden Tag und die halbe Nacht.
Dass Luis bereits seit fünf Jahren pensioniert war, bedeutete für ihn lediglich, dass er sich seit jenem Datum ausschließlich um die Rettung des Vaterlandes kümmern konnte.
Es hatte ihn einen ordentlichen Batzen gekostet, seine Leitstelle zu bauen und stellte zudem eine logistische Meisterleistung dar. Immerhin galt es, mit ortsfremden Arbeitern einen Bunker zu bauen und ihn einzurichten, ohne dass die Nachbarschaft mitbekam, was da im Funk'schen Anwesen im Entstehen war.
Für besonders Neugierige hatte er deshalb im Parterre einige Renovierungsarbeiten durchgeführt und die Wand zwischen Wohn- und Esszimmer einreißen lassen.
Dass er dadurch einen riesigen Raum erhalten hatte, in dem er sich allein und verlassen vorkam, schien ihm nebensächlich. Im Normalfall war der Fernseher ohnehin nur angestellt, um zufällig oder gezielt schnüffelnden Menschen das Heim eines Normalbürgers vorzugaukeln.
Seit Tagen sichtete Luis seine Gladio-Unterlagen auf der Suche nach einem Hinweis auf Hubers Depot.

Luis verfluchte sich dafür, dass er sich nicht zu Hubers Lebzeiten darum gekümmert hatte, denn bevor die Polizei auf jene Unterlagen und Materialien stieß, mit denen Huber seine Erpressung begründet hatte, musste er sie an sich bringen, aus dem Verkehr ziehen.
Tagelang hatte Luis versucht, sich in Hubers Psyche zu versetzen und war überzeugt, das Versteck in oder zumindest in der Nähe von dessen Villa in Lindau suchen zu müssen. Huber war immer schon ein fauler Hund gewesen, der ohne Not keinen Schritt zuviel getan hatte. Deswegen musste damals auch ein Lagerraum in der Nähe seines Hauses angemietet werden. Dorthin wurde das Material für die Depots geliefert und von Huber an die einzelnen Verbindungsleute verteilt. Dass der größte Teil bei der Auflösungsaktion verschollen blieb, hatte niemanden interessiert, es wollte ja plötzlich auch keiner mehr verantwortlich sein.
Hubers Villa kam als Versteck nicht in Frage, denn dort hatte die Polizei schon gesucht und nichts gefunden. Jedenfalls nichts, was mit Gladio zu tun hatte. Sonst wären sie längst vor der Tür gestanden.
Also musste er in der Nachbarschaft suchen. Das Lagerhaus, das Huber damals angemietet hatte. Das wäre die bequemste Lösung für das Schwein gewesen. Warum war er darauf nicht schon früher gekommen? Vermutlich lief der Mietvertrag immer noch.
Eine Stunde später stöhnte Luis unter der Last der Verantwortung, die wieder einmal hauptsächlich ihn zu treffen schien. Sieben seiner Leute hatte er angerufen und alle sieben hatten signalisiert, dass sie für keine Aktionen zur Verfügung stünden, die, wie bei Kammer, geradewegs ins Gefängnis führten. Blieben noch vier einigermaßen verlässliche Kämpfer, die allerdings bereits ihre Winterquartiere auf Mallorca bezogen hatten. Also würde er sich selbst darum kümmern müssen.

Luis war nicht sicher, wie er vorgehen sollte. Sein Drehbuch, in dem bisher jeder Schritt präzise geplant war, hatte sich seit Florians Tod völlig verselbständigt.
Da half auch kein tiefer Schluck Kentucky Bourbon, den er als Seelentröster immer im Haus hatte, obwohl er sonst heimische Produkte bevorzugte. Es war ein Kollege der CIA, der ihn auf den „Old Forester" gebracht hatte.
Seither liebte er den süßlichen Geschmack von Karamell und Holzkohle und natürlich die sedierende Wirkung auf seinen Nervenzustand. Zuviel hatte Luis in den letzten Wochen getrunken, darüber war er sich im Klaren, aber seit Florian sich als ein ebenso ekelhafter Erpresser wie Huber herausgestellt hatte, brauchte er häufiger Trost als sonst.
Luis schüttelte den Kopf bei der schmerzlichen Erinnerung. Als Erben wollten Florian und seine Sippschaft eingetragen werden, notariell. Wie hatte er sich in dem Jungen nur derart täuschen können?
Irgendwie schien Erpressung in Mode zu kommen.
Die Menschen waren einfach von Haus aus schlecht, aber deswegen gab es vermutlich solche Tröster wie den „Old Forester".
Was allerdings auch der gute Geist aus Kentucky nicht beantworten konnte, war Luis brennende Frage, wer Florian liquidiert hatte, denn seine Leute waren es ja nicht gewesen.

Gartenarbeit

Es dauerte eine Weile, bis er den Rasenmäher aus dem Holzschuppen gezogen hatte. Das lag nicht etwa an seinem mangelnden Geschick, sondern an seiner Frau, die alle möglichen Gartengeräte und Krempel auf und vor dem Mäher abgestellt hatte. Ein Grund mehr, sich nicht um den Garten zu kümmern, dachte er und versuchte, etwas Ordnung in den Schuppen zu bekommen.
Benedikt mähte vielleicht ein- bis zweimal im Jahr das Gras und auch nur dann, wenn ihn düstere Gedanken umtrieben. Das Heulen des alten Elektromotors machte den Kopf frei, fand er, und einen klaren Kopf benötigte er dringend.
Die Welt schien durchzudrehen, ohne dass er dabei die Zügel in den Händen hielt und das allein erschien ihm bereits als ein Supergau. Dass Huber umgebracht worden war, interessierte ihn nur der befürchteten Hinterlassenschaft wegen, die durchaus geeignet war, ihm auf seine alten Tage den Schlaf zu rauben.
Immer schon hatte er geahnt, dass ihm die Verbindung zu Huber irgendwann einmal Probleme bereiten würde, aber immer hatte er die warnende Stimme abgestellt.
Zu groß war der Spaß gewesen, den sie hatten und zu lukrativ auch die Geschäfte, als dass er sie anderen überlassen hätte.
Dass sich nun verrückt gewordene Polizisten Meriten verdienen wollten, hätte man ja noch regulieren können, aber dass offensichtlich auch alte Kameraden in dem Fall mitspielten, barg unkalkulierbare Gefahren.
Grossmann hatte mit seinem bisherigen Leben keine Probleme, ihm fehlten vermutlich jene Hormone oder neurologischen Synapsen, die für Gefühlsduseleien wie Verantwortung und Moral zuständig waren. Das einzige Problem, das ihm Sorge bereitete, war die furchterregende

Vorstellung, an die Öffentlichkeit gezerrt zu werden und den Habitus des seriösen Politikers und Geschäftsmannes zu verlieren.
Sich nicht mehr aus dem Haus und nicht mehr in die Weinstube trauen zu können, unter Umständen den Wohnort wechseln zu müssen, waren Horrorvisionen, die er weit mehr als die Staatsmacht fürchtete.
Die würde nämlich alles versuchen, um zu verhindern, dass Grossmann Details aus seinem Berufsleben preisgeben müsste. Allerdings hatte er genügend Erfahrung mit den führenden Köpfen der Administration und konnte deshalb nie so ganz sicher sein, welche Faktoren diese Leute übersahen und deshalb Lawinen ins Rollen brachten, die nicht mehr steuerbar sein würden.
Aber selbst vor Lawinen hatte Grossmann keine Angst. Für ihn waren auch Lawinen irgendwie lenkbar, da machten ihm die alten Kameraden schon mehr Sorgen. Diese alten Narren gehörten allesamt ins Gefängnis gesperrt oder am besten gleich der CIA übergeben, die sie hoffentlich in Guantanamo entsorgen würden. Nur dann war man vor ihnen halbwegs sicher.
Die Sache mit Huber sah nach deren Handschrift aus. Einen Störfaktor nicht einfach eliminieren, nein, es musste gleich ein filigranes Meisterwerk sein, um zu beweisen, dass man noch nicht zum alten Eisen gehört. Er würde mit ihnen wieder Kontakt aufnehmen und sie zurück pfeifen müssen, sein Wort galt immer noch etwas.
Es dauerte eine Zeitlang, bis Grossmann registrierte, dass der Mäher nicht mehr lief. Irritiert rüttelte er am Stecker und ging, als sich nichts tat, zu der Steckdose im Geräteschuppen. Aber auch dort konnte er keinen Grund für den Stillstand des Mähers erkennen.
Schon einmal war er über das Kabel gefahren, aber da hatte es die Sicherung im Schuppen herausgehauen und nun war sie noch intakt, auch das Licht bekam noch

Strom. Vielleicht hatte der Mäher selbst einen Kurzschluss oder einen anderen Defekt. Warum hatte er auch unbedingt Rasen mähen wollen, schalt er sich, sollte das doch Hortense mit ihrem Gärtner machen.

Grossmann stand am Mäher und drückte noch ein paarmal auf die beiden Schalter, die gleichzeitig betätigt werden mussten, um das Ding in Gang zu setzen, zog dann den Stecker heraus und begann, das Kabel mit der rechten aufzunehmen und in Schlingen über die linke Hand zu legen. Jeder Schritt eine Schlinge, so näherte er sich dem Schuppen wie ein Cowboy, der sein Lasso einholt.

In Gedanken war er bei den Gesprächen, die er führen würde und zwar noch am selben Tag, deshalb übersah er die blanke Kabelstelle, der sich seine rechte Hand näherte. Vielleicht hätte er sie auch nicht gesehen, wenn er konzentriert bei der Arbeit gewesen wäre.

Hortense benutzte immer Handschuhe. Auch für ihn hatte sie welche besorgt, aber sie waren nicht an ihrem Platz an der Schuppentür gehangen und bisher hatte er sie ohnehin noch nie getragen, so wie er auch ablehnte, auf dem Fahrrad einen Schutzhelm zu tragen, schließlich leide er nicht unter Fallsucht, hatte er immer grinsend mit seinem Heldentum angegeben.

Grossmanns Ende kam unverhofft und plötzlich, völlig unspektakulär, ein Kurzschluss eben. Seine Hände und Arme brachen die begonnenen Bewegungen einfach ab. Die Beine knickten seltsam unharmonisch in gegengesetzte Richtungen ein, während der Oberkörper mit dem Kopf voran sank, auf dem ungemähten Rasen aufschlug, kurz verharrte, seitlich abkippte und liegen blieb.

Erst dann unterbrach die Sicherung die Stromzufuhr, aber das würde Grossmann nie erfahren. Auch, dass einige Zeit später der Hauselektriker den Kopf schütteln und erklären würde, dass im Verteilerkasten für das Gartenhaus eine sogenannte TT Sicherung sitzen würde, deren hoher Trägheitswert eigentlich ungeeignet wäre und dass solche Sicherungen grundsätzlich in keine Hauselektrik gehören und er absolut sicher wäre, sie noch nie in dem Verteilerkasten gesehen zu haben.

Sahras Verhaftung

Ach ja, meinte Brunner, als wolle er noch von einer Nebensächlichkeit berichten, auf die er aber ebenso hätte verzichten können, *wir haben Frau Tiefenbach verhaftet. Der Amtsarzt hatte auf einen richterlichen Beschluss gedrängt, damit sie in ein psychiatrisches Krankenhaus eingewiesen werden konnte.*

Walcher brauchte einige Sekunden, bis sich das plötzliche Vakuum im Kopf wieder gefüllt hatte. Er versuchte seine Betroffenheit auch gar nicht zu überspielen. *Huber, Barkow, wen soll sie denn umgelegt haben? Sind Sie da nicht etwas voreilig gewesen oder haben Sie neue Erkenntnisse?*

Dringender Tatverdacht des Mordes an Florian Barkow. Brunners Tonfall hatte unüberhörbar amtlichen Charakter angenommen.

Ach kommen Sie, Beweise?

Erdrückend!

Heraus damit, forderte Walcher und zwar ruppiger, als er es vorgehabt hatte, aber Brunner ging nicht darauf ein, sondern begann, indem er die Finger zu Hilfe nahm.

Erstens, auf dem Boot von Frau Tiefenbach, einer Jolle mit Motor, wurden Haar- und Hautpartikel von Barkow gefunden. Zweitens, eine Einmalspritze, die zwischen Deckplanken und Bordwand gesteckt hatte. An der Kanüle hat unser Kantler Gewebe gesichert, dessen DNA von Barkow stammt, sowie drittens, in der Spritze Spuren der Drogen, wie sie auch in Barkows Körper gefunden wurden.

Viertens, Brunner war laut geworden, als hielte er eine Pressekonferenz ohne Mikrophon ab, *klebten auf den Bleigewichten, die in den Taschen der Tauchgürtel steckten, Frau Tiefenbachs Fingerabdrücke. Fünftens, haben Segler im Hafen von Langenargen, wo das Boot von Frau Tiefenbach liegt, beobachtet, dass in der Nacht des Todes von Barkow, er und Frau Tiefenbach an Bord gegangen sind und den Hafen gegen 21 Uhr verlassen haben. Eine ungewöhnliche Zeit für einen Segeltörn, deshalb können sich immerhin unabhängig voneinander drei Leute daran erinnern. Ebenso an die Zeit der Rückkehr des Bootes, nämlich drei Uhr in der Nacht, allerdings wurde da nur noch Frau Tiefenbach beim Verlassen des Kahns gesehen, dieses Mal von zwei anderen Zeugen.*

Walcher war sich nicht im Klaren darüber, warum ihn das penetrante „Frau Tiefenbach" des Kommissars aufregte. Schon einmal hatte er sich beschwert, als Brunner von „seiner" Sahra gesprochen hatte. Vermutlich wollte ihn Brunner nun damit nerven.

Sechstens, fuhr Brunner mit seinen Beweisen fort und nahm den Daumen seiner rechten Hand zu Hilfe, *in Hubers Keller haben wir Fingerabdrücke von Frau Tiefenbach an der Tür und am Treppengeländer gefunden.*

Als siebten Beweis haben wir in einem kleinen Erdkeller unter Frau Tiefenbachs Gartenhaus, eher ein Erdloch mit einer Falltür drauf, genau die gleichen Einwegspritzen und eine ziemliche Menge harter Drogen entdeckt, das heißt, es war der Zollhund, den wir uns ausgeliehen hatten.

In diesem Loch fanden wir auch Fasern jenes Rupfenstoffes, in dem Huber auf seinem letzten Gang gewandet war.

Beweis Numero acht, Frau Tiefenbach hätte sich auch den Tauchgürtel beschaffen können, denn der lag in Allersheims Schuppen. Der Junior hatte das meiste seiner Tauchausrüstung verscherbelt, nicht aber die Gewichtsgürtel. An die kann sich der alte Allersheim, als er ins Nebenhaus zog, noch deutlich erinnern. Nummer Neun! Bei Frau Tiefenbachs medizinischem

Sicherheitscheck bei der Einlieferung wurden dieselben Drogen analysiert. Sie ist schwerst abhängig, sagen die Ärzte, was ja nicht unbedingt als Schuldbeweis zu gelten hat. Aber die Einnahmen von Methamphetamine über einen längeren Zeitraum, speziell von diesem Pervitin, führen zu Persönlichkeitsveränderungen und sonstigen psychischen Auffälligkeiten. Eine davon ist die Spaltung der Welten, in denen Frau Tiefenbach lebt.
Eine Welt mit Huber zusammen im Sumpf und die heile Welt hier im Garten der Großeltern, die übrigens beide noch am Leben sind, wobei ich bei der Nummer zehn wäre.
Der Großvater hat in Barkows Todesnacht beobachtet, wie seine Enkelin, Sahra Tiefenbach, um 24.30 Uhr sein Haus in Romanshorn verlassen hat, „verstohlen", wie er es formulierte.
In Frau Tiefenbachs Zimmer im Haus der Großeltern fanden die Schweizer Kollegen dann auch eine Tasche, in der weitere Drogen und zwei Videos lagen, versteckt in alten Kleidern.
Die Videos sind neueren Datums und zeigen Frau Tiefenbach, Huber und zwei weitere Männer, die wir als Grossmann und Henge identifizieren konnten. Trotz ihres Alters stellen die Herren, jeweils angeregt durch Frau Tiefenbach, eine beneidenswerte Beweglichkeit unter Beweis.
Nun gingen Brunner die Finger aus, weshalb er wieder mit einem Daumen begann.
Elftens, Barkow hat zwei Jahre hintereinander, 2006 und 2007, in der Meersburg als Nachtwächter gejobbt, konnte sich also in aller Ruhe umsehen und Nachschlüssel besorgen. Dann hat Barkow Chemie und Biologie studiert, konnte also mit Drogen umgehen. Wir gehen davon aus, dass er allein oder mit Frau Tiefenbach das Opfer in die Burg gelockt, betäubt und in der Nacht ins Loch geführt hat und, wenn es nicht Frau Tiefenbach gewesen ist, Barkow einen anderen Helfer hatte.
Aber das finden wir noch heraus. Ein weiterer Beweis ist der Kuttenstoff, von dem einige Ballen in Hubers Lagerkeller liegen. Das Zeug war damals von irgendeinem Bundeswehrbeschaffungsamt eingekauft worden. Einiges davon ist zu Beuteln

vernäht worden, in denen wohl die Depotausrüstungen aufbewahrt oder transportiert werden sollten. Was wir noch nicht gefunden haben ist das Garn, mit dem die Kutte genäht wurde. Weder in Frau Tiefenbachs Nähmaschine, Nähkorb, noch in Barkows Studentenbude, noch in dessen elterlicher Wohnung. Aber das taucht sicher auch noch auf, ebenso wie wir die Herkunft des Seils, der Eisenkette oder der Eisenkugel, Schelle und Trinkflasche herausfinden werden. Auch die Herkunft des Papiers auf dem der Aufruf an die Mitarbeiter der Meersburg kopiert wurde, ist noch unklar, ebenso der Kopierer.

Was ist mit der Puppe und dem Fuchsskelett?, wollte Walcher wissen.

Sind wir natürlich auch dran, wenngleich das für mich noch keinen Sinn gibt. Allerdings nehme ich an, dass es sich dabei um eine falsche Fährte handelt, die uns ebenso verwirren sollte, wie die Tiefenbach selbst auch verwirrt ist. Wir konnten nicht länger warten. Frau Tiefenbach erschien unserem Arzt höchst suizidal.

Was ist mit den Allersheims und den Spuren, die zu ihnen führen? Irgendwie fühlte sich Walcher als Sahras Verteidiger, ohne dass er sich über seine Rolle im Klaren war.

Was soll damit sein?, fragte Brunner zurück und ihm war anzumerken, dass er sich über Walchers Dickköpfigkeit zu ärgern begann.

Na, Sie waren es doch, der als Erster die Allersheims verdächtigte.

Brunner fuhr mit der Hand durch die Luft, als wolle er Walchers Vorwurf verscheuchen, ging aber dann nicht darauf ein, sondern hielt einen Kurzvortrag über die Gefühlswelten von Polizisten, deren Vorhandensein im Allgemeinen und speziell an der sachlichen Ermittlungsarbeit einen durchaus positiven Aspekt zur Aufklärung selbst komplexer Fälle würde beitragen können.

Gefühle seien der kreative Motor und auch die menschliche Komponente, selbst wenn darin Gefahren steckten.

Damit müsste man umgehen, denn schließlich wären Polizisten Menschen und keine Ermittlungscomputer. Walchers Miene drückte Skepsis aus, aber er wollte nicht auf Brunners Gefühlen herumreiten.

Was ist mit den Namen auf Sahras Liste?

Sind wir dran. Es gibt da einige interessanten Aspekte und Verbindungen.

Na kommen Sie schon, fangen Sie jetzt nicht an zu blocken. Brunner schien sich seinem Schicksal namens Walcher zu ergeben, seufzte tief und nickte dann. *Zum Beispiel haben fünf Leute der Liste bei der gleichen Einheit ihre Grundausbildung gemacht und drei von ihnen haben sich für weitere vier Jahre verpflichtet. Obwohl sie dann unterschiedliche Berufe ausübten, hatten sie nie den Kontakt miteinander verloren. Einer dieser fünf ist sogar mit Florian Barkow verwandt.*

Verwandt?, spielte Walcher den Überraschten und hoffte, dass Brunner nicht durch März von seinem Besuch bei den Barkows erfahren hatte. *Also, wenn das kein Ansatz ist. Vermutlich waren die alle bei den Gladiatoren.*

Sind wir dran, nickte Brunner und sah auf die Uhr, aber davon ließ sich Walcher nicht irritieren.

Also, lieber Herr Kommissar, ich brauche Sie vermutlich nicht darüber aufzuklären, dass jeder halbwegs versierte Anwalt Ihnen Ihre sogenannten Beweise für eine Schuld von Frau Tiefenbach in feinste Stückchen zerpflückt und Sie der Presse zum Fraß vorwirft, damit die den voreiligen Kommissar zerlegt und die Fetzen an den Pranger der Öffentlichkeit nagelt. Da können Sie die Tiefenbach gleich noch des Mordes an Huber bezichtigen.

Wohl doch in die Kleine verguckt? Brunner grinste ihn an, einen Tick zu unverschämt, wie Walcher fand, aber darauf einzugehen, hätte den Kommissar in seiner Meinung nur bestätigt.

So, und jetzt erklären Sie mir noch, Walcher bemühte sich um einen sachlichen Ton, *warum die Tiefenbach einen*

Schützen auf mich angesetzt hat und die Sache mit dem Babyschuh vorspielte? Und dann vor allem, das Motiv! Sahra Tiefenbach hat Florian geliebt und nicht ...
Ich habe nicht behauptet, dass wir nicht noch die eine oder andere Frage zu klären hätten, unterbrach Brunner. *Aber Sie sollten Frau Tiefenbach mal besuchen, vielleicht erwischen Sie sie ja gerade in der Rolle des Jekyll und nicht als Hyde. Ich bin mir ohnehin nicht sicher, welches ihrer Ichs wir eigentlich verhaftet haben.*

Konstanz

Warum die Konstanzer das „s" in ihrem Stadtnamen mit besonderer Betonung als „sch" aussprechen, kann man vermutlich nur als Konschtanzer verstehen, aber darüber machte sich Walcher keine übermäßigen Gedanken, sondern suchte die Mozartstraße im Stadtteil Petershausen, in dem, jedenfalls an der Seeseite, herrliche Villen aller Baustile zu finden waren.
Die Nummer sieben in der Mozartstraße zeugte vom künstlerischen Anspruch ihres Erbauers und dem jenes Banausen, der das Haus in jüngster Zeit renoviert hatte. So stand in dem kleinen, gepflegten Parkgarten eine Fassade im frühen Jugendstil, in der zwei Fenster und das Portal schamlos vergrößert und aus Materialien eingesetzt worden waren, die bestenfalls auf eine hohe Liebe zur Zweckdienlichkeit tippen ließen.
Als Walcher jedoch auf dem Terrassenbalkon im ersten Stock stand und in die Konstanzer Bucht sah, versöhnte ihn der phänomenale Ausblick, und spontan fragte er sich, warum Menschen überhaupt noch ans Mittelmeer wollten.
Kurt Momser saß bequem auf einer Gartenliege mit

Getränkeablage an den Armlehnen und nuckelte am Strohhalm, der in einem türkisblauen Cocktail steckte. Momser trug eine schwere Sonnenbrille und wirkte wie der Sommergast eines mondänen Hotels.
Der dienstbare Geist, eine hagere Frau unbestimmten Alters, in einen grauen Arbeitsmantel gekleidet, hatte Walcher auf die Terrasse geführt, rückte ihm eine ebenso schwere Gartenliege neben Momser und fragte nach seinem Getränkewunsch. Bevor er allerdings etwas sagen konnte, hob Momser sein Glas in die Höhe und bestellte: *Bringen Sie ihm denselben und mir auch noch einen. Haben Sie exzellent hinbekommen.* Dann zu Walcher gewandt: *Kommen Sie, setzten Sie sich und freuen Sie sich auf den Drink. Ihr Journalisten hängt doch alle am Zapf, oder haben sich die Zeiten geändert?*
Walcher stöhnte ein: *so in etwa,* während er versuchte, sich züchtig auf der Liege niederzulassen.
Sie hatten am Telefon gesagt, dass Sie mich wegen und über Huber befragen wollen, den Sie vor einigen Jahren einmal interviewt haben, übernahm Momser die Gesprächsführung.
Wenn ich nicht so auf Abwechslung scharf wäre, hätte ich Ihnen schon am Telefon gesagt, dass Sie sich den Besuch sparen können, denn ich hatte mit Huber so gut wie keinen Kontakt. Er war irgend so ein kleiner Wiesel im Außendienst und dazu noch einem anderen Bereichsleiter unterstellt. Wie sind Sie eigentlich auf mich gekommen?
Bevor Walcher antworten konnte, kamen erst einmal die Drinks, weshalb er aus einer Mischung von Höflichkeit und Neugier einen vorsichtigen Schluck aus dem Strohhalm sog. Das Zeug schmeckte scheußlich nach Pfefferminzbonbons und war derart süß, dass es vermutlich nur Menschen zu sich nehmen konnten, deren Gebiss bereits aus den Händen eines Zahntechnikers stammte.
Dennoch nickte Walcher und stellte das Glas vorsichtshalber gleich in die Ablage der Armlehne.

Zwei Leute, beantwortete er Momsers Frage, *haben mir Ihren Namen genannt, Frau Grossmann und Sahra Tiefenbach.*

Eine Tiefenbach kenne ich nicht, aber die alte Schlampe Hortense. Vor der sollten Sie sich in Acht nehmen, die frisst Männer mit Hut und Lederschuhen. Also, was wollen Sie wissen? Ob ich diesen Huber umgebracht habe oder ich mir vorstellen könnte, wer es gewesen ist? Wissen Sie, ich kann mir so ziemlich alles auf dieser Welt vorstellen, schließlich habe ich ja auch schon einiges mitgemacht. Schätzen Sie doch mal, wie alt ich bin? Da kommen Sie niemals drauf, da wette ich glatt um eine Runde von diesem zuckersüßen Zeugs da. 87 Jahre habe ich auf dem Pelz, allerhand nicht, und mein Appetit ist so gut wie meine Verdauung und das, obwohl ich nicht immer wie ein Klosterschüler gelebt habe. Ich mache ja auch kein Hehl daraus, nicht immer nur auf der Straße der Braven gewandelt zu sein. Aber was sollte man denn nach dem Krieg machen? Ich war bei der Ostaufklärung der Wehrmacht und dann gleich im jungen BND, noch unter Gehlen. Habe sie alle gekannt, Blum, Hinrichs, Wessel, auch die Amifuzzis, den ollen Critchfield, Boker, Walkmann, Murphy. Auch die Zonenleute und Russen, Stuchly, Kondraschov und wie sie alle hießen, einige Namen habe ich einfach vergessen, aber das passiert heutzutage Politikern ja täglich. Vermutlich wollen Sie wissen, ob und mit wem ich noch Kontakt habe. Aber bei mir ist es wie bei anderen Pensionären, in dem Moment, wo du den Hintern nicht mehr so richtig hoch bekommst, bist du endgültig abgeschrieben. Das werden Sie auch noch entdecken, wenn Sie ein paar Jährchen älter sind. Sie haben noch Fragen? Momser holte einige Male tief Luft und machte sogar eine kleine Pause.

Walcher schüttelte nur mit dem Kopf und dachte darüber nach, wie er die Zeit erfreulicher hätte nutzen können, zum Beispiel mit Irmi in die Geschichte der einzigen Stadt nördlich der Alpen einzusteigen, in der ein Papst gewählt worden war. Oder mit Rolli ... weiter kam er nicht, denn Momser wiederholte: *Haben Sie noch Fragen? Sie müssen mir antworten, junger Mann, wenn Sie nur mit dem Kopf schütteln, dann hilft mir das nicht weiter. Meine Augen! Nicht, dass man mich noch im Alter geblendet hätte, so wie früher mal Baumeister oder Spione,* kicherte er, *aber ich bin inzwischen blind wie ein Maulwurf. Maulfwurf,* wiederholte er sein Kichern, *ach da könnte ich Ihnen Geschichten erzählen, als unsere Maulwürfe in der DDR damals aufgeflogen sind, da war die Kacke am Dampfen, sag ich Ihnen. Aber ich merke schon, die Jugend. Sie werden unruhig, gell? Verschenkte Zeit. Haben den weiten Weg gemacht, um das Gesabbere eines alten blinden Sacks anhören zu müssen. Also, Sie sind entlassen, hat mich gefreut, mich mit Ihnen zu unterhalten, und wenn Sie wieder mal Fragen haben, rufen Sie doch einfach an. Meine Nummer haben Sie ja. Herzchen,* brüllte Momser, *unser Gast will jetzt gehen. Adieu und Tschüss.*

Zehn Minuten später saß Walcher wieder auf der Fähre nach Meersburg und fragte sich, warum Hortense Grossmann ihm Momser als besonders wichtigen Namen genannt haben mochte. Hatte sie ihn auf den Arm nehmen wollen oder steckte hinter Momser mehr als ein seniler Labersack. Vielleicht, kam es ihm in den Sinn und beschleunigte auch gleich seinen Puls, sollte er nur von zu Hause weggelockt werden?

Von Momser wäre sicher unschwer der Zeitpunkt ihres Treffens zu erfahren gewesen. Walcher rief deshalb Mathilde an und bat sie, sich eventuelle Besucher besonders kritisch anzusehen und Türen und Fenstern heute eher mal geschlossen zu lassen. Mathilde versprach es, ohne nach dem Grund zu fragen, wofür ihr Walcher dankbar war.

Auf Walchers Besuchsliste des heutigen Tages standen noch zwei weitere Adressen. Als nächste war die von Erich Kammer an der Reihe.

Vorsitzender eines Vereins, der sich um Kriegsopfer

kümmerte, ein Gewehr besaß und damit nachts auf Journalisten schoss.
Sein Wohnort lag, bei einem kleinen Umweg nach Überlingen, praktisch auf dem Heimweg. Vielleicht erhellte Frau Kammer die Frage, warum ihr Mann wie ein Auftragskiller ins Allgäu gefahren war und mitten in der Nacht auf einem einsamen Hof einen Journalisten umbringen wollte, den er nicht einmal persönlich kannte.
Eine gute halbe Stunde später hatte Walcher unter all den Fischnamen des Wohnviertels im Osten Überlingens die Zanderstraße gefunden.
Ein ziemlich großes Anwesen bewohnten die Kammers, von einer alten hochgewachsenen Buchenhecke zur Straße hin abgeschirmt. Frau Kammer ließ ihn ganz selbstverständlich ins Haus und bot ihm in freundlichem Ton in der geräumigen Diele einen Platz, ein Getränk und einen frischen Zwetschgenkuchen an.
Walcher lehnte ab, er wollte erst sicher sein, dass sich sein Aufenthalt lohnen würde, außerdem hing ihm noch die überzuckerte Minze zwischen den Zähnen. Deshalb stellte er ohne große Floskeln gleich seine ersten Fragen, nach dem Freundschaftsgrad und der Intensität der Geschäfte mit Huber.
Frau Kammer schüttelte nur den Kopf und erklärte, dass sie von den Geschäften ihres Mannes keine Ahnung habe. Auch als Walcher nachhakte, dass sie doch wenigstens wissen müsste, womit ihr Mann sein Geld verdiene, schüttelte sie wieder den Kopf.
Walcher stellte fest, wie sich in ihm eine leichte Aggression aufbaute und fragte sicherheitshalber nach, ob sie beide über den Erich Kammer sprachen, der in Konstanz derzeit wegen Mordversuchs in Untersuchungshaft saß. Ja, gab sie zu, das hätten die Polizisten als Grund genannt, weshalb sie von ihnen verhört worden war. Aber auch denen habe sie nichts über Kammer erzählen können.

Frau Kammer war aufgestanden und hatte sich mit dem Rücken zu Walcher an das Fenster gestellt und schien intensiv hinaus in den weitläufigen Garten zu sehen, in dem offensichtlich viel Gemüse angebaut wurde, jedenfalls war ein Beet neben dem anderen angelegt, unterbrochen nur von Staudenblumen.
Bevor Walcher bereit war, den Besuch als die zweite Niete an diesem Tag abzuhaken, versuchte er einen neuen Anlauf. *Ich kann Sie ja nicht zwingen mit mir zu sprechen, aber vielleicht verstehen Sie, dass es mich interessiert, warum Ihr Mann auf mich geschossen hat.*
Frau Kammer zuckte mit den Achseln: *Ich wusste ja nicht einmal, dass er schießen kann und ein Gewehr besitzt.*
Sagt Ihnen der Begriff „Stay-Behind-Organisation" etwas?
Sie schüttelte nur mit dem Kopf.
Dann sagt Ihnen vermutlich „Gladio" auch nichts?
Dass sie nun nickte, sprach wenigstens dafür, dass sie zuhörte und nicht auf den Kopf gefallen schien.
Walcher stöhnte und war bereit sich zu verabschieden, als sie zu sprechen begann.
Ich kann gut verstehen, dass Sie irritiert sind, aber eigentlich sind wir gar kein Ehepaar, ich trage nur seinen Namen, halte das Haus sauber und koche für ihn, wenn er da ist.
Er hat mich mit meinen Kindern aufgenommen, als ich auf der Straße stand. Mein erster Mann ist eines Tages nicht mehr nach Hause gekommen.
Einer dieser Fälle, in denen einer Zigaretten holen geht und nicht wieder kommt. Nur, dass er bei mir nicht mehr von der Arbeit zurück kam.
Nach einem Monat hatte ich das wenige Ersparte aufgebraucht. Meine beiden Söhne waren damals drei Jahre und ein Jahr alt. Ich versuchte stundenweise Arbeit zu finden, aber damit brachte ich nicht einmal die Miete für die Wohnung zusammen. Da bewarb ich mich um eine Putzstelle und traf auf Kammer. Er hörte sich meine Geschichte an und machte mir den

Vorschlag, hier in die Einliegerwohnung zu ziehen. Er wäre ohnehin die meiste Zeit unterwegs und dann sei auch das Haus versorgt. Damit ich mich um meine beiden Kinder kümmern konnte, bezahlte er mich auch ordentlich.
Frau Kammer hatte sich wieder an den Tisch gesetzt und sah Walcher an. *Das bedeutete für mich damals die Rettung. Ich pflegte das Haus, den Garten und wenn er hier war, kochte ich für ihn, wusch seine Wäsche, bis heute.*
Niemals wollte er etwas von mir, niemals bedrängte er mich, nie habe ich ein hässliches Wort von ihm gehört, selbst als meine Jungs durchaus nervig waren.
Irgendwann bot er mir an, ihn zu heiraten. Das wäre gut für sein berufliches Vorankommen, gut für meine Versorgung und eine Möglichkeit Steuern zu sparen. Ein Abkommen, quasi auf Gegenseitigkeit, ohne irgendwelche ehelichen Verpflichtungen. Wir konnten uns inzwischen gut leiden, aber das war es auch. Ich habe zugestimmt und bin seither seine Frau, aber nur auf dem Papier. Wir ... wir haben nie etwas miteinander gehabt. Ich war eine Art Hauswirtschafterin, konnte meine Buben großziehen und als die aus dem Haus waren, blieb ich. Was sollte ich auch noch groß machen wollen.

Haben Sie denn niemals den Wunsch gehabt, mehr über Kammer zu erfahren? Walcher war die Frage herausgerutscht, denn eigentlich hatte er ihren Redefluss nicht unterbrechen wollen.
Gut, am Anfang habe ich schon manchmal in seinen Sachen gestöbert, aber da gab es nichts besonderes zu entdecken. Kammer hatte von seinen Eltern geerbt und er engagierte sich für irgend einen Verein, der im Osten Kriegsopfern half. Deshalb war er auch die meiste Zeit unterwegs. Das änderte sich erst in den letzten Jahren, da fuhr er nur noch selten weg. Die meiste Zeit sitzt er in seinem Arbeitszimmer. Was er da macht, kann ich nur vermuten: Lesen, schreiben und Musik hören. Unser Verhältnis hat sich inzwischen nicht verändert. Ich halte das Haus sauber und koche für ihn. Ansonsten baue

ich im Garten so ziemlich alles an, was man zum Leben braucht und wenn es gewachsen ist, konserviere ich es oder bringe es frisch auf den Teller. Dann säe ich wieder, ernte und koche ein. Dazwischen male ich, lese und erinnere mich an meine Träume. So, nun verstehen Sie, dass ich über das Leben von Erich Kammer so gut wie nichts weiß. Er hat auf Sie geschossen?
Walcher nickte. *Ja, das hat er und ich hatte gehofft, dass Sie mir helfen könnten, das ‚Warum' zu ergründen.*
In einer hilflosen Geste hob Frau Kammer ihre Hände und ließ sie auf die schwere Buchenplatte sinken.
Damit schien alles gesagt. Walcher nickte, lächelte sie an und stand auf. Schon am Rundbogen, der zur Haustür führte, drehte er sich noch einmal um, griff in die Hemdtasche und zog eine seiner Visitenkarten heraus, machte die drei Schritte wieder zurück und reichte sie ihr.
Frau Kammer nahm sie mit einem Gesichtsausdruck, als wäre sie mit einem anderen Problem beschäftigt.
Da ... da waren in letzter Zeit einige Anrufe. Einmal habe ich abgenommen, ganz automatisch, obwohl wir vereinbart hatten, dass sein Telefon für mich absolut tabu wäre. Es war seltsam. Der Mann sprach wirres Zeug. Ein Segler vielleicht oder ein Fischer, es klang so wie früher meine Jungs, wenn sie etwas vor mir verheimlichen wollten.
Weil Frau Kammer eine Pause machte, hielt Walcher auffordernd seine Hände auf.
Ja doch, einen Moment, ich überlege nur, damit ich es richtig zusammenbringe, wehrte sich Frau Kammer. *Hier Reuse, sag Anker und Blinker, dass wir uns in zwei Tagen am Wasser treffen. Hallo, Poller, bist du's?* Frau Kammer zuckte mit den Achseln. *Ich traute mich nicht irgendetwas zu sagen und legte einfach auf. Einen Tag später meinte Erich, dass sein Verbot mit dem Telefon immer noch gültig wäre. Sonst sagte er nichts. Ja, also das wäre dann aber wirklich alles, was mir in der letzten Zeit aufgefallen ist.*
Walcher wartete noch einen Moment, nickte dann und

bedankte sich. *Sie haben mir vielleicht mehr geholfen, als ich das im Moment beurteilen kann.*
Kaum im Wagen, schrieb er das wirre Zeug auf, das Frau Kammer am verbotenen Telefon gehört hatte.
Immerhin hatte sich Walchers Laune erheblich verbessert, wenngleich ihm ein flaues Gefühl aus der Magengegend signalisierte, dass er seit dem Frühstück nichts mehr gegessen hatte. Sollte er direkt nach Hause oder vielleicht in Meersburg eine Kleinigkeit essen gehen, überlegte er und entschied sich für Meersburg.
Eine Stunde später war sein Hunger zwar gestillt, aber mit einer Speisenqualität, die für Touristenstädte Standard zu sein schien.
Die nach Hausfrauenart angepriesenen Matjesfilets lagen unter einer Pampe, die als Sahnesauce bezeichnet war, aber eher einer streichfesten Majonäse ähnelte. Die derart übersalzenen Filets schrien bereits während der Mahlzeit nach einer zweiten Flasche Wasser, und die Kartoffeln sahen nur wie welche aus, in Wirklichkeit handelte es sich vermutlich um die Kunststoff-Auslegware aus dem Schaufenster, die auch nach einem Tag in praller Sonne nicht die Form verlor.
Es war inzwischen 22 Uhr geworden, als Walcher mit einem üblen Fischrülpser das Restaurant in der Gewissheit verließ, es niemals wieder zu betreten.
Die Uhrzeit ließ zwar den geplanten Besuch bei Funk nicht mehr zu, aber Walcher beschloss einen kleinen Schlenker vorbei an dessen Haus zu machen.
Während er im Auto den Kartenausdruck von Hagnau und Umgebung studierte, meldete sich wiederholt der nach Wasser rufende Matjes. Ein kleiner Spaziergang und frische Nachtluft würden ihn vielleicht besänftigen, hoffte Walcher und außerdem würde er am kommenden Vormittag dann schon eine Vorstellung haben, wo Florians Onkel wohnte. Es wurde nämlich spannend, denn für

Walcher lag inzwischen die Verbindung von Funk über Florian und Sahra zu Huber geradezu zwingend auf der Hand. Da passte diese ganze Geheimdienstkiste Gladio dazu, die Depots, Morde, Attentat und diese kindischen Codenamen: Reuse, Poller, Anker, Blinker!

Walcher schmunzelte, weil sich auch sein Matjes dazu wieder meldete. Natürlich konnte es sich auch um einen harmlosen Anglerverein handeln, aber hätte Kammer, alias Poller, dann auf ihn geschossen?

Weil er Matjesheringe mochte?

Walcher grinste über seinen eigenen Witz.

Den Mond verdeckte eine hochliegende Dunstschicht, trotzdem war es eine helle Nacht, und so konnte er ohne Problem entziffern, was auf dem großen Schild neben dem Feldweg stand: Privat! Vorsicht frei laufende Hunde! Vermutlich gab es keine Hunde und frei laufende schon gar nicht – wer konnte sich das bei den Versicherungsprämien noch erlauben –, trotzdem setzten solche Schilder den Keim der Unsicherheit und erfüllten damit wohl ihren Zweck.

Walcher überlegte, ob er die 100 Meter Weg zu der Baumgruppe nicht doch lieber fahren sollte, ließ dann aber den Wagen stehen, strategisch günstig, direkt neben der Straße in Fahrtrichtung, sollte er übereilt aufbrechen müssen.

Die Luft roch herbstlich würzig, wenngleich eine Spur des penetranten Matjesfilets sich darunter mischte.

Von dem Anwesen vor ihm musste sich ein fantastischer Blick auf den See öffnen, schon von seinem jetzigen Standort aus konnte Walcher auf Bregenz, die Schweiz und den unteren Teil des Sees blicken.

Solange die Ansiedlungen rund um den See um diese Zeit noch derart hell beleuchtet waren, kam es Walcher in den Sinn, konnte es mit der weltweiten Energiekrise nicht weit her sein. Er stellte sich vor, wie um diese Zeit der See aus großer Höhe wirken musste, vermutlich wie ein illuminiertes schwarzes Loch.

Inzwischen hatte sich Walcher der dunklen Laubmauer aus Büschen und Bäumen genähert. Von Hunden kein Laut und auch sonst lag Frieden und Stille über dem Land, während auf den Verkehrsadern unten am See immer noch Schlangen von Autos und Lastwagen rollten. Schön ruhig wohnte der Onkel hier oben.

Der Feldweg bog scharf nach lins ab und führte zwischen dichten schwarzen Büschen auf ein ebenfalls dunkles Gebäude, das sich als Garagenbau mit drei Toren herausstellte. Rechts davon öffnete sich ein heller großer Hofraum, an dessen gegenüber liegendem Ende das Haus stand.

Der helle Kies grenzte rundherum an die dunkle Buschmauer, aber Walcher scheute sich nicht allein deshalb, den Kies zu betreten. Einmal fürchtete er die Trittgeräusche, zum anderen wäre er sich auf der hellen Fläche vorgekommen wie im Zentrum einer Schießscheibe. Da zog er es vor, ein paar Meter auf dem Gras, am dunklen Buschrand entlang zu schleichen. Ohnehin stellte er sich endlich die Frage, ob seine nächtliche Exkursion Sinn machte, noch dazu um diese Zeit.

Vielleicht war es ja nur der Kitzel, der ihn dazu trieb, noch ein paar Meter weiter zu gehen, bis er stehen blieb, um mit dem Baumschatten zu verschmelzen und ein wenig zu lauschen, bevor er sich zum Rückzug entschloss.

Die Fensterfront des Hauses war dunkel, bis auf das linke untere Fenster, aber dahinter konnte auch nur eine Sparlampe an sein.

War Funk ein ehemaliger Gladio-Mann?, überlegte Walcher zum wiederholten Male. Was verband ihn mit Huber? In jedem Fall gab es die Verbindung zu Florian und zu Sahra. Funk, ein Gast auf Hubers wilden Partys. Brunner müsste doch längst eine Portraitsammlung aus

den Videos vorliegen haben. Walcher war gespannt darauf, Funk kennen zu lernen, allerdings war es sicher nicht der richtige Ort und schon gar nicht die richtige Zeit, darüber nachzudenken.
Aber er empfand eine Art Hochgefühl, als stünde er kurz vor der Lösung der wichtigsten Rätsel. Auch wähnte er sich Funk gegenüber in einem psychologischen Vorteil, nämlich das Terrain vor seinem morgigen Besuch angesehen zu haben. Angesichts der Dunkelheit allerdings eher ein relativer Vorteil.
Als er sich umdrehte, um wieder zurück zum Wagen zu gehen, blieb er nach wenigen Schritten abrupt stehen, sog schnüffelnd wie ein Jagdhund die Luft durch die Nase und versuchte mit aufgerissenen Augen die Dunkelheit zu durchdringen.
Schlagartig war sein Puls angestiegen, was dazu führte, dass er außer dem Rauschen des eigenen Blutes wenig von seiner Umwelt hörte. Aber seine Sinne konnten ohnehin nicht mit einem Jagdhund konkurrieren, nur die Nase hatte registriert, dass irgendjemand in der Nähe sein musste. Jemand, der schon seit drei Tagen im selben Hemd steckte, mindestens. Ekelhaft, aber das allein machte nicht die Beunruhigung aus.
Ein Mensch befand sich ganz in seiner Nähe und das auf einem unbekannten Terrain, nachts. Der Schuss fiel ihm ein. Um diese Zeit auf einem privaten Grundstück herumzuschleichen, da brauchte sich ein Schütze nicht groß zu rechtfertigen. Da genügte es, wenn er angab ein paar Mal gerufen zu haben, dass sich der Einbrecher zeigen solle.
Walchers Nackenmuskulatur verkrampfte sich, denn der Schweißgestank nahm zu, näherte sich.
Da machte Walcher ein paar vorsichtige Schritte rückwärts in Richtung Garage, wandte sich dann um und trat in beschleunigtem Tempo den Rückzug an. Was hatte er dem Schweißer denn auch groß entgegenzusetzen, eine

Gasblase mit Matjes, die sich mit einem lauten Rülpser befreite? Zumindest würde sein Fischgestank den des Schweißers übertrumpfen und ihn verblüffen, hoffte Walcher, fand das aber nicht so besonders lustig, zumal er nun auf dem ungeschützten Wegstück, mit dem Rücken zur Dunkelheit, dem rettenden Wagen entgegen eilen musste. Auch das Mondlicht schien zugenommen zu haben und verwandelte sich in Walchers Gedanken zu einem hervorragenden Büchsenlicht.

Ein grässliches Gefühl, das ihm alle Disziplin abverlangte, nicht in wildem Zick-Zack loszustürmen. Erst als er im Auto saß und die ersten Meter angerollt war, beruhigte er sich langsam.

Unvernünftig, absolut unvernünftig und überflüssig, ging er mit sich ins Gericht und nahm sich vor, in Zukunft auf derartige Rambo-Eskapaden zu verzichten.

Schließlich hatte er Kind und Mathilde und Hund und Katze zu Hause und nicht zu vergessen: acht Hühner und einen stolzen Hahn.

Bei Tage

Den kiesbedeckten Hof bei Tag zu betreten, stellte kein Problem dar, auch wenn das Haus nicht weniger abweisend wirkte als in der vergangenen Nacht.

Walcher hatte die Fassade mit einem gewollt flüchtigen Blick gestreift, dennoch war ihm die Kamera in der Hausmitte, knapp unter der Dachrinne, aufgefallen. Das war heutzutage nichts Besonderes, bestätigte ihm allerdings seine Umsicht, vergangene Nacht nicht den Hofraum betreten zu haben.

Als sich kurz nach seinem Klingeln die Tür öffnete, wehte ihm Schweißgeruch entgegen. Keine Frage, er stand dem

Stinker von gestern Nacht gegenüber. Ob Funk denselben Gedanken hatte, war nicht zu erkennen. Er musterte Walcher durch seine starken Brillengläser und wartete, dass der Besucher etwas sagte.
Wir haben ja schon miteinander telefoniert, sind aber unterbrochen worden. Dachte mir deshalb, ein direktes Gespräch wäre in jedem Fall sicherer. Hoffe, nicht allzu ungelegen zu kommen. Mein Name ist Walcher. Weiß ja nicht, wie viel Sie bei unserem Telefonat über den Grund meines Anrufs mitbekommen haben. Ich hatte vor einigen Jahren Huber interviewt und suche nun seine früheren Freunde und Kontakte auf, sagte Walcher mit einem gewinnenden Lächeln seinen Spruch auf.
Wie kommen Sie auf mich?
Funks Stimme klang eher nach einem verschüchterten Pennäler, als nach einem ehemaligen Geheimdienstmann und schon gar nicht ließ sie einen möglichen Mörder oder Initiator eines Mordes vermuten. Walcher war enttäuscht, zuckte mit den Schultern und meinte mehr zu sich als zu diesem altgewordenen Muttersöhnchen: *Liege ich denn falsch?*
Es dauerte einige Sekunden, einen Tick zu lange, wie Walcher fand, bis Funk den Kopf schüttelte und zögernd zur linken Hauswand deutete. *Kommen Sie, wir setzen uns auf die Terrasse, möchten Sie etwas trinken?*
Funk wartete allerdings nicht darauf, dass Walcher einen Wunsch äußerte, sondern zog die Haustür hinter sich zu und ging voraus. Offensichtlich wollte er Walcher nicht durch das Haus führen, sondern wählte den längeren Weg außen herum auf die gegenüberliegende Hausseite, von der aus man einen herrlichen Blick auf die Seelandschaft hatte, für die sich im Moment aber weder Walcher noch Funk interessierten.
Die Terrasse machte einen ungepflegten Eindruck und die Gartenmöbel hatten die Zeit ihrer Jugend hinter sich.

Ehemals aus weiß lackiertem Holz, hatten Regen, Wind und Sonne und wohl auch winterlicher Frost Sperrmüll daraus gemacht. Dennoch deutete Funk auf einen der Stühle und setzte sich auf den, der auf der anderen Seite des Gartentisches stand.
An der Wand neben der Terrassentür lehnten einige Liegestühle und ein Sonnenschirm, deren verblichene poröse Stoffe dem Zustand der Stühle ähnelten.
Der verrostete, billig wirkende Grill, war voll schwarzer Asche, die aus Papier unterschiedlicher Stärken stammen musste. Einen Teil hatte der Wind aus dem Grill geweht und auf der Terrasse verteilt. Die Terrassentür stand halb geöffnet. Walcher hätte zu gerne an den Grill gefasst, um die Temperatur festzustellen, aber er konzentrierte sich auf Funks Gesicht.
Sie liegen richtig, lächelte Funk, aber es war ein verkrampftes, unsicheres Lächeln, *ich hatte mal etwas mit Huber zu tun. Er wollte mir einige Grundstücke abschwatzen und lud mich auch in seine Villa nach Lindau ein. Dort war ich auch ein- oder zweimal. Aber das war's dann auch schon.*
Als er merkte, dass ich niemals verkaufen würde, gab er seine Bemühungen auf.
Walcher nickte verständnisvoll, lächelte und beschloss spontan einen Direktangriff: *Sagt Ihnen Gladio etwas?*
Funk starrte ihn an, wie man eine plattgefahrene Kröte anstarrte, die unter den Blättern des Beilagensalates zum Vorschein kam.
Er schien auch das Atmen vergessen zu haben, denn nach einigen Sekunden schnappte er tief nach Luft und flüsterte derart leise, dass Walcher es kaum verstand. *Was wollen Sie von mir? Geld?*
Volltreffer, dachte Walcher, lächelte ein Siegerlächeln und schüttelte den Kopf: *Ganz sicher nicht, aber ich will von Ihnen wissen, warum Sie Huber umgebracht haben.*
Funk starrte immer noch, vielleicht lag es aber auch nur

an den starken Brillengläsern, dass seine Augen wie schwarze Punkte wirkten.
Ihnen sagen doch sicher die Herren Blinker und Anker, Poller und auch ... Reuse etwas?, schob Walcher nach und befreite Funk damit aus seiner Erstarrung.
Sie kommen hier so einfach her und fragen mich derart verrückte Sachen, dass ich befürchte, Sie sind es auch. Sehen Sie, ich habe keinen Anlass, mir solchen Blödsinn anzuhören.

Huber, Florian, Grossmann, Kammer ..., Walcher legte einen Atemzug als Pause ein, *ich denke, es gibt eine Menge von Themen, über die wir uns unterhalten sollten. Außerdem können Sie mit mir schon mal üben, denn Ihre nächsten Gesprächspartner werden von der Polizei sein. Also, warum haben Sie Huber umgebracht oder umbringen lassen? Hat er zuviel über Sie gewusst, hat er Sie erpresst, immerhin ging es ihm finanziell nicht mehr so besonders und ... ?*
Sie können wirklich nicht ganz klar im Kopf sein, platzte es aus Funk heraus, aber Walcher wischte Funks Protest mit einer Handbewegung weg. *Huber hat mehr Unterlagen zurückgelassen, als Ihnen lieb sein kann.*
Nun geschah eine außerordentliche Veränderung mit Funk. Er fing zu lachen an und zwar richtig herzlich und ungekünstelt. Dann musste er heftig-husten und als er sich die Tränen abgetrocknet hatte, meinte er: *Und ich dachte schon, Sie hätten wirklich etwas in der Hand. Junger Mann, auf solch einen billigen Bluff falle ich nicht herein. Aber Kompliment, Ihr Start war nicht schlecht. Wenn Sie auch nur irgendetwas Habhaftes in der Hand hätten, dann wären Sie längst mit einem Tross von Polizisten auf den Hof gefahren. Sie sollten nun wieder gehen, sonst muss ich Sie meines Grundstücks verweisen oder Sie sogar wie einen Einbrecher behandeln.*
Mit einer Handbewegung, als verscheuche er eine lästige Fliege, spielte Walcher den Ungehobelten und setzte dazu auch noch die entsprechend kantige Miene auf.

Funk wirkte nicht mehr wie der Pennäler, sondern eher wie ein Finanzbeamter, der sich über den durchsichtigen Trick eines Steuerbetrügers amüsierte. Auch Walcher freute sich, denn er war sich wieder sicher, mit Funk auf eine zentrale Figur gestoßen zu sein. Er musste nur genügend Druck machen, dachte er, Funk schien empfindlich.
Wer wird Sie eines Tages beerben, jetzt, nachdem Ihr Neffe ermordet worden ist? Ihre Cousine?
Walcher strahlte innerlich, denn seine Strategie schien aufzugehen. Funks Gesichtsfarbe wechselte von blass zu grau und seine Hände begannen wie unruhige Flügel zu vibrieren.
Ich verstehe nicht, was Ihre Frage ..., flüsterte er und versteifte sich auf dem Stuhl wie ein zu Unrecht gemaßregelter Schüler.
Oh, lächelte Walcher zynisch, *ich habe noch eine Reihe solcher Fragen. Zum Beispiel, ob Sie großen Spaß mit Sahra hatten. Kommen Sie, sie hat mir selbst davon erzählt und außerdem stehen Sie auf Hubers Gästeliste. Also fangen Sie an, erzählen Sie mir von Ihren Geschäften mit Huber.*
Funk machte den Eindruck, als würde er vom Stuhl kippen und Walcher machte sich schon den Vorwurf, ihn doch zu hart angegangen zu haben, aber in Funk steckte ein zäher Kern. Er atmete einige Male tief durch und meinte dann in einem Tonfall, als ob er aus der Speisekarte von Essen auf Rädern die Menüs für die nächste Woche auswählen würde. *Ich gehe davon aus, dass Sie mit meiner Cousine gesprochen haben, die ..., nun sagen wir einmal, gelinde ausgedrückt, über eine blühende Fantasie verfügt. Ich bin ein alter Mann, dessen Gedächtnis beginnt, einige Lücken ..., wenn Sie verstehen, was ich meine. Wie war doch noch der Name des Mädchens, den Sie nannten?*
Wieder ging Walcher nicht auf Funks Frage ein, grinste breit und zählte die Namen von Hubers Liste auf: *Grossmann, Wohlfahrt, Münscher, Kammer, Strielitz, Eidlich,*

Henge, Momser und und und. Sagen Sie mir nur eines, schoss Walcher, einem spontanen Einfall folgend, eine weitere Rakete ab, *warum haben Sie Hubers Lager nicht geräumt? Hatten Sie keine Ahnung davon oder haben Sie den Keller einfach nicht gefunden. Ganz schön tief, das Loch, in dem Sie sitzen. Ob Sie's glauben oder nicht, wenn Sie jetzt nicht mit mir zusammen arbeiten, werden Sie auf Ihre alten Tage noch in den Knast wandern. Zumindest Kindesmissbrauch verjährt nicht, mein lieber Herr Funk, und den kann Ihnen die Polizei bereits nachweisen, auf Video, mit Original-Ton. Kindesmissbrauch ist eine ekelhafte Sache, da bewundert Sie auch im Knast niemand. Da werden Ihnen auch die alten Kameraden nicht mehr helfen wollen. Im Gegenteil. Vermutlich stehen Sie schon längst im Fadenkreuz.*

Funk war aufgestanden und deutete auf die Hausecke, um die sie vorhin gekommen waren.

Nun kommen Sie, versuchte Walcher einen neuen Ansatz, *stellen Sie sich doch nicht so an. Bei Ihrer Erfahrung sollten Sie doch wissen, wann die Karre im Dreck steckt.*

Spielen Sie Polizist oder jagen Sie nur einer guten Story hinterher?

Walcher ging nicht darauf ein, jetzt nur nicht locker lassen, attackieren, attackieren, lautete sein Konzept.

Huber war kein guter Mensch, er hat das halbe Seeufer über den Tisch gezogen, warum nicht auch Sie. Dann die wilden Partys bei ihm. Drogen, Sex und Minderjährige. War es gut mit der kleinen Sahra?

Verschwinden Sie, brüllte Funk außer sich, aber Walcher versuchte sich absolut unterkühlt zu geben.

Was haben Sie eigentlich für einen Beruf? Sie waren bei der Bundeswehr und dann ... was haben Sie bis zu Ihrer Pensionierung gemacht?

Das geht Sie überhaupt nichts an.

Kindesmissbrauch geht uns alle an!

Funks Pupillen weiteten sich einen winzigen Moment,

dann drehte er sich um und ging mit großen Schritten auf die Terrassentür zu. Im Türrahmen stoppte er und brüllte: *Sie verschwinden sofort, aber auf der Stelle.*
Dann verschwand er im Haus, ließ aber die Tür offen stehen, was Walcher fälschlicherweise als eine Geste verstand, dass noch nicht das letzte Wort gesprochen sei.
Er näherte sich sogar der Verandatür, schreckte aber zurück, als Funk wieder auftauchte. In der Hand hielt er eine Pistole und schrie mit überschlagender Stimme: *Ich werde von meinem Recht auf Selbstverteidigung Gebrauch machen, wenn Sie nicht sofort mein Grundstück verlassen. Glauben Sie mir, ich knalle Sie einfach ab wie einen räudigen Hund.*
In Ordnung, nickte Walcher, hielt beide Hände deutlich in die Höhe und trat mit ruhigen Bewegungen den Rückzug an. *Bei so viel Unfreundlichkeit habe ich keinen Bock auf ein gutes Gespräch, aber wir sind ja nicht aus der Welt.*
Der Knall der Explosion ließ Walcher zusammenzucken, als ob er getroffen worden wäre, aber er konnte nichts dergleichen an sich feststellen, außer dem heftigen Gefühl der Angst. Er schüttelte den Kopf, hob die Arme noch etwas höher und meinte in vorwurfsvollen Ton: *Aber so gehen doch nur Barbaren miteinander um.*
Funk, der die Pistole in den Himmel gerichtet hielt, senkte die Mündung in Walchers Richtung und brüllte, offensichtlich an der Grenze seiner Selbstbeherrschung: *Der nächste Schuss sitzt.*
Walcher nickte, drehte sich um und war froh, nach ein paar Schritten ohne Loch im Fleisch um die Hausecke gekommen zu sein.
Die Hausbreite nahm er im Eiltempo und zwang sich erst nach der Ecke zum Hof wieder ein gemäßigtes Tempo auf. Der Weg über den Hof weckte dasselbe Gefühl wie vergangene Nacht: Angst.
Einem aufgeregten Gegner mit einer Pistole in der Hand

den Rücken zu zeigen, war der blanke Wahnsinn, zumal er dadurch nicht einmal feststellen konnte, ob Funk überhaupt seinen Abgang verfolgte.
Walcher war froh, als er im Auto saß und vom Hof fuhr. Fünf Minuten später telefonierte er mit Brunner und meinte, dass jetzt ein guter Zeitpunkt für einen Besuch bei Funk wäre, dem Cousin von Florians Mutter.
Lassen Sie die Finger von dem Mann, den wollen wir erst einmal beobachten, brüllte Brunner aus dem Handy.
Walcher war der Meinung, dass er für diesen Tag genug angebrüllt worden war, weshalb er ohne Kommentar die Verbindung beendete.
Aber Brunner ließ keine zwei Sekunden später wieder das Handy klingeln. *In Ordnung, wir hätten Sie informieren sollen, aber ich dachte nicht, dass Sie auch schon an Funk dran sind. Eigentlich wollte ich Sie heute gleich morgens anrufen und fragen, ob Sie neuerdings schlafwandeln. Sie wären gestern Nacht beinahe mit einem unserer Leute zusammengestoßen. Allerdings hielt er Sie im ersten Moment für einen Hering. Hallo, hören Sie mich?*
Klar und deutlich, brüllte Walcher gegen einen Traktor an, den er gerade überholte, *wir sollten uns vielleicht wieder einmal absprechen, damit ich nicht im Minenfeld herumstolpere, und das meine ich nicht als Vorwurf, sondern als sachlichen Vorschlag. Ich fahre gerade in Ihre Richtung und könnte in einer guten halben Stunde bei Ihnen sein, wie wär's, haben Sie Zeit?*
Ich nehme sie mir, stöhnte Brunner.

Dann treffen wir uns in 45 Minuten am Parkplatz vom Golfclub in Weissensberg und machen einen Spaziergang. Und Ihrem Wächter von gestern Nacht sollten Sie den Tipp geben, dass Körperhygiene manchmal durchaus lebensverlängernd sein kann, retournierte Walcher den Hering.

Schade, ich hätte den Hund mitnehmen sollen, dann wäre das auch gleich erledigt, meinte Brunner, als sie sich eine Stunde später auf dem Parkplatz vor dem Clubgelände begrüßt hatten. Brunner wirkte angespannt und kam gleich zur Sache. *Wir haben Funk bereits seit einer Woche im Visier. Der lebt da draußen wie ein Eremit, allerdings mit enormer Telefonaktivität.*

Wenn Sie mir das gesagt hätten, wäre ich nicht so einfach bei ihm hineingepoltert, tat Walcher, als wolle er sich entschuldigen.

Das ist schon in Ordnung so, wehrte Brunner ab, *bisher haben sich die Leute nach einem Besuch von Ihnen immer sofort höchst hektisch bewegt.*

Und, was hat Funk gemacht?

Ja, das erstaunte uns, nichts. Kein Telefonat, kein Besuch, nichts. Hat sich eingeigelt, wie es scheint. Erzählen Sie mal, über was haben Sie sich denn unterhalten?

Walcher berichtete und hängte auch gleich noch seine Gespräche mit Momser und Frau Kammer an.

Im Gegenzug informierte ihn Brunner über die Ermittlungen zu Grossmanns Ableben und dass die Kollegen scheinbar keine Anzeichen eines Fremdverschuldens entdeckt hätten. Grossmann sei mit dem Mäher über das Elektrokabel gefahren und dabei wäre die Isolation abgeschält worden. Dann, beim Aufwickeln des Kabels mit der Hand, hätte es ihn erwischt. Schwaches Herz.

Also, meinte Brunner, *hier steckt wohl kein Femenmord der alten Seilschaften dahinter, allerdings sind die Ermittlungen noch nicht abgeschlossen,* räumte der Kommissar ein.

Wie geht es mit Funk weiter, wollte Walcher wissen, *der soll ja beim BND gearbeitet haben.*

Wir versuchen seit Tagen, Funks Vita aufzurollen, habe deshalb auch mit dem BND-Müller telefoniert. Er hat mir Unterlagen versprochen. Bin ja gespannt, ob und was ich von ihm bekomme. Aber jetzt passen Sie mal auf, bei dieser Gelegenheit

hatte ich unser Treffen mit Kaltenbacher erwähnt.
Wie üblich ließ Brunner seine Ankündigung erst einmal ein paar Sekunden unausgesprochen bis Walcher ihm den Gefallen tat. *Und?*
Es gibt keinen Kaltenbacher beim BND!
Kaltschnäuzig!
Wie meinen Sie das?
Na, der Auftritt von diesem Menschen, der sich Kaltenbacher nennt, zwei Kommissare und einen Journalisten zu einem Gespräch einlädt, auf den BND-Müller verweist und die Eingeladenen zu intensiver Zusammenarbeit einlädt.
Sogar Visitenkarten verteilt. Wenn das nicht kaltschnäuzig ist, erklärte Walcher.
Ja, schon, aber mich interessiert viel mehr, wer hinter diesem Auftritt steckt. Ich meine, das brachte doch überhaupt nichts, für niemanden.
Vielleicht wollte er nur die beiden Kommissare kennen lernen, die sich mit einem Journalisten eingelassen haben, gab Walcher zu bedenken, erntete dafür allerdings nur einen verächtlichen Blick Brunners, weshalb er noch einen Kalauer draufsetzte. *Sind Sie denn sicher, ob der BND-Müller echt war?*
Brunner stöhnte nur.

Hortense Grossmann

Hin, her, hin, her, maulte Walcher in Gedanken, als er bereits kurz vor seinem Hof umdrehte und zurück an den See fuhr. Er hatte Grossmanns Frau nicht absagen wollen. Wenn sie mit ihm so dringend sprechen wollte, dann gab es dafür sicher einen triftigen Grund.
Als Treffpunkt hatten sie wieder das Kriegerdenkmal in den Weinbergen vereinbart, allerdings wirkte der Platz

dieses Mal wie alle Mahnmale, die im Nebel liegen.
Da half auch das Versprechen der golden gefärbten Blätter nicht, dass es die Sonne noch gab.
Auch der Schmetterling hatte seine sommerliche Frische verloren und sich in einen Nachtfalter verwandelt.
War Frau Grossmann beim ersten Treffen noch auf Walcher zugeflattert, näherte sie sich nun langsam, mit unsicheren Schritten als düster gekleidete Kassandra.
Dunkle Schatten umringten ihre Augen und anstelle des Parfüms wehte Walcher der intensive Duft hochprozentigen Alkohols entgegen. Mit einem Seufzer ließ sie sich auf die Umfriedungsmauer sinken und zog aus den Tiefen ihres schwarzen Umhangs Zigaretten und ein Feuerzeug hervor. Ihre Hände flatterten als sie die Zigarette anzündete und den Rauch tief inhalierte. Auch ihre Stimme hatte an Leichtigkeit verloren, als es aus ihr herausbrach: *Sie haben ihn umgelegt, einfach umgelegt, diese Schweine. Wissen Sie, das hatte nichts mit den Geschäften von Huber zu tun, das ist eine Klasse höher angesiedelt. Benedikt war mal 'ne große Nummer beim BND und als Bundestagsabgeordneter gleichzeitig Mitglied in so 'ner parlamentarischen Kontrollkommission. Sogar mal Staatssekretär und später auch im Auswärtigen Amt war er.*
Aber das wäre ja alles noch nichts Schlimmes. Fakt ist aber, dass er eigentlich für die Amis gearbeitet hat. Also, was ich Ihnen da jetzt erzähl, ist praktisch mehr als nur geheim. Ich hab auch alle Unterlagen aus seinem Safe in 'ne Kiste gepackt und gut versteckt. Warum sollten die mich nich auch umlegen?
Die schrecken vor nichts zurück, nich mal vor den eigenen Präsidenten.
Hortense Grossmann drückte die halb gerauchte Zigarette aus und zündete sich eine neue an. Obwohl sich Walcher um Objektivität bemühte, empfand er ihren Auftritt ebenso überzogen und einstudiert wie beim ersten Mal. Es stimmte einiges nicht an Frau Grossmann, vor

allem aber fragte sich Walcher, welches Ziel diese Frau verfolgte.
Erst vertraute sie einem Journalisten an, dass sie ihren Mann ganz für sich haben wolle und dafür auch bereit wäre, Wohlstand und gesellschaftliche Anerkennung hinzugeben, und dann, nach dem Tod ihres Mannes, verriet sie ihm, dass er so etwas wie ein Verräter war.
Vermutlich plante sie die Veröffentlichung seiner Lebensgeschichte und suchte dafür einen Journalisten. Oder hatte sie nur Angst und der Unfall ihres Mannes war wirklich ein Mord?
Benedikt hat sogar noch so Leute wie Gehlen, Heinz und Critchfield gekannt und auch sonst mit einigen hohen Tieren schon mal ein Gläschen geleert. Ist ja 'ne Welt für sich.
Aber dass sie ihn so einfach umlegen, also da mach ich nich mit. Benedikt hat ein Buch schreiben wollen, seine Memoiren. War fast fertig, hat er gesagt. Und nach dem Manuskript ham'se gesucht – sogar der versteckte Safe im Keller, eigentlich nur ein zusätzliches Kaminloch mit 'ner stabilen Eisentür ham'se aufgebrochen. Das macht doch schließlich keine Polizei.
Walcher gab ihr im Stillen Recht, vielleicht war es ja doch kein Unfall. Vielleicht wurden nur ein paar alte Kameraden, Störenfriede und Mitwisser beseitigt.
Mein Mann, fuhr Hortense nach dem Anzünden einer neuen Zigarette fort, *war ein fauler Hund, der hat sich nie im Garten blicken lassen, solang die Arbeit nich getan war.*
Er tauchte immer erst auf, wenn alles fertig war und fragte dann scheinheilig, ob er was helfen könne.
Hortense Grossman versank für ein paar Sekunden in Erinnerungen, positiven Erinnerungen, jedenfalls deutete der Anflug eines Lächelns darauf hin. *Viel hat er mir ja nich erzählt, meinte immer, dass es so besser für mich wär, aber was ich so mitbekommen hab, reicht auch. Gut, was Benedikt alles so trieb, war nich die ganz feine Tour, aber darum geht's jetzt ja nich mehr. Er is manchen ganz schön auf die Finger getreten.*

Den Lorinser zum Beispiel, den Staatsanwalt, den hat der behandelt wie ich unseren Gärtner. Nich, dass der Lorinser ihn direkt selber, aber vielleicht hat er jemand geschickt.
Hier gibt's genügend Russen, die einen für ein paar Euros umlegen. Aber dann gibt's auch noch diese alten Säcke aus seiner Geheimzeit. Da sind ein paar dabei, die ham'se nich mehr alle. Einer besonders, der fühlt sich als Retter des Abendlandes. Benedikt hat immer gemeint, dass der gefährlich wäre, weil der so einen an der Klatsche hat.
Walcher nickte und wollte den Namen wissen. Ihm ging Hortense langsam auf die Nerven.
Reuse, wie diese Korbnetze, wo Fische gefangen werden. Benedikt sprach immer nur von der Reuse. Wo der wohnt, weiß ich nich, aber es muss auch hier am See sein. Hier, ich hab die Nummer aufgeschrieben. Die Polizei wird sie sich auch bei uns aus dem Telefonspeicher geholt haben, nehm ich mal an.

Und warum erzählen Sie mir das alles?, wollte Walcher noch wissen.
Na, wenn ich auch umgelegt werde, hoff ich, dass Sie die Schweine finden und Benedikts Buch veröffentlichen. Ich hab eine Kopie davon gemacht, die Sie dann erhalten würden.

Familienabend

Nach langer Zeit waren sie wieder einmal alle in der Küche zusammen gesessen. Mathilde hatte im Herd das zweite Feuer des Herbstes angezündet und dies allein wäre schon Grund gewesen, sich in der warmen Küche aufzuhalten, denn die Nächte waren kalt geworden, wie es sich für den Oktober gehörte.
Andy war von Irmi zum Abendessen eingeladen worden, und die kleine Runde unterhielt sich über alles, was so in den letzten Tagen geschehen war.

Zum wiederholten Male musste Walcher auch die Geschichte seiner Raketenabwehr erzählen, denn vor allem Irmi malte sich die Überraschung des hinterhältigen Schützen aus, der sich nach dem erfolglosen Attentat plötzlich der Allgäuer Landwehr gegenüber gesehen haben mochte, bestehend aus Silvesterraketen und durchgedrehten *Schumpen,* wie die weiblichen einjährigen Kälber im Allgäu genannt werden.
In der Nachbarschaft hatten sich der Anschlag und Walchers Reaktion herumgesprochen, und so waren bei Mathilde zwei Packungen mit Kanonenschlägen und vier Silvesterraketen abgegeben worden, damit der Nachschub nicht ausginge, wie die überbringenden Nachbarn hatten ausrichten lassen.
Im Allgäu wurde jede Form von ungewöhnlicher Eigeninitiative und Obrigkeitsrenitenz gewürdigt, und dazu zählte auch solch eine Abwehrmaßnahme.
Auch die Razzia war noch einmal Thema, ebenso wie die Gefahr, die beim Öffnen unbekannter E-Mails lauerte, denn Irmi hatte sich bereits am zweiten Tag ihrer Mail-Karriere einen Virus eingehandelt.
Irmi erzählte, dass sich die Großeltern über ausbleibende Besuche beschwert hätten und ausrichten ließen, dass es Zeit wäre, Holz für den Winter zu sägen, anstatt ständig irgendwelchen Mordgesellen hinterher zu rennen.
Es mochten vielleicht nicht die wichtigsten Themen gewesen sein, die in der Küche besprochen wurden, aber es tat einfach gut, wieder einmal einander zuzuhören.
Als Andy vom Hof knatterte, war es nach 23 Uhr und für Mathilde und Irmi höchste Zeit, wie sie sagten, ins Bett zu kommen.
Walcher drehte noch eine Runde mit Rolli um den Hof, auch wenn er sich dabei nicht so richtig wohl fühlte.
Er wollte es sich zwar nicht eingestehen, aber der Schuss auf ihn zeigte immer noch Wirkung. Nur, was wäre die

Konsequenz gewesen? Sollte er sich in Zukunft im Haus verbarrikadieren? Er hatte zwar die Bewegungsmelder ausgetauscht, aber das hätte er auch ohne den Schuss getan und war grundsätzlich der Meinung, dass er mit einem Restrisiko würde leben müssen, solange er sich mit Kriminellen einließ.
Bevor Walcher zu Bett ging, warf er noch den täglichen Blick in den Mail-Ordner und konnte sich deshalb über eine Antwort seines Freundes Hinteregger freuen. Der bedankte sich für Walchers Mail und war ebenfalls der Meinung, dass es höchste Zeit sei, wieder normal miteinander umzugehen, schon deshalb, weil Walcher zu Weihnachten den Trauzeugen machen sollte. Und weil Hinteregger auch nachfragte, in welcher Recherche Walcher stecke, erhielt er postwendend eine Kurzfassung des Huber-Falls mit angehängter Namensliste der Beteiligten. Oder waren all diese Ehrenmänner nur Betroffene?

Einkaufstag

„Menschen brauchen Rituale", galt für Walcher immer schon als ein wichtiger Leitsatz, den er auch zu leben versuchte. Der Samstagseinkauf zum Beispiel war solch ein Ritual und ein ökonomisches dazu.
Am Samstag wurde für die Woche eingekauft und der Wertmüll entsorgt, sauber getrennt nach Materialien, auch wenn Mathilde vermutete, dass die brennbaren Teile wieder zusammengekippt wurden, damit in den Verbrennungsanlagen ein richtig höllisches Feuer lodern konnte.
Als eine ritualisierte Form der gemeinsamen Jagd hatte Walcher bisher den Samstagseinkauf bezeichnet und ihn

als eine Aktion des kleinen Familienrudels genossen. Auch seit Mathilde die Kleinfamilie vergrößert hatte, versuchte Walcher den gemeinsamen Samstagseinkauf beizubehalten, was allerdings immer seltener gelang. Irmi traf sich neuerdings am Samstagvormittag mit ihren Freunden und konnte bestenfalls für zeitlich überschaubare Einzelaufgaben gewonnen werden.
Da auch Mathilde ihre eigenen Samstagsgewohnheiten hatte, war Walcher meist allein unterwegs, wie in alten Zeiten. Eine Entwicklung, die ihn zwar traurig stimmte, aber auch die Chance bot, andere, ältere Rituale wieder aufleben zu lassen, zum Beispiel den ausgiebigen Schwatz mit Frau Zehner.
In deren *Handlung* konnte jedoch nur noch ein kleiner Teil der Einkaufsliste abgehakt werden, denn in den Regalen herrschte Mangelwirtschaft wie in Notzeiten.
Frau Zehner hatte sich inzwischen auf wenige Frischprodukte beschränkt und verkaufte den Rest ihres ehemals unübertroffen üppigen Warenangebotes, das sich in den Regalen gestaut, auf dem Fußboden gedrängt und von der Decke gehangen hatte, Stück für Stück aus, ohne nachzubestellen. Stattdessen gab es einen guten Kaffee und die Neuheiten aus dem westlichen Allgäu gratis dazu.
Ham'S scho g'hört?, öffnete sie nach dem Einkauf die vertrauliche Informationsbörse. So erfuhr Walcher, dass sich gleich drei Leute nach ihm erkundigt hatten.
Ein ziemlich arroganter Stadtschnösel im dunklen Anzug, wie man ihn nur am Sonntag oder zu einer Leich tragen täte, dann einer aus dem Badischen, so habe jedenfalls sein Dialekt geklungen, auch schon ein älterer Herr, und dann noch einer, so ein gemütlicher, der sich auch gleich nach Zehners Haus erkundigt habe, ob es denn verkäuflich sei, denn sie wäre ja auch schon langsam in die Jahre gekommen, in denen man die Beine am warmen Ofen

hochlegen sollte, anstatt den ganzen lieben Tag im Laden zu stehen. Gekauft habe er eine Wurzelbürste, der typische Einkauf, wenn einer einem schön tun wolle.
Walcher musste unwillkürlich an die Kiste in der Garage denken, in der er all die Wurzelbürsten, Bohnerwachs, Haushaltskerzen, Reißzwecken, Wäscheklammern und sonst noch einiges gesammelt hatte und fühlte sich im Nachhinein durchschaut und ziemlich dämlich. Und alles nur, weil er es nie übers Herz gebracht hatte, bei seinen Besuchen nicht wenigstens eine Kleinigkeit von Frau Zehner gekauft zu haben.
Er grinste etwas gequält, bestellte eine Tasse Kaffee und beschloss, sich nicht den Kopf über die drei Frager zu zermartern, sondern bei Gelegenheit mit Fotos aus der Pressemappe zurückzukommen.
Der Kaffee duftete und schmeckte wie der von Mathilde, weshalb Walcher nach der Marke fragte. Keine Marke sei es, sondern eine Spezialröstung, die ihr der Röstmeister in der Ravensburger Kaffee-Rösterei zusammenmischen und frisch rösten würde. Der „Espresso Nero Grande" sei zwar ein bisserl teurer als der von den Großröstereien, aber dafür bekämen die Kaffeebauern einen fairen Preis und biologisch werde der Kaffee auch angebaut.
So kam es, dass Walcher dieses Mal keine Wurzelbürste, sondern einen Beutel der Spezialröstung kaufte und sich dann verabschiedete. Inzwischen waren drei Damen aus Frau Zehners Freundeskreis gekommen und hatten sich um den Tisch niedergelassen. Da würde er nur stören. Außerdem hatte eine der Dreien gefragt: *Hondse nuie Kracher kauft?*
Von Frau Zehner aus fuhr Walcher zu Irmis Großeltern. Erst zu den Brettschneiders, dann zu den Armbrusters und wurde für seinen spontanen Einfall mit strahlenden Gesichtern der Alten belohnt. Großvater Armbruster führte Walcher an seinen Waffenschrank und meinte, er

solle sich eine aussuchen, denn auf die Jagd ginge er schon lange nicht mehr. Es hätte sich herumgesprochen, meinte Armbruster grinsend, dass Walcher etwas ungewöhnliche Wege der Selbstverteidigung beschritt.
Die Gewehre sahen prächtig aus. Zwei davon stammten noch von Armbrusters Großvater und besaßen eher einen musealen, denn kriegstechnischen Wert.
Armbruster deutete auf eine Schrotflinte, mit der auch Pazifisten durchschlagende Erfolge erzielen könnten. Mit Vogelschrot geladen, würden die Opfer denn auch nur ein bleibendes Andenken erhalten. Außerdem würden die beiden großkalibrigen Rohre einen mächtigen Bums machen, der weithin zu hören sei und mithin die gesamte Nachbarschaft an den Kriegsschauplatz rufe.
Die Allgäuer seien immer schon ein wehrhaftes Volk gewesen, ihrer Sturheit wegen zwar schwer zu lenken, aber zäh im Kampf.
Walcher gab zu bedenken, dass seine Erziehung und Gesinnung eine humanistische und Pazifismus ein fester Bestandteil im Baukasten seiner Wertewelt sei und er außerdem keinen Waffenschein besäße.
Aber einen Wald hast du! Bekam er zur Antwort, auch wenn es nur ein kleiner sei, bräuchte man eine Jagdwaffe und die müsse nur angemeldet werden. *Komm nimm sie mit, du würdest mir damit eine Freude machen,* drängelte Armbruster. *Außerdem hab' ich noch zwei Schrotflinten von ihrem Vater, deutete er auf seine Frau. Und das ganze Putzzeug und ein paar Schuss Munition geb' ich dir auch mit. Auf einsamen Höfen muss man sich wehren können, glaub mir.*

Ich denke, dass du die Namensliste nicht ohne Grund an deine Mail gehängt hast, las Walcher die Nachricht von Hinteregger, als er auch an diesem Samstagabend nicht an seinem PC- vorbeikam, ohne wenigstens in den E-Mail-Ordner zu schauen.

Zu ein paar Namen habe ich auf die Schnelle etwas in unseren Archiven finden können. Ein Kurt Momser war bei der Aufklärung „Fremde Heere Ost" und nach dem Krieg beim BND, sonst keine besonderen Vermerke. Dasselbe gilt für Luis Funk, eine unbedeutende Nummer bei der Stay-Behind-Organisation im Nachkriegsdeutschland. Über einen Benedikt Grossmann wusste unser Kontaktmann beim CIA zu berichten, dass er in ihren Diensten stand, aber bereits seit zehn Jahren nicht mehr aktiv sei. War in Deutschland Bundestagsabgeordneter und Mitglied der parlamentarischen Kontrollkommission, die den BND beaufsichtigen sollte. Ansonsten allerdings kein Prädikat, brachte dem CIA wohl auch keine besonderen Informationen. Wer in deiner Liste immer noch einen Namen hat, ist der Wirtschaftsanwalt Vonderhaiden. Er gilt als erste Adresse für US-Firmen, die in Europa investieren oder auch schon mal Unternehmen übernehmen wollen.

Sogar bei den Russen genießt er größtes Vertrauen und wird regelmäßig zu Beratungen der Regierungsspitze nach Moskau eingeladen. Seine Frau besitzt in den Staaten einige Ländereien, sie stammt aus einer der wohlhabendsten Schweizer Unternehmerdynastien, unter deren Holding die ganz großen Namen zusammengefasst sind. Ansonsten winken die Leute hier ab, wenn man nach dieser Gladio-Geschichte fragt.

Das sei alles Schnee von gestern und inzwischen habe man wahrlich andere, aktuellere Probleme, als solche Pfadfinderspiele wieder aufzuwärmen.

Wie sieht es aus, wirst du unser Trauzeuge sein? Herzlich grüße ich dich, E.H.

Skeptisch sah er das Päckchen an, das, etwa so groß wie ein älterer Taschenrechner, locker in die Seitentasche seines Parkas gepasst hatte. Er war furchtbar nervös, seine Hände zitterten und sein Puls pochte wie Schläge auf der großen Trommel. Seine Welt war der Schreibtisch, die Planung, nicht die Front.
Aber dies musste dringend erledigt werden und außerdem hatte es in letzter Zeit mit seinen Leuten nur Pannen gegeben. Auch er hatte sich um ein Haar einer solchen genähert und die Aktion bereits abbrechen wollen, als endlich doch das verdammte Schloss nachgab und er die Bodenklappe in den Keller öffnen konnte.
Das Tor an der Laderampe war kein Problem gewesen, dafür aber dieses simple Vorhängeschloss an der Bodenklappe. Zwar hatte er sich am Freitag dem Mieter der oberirdischen Räume als Interessent für die Kellerräume ausgegeben und so erfahren, wo es in den Keller ging, aber das Schloss hatte er dabei übersehen.
Ein erregendes Siegesgefühl verdrängte seine Anspannung, als der Strahl seiner Taschenlampe über die Regale gegeistert war und Luis erkannt hatte, dass er am richtigen Ort und wohl auch noch rechtzeitig angekommen war. Die Sachen, die hier herumstanden, kannte er, die meisten jedenfalls. So genau hatte er sich mit diesem ganzen Depotmaterial nie befasst.
Luis hatte vor allem Hubers abgegriffenen Aktenkoffer entdeckt, der zwischen den Kartons stand. Es wunderte Luis ein bisschen, dass der Koffer nicht verschlossen war, aber Huber hatte sich vermutlich absolut sicher gefühlt. Dicht zusammengepresst steckten Schnellhefter, prall gefüllte Sichthüllen und zwei Ordner darin. Einen Hefter zog Luis heraus und blätterte darin. Lächelnd nickte er, kein Zweifel, er hatte Hubers Archiv in Händen.

Und ganz nebenbei den Beweis, dass dieser Journalist nur geblufft hatte. Bedauerlich, das Versagen von Kammer. Luis nickte nochmals und schaltete den Taschenrechner an. Ab diesem Zeitpunkt waren es noch genau 20 Minuten und alles, was sich im Keller befand, würde in der 21. Minute in dem extrem heißen Explosionsblitz zu Asche pulverisiert werden.

Kurz nur dauerte das Hochgefühl an, nämlich bis sich Luis durch den Türspalt auf die Laderampe geschoben hatte. Da stand er plötzlich in grellem Scheinwerferlicht und die blecherne Stimme eines Lautsprechers forderte ihn auf, sich mit erhobenen Händen an die Wand zu stellen und die Beine zu spreizen.

Luis hatte nicht das Ende der Ansage abgewartet, sondern war bereits beim ersten Ton wieder durch den Spalt zurück ins Lagerhaus verschwunden.

Das Einsatzkommando ging besonnen vor, das Lagerhaus war umstellt und von allen Seiten taghell beleuchtet. Wie sollte der Vogel da unentdeckt ausfliegen?

Der Sprecher wiederholte mehrmals seine Aufforderung herauszukommen und brüllte dann die Warnung, dass als nächster Schritt Tränengas eingesetzt würde.

Als die erste Gaskartusche durch das Fensterglas klirrte, wurde sie im gleichen Augenblick samt Glas und Fensterfassung von einer mächtigen Druckwelle zurückgeschleudert. Gleichzeitig vibrierte der Boden wie bei einem Erdbeben.

Allen war klar, dass die Detonation im Lagerhaus nichts mit der Gasgranate zu tun haben konnte, denn die explodierte erst ein paar Sekunden später und mischte ihren Reiznebel unter die Staub-, Asche- und Qualmwolke, die aus allen Öffnungen des Lagerhauses getrieben wurde und sich im ganzen Viertel ausbreitete.

Es dauerte, bis die Feuerwehr eintraf und mit dem Löschen beginnen konnte.

Brunners Leute, die seit der Entdeckung des Kellers – verstärkt aber seit vergangenem Freitag, als der betont unauffällige Mietinteressent für die Kellerräume aufgetaucht war – Lagerhaus und Grundstück überwachten, hatten ihren Chef sofort beim Eintreffen des Besuchers informiert. Der Kommissar saß also bereits in der Leitstelle, einem Einsatzwagen auf dem Parkplatz im Schatten der alten Lagerhäuser am Ende der Straße, als auf dem Monitor das Bild eines Mannes überspielt wurde, der das Lagerhaus verlassen wollte und verstört in die Scheinwerfer der Polizei blinzelte.

Eindeutig handelte es sich dabei um den bereits seit Tagen observierten Funk. *Wunderbar,* hatte Brunner geflüstert und seinem Kollegen Adler mehrmals auf die Schulter geklatscht, was den allerdings etwas verunsicherte, hatte er doch noch niemals einen derart persönlichen Ausbruch seines Chefs erlebt.

Jetzt können wir den Herrn so richtig in die Mangel nehmen, jubilierte Brunner. Auch konnte der Kommissar nun den relativ hohen Aufwand rechtfertigen, den er und sein Friedrichshafener Kollege März mit der Überwachung des Funkschen Wohnhauses und des Lagerhauses veranlasst hatten. Zudem hatten sie alle wichtig erscheinenden Papiere, die im Keller lagerten, kopieren und austauschen lassen.

Dass dann eine gewaltige Explosion Brunners Freude über die kurz bevorstehende Festnahme Funks geradezu pulverisierte, hatte ihn wie ein Stromstoß getroffen. Auch Adler saß erst einmal wie gelähmt und starrte weiter auf den Monitor, obwohl der Lichtblitz der realen Explosion sogar den Einsatzwagen erleuchtet hatte.

Brunner fluchte leise, aber unchristlich vor sich hin, was er genau so selten tat, wie seinen Kollegen auf die Schultern zu klopfen. Verhalten und etwas steif stieg er aus dem Wagen.

Durch die Dunkelheit der Nacht zuckten Blaulichter und schrillten die Sirenen und Hörner der anrückenden Feuerwehr. Langsam näherte sich der Kommissar dem brennenden Lagerhaus, so als wäre er ein unbeteiligter Gaffer. Es gab keinen Grund zur Eile, denn Luis Funk würde wohl eine solch heftige Explosion kaum überlebt haben. Und bis die Feuerwehr den Brand gelöscht hatte und man in den Keller konnte, das würde dauern.
Wieder ein Täter oder zumindest ein Zeuge weniger.
Da versöhnte Brunner auch nicht das eindrucksvolle Schauspiel der Blinklichter, deren zuckende Reflexe auf der nachtschwarzen Wasseroberfläche des Sees weit hinausjagten.
Ja, er sah nicht einmal hin, sondern starrte mit gesenktem Kopf vor sich auf den Boden.
Erst als er an der Ecke der Lagerhauszeile stand und den freien Platz und das Huber-Lagerhaus vor sich hatte, hob er den Kopf.
Der Kommissar empfand kein wirkliches Mitgefühl mit Luis Funk, der sich dort vermutlich selbst in die Luft gesprengt hatte, es war eher der erneute Rückschlag in dieser undurchsichtigen Ermittlung, der in Brunner eine Art von Trauer erzeugte.
Laute Befehle der Kommandanten, heulende Motoren von Fahrzeugen, Kompressoren und Generatoren, Scheinwerfer, hektisch eilende Menschen – nächtliche Katastropheneinsätze übten eine Faszination aus, der sich auch Kommissar Brunner nur schwer entziehen konnte.
Aber plötzlich begann er zu laufen, wurde schneller und rannte mit aufgebläht flatternder Jacke im Stil eines Hundertmetersprinters.
Hinter ihm fing auch Kommissar Adler, der seinem Chef nachgegangen war, zu laufen an, erst zögernd, dann sah er wohl die Herausforderung und legte zu.
Mit keuchenden Atemstößen und krampfenden Waden

hatte er Brunner eingeholt, als der in die Einfahrt der Huberschen Villa einbog. Gemeinsam stoppten die beiden vor Allersheims Behausung, deren Garagentor offen stand.
Brunner atmete tief durch die Nase ein, obwohl seine Lungen nach Sauerstoff flehten. Aus der Garage strömte eine seltsame Mischung aus abgestandener Kellerluft und abgebrannten Silvesterkrachern. *Sieht ... so aus ...,* stellte er abgehackt zwischen hechelnden Atemzügen fest, *wir sollten ... die Überwachung ... noch nicht ... abbrechen.*

Im Führerbunker

Erst als Luis in seinem Bunker saß und ein halbes Wasserglas voll mit der Sonne Kentuckys im Magen hatte, beruhigte sich sein Puls allmählich.
Nur Minuten waren es gewesen, die ihn von Verhaftung oder gar Tod trennten. Sich der Polizei zu stellen, an solch einen unsinnigen Gedanken hatte er keine Sekunde verschwendet. Dann schon lieber das rasche Ende.
Was wäre denn die Alternative? Gefängnis für den Rest des Lebens? Trotzdem hatte ihn die Angst vor der nicht zu stoppenden Explosion in den hintersten Winkel des Kellers getrieben und dort den Durchgang zum Bunker der Allersheims entdecken lassen.
Ein Glück, das er als höhere Fügung verstand, wenn nicht gar als Vorsehung und unleugbare Bestätigung für die Wichtigkeit seiner Person.
Luis hatte sich durch den Spalt gequetscht, war um sein Leben gerannt und wählte instinktiv den rettenden Ausstieg. Mit Staunen hatte er im schwachen Licht seiner Taschenlampe die Produktionsräume wahrgenommen, flüchtig nur, denn die Angst trieb ihn voran.

Als der Sprengsatz hochging stand er bereits in der Reparaturgrube, aus der ihn die Druckwelle geradezu hinauswehte, derart mächtig war die Luftverdrängung der Explosion.
Die Nacht war zerrissen gewesen von nervösen Blinklichtern und dem warnenden Heulen der Hörner von Polizei, Feuerwehr und Sanitäter. In der Luft lag beißender Brandnebel, aber Luis hatte darin mehr Schutz als Gefahr empfunden.
Durch den Nebel der Qualmwolke, die sich über das ganze Viertel ausbreitete, war Luis am Ufer entlang zu seinem Wagen gehetzt, den er am Parkplatz vor der Brücke abgestellt hatte. Dass er auf dem Weg dorthin das Flüsschen Ach durchqueren musste, hatte dann auch keine Rolle mehr gespielt, denn er war bereits durch das Wasser im Bunker gewatet.
Erst nach dem zweiten Kentucky erreichte Luis jenen Zustand, der ihn zu logischem Denken befähigte und er begann, seine Situation zu analysieren.
Hatte man ihn an der Lagertür im Scheinwerferlicht erkannt? Wohl kaum, außerdem, welcher Polizist kannte ihn denn überhaupt? Und dann konnte er davon ausgehen, dass er für die Polizei im Keller zu Kohlenstaub verbrannt war. Die Wirkung der heißen Explosion ließ sogar handtellerdicke Eisenträger schmelzen, da blieben von einem Menschlein nicht einmal Zahnplomben übrig. Gut, der Journalist und die Kripo interessierten sich für ihn, aber konnten sie ihm irgendetwas beweisen?
Da schätzte er das Interesse von Moosherr und ehemaligen Kameraden als weitaus kritischer ein, wenn nicht sogar bedrohlich. Wahrscheinlich würde er sich auch noch um Florians Helfer kümmern müssen, vielleicht auch um Sahra. Wer konnte schon mit Gewissheit sagen, wie lange ihr derzeitiger Zustand anhalten würde. Dieser verbohrte Psychoklempner hatte ihn nur über das Allernötigste

informiert und das, obwohl er einen täuschend echten richterlichen Beschluss hatte vorlegen können.
Dieses arrogante Akademikerpack.
Luis genehmigte sich noch ein drittes Glas. Erst einmal ausschlafen und dann abgetaucht bleiben, nahm er sich vor. Seiner Putzfrau würde er morgen die Nachricht auf den Tisch legen, dass er einige Zeit auf Reisen sei und sie die Finger von den Zeitschaltuhren lassen solle, die Einbrechern normales Leben im Haus vorgaukelten.
Luis wusste, dass er in seinem Bunker absolut sicher war. Mit Lebensmitteln bevorratete er sich immer für gut ein halbes Jahr und erst vergangene Woche hatte er einige Kisten frischer Äpfel, Möhren und Paprika besorgt, die ihn mit Vitaminen versorgen würden.
Den Eingang zum Bunker zu entdecken, war so gut wie unmöglich, zudem musste man wissen, dass es überhaupt einen Bunker im Hause Funk gab.
Schon einmal war Luis abgetaucht, als Training, drei Monate lang, und hatte sich nur nächtliche Spaziergänge genehmigt. Arbeit hatte er genug. Vielleicht schrieb er den minuziösen Ablaufplan von Hubers Tod zu einer Geschichte um. Huber, diese Ratte. Was mochte er in dem riesigen Bunker produziert haben? Hatte nach Laborausstattung ausgesehen.
Vielleicht sollte er mit seinen Memoiren über die Gladio-Zeit beginnen. Oder er dokumentierte zuerst einmal die Aktionen des BND, für die er zuständig gewesen war.
Lächelnd klopfte er auf Hubers schwarzen Aktenkoffer. Die Arbeit würde ihm nicht ausgehen. Florian, immer wieder musste er an Florian denken. Schade um ihn, denn eigentlich hatte er ihn gemocht.

Sahra

Am Montagmorgen fuhr Walcher nicht, wie in den vergangenen Tagen üblich, an den Bodensee, sondern in die entgegengesetzte Richtung nach Kempten.
Im psychiatrischen Bezirkskrankenhaus empfing ihn der zuständige Stationsarzt Dr. Armin Stalter, und machte ihm ohne Umschweife klar, dass Frau Tiefenbach nicht besucht werden könne, zumal es sich bei Walcher nicht um einen Verwandten oder Offiziellen handle.
Gemeinsam mit einem Kollegen habe er bei Sahra Tiefenbach eine *Dissoziative Identitätsstörung* diagnostiziert und zwar in einer Ausformung, wie er sie bisher nur aus Lehrbüchern kannte. Frau Tiefenbach verstünde sich derzeit als eine Persönlichkeit, die Walcher vermutlich ohnehin nicht erkennen würde. Mit ihr über irgendwelche Themen zu sprechen, die sie als Sahra Tiefenbach erlebt habe, sei, derzeit jedenfalls, nicht möglich. Hinzu kämen beängstigend aggressive Selbstzerstörungstendenzen.
Auf Walchers Frage erklärte Dr. Stalter in verständlichen Begriffen die vermuteten Ursachen und den typischen Krankheitsverlauf einer dissoziativen Identitätsstörung. Fragen zum Krankheitsverlauf von Frau Tiefenbach zu beantworten, lehnte er aus den vorgenannten Gründen höflich aber bestimmt ab.
Auch nachdem Walcher seine Rolle bei der Aufklärung der Mordfälle von Huber und dem Freund von Sahra Tiefenbach, Florian Barkow, erklärte und dass er sich auf der Seite Sahras sah, jedenfalls solange nicht alle Fragen des Verdachts gegen sie auch eindeutig beweisbar seien, blieb Dr. Stalter konsequent. Und als Walcher bat, sie wenigstens sehen zu können, da Sahras Großeltern von ihm einen Bericht erwarteten, schwindelte er ein wenig, wiederholte Dr. Stalter erst einmal seine Ablehnung.

Die Psychiatrie sei ja schließlich kein Zoo, in dem man wehrlose Patienten mal kurz durchs Gitter anglotzen könne, meinte er, nickte dann aber und forderte Walcher auf, ihm zu folgen.
Die Welt nach dem Besprechungszimmer war eine andere, eine klinisch antiseptische, wie in beinahe jedem Krankenhaus. Selbst die Luft roch grau.
Das Neonlicht hatte dem kümmerlichen Strauß Kunstblumen, der in einer grauen Bodenvase dem reinigungsfreundlichen Gang die Traurigkeit zu nehmen versuchte, die Farben entzogen. Vergeblich. Bereits nach wenigen Metern legte sich ein ebenso grauer Schleier auch über Walchers Stimmung, sogar sein Atem ging flacher, aber dieses Gefühl überfiel ihn auch, sobald er Behördenbauten betrat.
Vom Hauptgang des Stockwerks zweigte ein Gang ohne Tageslicht ab, eine gesicherte Tür musste aufgeschlossen werden und dann ging es noch um eine Ecke auf eine der Türen zu, die hier alle ein Glasfenster hatten.
Dr. Stalter sah kurz hindurch, stellte sich dann daneben und nickte Walcher auffordernd zu.
Auf dem Weg durch die Gänge hatte sich Walcher gefragt, warum er Sahra unbedingt sehen wollte.
Er fühlte sich als ihr Beschützer, das war ihm klar geworden und auch, dass solche Gefühle meist etwas mit Zuneigung zu tun hatten. Spätestens bei Sahras Zusammenbruch, als er auf die Therapeutin wartete, hatte er dieses Gefühl deutlich empfunden. In seine Arme hätte er sie am liebsten genommen, sie streicheln und trösten wollen. Aber daraus eine Legitimation für das Eindringen in Sahras Privatsphäre abzuleiten, so musste er sich eingestehen, verlangte schon einige Fantasie. Vermutlich oder eher sogar sicher, wäre sie nicht damit einverstanden gewesen, in ihrem Zustand begafft zu werden, von wem auch immer. Da lag der Psychiater mit seinem

Zoo-Beispiel nicht falsch. Sollte er umkehren?
Zögernd näherte sich Walcher dem Guckfenster, obwohl er ahnte, dass er sich für seine Neugier bestimmt verfluchen würde.
In dem Zimmer saß eine Frau in einem Korbstuhl und starrte ihn an, nein, sie starrte durch ihn hindurch.
Aber dieses Verhalten allein hätte ihn vermutlich nicht schockiert, sondern dass die Frau ihn durch nichts an Sahra Tiefenbach erinnerte.
Walchers fragenden Blick beantwortete Dr. Stalter: *Doch, das ist Frau Tiefenbach, jedenfalls eine ihrer Identitäten.*
Sahras Gesicht glich der Maske des „Verrücktseins" schlechthin. Die aufgerissenen starren Pupillen, die im Krampf verzerrten Augenbrauen und die gefurchte Stirn, standen in grässlichem Kontrast mit dem zu einem Fischmaul geformten Mund, der sich unablässig öffnete und schloss und dabei Speichel ausstieß.
Walcher drehte sich um und ging voraus bis zur Gangtür, wo er dann aber auf Dr. Stalter wartete, nicht nur, um sich bei ihm zu bedanken, sondern weil die Tür verschlossen war. Elend fühlte er sich und traurig.
Eine furchtbare Vorstellung, dass sich Sahra von einer Sekunde auf die andere in eine andere Person verwandeln konnte. Brunner lag mit seinem Hinweis auf Dr. Jeykill und Mr. Hyde vielleicht gar nicht so falsch.

Lorinser legte das Handy neben sich auf der Couch ab neben die Fernbedienung des Fernsehers. Behutsam und konzentriert tat er das und korrigierte zweimal die Lage, bis das Handy exakt auf einer Linie mit der Fernbedienung lag. Im Kopf hörte er wieder Schiller: *„Der Wahn ist kurz, die Reu' ist lang"*.
Wie hatte er sich gefreut, als er vom Tod Grossmanns erfahren hatte, ach was, innerlich gejubelt hatte er und größte Mühe gehabt, seine Erregung nicht März zu zeigen, der ihm diese wundervolle Botschaft überbracht hatte. Frei, endlich frei!
Mit einem Hochgefühl im Bauch war er nach Ravensburg zu dem terminierten Informationsgespräch mit seinem Kollegen gefahren, zu dessen Zuständigkeitsbereich der Kommissar in Lindau gehörte. Er hatte sich danach ins *Waldhorn* gesetzt und sich mit einem opulenten Mittagsmahl verwöhnt. Wunderbar, dass es so ein Restaurant in der Region gab, mit solch einem Kochkünstler.
Bereits das Amuse-Gueule, eine Langustinen-Sülze, die auf der Zunge verging wie Schaumkronen auf den Meereswellen, machte Lorinser auf das georderte Menu ebenso neugierig wie auf sein kommendes Leben.
Der Blue-Nose-Snapper, gelackt und gebeizt mit Bonito-Sushi-Nori und Wasabi-Soja-Sauce, öffnete Lorinsers Magenpforte in froher Erwartung des nächsten Ganges, eines Kaninchen-Punches mit Mango-Perlen, umgeben von einem Ragout aus Lachs und Tomate mit Pestoschaum. Albert Bouleys Weinkeller lieferte dazu einen wunderbar runden Weißen vom See, einen Müller-Thurgau vom Immenstaader Sonnenufer, in dem auch die folgende Seezungen-Crepinette auf Avocadocreme in Lauch mit marinierten Gambas in five spices vorzüglich schwimmen konnte.

Lorinser feierte seine Wiedergeburt und sein Fassungsvermögen war seinem Heißhunger ebenbürtig.
Für den Lammrücken mit Ragout, begleitet von Maronen und Pfifferlingen und einem Gratin Savoyard, wechselte er auf einen 92er Château Ausone aus St-Emilion, schließlich sollte sein Wohlbefinden nicht am Geiz scheitern.
Auf die Nachspeise verzichtete er zugunsten eines doppelten Espresso mit einem ebenso doppelten Armagnac, der Zunge und Gaumen ölen und die Verdauungssäfte im Magen anregen würde.
Dann war er nach Friedrichshafen in seine Wohnung gefahren und hatte sich tierisch besoffen. Wein, Grappa, Whisky, alle Reste, die herumstanden, hatte er gekippt, hatte Pläne geschmiedet, gesungen, getanzt und sogar seinen Vater angerufen, was er normalerweise nur an dessen Geburtstag und zu Weihnachten tat. Es hatte ihn auch nicht weiter gestört, dass der alte Herr sofort gefragt hatte, ob er am helllichten Tag besoffen sei.
Zwei Tage hatte der Höhenflug gedauert, bis vor wenigen Minuten. „In unseren Kreisen", hatte der Anrufer gesagt, „gibt es keine Verjährung einer solchen Schuld". Und dass auch nach Grossmanns Tod die Verbindlichkeiten bestehen blieben. Und gefragt hatte der Fremde, ob er zur Erinnerung erst noch ein kleines Video schicken müsse.
Nein, das Video kannte Lorinser, er hatte bereits vor Jahren eine Kopie erhalten, von Grossmann, dieser Ratte. Aus war es mit der Freiheit.
Lorinser wuchtete mühsam seinen schweren Körper von der Couch und setzte sich an den Laptop. Ordnung, er musste endlich Ordnung in sein Leben bringen.
Diese Entscheidung war ihm nicht spontan gekommen, sie geisterte schon seit Monaten in seinem Kopf herum, war dichter und dichter geworden, wie ein gärender Teig,

aus dem man die Gase herauspresste. So bewahrte er im Medizinschränkchen im Bad längst auf, was er dazu brauchte. Als der Computer arbeitsbereit war, legte er ein neues Dokument an und tippte zögernd, mit nur einem Finger:

Von dem Dome,
Schwer und bang,
Tönt die Glocke
Grabgesang.
Ernst begleiten ihre Trauerschläge
Einen Wanderer auf dem letzten Wege.
Gerhard Lorinser

Schlosherr

Dass Vonderhaiden sehr luxuriös wohnte, darauf hatte Gülem ihn ja schon hingewiesen, dass der Anwalt auch noch eine unglaublich schöne Aussicht genießen konnte, war also beinahe vorauszusetzen, wozu wohnte man schließlich auf einem Hügel über dem See. Gewundert hatte Walcher eigentlich nur, dass Vonderhaiden ihn in seine private Welt eingeladen hatte, als sei das völlig selbstverständlich. Walcher war deshalb auch ziemlich gespannt, sowohl auf die Unterhaltung, als auch auf Vonderhaidens Domizil.

Das ‚Schloss' entpuppte sich dann aber nur als eine vom Baustil her typisch protzige Unternehmervilla aus der Zeit der vorletzten Jahrhundertwende, mit Türmchen an den vorderen Hausecken. Allerdings musste die Lage des Anwesens neidlos als derart faszinierend bezeichnet werden, dass Walcher einen Moment lang den Ausblick auf das deutsche Bodenseeufer genoss, bevor er am Glockengriff zog. Enttäuscht darüber, dass er damit nicht eine

richtige Glocke zum Bimmeln brachte, sondern nur einen elektronischen Gong, gab es in seiner Vonderhaiden-Werteskala einen Minuspunkt.
Vonderhaiden öffnete selbst und bat Walcher mit einem geradezu herzlichen Lächeln in die Diele. *Ich bin derzeit Junggeselle,* erklärte er, *meine Frau verbringt den Herbst meist in New York.*
Walcher glaubte einen feinen Unterton der Verbitterung herauszuhören, zumal Vonderhaiden mit einer recht lässigen Handbewegung auf das Gemälde deutete, das jeden Besucher von der gegenüberliegenden Wand begrüßte. Zu sehen war ein Frauentyp wie Grace Kelly, allerdings mit Augen, die einem machtbesessenen Despoten der Renaissance ähnelten – denn in diesem Stil hatte der Maler seinen Auftrag wohl aufgefasst.
Die dergestalt in Öl verewigte Frau klatschte die Reitgerte in die linke Handfläche, so dass man förmlich das Geräusch hörte. Ob Vonderhaiden die Gerte auch schon mal zu spüren bekommen hatte?
Walcher kam nicht dazu, solche Gedanken weiter zu spinnen, denn Vonderhaiden ging zügig voraus, durch einen Salon mit den Ausmaßen einer mittleren Turnhalle und durch einen anschließenden Raum, der sich, wie der Salon davor, durch spärlichste Möblierung auszeichnete und gleichermaßen den wohnlichen Charme einer Gemäldegalerie ausstrahlte. Dafür hingen aber in beiden Räumen großformatige Kunstwerke der Moderne, scheinbar alphabetisch geordnet. Arp, Barceló, Baumeister, Bill, López García, Lichtenstein, Morris, Pollock, Rauschenberg – nur einige erkannte Walcher, und er war dankbar für die großen Namensschilder unter den Werken. Schätzungsweise hingen in dieser Villa einige Millionen an den Wänden.
Wie mochte das Haus gesichert sein? Vielleicht von einem Heer Ein-Euro-Jobber? Die Plastiken im Park waren da ja

weniger gefährdet. Der riesige Stein mit Loch, vielleicht ein Henry Moore, war vermutlich nur mit Hilfe eines Kranwagens zu transportieren und auch die anderen Kunstwerke versprachen Dieben harte Arbeit, schienen sie doch teilweise aus der Tagesproduktion eines Stahlwerks zusammengeschweißt.

Die Tour de Galerie endete in einem Wintergarten, dessen Sitzgruppe aus gestanztem Stahlblech vermutlich auch als Kunst zu verstehen war. Daran änderten auch die grellbunten Polsterkissen nichts, die zumindest einen hohen Aufforderungscharakter besaßen. Der Sitzkomfort entsprach dann eher dem Kunstanspruch und erinnerte Walcher an Kirchenbänke.

Auf einem sehr altmodischen Servierwagen standen zwei Gläser und eine Flasche Wein, die Vonderhaiden mit dem Hinweis in Walchers Richtung hielt, dass es sich dabei um einen Wein aus den Weinbergen seines Vaters handle, aus Stellenbosch nämlich. Sein Vater sei inzwischen um die 95 und bestimme immer noch die einzigartige Qualität seiner Weine, die nur einen unverzeihlichen Fehler aufzuweisen hätten, nämlich, dass nur eine sehr begrenzte Menge gekeltert wurde.

Nachdem Walcher gekostet und der Arbeit des Vaters die vermutlich erwartete Reverenz erwiesen hatte, lehnte er sich zurück, soweit es das eiserne Kunstwerk erlaubte. Auch Vonderhaiden hatte dem Vaterwein zugenickt, das Glas abgestellt und Walcher einige Sekunden unverwandt fixiert. Genau in jenem Moment, in dem Walcher dieser Blick unangenehm zu werden anfing, wechselte Vonderhaiden die Blickrichtung, sah hinaus auf den See und begann eine Art Plädoyer.

Er empfahl Walcher dringend, sich aus dem Fall zurückzuziehen, da ihm Walcher sympathisch sei und er etwas gegen Vergeudung derartiger Potentiale habe. In jedem Staat, dozierte er, gäbe es diffuse Dimensionen, die sich

im Staatskern befänden. Diese wären allerdings ebenso wenig griffig wie der Begriff Staatskern.
Allerdings bestünde, wie bei einem biologischen System, auch dieser Kern aus unterschiedlichen Zellen, die zwar grundsätzlich der Sache und der Notwendigkeit wegen zusammen arbeiten würden, aber sich dennoch ebenso grundsätzlich misstrauten, jedenfalls was die Wege und Ziele betraf. Ein ausgeglichenes Wirken von nur scheinbar divergierenden Kräften. Diese Zellen seien letztlich Interessengemeinschaften, vergleichbar mit symbiotischen Gebilden, und in den gesamten Steuerungssystemen eines Staates äußerst präsent: offiziell als die gewählten politischen Kräfte und inoffiziell in allen nur erdenklichen Ebenen der staatlichen Administration.
Man könne diesen Interessengemeinschaften auch nicht absprechen, dass ihnen das Wohl des Staates am Herzen läge, denn diese Interessengemeinschaften seien mithin der Staat selbst. *Nehmen Sie als Beispiel die Privatisierungen von Staatsbetrieben. Das waren und sind klassische Umsetzungen von privaten und staatlichen Interessen, die von der politischen Führung scheinbar eigeninitiativ entwickelt und durchgesetzt werden. Dahinter stehen allerdings Interessengemeinschaften, die das ganze Prozedere von Anfang an fest in der Hand haben.*
Sehen Sie sich die Entwicklung des Energiemarktes oder die Privatisierung der Bahn oder Post an. Wundern Sie sich nicht, wenn all die politischen Entscheider nach ihrer politischen Laufbahn auf irgendeinem hochdotierten Posten in der Industrie wieder auftauchen.
Die Wirtschaft ist der wahre Steuermann eines Staates und sie versteht es auch sehr gut, die wesentlichen politischen Kräfte für ihre Interessen einzubinden. Wir leben zwar in einer neuen Welt, aber wir verhalten uns, als würden wir noch mit dem Abakus rechnen. So, und jetzt komme ich zu meiner zentralen Frage: Was ist Ihnen denn der Huber wert, dass Sie sich derart

intensiv vorwagen. Keinen Menschen interessiert, dass dieser kleine Ganove mit einer zwielichtigen Vergangenheit über den Jordan geschickt wurde. Huber war offiziell nichts weiter als ein kleiner Immobilienhai, der schnell ans große Geld wollte und dabei glaubte, sich dank seiner guten Verbindungen zu Politikern alles erlauben zu können.

A priori hat er sich archetypisch verhalten und er hätte sich auch wirklich einiges erlauben können. Ihm unterlief nur ein wesentlicher Denkfehler: Er verletzte die Spielregeln.

Er wollte die Leute erpressen und zwar mit deren Vergangenheit. In diesen Kreisen kommt das einem Amoklauf gleich.

Sehen Sie, ich verfolge natürlich, was in meiner Kanzlei geschieht und so wusste ich immer Bescheid, auch wenn Huber nicht direkt mein Mandant war.

Huber war mal eine Zeitlang beim Geheimdienst. Kein hohes Tier, sondern eher so ein Frontarbeiter. Aber er hatte zu seinem Vorgesetzten einen guten Kontakt und deshalb erhielt er mehr Informationen und Wissen, als einem Einzelnen in solchen Positionen normalerweise zugestanden wurde. Daraus wollte Huber Kapital schlagen, als er wirtschaftlich in Schwierigkeiten geraten war. Erschwerend kam noch hinzu, dass diese Geheimdienstabteilung nicht allein ein deutsches Problem darstellt, sondern NATO, CIA und wer weiß was sonst noch, darin verwickelt waren.

In der heutigen Situation will der Westen einfach nicht, dass all diese Weltverschwörungstheorien neue Nahrung erhalten. Ich denke deshalb, dass Huber unbewusst eine Form des Suizids gewählt hat. Vonderhaiden stand auf und holte aus der Schublade des Servicewagens eine Zigarrenschachtel, die er öffnete und sich bediente, ohne Walcher eine Zigarre anzubieten. Auch wenn ihn Vonderhaiden vermutlich nicht als Zigarrenraucher einstufte, so empfand Walcher diese Geste als unhöflich und verpasste seinem Gastgeber einen weiteren Minuspunkt.

Während Vonderhaiden mit der Nonchalance eines

Nabobs das Anschneiden und Anzünden des beachtlichen Torpedos zelebrierte, sprach er weiter.
Was ich Ihnen erzähle, entspricht nicht alles einem fundierten Wissen, eher handelt es sich um Puzzleteile, die ich zu einem Ganzen zusammen gesetzt habe. Diese Stay-Behind-Organisation zum Beispiel muss man unter den damaligen Gegebenheiten und Denkweisen der Verantwortlichen sehen. Heute würde Derartiges zwar völlig anders ablaufen ...

Wie zum Beispiel die amerikanische Legitimationsbeschaffung für den Irak-Krieg, warf Walcher ein, den Vonderhaidens selbstgefällige Art ziemlich zu nerven begann. Aber Vonderhaiden reagierte weder mit einer Geste, noch einem Blick, sondern sprach gelassen weiter.
...aber vermutlich ebenso geheim wie damals.
In diesen Bereichen einer Staatsverwaltung denken die Verantwortlichen in den Kategorien von Klassensprechern.
Menschen, die in die Verwaltung gehen, wollen meist nicht unbedingt das Rad neu erfinden. Und an die Spitze eines Staates drängeln auch nicht immer die besten Köpfe, jedenfalls nicht an die politische Spitze. Die wirklich guten Leute steuern den Staat aus den hinteren Reihen und verfügen über eine Macht, von der unsere Regierungen nur träumen können.
Warum bekommen unsere Politiker dringend notwendige Reformen nicht hin? Weil sie unfähig sind? Vonderhaiden war aufgestanden, marschierte auf und ab und dampfte dabei seine Zigarre. *Nein, sie spielen nur ihre Rollen in einem Stück, dessen Dramaturgie ganz andere schreiben. Selten treten diese Stückeschreiber selbst auf die Bühne und wenn, dann nur zwangsweise, weil einer der Politiker seine Rolle nicht gelernt oder über seine Gage geplaudert hat. Über das kleine Geschenk, über einen Freiflug, eine kleine Safari, ein kleines Aktienpaket, Altersversorgung, Aufsichtsratsposten, Beratervertrag oder dergleichen.*
Ihr Idealismus, Herr Walcher, in allen Ehren, aber für mich benehmen Sie sich wie das Mädchen mit den Schwefelhölzern,

nur dass Sie mit den Zündern nicht Licht, Wärme und die Erinnerung herbeizaubern wollen, sondern versuchen, einen Nebel, wie diesen da draußen zu lichten. Vonderhaiden deutete hinaus, denn die Welt begann in grauem Nebel zu versinken, der vom See heraufzog.
Noch etwas anderes sollten Sie bedenken. All die Verantwortlichen von gestern sind meist nicht mehr greifbar, schon gar nicht für uralte Geschichten, die – unter uns gesagt – niemanden wirklich interessieren. Oder haben Sie schon groß etwas über diese Stay-Behind-Organisation gehört oder gelesen? Das liegt nicht nur daran, dass es sehr mühsam ist, an das Wissen der Interessengemeinschaften heranzukommen, das liegt auch daran, dass die meisten Menschen hauptsächlich an ihrem eigenen Leben Interesse haben.
Vonderhaiden hatte eine der hohen Glastüren geöffnet und gab dem Nebel die Chance, sich mit dem seiner Zigarre zu vereinigen. Etwas gequält lächelnd wedelte er mit der Hand durch die Luft und meinte: *Normalerweise rauche ich nicht im Haus, schon wegen der Gemälde.*
Bitte vertrauen Sie meiner Empfehlung, suchen Sie sich eine Drogenbande, Kunstfälscher oder Autoschieber, jagen Sie Mediziner, die Sportler dopen, Pädophile oder Weinpanscher, aber lassen Sie die Finger von Nachrichtendiensten und sonstigen Geheimbünden. Vonderhaiden lächelte ein wirklich ganz und gar überzeugend vertrauliches Lächeln, das Walcher auch als Signal verstand, dass hiermit die Aufklärungsstunde vorbei sei. Außerdem piepste wie auf Bestellung von irgendwo her ein Handy.
Es sprach allerdings für den Stil Vonderhaidens, dass er den Rufton ignorierte und in aller Ruhe seinen Gast verabschiedete, nicht ohne darauf hinzuweisen, dass er auch für die Zukunft sämtliche sinnvollen Fragen Walchers gerne beantworten werde und er sich darüber freuen würde, wenn man sich hier und da wieder einmal träfe. Ein Händedruck, und Walcher war verabschiedet.

Nach einem kurzen Blick auf den vernebelten See ging er langsam zu seinem Wagen.
Was hatte er von dem Treffen erwartet? Aufklärung? Oder steckte in Vonderhaidens Vortrag noch etwas anderes als die Botschaft, die Finger von dem Fall zu lassen? In Gedanken startete Walcher seinen Wagen und rollte den geteerten Parkweg zum Tor hinaus auf die Landstraße.
Immerhin war auf ihn schon geschossen worden und zu dem toten Huber hatten sich zwei weitere Leichen gesellt, vermutlich beide unfreiwillig. Vielleicht sollte er Vonderhaidens Tipp ernst nehmen. Brunner kam ihm in den Sinn. Er beschloss, den Kommissar über das Treffen zu informieren. Sie mussten sich treffen und das weitere Vorgehen absprechen. Parallele Ermittlungen schienen in diesem Fall kein sinnvolles Vorgehen.
Walcher verlagerte seine Sitzhaltung nach links, um an das Handy in seiner rechten Hosentasche zu kommen, als er zusammenzuckte und im Reflex nach rechts auf die Wiese steuerte.
Ihm war mit ziemlich hoher Geschwindigkeit ein Wagen entgegengekommen, den er trotz der kritischen Situation als das Fahrzeug erkannte, welches er bei Henge gesehen hatte. Ein Hummer H3 mit Schweizer Nummernschild. Das Fahrzeug allein war es aber nicht und auch nicht die Tatsache, dass der Fahrzeuglenker das Tempo beibehalten und Walcher brutal von der Straße gedrängt hatte. Warum Walcher nach seinem Ausflug auf die Wiese dort stehen blieb und den Wunsch nach einer Zigarette verspürte, hatte einen anderen Grund.
Am Steuer war nicht Henges Seglerfreund in abgetragenem Hemd gesessen, sondern ein Leiche, ein Gespenst: Huber!

Römerbad

Das Bad schien sich bereits für die Wintersaison verpuppt zu haben und gab einen Vorgeschmack auf kommende karge Freuden. Walcher setzte sich auf die nächste Bank vor dem verschlossenen Eingang, mimte den Erholungssuchenden und dachte zum wiederholten Mal darüber nach, ob er sich vielleicht doch getäuscht haben konnte. Einbildung, Wunschdenken oder dergleichen?
Weiter kam er aber nicht, denn Brunner hetzte heran und ließ sich stöhnend neben ihm nieder. Er war offensichtlich in Eile und unter Volldampf, was Walcher erst einmal abhielt, von seinem Treffen mit Vonderhaiden und von Huber im Hummer zu erzählen.
Ich habe den Hals bis oben hin voll!, unterstrich der Kommissar mit der Hand seinen Zustand und zog dabei eine Grimasse, als wäre er beim Zahnarzt. *Sämtliche Behördenleiter, die irgendetwas in diesem Staat zu sagen haben, wollen mir scheinbar in den Hintern treten und zu Hause kläffen mich Frauchen und ihr Hund an. Da muss sich was ändern!*

Sie haben doch sicher schon eine Vorstellung?, Walcher versuchte seiner Frage durch pastoralen Tonfall die mögliche Spitze zu nehmen. Bei einem gereitzten Brunner wusste man nie.
Das hat mich der Polizeirat auch gefragt. Klar habe ich schon eine Vorstellung, giftete er, allerdings mit einem leichten Anflug von Ironie. *Den Fall abschließen und den Hund vor die Flinte eines bestochenen Jägers treiben.*

Was meinen Sie mit „abschließen"?
Na, eben abschließen, zu den Akten legen, wie man so treffend sagt und dort vergammeln lassen. Das Ganze kommt mir vor, als ob ich in einem kleinen Provinztheater sitze und alle Leute um mich herum kennen das Stück, nur ich habe keine Ahnung, was auf der Bühne gespielt wird. Was würden Sie denn sagen, wenn wir die Ermittlungen einfach einstellen und offiziell

Hubers Mord als Selbstmord verkünden? Den Blättern die wahre Geschichte verkaufen?
Walcher überlegte, was hinter Brunners Frage stehen könnte, kam aber auf keine schlüssige Idee. Vermutlich hatte sich Brunner nur Luft machen wollen und erwartete überhaupt keine Antwort. Allerdings war Brunner immer für eine Überraschung gut, wusste Walcher aus Erfahrung und bemühte sich deshalb um eine sachliche Antwort.
Die Gladio-Geschichte will niemand lesen, das interessiert höchstens ein paar Beteiligte oder Betroffene und vielleicht noch den einen oder anderen Historiker. Und dass die Nazis damals nahtlos in den neuen Geheimdiensten, in der Verwaltung, im diplomatischen Dienst, in der Justiz, bei der Polizei, praktisch überall wieder ihre Plätze fanden, das will heute auch niemand mehr wissen. Außerdem fehlen mir dazu noch eine ganze Reihe hieb- und stichfester Beweise, denn bei dem Material, das ich bisher habe, winken alle großen Verlage ab. Hitlers gefälschte Tagebücher haben die Verlegermoral erheblich verändert.
Also wenn überhaupt, dann könnte ich mir eine Story über den Produktionskeller von Allersheim vorstellen.

Und wen, meinen Sie, interessiert so eine Geschichte? Brunner spielte den Gelangweilten.
Na, immerhin hat Allersheim im Keller eine Bleikammer entdeckt, in der noch Radium herumliegt. Sein Großvater hatte Kontakte zu der Süddeutschen Atomforschungsgruppe in Tailfingen. Allerdings vermutete Allersheim, dass es dem Großvater nicht um Kernspaltung ging, sondern um mit Radium versetzte Heilmittel, von denen man damals Wunderheilungen erhoffte. Die Briefkontakte zu Heisenberg und Hahn handeln auch eher von Beschaffungsproblemen strahlendes Material aufzutreiben, als sich über Kernspaltung auszutauschen.
Walcher zuckte mit den Achseln. *Aber wer weiß, was Allersheim noch alles in dem Keller findet?*

Nur bitte keine Leichen, knurrte Brunner, *davon haben wir schon genügend, aber das mit dem Radium hatte sich noch*

nicht bis zu mir durchgesprochen.
Also, kam Walcher wieder zum Thema zurück, *was ist geschehen? Sie eiern doch nicht ohne Grund so herum.*
Brunner stieß einen gekünstelten Lacher aus, dem allerdings keine weitere Regung folgte. Es schien, als würde sich der Kommissar darauf konzentrieren, die Schreie der Möwen den einzelnen Tieren zuordnen zu wollen.
Die Sekunden verstrichen und es gab noch so vieles zu klären, zu berichten. Walcher tastete sich vor. *Interpretiere ich Ihr Schweigen richtig, denken Sie wirklich an Einstellung? Wie wollen Sie das der Presse verkaufen?*
Brunner leerte etwas genervt seine Lungenflügel. *Na, wie es auf der Anweisung für die Museumsmitarbeiter stand. Der Selbstversuch eines Schriftstellers.*

Aber der Schriftsteller war angeblich Huber, als solchen habe ich ihn und vermutlich ja auch noch einige andere jedenfalls identifiziert.
Wieso haben Sie gerade „angeblich" gesagt?, wollte Brunner wissen. Er hatte sich mit einem Ruck Walcher zugewandt und fixierte ihn mit zusammen gekniffenen Augen. *Wer hat es Ihnen gesteckt?*

Was?
Na, das mit Huber natürlich, was denn sonst?, brach es aus Brunner heraus, giftig wie der Biss einer Viper.
Also, mir hat niemand etwas gesteckt, wehrte Walcher ab, *aber Sie könnten mich bitte aufklären, was man mir hätte stecken können.*
Tiefes Misstrauen lag in Brunners Blick, aber er nickte und meinte: *Dann werden Sie mich besser verstehen. Unser Dr. Kantler und Dr. Seyfried haben sich nämlich zusammen getan und den Huber noch einmal unter die Lupe genommen. Diese Pathologen,* Brunner schüttelte den Kopf, als wäre ihm der Ehrgeiz der Kriminalmediziner nur schwer verständlich, *haben doch tatsächlich an dem Kadaver noch was entdeckt.*

Die folgende Pause war Walcher nur allzu bekannt, aber es gab Situationen, in denen er sich nicht beherrschen wollte. *Ihre Kunstpausen können einem ziemlich den Nerv töten,* knurrte er.

Wie üblich fuhr Brunner fort, ohne auf Walchers Vorwurf einzugehen. *Der Huber ist vermutlich überhaupt nicht der Huber.*

Wie?

Wie ich sagte, es ist nicht Huber, er sieht ihm nur verdammt ähnlich.

In dem Schweigen, das nun folgte, waren nur die Schreie der Möwen zu hören und sie klangen wie hämisches Gelächter. In Walchers Kopf tauchte das Bild Hubers hinter der Scheibe des Hummer auf und er verfluchte sich, nicht doch erst mit seinem Bericht begonnen zu haben. Trotzdem fragte er: *Ganz sicher?*

Brunner zuckte mit den Schultern. *Was ist in diesem Fall schon ganz sicher. Aber mein Vertrauen in Kantler ist beinahe grenzenlos und was er sagte, klang verdammt schlüssig. Sie haben die DNA der Leiche mit der von Hubers Haaren, Hautschuppen aus Hubers Badezimmer, Haarbürste, Pullover und so weiter verglichen.*

Und?

Dann haben sie sich den Zähnen gewidmet. Wir mussten den Zahnarzt von Huber ausfindig machen. Huber hatte ein einwandfreies und gepflegtes Gebiss. Das Gebiss des Toten hingegen entspricht dem plombierten und überkronten Trümmerhaufen eines Normalbürgers. Also, Zahnbild und DNA des Toten sind nicht von Huber.

Also lebt Huber noch, stellte Walcher fest und fragte sich, ob nun der richtige Zeitpunkt für seine Geschichte ein für alle mal vorüber war.

Wir sollten in jedem Fall davon ausgehen, stöhnte Brunner.

Wer weiß bisher von dem Ergebnis der Pathologen?

Die beiden Mediziner, März, Sie und ich.

Dann sollten Sie am besten Ihren Vorgesetzten das Signal geben, dass es sich vermutlich doch um einen Selbstmord von Huber gehandelt hat, schlug Walcher vor.
Versauen Sie mir doch nicht vollends den Tag, winkte Brunner ab, *Sie sind jetzt schon der fünfte oder sechste, der mir das vorschlägt.*
Mag sein, nickte Walcher, *aber dann könnten Sie in Ruhe nach Huber suchen ... und herausfinden, wer der Tote ist, wer ihn und wer Barkow und den Grossmann umgebracht hat.*
Brunner stöhnte nur, wenngleich es sich verdächtig nach einem Fluch anhörte.
Ich war vorhin drüben, in der Schweiz, deutete Walcher zu dem Nebel hin, der sich über dem See aufbaute und war sich nicht sicher, ob es wirklich Sinn gab, was er vorhatte, *und habe Sie angerufen ...*
Ja, weshalb eigentlich? Sie taten recht geheimnisvoll, unterbrach ihn Brunner.
Ich habe vor gut einer Stunde Huber gesehen, bei Vonderhaiden, in der Schweiz!
Hab ich geahnt! Brunner war aufgesprungen, stand gebückt vor Walcher und deutete mit dem Finger auf ihn. *Verdammt noch mal, ich hab' das wirklich geahnt. Glauben Sie mir das? Das müssen Sie mir wirklich glauben, ich hab's geahnt und zwar genau in dem Augenblick, als ich Ihr Telefonat angenommen hatte!*

Höhere Mächte

Die folgenden vierzehn Tage nach diesem Gespräch verbrachte Walcher beinahe täglich mit Allersheim im Produktionsbunker. Die Fotos, die er beim ersten Mal in aller Eile geknipst hatte, wiederholte er bei besserer Beleuchtung. Außerdem konnte er mit System vorgehen, denn Allersheim hatte das stehende Wasser abgesaugt, nachdem eine Probe analysiert und für unbedenklich erklärt worden war.
Mit Allersheim hatte Walcher vereinbart und schriftlich festgehalten, dass er eine groß angelegte Story schreiben sollte und zwar über den Bau des Produktionsbunkers, über Lieferanten und Abnehmer der Produkte und über die Produkte selbst. Sie wollten auch nach ehemaligen Mitarbeitern suchen oder zumindest deren Kinder interviewen. Auch nach früheren Nachbarn sollte geforscht werden und natürlich nach den Verantwortlichen in Kommune, Land und Bund. Kontakte zu historischen Archiven ... und so weiter.
Sie hatten sich da einiges vorgenommen, die Herren Walcher und Allersheim. Deshalb klang Walcher nicht besonders interessiert, als ihn Brunner anrief und fragte, ob er denn noch mit im Boot säße oder sich lieber als Historiker beschäftigen wolle, es gäbe da so einige Neuigkeiten.
Etwas zögerlich stimmte Walcher einem Treffen mit Brunner zu. Irgendwie interessierte ihn die Geschichte nicht mehr. Diese abgehalfterten Geheimdienstler, in deren Köpfen krude Denkmischungen aus Karl May, Mata Hari und James Bond zu spuken schienen, lebten in einer Welt, die sich jeder rationalen Betrachtung entzog und deshalb vernünftigerweise gemieden werden sollte. Zudem musste man den Eindruck gewinnen, dass diese Leute mit dem Bewusstsein agierten, in einem rechtsfreien

Raum zu leben und keinerlei juristische Verfolgung zu befürchten hätten. Anders wäre ihr Vorgehen nur schwer erklärbar, bestenfalls noch durch psychische Erkrankungen und durch die Tatsache, dass ihr Tun wirklich von den Rechtsorganen übersehen oder sogar zu verheimlichen versucht wurde.
Beweise zusammenzutragen, dass ehemalige Gladio-Leute am Tod des Huber Doppelgängers, an dem von Florian Barkow und Grossmann beteiligt waren, schien Walcher geradezu unmöglich. Dazu müsste er sich vermutlich wirklich um die Mitgliedschaft in diesem Verein bemühen.
Weil er weder vorhatte, den Maulwurf in dieser Kameradschaft zu spielen, noch auf den Zufall hoffen wollte, sah Walcher keine Möglichkeit an Material heranzukommen. Aber nachdem ihn Brunner voller Vertrauen in den Fall Huber geholt hatte, konnte er schlecht einfach aussteigen, noch dazu, wenn er an die freundschaftliche Verbindung mit Brunner dachte und an dessen Unterstützung bei künftigen Recherchen.
Sie trafen sich auf dem Wanderparkplatz unterhalb des Bregenzer Aussichtsgipfels Pfänder und wanderten zur Wirtschaft *Pfänderdohle* hinüber. Brunner hatte tatsächlich seinen Hund dabei, den er allerdings nicht von der Leine ließ, da er, wie er erklärte, keine Lust auf eine Hundesuchwanderung habe.
Offensichtlich war das Verhältnis zwischen Herr und Hund immer noch angespannt. *Dante*, so der Name des zotteligen italienischen Hirtenhundes, ein *Bergamasker*, wie Walcher fachmännisch feststellte, begrüßte den Wanderpartner seines Herrchens, wie es schien, demonstrativ überschwänglich.
Brunner meinte dazu, dass Dante solche Komödien nur abzog, um ihm eins auszuwischen.
Vielleicht lag der Kommissar ja mit seinem Vorwurf

durchaus richtig, denn Dante benahm sich derart mustergültig, dass Walcher die bisherigen und wohl auch künftigen Klagen des Kommissars über diesen lieben Hund nicht mehr ernst nehmen würde. Auch in der Wirtschaft, in der sie eine Pause einlegten, lag Dante brav unterm Tisch, obwohl es hoch herging.
Bereits auf dem Weg dorthin hatte Brunner vom Selbstmord des Staatsanwalts Lorinser erzählt, der zurzeit in der Pathologie läge, um jeden Zweifel an einem Fremdverschulden auszuräumen. Dr. Seyfried wäre an ihm dran. Dem Augenschein nach habe Lorinser Zyankali geschluckt, irgendwie würde das ja auch zu den alten Kameraden passen. Dass ausgerechnet der für den Huber-Fall zuständige Staatsanwalt und Vorgesetzte des Kollegen März sich derart dramatisch aus dem Leben nahm, gäbe zu denken, stellte Brunner fest.
Dann erzählte Brunner von Erich Kammer, der plötzlich den Schuss auf Walcher zugegeben habe.
Ein Warnschuss sei es gewesen, nicht um Walcher zu töten, nur ein Warnschuss. Seinem Freund zuliebe, den er noch aus der Bundeswehrdienstzeit kenne. Den habe er vor weiteren Belästigungen dieses aufdringlichen Journalisten bewahren wollen, da dieser alte Freund so ein sensibler Mensch wäre.
In die anschließende Pause Brunners hinein fragte Walcher artig nach dem Namen, obwohl er bereits vermutet hatte, dass es sich nur um Luis Funk handeln könne, was auch zutraf. Brunner blieb dann eine Weile bei Funk hängen und verriet Walcher, dass er Funk für den Initiator all dieser Sauereien halte und ihn deshalb mit hohem Aufwand rund um die Uhr überwachen ließ. Funk habe sich nämlich in seinem Haus, im wahrsten Sinn des Wortes, eingebunkert. Sie hätten die Putzfrau von Funk in der Mangel gehabt, die auf der Kellertreppe von Funks Haus kistenweise Proviant hatte stehen sehen

und das kurz vor Funks angeblicher Reise.
„Er könnte ja auch mit einem Wohnmobil unterwegs sein“, hatte Walcher zu bedenken geben, aber Brunner stellte mit Bestimmtheit fest: „Der hat im Keller einen Bunker, wir haben den Stromverbrauch analysiert, außerdem hören wir seine Telefone ab. Der fühlt sich scheinbar völlig sicher.“
Eines der letzten Telefonate Lorinsers, habe der übrigens mit Funk gehabt, schob Brunner ein, bevor er sich über den Käseteller hermachte. Wohl um ungestört essen zu können, warf der Kommissar Walcher noch die Frage hin, ob er weiterhin mit dessen Unterstützung rechnen könne, denn da gäbe es noch einiges zu klären und vielleicht käme ja doch noch eine gute und verkäufliche Story zustande.
Walcher, der ebenfalls einen Käseteller bestellt hatte und sich während des Essens durchaus ein anderes Thema hätte vorstellen können, knurrte Brunner ungewohnt giftig an. *Nur weil Sie keinen Bock mehr auf den Fall haben oder keinen neuen Ansatz sehen, sollten Sie mir nicht unterstellen, immer nur merkantile Ziele vor Augen zu haben, verdammt noch mal.*
Mit einem Stück Bergkäs im Mund starrte der Kommissar sein Gegenüber erschrocken an und entschuldigte sich, denn an alles habe er gedacht, nur nicht daran, Walcher zu kränken. Allerdings verschluckte er sich dabei und hustete heftig.
Ich weiß, erklärte er, nachdem er beinahe erstickt wäre, *dass Sie von Ihrer Arbeit leben und trotzdem mehr dahinter sehen, als nur die Kohle. Nein, nein, das meine ich wirklich so wie ich es sage. Das müssen Sie mir glauben. Herrgott noch mal, wir kennen uns doch nun schon ein paar Jährchen. Nehmen Sie doch nicht jede meiner Randbemerkungen als Bares. Außerdem könnte ich es nur allzu gut verstehen, wenn Sie es ablehnen weiterzumachen. Ich sagte Ihnen ja bereits, dass*

ich den ganzen Scheiß am liebsten auch einfach hinschmeißen würde.
Wohl um die Echtheit seiner Gefühlslage zu belegen, berichtete der Kommissar dann, dass vor drei Tagen eine ganze Kohorte von Beamten des Bundesverfassungsschutzes, Abteilung 4, im Auftrag des Innenministeriums und mit offizieller Genehmigung der Bundesanwaltschaft angerückt wären und die gesamten Materialien des sichergestellten Huberschen Lagerkellers übernommen und abtransportiert hätten.
Walchers Reaktion klang eher etwas mitleidslos, wenn nicht spöttisch. Er wollte wissen, ob der Kommissar denn wenigstens dieses Mal vorher habe Kopien anfertigen lassen, nachdem ihm ja bereits die Huberpornos unter der Hand wegegangen wären wie gestrichen Brot. Dann fand er wieder zu seiner üblichen Sachlichkeit zurück und wollte wissen, was die Abteilung 4 denn für ein Haufen wäre.
Alles was mit Spionage und Geheimdiensten und aufmüpfigen Beamten oder neugierigen Journalisten zu tun hat, jedenfalls im Inland, grinste Brunner und prostete Walcher zu. *Und was Ihren Vorwurf mit den Kopien betrifft, ja, die wichtigsten Materialien habe ich tatsächlich doppelt ablichten lassen. Der Schock mit den verschwundenen Videos war durchaus wirkungsvoll. Von höheren Mächten kann man noch einiges lernen.*
Vonderhaiden, stimmte Walcher zu, *hat mir bei meinem Besuch in seinem Kunstschlösschen klarzumachen versucht, dass man die Nähe zum inneren Machtzirkel eines Staates meiden sollte, wenn man nicht dazugehören wollte.*
Aber deswegen wollen Sie doch nicht etwa kneifen?
Walcher prostete ihm nur zu, was Brunner als Aufforderung verstand, nochmals zwei Gläser zu bestellen.
Für eine Story, die auch Leser findet, bräuchte ich die Unterlagen aus Hubers Keller, aber die sind ja nun offiziell bei der

Staatssicherheit, warf Walcher vorsichtig einen Köder aus. Brunner schüttelte energisch den Kopf: *Bundesverfassungsschutz. Das mit der Staatssicherheit verwechseln Sie, das waren die ehemaligen Kollegen in der DDR!*

Hubers Erinnerungen, hob Walcher sein Glas und trank den letzten Schluck, denn die Bedienung brachte bereits den Nachschub.

Wenn ich die Ihnen zukommen lasse, dann ist jedem meiner Mitarbeiter und dem Kollegen März und dem Herrn Innenminister klar, woher Sie das Zeugs haben. Wollen Sie mich wirklich in die Umschulung zwingen?

Walcher zuckte mit den Schultern, widmete sich den letzten Stücken Bergkäs, dem wunderbaren natursauren Roggenbrot und dem vollen Weinglas. Ihm tat Brunner beinahe leid, als der versuchte, mit weniger gefährlichen Informationen von Hubers Archiv abzulenken. *Sagt Ihnen de Beukelar etwas?,* wollte er wissen.

Kekse?

Brunner schüttelte den Kopf: *De Beukelaer, das sind die Kekse!*

Walcher brachte wieder die Schultern zum Einsatz und stellte fest: *Korinthenkackerei!*

Brunner stöhnte, nickte aber. *Wilfried Beukelar, ein Belgier, nach dem wegen Drogen- und Waffenhandels bereits seit langem gefahndet wird. Wir haben eine Reaktion auf unser Fahndungsfoto vom toten Huber, also des Mannes, der in der Meersburg im Loch saß.*

Mühsam unterdrückte Walcher ein breites Grinsen: *Ach, kommen Sie Herr Kommissar, Hubers Archiv, keine Kekse!*

Sollten Sie mir wieder mal eine Leiche anschleppen, stelle ich mich taub. Zahlen, brüllte Brunner.

So wie der tropfende Wasserhahn den untergestellten Becher füllte, so war in den vergangenen Tagen seine Unruhe gestiegen. Nicht was die Psyche betraf, sein Körper war es, der nach Bewegung schrie und da halfen auch die Kilometer nichts, die Luis auf dem Trainingsrad abstrampelte. Auch nicht das gute Gefühl dabei, durch den angeschlossenen Dynamo Strom zu erzeugen.
Das war eigentlich nur für den Fall vorgesehen, dass die Stromversorgung ausfiel. Im Moment betrieb Luis damit einen Ventilator, die Frischluft von außen ansaugte und durch einen Filter presste. Diese durchaus sinnvolle Einrichtung war die Reaktion erfinderischer Deutscher auf die atomare Aufrüstung der USA und UDSSR in den 60er und 70er Jahren.
Für Luis war dies zwar nicht der ausschließliche Grund seines Bunkerbaus gewesen, aber die Vorstellung, nach dem atomaren Fallout zu den Überlebenden und dadurch automatisch zur Führungsriege zu gehören, hatte durchaus etwas Verlockendes, immer noch.
Da konnten die Wissenschaftler behaupten, was sie wollten, auch nach einem atomaren Krieg würde das Leben weiter gehen.
Luis hatte in den vergangenen drei Wochen damit begonnen, das Hubermaterial zu sichten, um es im nächsten Schritt chronologisch zu ordnen und zwar parallel zu seiner eigenen Dienstzeit. Eine Arbeit, deren Zeitbedarf er unterschätzt hatte. Gerade mal zwei Jahre waren gesichtet und geordnet, zwei von über vierzig Jahren.
Bei diesem Tempo würde er vermutlich über ein Jahr reine Vorbereitungszeit benötigen. Dem Himmel sei Dank waren nicht alle Jahre so angefüllt, wie die ersten beiden seiner Dienstzeit.
Luis sah auf die Uhr, nickte, stand auf und füllte sich

einen Kentucky ins Glas. Auch wenn er diesen rauchigen, milden Whiskey über alles liebte, im Führungsbunker hatte Disziplin zu herrschen. Das bedeutete pro Arbeitseinheit maximal drei Gläser, allerdings insgesamt nicht mehr als 15 cl.
Um diese Obergrenze einzuhalten, hatte er sich eigens einen Messbecher besorgt, wie ihn Barkeeper verwendeten. Es gab Tage, da schluckte er die Tagesration vor der Schlafenszeit in einem Zug, meist aber teilte er sie sich in drei Gläser zu je 5 cl auf. In dieser Nacht stand ihm noch ein Glas zu, aber er verschob es, denn dies war die erste Nacht, seit er die Bunkertür hinter sich geschlossen hatte, in der er einen Spaziergang machen würde und zwar genau in zehn Minuten, eine Stunde nach Mitternacht.
Die Überwachungskameras lieferten wie immer präzise Bilder des Geländes rund um sein Haus. Die Nacht war klar, bei abnehmendem Mond im letzten Drittel.
Außer einem schnürenden Fuchs hatte sich in dieser Nacht bisher nichts bewegt. Überhaupt empfand sich Luis in keiner Weise von der Welt abgeschnitten, konnte er doch präzise verfolgen, was in und um seinem Haus herum vorging. Postbote, Putzfrau, Zeitungsausträger, Hausierer, deren Zahl in der letzten Zeit wieder zugenommen hatte, Spaziergänger, Nachbarn, nichts entging Luis, wenn er es denn wollte.
Schlief er, so wurden die Aufnahmen gespeichert und er sah sie sich in einem Schnelldurchlauf danach an, stoppte nur, wenn ihm wichtig erschien, was im Zeitraffer vorbeihuschte.
Bisher hatte es nichts Beunruhigendes zu sehen gegeben. Alles ging seinen geregelten Lauf. Alle zwei Tage kam die Putzfrau, leerte den Briefkasten, setzte sich dann eine Stunde vor den Fernseher im Wohnzimmer und trank ein Glas Wein aus Luis Weinkeller. War die Flasche leer, meist nach drei Arbeitsbesuchen, trug sie das Leergut in

den Keller zurück, in die dafür vorgesehene Kiste.
Diese Schlampe, fluchte Luis, der im Haus nur Mikrophone installiert hatte. Vielleicht sollte er nachträglich aufrüsten.
Ansonsten hatte sich niemand blicken lassen, der nach Polizei ausgesehen hatte, eine durchaus beruhigende Tatsache. Also brachte man ihn nicht mit der Explosion des Lagerkellers in Verbindung.
Auch der aufsässige Journalist war nicht wieder aufgetaucht. Vermutlich zeigte der Schuss auf ihn und sein unmissverständliches Auftreten bei dessen Besuch ja doch Wirkung. Waren ja alles Feiglinge, die nur aus der sicheren Distanz heraus ihren Dreck verschleuderten.
Ein bisschen aufgeregt war er schon, musste er sich eingestehen. Immerhin waren drei Wochen eine lange Zeit. Das erste Mal, als er in seinem neu gebauten Bunker eine Testphase verlebte, waren es auch drei Wochen gewesen, sein Jahresurlaub.
Luis musste bei der Erinnerung schmunzeln, dass die Kollegen ihn damals bezichtigt hatten eine Knaststrafe abgesessen zu haben, derartig blass war er gewesen.
Das würde ihm nie wieder passieren, dafür hatte er eine kleine Höhensonne im Bunker, vor der er sich alle zwei Tage sonnte, nur mit einer Badehose bekleidet. Einmal hatte er sich ganz ausgezogen, sich dann aber seiner Nacktheit geschämt.
Es war soweit, die zehn Minuten waren vorüber, der Uhrzeiger stand exakt auf eine Stunde nach Mitternacht. Schwarze Turnschuhe, dunkelgraue Cordhose, schwarzer Sommeranorak und eine ebenfalls schwarze Kappe auf der ansonsten reflektionsgefährdeten Glatze vervollständigten seinen Nachtaufzug. Nicht zu vergessen das Nachtglas an einem Riemen um den Hals und die Beretta im Gürtelholster.
Bevor Luis den Bunker verlassen konnte, dauerte es

einige Minuten, bis nämlich die drei Öltanks im Kellerraum vor der Einstiegsschleuse zur Seite gefahren waren und einen Korridor freigaben. Eine perfekte Tarnung, denn alle drei Tanks waren gefüllt und standen auf Trägern, die nicht als Schienen zu erkennen waren. Dazu kam, dass um die Tanks noch die übliche Mauer als Auslaufschutz stand. Über sie kletterte Luis und stieg dann langsam die Kellertreppe hinauf in den Wohnbereich.
Im Wohnzimmer brannte eine Lampe, sie würde in einer Viertelstunde verlöschen und dafür das Flurlicht und dann eines im ersten Stock angeschaltet werden.
Ein Hauscomputer steuerte das An- und Abschalten der unterschiedlichsten Lichtquellen, des Radio- und des Fernsehgerätes. Zwei Bewegungsmelder im Hofbereich und auf der Rückseite waren sogar mit einem Tonband und Lautsprecher verbunden, um bei Bedarf täuschend echtes Hundeknurren und -gebell abzuspielen.
Kein Einbrecher würde je auf die Idee kommen, dieses Haus sei nicht bewohnt und aufmerksam bewacht.
Luis verließ sein Haus nicht durch den Haupteingang, sondern durch die Terrassentür. Von hier aus konnte er durch die Büsche und das angrenzende Wäldchen auf die Straße gelangen, ohne als Bewohner des Hauses zu gelten.
Eine wunderbare Nacht. Luis atmete tief ein, bis ihm beinahe schwindlig wurde. Frische Luft war eben doch etwas anderes als das gefilterte Gemisch im Bunker.
Und dann der leichte Wind, geradezu gierig ließ sich Luis sein Gesicht von ihm streicheln. Er sollte sich vielleicht einen Ventilator installieren.
Das Land rundherum lag im Schlaf, selbst von den Pferden und Kühen, an deren Weiden er vorbei ging, waren nur Atemgeräusche hörbar und manchmal das pfeifende Geräusch eines Schweifes. Schade nur, dass in der Obstplantage auf der linken Seite der Straße frisch gespritzt

worden war. Der schwefelige Geruch störte, auch wenn Luis ihn kannte und wusste, dass sich der Nachbar, im Gegensatz zu vielen anderen, genau an die Mischungsvorgaben hielt. Gut, dass der Wind vom See den Gestank ins Hinterland blies.
Zwischen der leichten Bewölkung war der wunderbare Sternenhimmel sichtbar und auch die schmale Sichel des Mondes. Ideales Wetter für den heimlichen Spaziergang eines Schattenwesens, dachte Luis.
Am meisten freute er sich auf den Frenkenbacher Dom, wie er und andere Einheimische die romanische Kapelle nannten. Die alten Steine zu fühlen, die schon Mutter und Vater und die Mütter und Väter davor gefühlt hatten, gaben ihm das Bewusstsein von Wurzeln und Herkunft. Nur flüchtig zog die Vorstellung durch seine Gedanken, dass mit seinem Tod der letzte männliche Träger des Familiennamens ausgelöscht sein würde. Aber war es wichtig, dass immer ein Lebender eine Familie verkörperte? Galt nicht der Name einer Familie und was sie geleistet hatte mehr und länger, bis in alle Ewigkeit?
Dieses Land hatten sie kultiviert und bestellt, ehrbar sich in die Gemeinschaft eingebracht, in den Kriegen ihre Männer geopfert und auch er selbst, Luis Funk, hatte sein Leben diesem Land und dem Volk dargebracht, selbstverständlich und ohne nach Dank zu gieren.
Wenn Luis solche Gedanken hatte, fühlte er sich wie ein Ritter an der Seite Karls des Großen, der einst ein Reich geschaffen, wie es größer und mächtiger ... war da nicht eine Bewegung, im Schatten des Baumes? Luis hatte sie nicht wirklich gesehen, was konnte man auch schon groß sehen in solch einer Nacht. Eine Katze vielleicht oder ein Kauz, der sich eine Maus holte.
Die Steine am Portal fühlten sich noch warm an, es war ein sonniger Tag gewesen. Schade, dass die Tür nachts abgeschlossen wurde, gern hätte sich Luis in die Kapelle

gesetzt, auf die Plätze, wo schon seine Vorfahren gesessen hatten. Tief atmete Luis ein, er durfte sich keine solch sentimentale Stimmung gestatten, hatte noch viel vor.
Als wolle er schneller als seine Gedanken sein, wandte er sich abrupt ab und nahm sich dadurch die Chance, bereits beim ersten Schuss sofort tot zu sein.
So traf die Kugel nicht sein Herz, sondern durchschlug knapp darunter das Brustbein, zog einen Kanal durch den Oberkörper und bohrte sich hinter ihm in eine Mörtelfuge des Mauerwerks.
Luis war von der mächtigen Kraft des Projektils an die Mauer gestoßen worden, stand dort und starrte ungläubig in die Dunkelheit. Er fühlt keinen Schmerz, jedenfalls nicht mehr, als hätte ihn ein Stein getroffen. Hatte der Sohn vom Nachbarn wieder mal einen Stein geworfen? Zuzutrauen war es ihm, ein Idiot von klein auf. Erst vor drei, vier Jahren hatte er einen Stein nach Luis' Auto geworfen, so als wäre er zehn und nicht bald achtzig Jahre alt. Aber ein Stein hätte nicht die Kraft ... also doch die dunklen Mächte? Hatten sie ihn gestellt, ihn, den Retter des Vaterlandes?
Der zweite Schuss traf Luis in die Stirn, der dritte genau ins Herz.
Immer noch stand er neben dem Portal an die Wand der Kapelle gelehnt. Die Sekunden dauerten lang in der Dunkelheit, mit der sich Luis längst vermählt hatte.
Dann knickte erst das linke Knie ein und auch das rechte gab nach. Nicht besonders schnell, so, als ob die Glieder wussten, dass die Zeit ihre Macht verloren hatte.
Als der Körper, der einmal Luis Funk war, zu Boden sank, wurde die verbliebene Luft der Lungen mit einem leisen Pfiff herausgedrückt. Danach blieb die Nacht wieder, was sie vor der Störung gewesen war.

Letzte Hoffnung

Als Brunner in dieser Nacht aus dem Schlaf schreckte, dauerte es eine Weile, bis er sich für das Handy entschied, obwohl in der Diele gleichzeitig auch das Festnetz klingelte.
Im Normalfall, also wenn er in seinem Bett im Schlafzimmer schlief, hörte er das Festnetz überhaupt nicht. Aber was war schon normal im Leben eines Kommissars, der neben all den Mördern auch noch gegen einen Hund namens Dante um die Gunst des Frauchens kämpfen musste?
Dante hatte so lange vor der Schlafzimmertür gewinselt, bis ihn Monica, Brunners Frau, reingelassen hatte.
Mit den Worten: *Ich teile mein Bett nicht mit den Flöhen deines Hundes,* verließ Brunner daraufhin das gemeinsame Schlafzimmer, um seine Entscheidung bereits kurz danach bitter zu bereuen. Ein Sitzmöbel stellte eben keine befriedigende Alternative zu einem Bett dar, außerdem schien die Wolldecke auf der Wohnzimmercouch neben Dantes Haaren auch dessen Geruch angenommen zu haben.
Brunner war deshalb erst nach dem letzten Viertel eines Western im Fernseher und zwei Viertel Rotwein eingeschlafen.
Nun war er allerdings wach, erst recht nach den ersten hastigen Worten seines Kollegen März. Zehn Minuten später fuhr Kommissar Brunner bereits durch die Nacht. Nein, er fuhr nicht, er raste und das, obwohl ihm Kollege März den Tod des Hauptverdächtigen durchgegeben hatte. Insofern war seine Eile also überflüssig, es waren mehr die Gedanken, die in Brunners Kopf kreisten und ihn nicht auf das Tempo achten ließen. Erst nach dem Blitz einer Radarfalle, kurz nach Friedrichshafen, nahm er den Fuß vom Gas.
Er hatte es in seiner langjährigen Polizeiarbeit schon mit

einigen sehr komplexen Fällen zu tun gehabt, aber selten zuvor die Situation erlebt, dass ein Verdächtiger, Zeuge, Mitwisser oder Helfer nach dem anderen einfach umgebracht wurde. Vor allem traf es Brunner, dass nun ausgerechnet sein Hauptverdächtiger tot sein sollte und damit die Suche nach dem oder den Tätern von Neuem beginnen würde. Oder gehörten die Opfer gar nicht zu einem Fall? Hatte jedes der Opfer eine eigene Geschichte und eigenen Mörder? Entwickelte sich aus dem Mord an dem Huber-Doppelgänger eine Art Dominoeffekt, der außer dem Anstoß nichts oder nur wenig miteinander zu tun hatte?

Brunner atmete tief durch und dachte an den Kommilitonen von Florian, Jens Sauter, der zur fraglichen Zeit im Museumscafé gejobbt hatte und mit Florian befreundet gewesen war. Jens Sauter hatte er auf die Fahndungsliste setzen lassen, allerdings als Zeuge in einem Mordfall.

So wie es aussah, stand nun Jens Sauter auf Platz eins seiner Hoffnungsliste.

Als Brunner bei der Frenkenbacher Kapelle angekommen war, wurde er von März empfangen. Rund um das Kirchlein waren rotweiße Bänder gespannt und die Nacht zum Tag erhellt worden. Dafür hämmerte ein Stromaggregat und verpestete die Luft.

In dem abgesperrten Bereich arbeiteten sich vier weiße Männchen auf Knien durch das Gras vor der Kapelle, andere leuchteten die Stellen hinter den Bäumen aus, die als Standort des Schützen vermutet werden konnten.

Zwischen März und seinen Kollegen herrschte eine auffallend miese Stimmung, die März mit wenigen Sätzen erklärte: *Seit drei Wochen bewachen wir diesen Mann rund um die Uhr, von drei Standorten aus und mit sechs Leuten. Dann kommt er einmal aus seinem Bau und wird prompt abgeknallt. Und jetzt fragen Sie mich bitte, wo meine Männer waren oder besser, was sie gemacht haben?*

Als Brunner keine Anstalten machte, März den Gefallen zu tun, gab der auch ohne Frage die Antwort.
Alle geben an, gerade beim Scheißen oder Pinkeln gewesen zu sein und nichts davon mitbekommen zu haben. Erst als eine Doppelstreife an der Kapelle vorbeikam, wurde Funk entdeckt. Da drüben hat ein Auto gestanden und hinter dem Birnbaum dort ein Mann. Wir werden den Baum nach Schmauchspuren untersuchen. Eine Kugel haben wir auch. März deutete dabei in verschiedene Richtungen in die Nacht, zur Kapelle und dann zu einem der Einsatzwagen: *Kommen Sie, ich lade Sie zu einem Kaffee ein.*
Aus dem Kaffee wurde dann aber nichts, weil ihn Brunner nach dem ersten Schluck ins Gebüsch leerte.
März probierte, nickte, tat es dem Kollegen gleich und gab, ohne auf die nicht trinkbare Brühe einzugehen, die wenigen Details an Brunner weiter, die bereits feststanden. *Sie haben ihn mit drei Kugeln von einem Gebet abgehalten. Seyfried meinte nach einem ersten Blick, dass alle drei Schüsse tödlich gewesen wären. Bei den herrschenden Lichtverhältnissen muss der Schütze ein Nachtsichtgerät benutzt haben und eine Waffe, bei der nicht mal ein Spatz in tausend Metern Entfernung noch ne reelle Chance hätte. Ein Projektil haben wir gefunden, steckte im Mörtelbett einer Fuge. Ultraharter Stahl, so gut wie nicht deformiert. Wissen Sie, was ich denke?*
Brunner nickte auffordernd und wartete.
Selbstmord, grinste ihn März an, *und die anderen Toten auch, alles Selbstmörder. Auch der hier war bestenfalls ein Unfall, könnte eine Jagdgesellschaft gewesen sein. Funk ist bei einer Nachtjagd in drei Kugeln gelaufen. Das hatte Lorinser vorausgesehen und sich deshalb eine Zyankalikapsel verpasst, wie sie die Nazis geschluckt haben, Grossmann wollte im Selbstversuch seine Gichtanfälle mit Stromstößen behandeln und Barkow hatte für die Tauchmeisterschaften trainiert, habe ich einen vergessen?*
Brunner nickte: *Hubers Doppelgänger und die Tiefenbach, die*

hat sich auch einfach ausgeklinkt. Aber was soll's, ich würde mir gerne Funks Höhle ansehen, ist doch nicht weit?

Ein paar hundert Meter, bestätigte März, *aber wir dürfen noch nicht rein. Ich habe nicht genügend Techniker. Die müssen erst hier fertig werden ... also bis die ins Haus kommen, kann das dauern.*

Will nur eine Runde drehen bevor ich zurück fahre. Käme dann gerade rechtzeitig um mit dem Hund Gassi zu gehen.

Seit wann haben Sie einen Hund?

Brunner winkte nur ab. *Kommen Sie, begleiten Sie mich und erzählen Sie von Lorinser, wir hatten ja seither noch keine Möglichkeit.*

Auf dem Weg zu Funks Haus erfuhr Brunner von seinem Kollegen, dass der Pathologe seinen Bericht abgeschlossen habe und Fremdeinwirkung für sehr unwahrscheinlich halte. Demnach konnte von einem Suizid des Staatsanwalts ausgegangen werden. Ob es deshalb eine interne Ermittlung geben würde, konnte März noch nicht sagen, denn das entschieden die Herren einige Stufen über ihm. Dass er dabei in den Nachthimmel deutete, war Brunner zwar entgangen, aber auch ohne diese Geste war der süffisante Ton von März nicht zu überhören gewesen.

Sie mochten Lorinser nicht besonders?, wollte Brunner deshalb wissen.

März hielt Brunner am Arm und deutete nochmals in den Himmel und dieses Mal sah Brunner hinauf. *Sehen Sie den großen Bären? So ist mir Lorinser immer vorgekommen.*

Tapsig wie ein großer Bär und in erster Linie um sein Wohlbefinden bemüht. Ich hatte immer den Eindruck, dass er nicht nur dem Staat diente. Aber Sie verstehen sicher, dass ich mich zu diesem Thema nicht weiter äußern will.

Brunner konnte das zwar nicht verstehen, überlegte aber, ob dies der richtige Zeitpunkt wäre, über die Verbindung zwischen Kommissar Wehrle und Lorinser zu sprechen. Dass er dann schwieg, hatte weniger mit seinem Gefühl

zu tun, lieber erst noch seine Gespräche mit Wehrle abzuwarten, sondern mit der Tatsache, dass März plötzlich leise einen Fluch ausstieß und gleichzeitig auf seinem Handy eine Nummer wählte. Als sich niemand meldete, wählte er neu und befahl dann leise: *Beate, ich bin kurz vor Funks Haus, brauche Verstärkung, hier stimmt was nicht. Lass die Zufahrtswege absperren und fordere alle verfügbaren Leute an.*
Die beiden Kommissare hatte inzwischen auf dem Feldweg zu Funks Haus die letzte Kurve vor der Garage erreicht. Deutlich war zu hören, wie Autotüren zugeschlagen und Motoren gestartet wurden. Brunner dachte an seine Waffe, die im Schlafzimmer lag, als ihn März flüsternd darüber informierte, dass dessen Waffe im Schreibtisch läge.
Dann sollten wir ein paar Steine sammeln oder auf Verstärkung warten, schlug Brunner vor, ergänzte dann allerdings, dass sie erst einmal in Deckung gehen müssten. Der Waldstreifen, der zwischen Feldweg und Funks Hof und Haus lag, wurde nämlich von den Scheinwerfern mehrerer Autos ausgeleuchtet, die offensichtlich dabei waren, vom Hof zu fahren. Noch die Kurve bei der Garage, dann würden Brunner und März im Scheinwerferlicht stehen. Unbewaffnet. Und das war kein gutes Gefühl, denn die drei Fahrzeuge konnten nicht zur eigenen Mannschaft gehören. Funks Haus wurde von zwei Beamten bewacht und die hatten nur ein Fahrzeug dabei. Also, was kam ihnen da entgegen? Aber nicht nur entgegen, denn auch hinter ihnen bogen Fahrzeuge von der Landstraße auf den Feldweg und zerschnitten mit grellweißen Strahlenfingern die Nacht.
März schien trotz seiner Anspannung und der irritierenden Situation Humor entwickeln zu können.
Wir sollten zur Seite gehen, ich hab' die Woche Lotto gespielt, meinte er und zog Brunner am Ärmel in das Wäldchen

und hinter den nächsten Baum.
Wenn sich in der Nacht auf einem schmalen Weg Fahrzeuge aufeinander zu bewegen, dann blenden sich die Fahrer gegenseitig und halten vernünftigerweise an. Das geschah auch in diesem Fall, allerdings erst auf dem letzten Meter, kurz vor dem Zusammenstoß der beiden vordersten Fahrzeuge, einem VW Transporter und einer Audi Limousine.
Brunner und März, die seitlich des Feldwegs hinter einem Baumstamm standen, konnten die Eskalation der gegensätzlichen Kräfte gut beobachten. März brüllte ins Handy, was Brunner nicht verstehen konnte, weil die Motoren der fünf Fahrzeuge ziemlichen Lärm machten. Speziell die beiden ersten Fahrer ließen die Motoren aufheulen, spielten mit den Kupplungen und schaukelten die Wagen immer näher aufeinander zu und die Spannung hoch.
In den drei aufgehaltenen Fahrzeugen saßen jeweils drei Männer, soviel konnten Brunner und März trotz der aufgeblendeten Scheinwerfer erkennen. Ferner sah es so aus, als würden in allen Autos die Beifahrer telefonieren. März hatte inzwischen wohl weitere Verstärkung angefordert und sprach nun über Handy mit dem Fahrer des ersten Fahrzeugs. Der winkte seitlich aus dem Wagen und nickte März zu, als Zeichen ihn verstanden zu haben. März hatte nämlich angeordnet, sich bereit, aber passiv zu verhalten, bis weitere Kräfte eingetroffen waren, die sich seitlich des Feldwegs postieren, die fremden Fahrzeuge umgehen und von hinten aufrollen sollten.
So weit kam es dann aber nicht, denn bei allen fremden Fahrzeugen erloschen wie auf ein Kommando die Scheinwerfer und auch die Motoren wurden abgestellt.
Aus dem mittleren der Fahrzeuge, einem Mercedes der Oberklasse, stieg aus der hinteren Tür der Fahrerseite ein Mann aus, gleichzeitig senkten sich bei allen Fahrzeugen die Seitenscheiben. Der Mann, gekleidet wie ein Banker

auf dem Weg zur Vorstandssitzung, griff in das Fenster des Fahrers und kam mit einem Mikrophon am Kabel wieder zurück. Es knackte laut und dann dröhnte eine sonore, sachliche Stimme durch die Nacht.
Die Herren Kollegen setzen bitte zurück und machen uns den Weg frei. Mein Name ist Hebbel, Kriminaloberrat Hebbel. Dies ist ein Sondereinsatz der Abteilung ‚Polizeilicher Staatsschutz' des BKA. Wenn Sie mir den Verantwortlichen schicken, vielleicht ist er ja auch schon hier, dann kann er einen Blick in die notwendigen Papiere werfen und auch in meinen Dienstausweis.
In die Stille, die nun eintrat, denn die beiden Fahrer der Einsatzwagen hatten ebenfalls die Motoren abgestellt, bellten in der näheren Umgebung zwei Hunde. Vermutlich wollten sie sich über die nächtliche Ruhestörung beschweren.
Na, dann wollen wir uns den Herrn Kriminaloberrat doch mal näher ansehen, stieß März seinen Kollegen an, trat hinter dem Baumstamm hervor auf den Feldweg und ging auf den Sprecher zu. Dabei hielt er sich seitlich, damit die Kollegen in den Einsatzfahrzeugen ihn und den Fremden gut im Blick hatten.
Kriminalkommissar März, ich leite diesen Einsatz. Sie werden mir sicher verraten, was Sie hier tun, beziehungsweise im Haus unseres Verdächtigen zu suchen hatten.
Der Fremde sagte erst einmal nichts, sondern reichte März einen Ausweis. Dann zog er ein Bündel Papiere aus der Innentasche seiner Anzugjacke und hielt es mit der Rechten März hin, während seine linke Hand den Ausweis zurückzuforderte.
Das sind richterliche Vollmachten für Hausdurchsuchung, Beschlagnahme von Beweismaterialien, bis hin zur Übernahme von Tatverdächtigen, Herr Kollege. Machen Sie mir keinen Ärger, dies ist nicht Ihr Fall, jedenfalls nicht im Moment. Sollten Sie Zweifel hegen, so wenden Sie sich bitte an Ihren

Kriminaldirektor. Aber machen Sie hin, ich habe keine Lust hier ewig herumzustehen.
Brunner war neben März getreten und sah ebenfalls auf die Formulare, in denen März blätterte. Das schien dem Kriminaloberrat Hebbel offensichtlich zu viel. Er wackelte mit dem Kopf hin und her, deutete in die Lichter der Einsatzwagen und rief: *Vielleicht wollen die anderen Herrn auch noch einen Blick darauf werfen?*
März schüttelte den Kopf, reichte die Papiere zurück und meinte, als wäre es die nebensächlichste Sache der Welt: *Wir stellen jetzt erst einmal die Richtigkeit Ihrer aller Identitäten fest und dann erzählen Sie mir, was sie in dem Haus gemacht haben. Und dann werde ich, wenn ich es für notwendig halte, meinen Vorgesetzten einschalten.*

Sagen Sie, fuhr ihn der Oberrat an, *haben Sie ein Verständnisproblem? Ich meine deutlich klar gestellt zu haben, dass dies im Moment nicht ihr Fall ist. BKA, Staatsschutz, verstehen Sie, es geht hier nicht um ein paar geklaute Lagerbestände der Bundeswehr, es geht um übergeordnete Maßnahmen des Innenministeriums. Klar?*
März schüttelte noch einmal den Kopf und lächelte, vermutlich auch, weil hinter ihm zwischen den Bäumen und hinter dem Heck des dritten Wagens Polizisten aufgetaucht waren und somit eine numerische Überlegenheit sichtbar wurde. *Klar ist im Moment nur, dass wir jetzt Ihre Identitäten aufnehmen und Sie mir bitte erklären, was Sie in diesem Haus gemacht haben, dessen Besitzer vor kurzem erschossen wurde. Also, machen Sie uns bitte keine Schwierigkeiten.*
Funk wurde erschossen? Der Oberrat klang überrascht. *Wann sagten Sie?*

Wenn Sie bitte so gut sind und im ersten Einsatzwagen Ihre Personalien überprüfen lassen. März schien nicht vorzuhaben, sich in irgendeiner Weise beeinflussen zu lassen. Vermutlich fand er auch Brunners Intervention

unpassend, der Oberrat Hebbel darüber aufklärte, dass hier schon einmal BND-Leute aufgetaucht seien, die nicht einmal dem BND bekannt gewesen wären.
KHM Brunner, Kripo Lindau, stellte sich Brunner vor, *wir arbeiten in diesem Fall länderübergreifend zusammen. Ich denke, Sie sollten den Anordnungen des Kollegen März erst einmal Folge leisten, bevor wir den Innenminister aus dem Bett läuten, oder?*

Und ich denke, knurrte der Oberrat, *ich habe unmissverständlich klar gemacht, dass dies nicht mehr Ihr Fall ist und schon gar nicht Ihrer, Herr Hauptkommissar und darüber hinaus habe ich mich ausgewiesen und Ihnen sogar die notwendigen Papiere gezeigt. Sie sind auf dem besten Wege, sich mehr Ärger einzuhandeln, als Sie bewältigen können, glauben Sie mir das.*
März nickte nur und deutete auf den Einsatzwagen. *Bitte dort hinein.*

Ihnen ist wohl sogar ein Massaker zuzutrauen, fauchte Hebbel, signalisierte seinen Leuten, ihm zu folgen und eilte zu dem Einsatzwagen. Laut schnauzte er die beiden Polizisten an, Tempo zu machen.
Brunner flüsterte März zu, er hätte erst die Kofferräume kontrollieren sollen. Beweismaterial! Sobald die Identität der BKAler feststand, würden die sich nicht mehr in die Karten gucken lassen.
März gab etwas kleinlaut zu, das wohl vermasselt zu haben, aber der „Ober" hätte ihn einfach zu sehr gereizt.
Kann ich verstehen, ging mir nicht anders, brummte Brunner, ging zu dem Fahrer des ersten Wagens, der gerade ausstieg und forderte ihn auf, den Kofferraum zu öffnen. Wie erwartet, schüttelte der BKA-Mann nur den Kopf, deutete zu Hebbel und ließ Brunner einfach stehen.
Stehen blieben März und Brunner samt Kollegen auch und zwar betreten, als einige Telefonate später die Einsatzwagen zurückstießen und den Fahrzeugen der BKA-

Gruppe Platz machten. Verabschiedet hatte sich Kriminaloberrat Hebbel mit den Worten: *Trotz allem, Sie haben sich vorschriftsmäßig verhalten, gute Nacht.*

März war anzusehen, dass ihm irgendeine Bosheit auf der Zunge lag, aber er hatte sich unter Kontrolle, deutete auf Funks Haus und sagte für alle laut und deutlich: *Gucken wir doch mal nach, ob wir unter den Tischen noch ein paar Brosamen finden. Spuren und dergleichen können wir vermutlich vergessen, da sind neun Leute herumgestiefelt, deren DNAs wir wohl nur schwerlich zum Vergleich erhalten werden.*

In Funks Haus sah es überraschend ordentlich, jedenfalls nicht nach einer Durchsuchung aus. Erst nachdem ein Beamter die offen stehende Bunkertür entdeckt hatte, war klar warum. Die BKA-Leute hatten sich wohl hauptsächlich auf den Bunker konzentriert.

Auch wenn die BKAler den Bunker verlassen hatten, ohne dass etwas geschehen war, empfahl Brunner, die Bunkertür zu arretieren und die Räume auf Sprengsätze hin zu kontrollieren. Die Erinnerung an die Explosion in Hubers Lagerkeller war noch sehr präsent.

Ein Führerbunker, murmelte März, als er und Brunner nach den Sicherheitsmaßnahmen in dem ersten der drei hintereinander liegenden Räume stand. Die etwa neun Quadratmeter waren mit modernster Kommunikationstechnik vollgestopft, wie die Sicherheitszentrale eines Forschungslabors.

Kopfschüttelnd beobachteten sie auf den Monitoren, was sich rund um das Haus tat. Alle Geräte liefen, auch die Funkanlage war auf Empfang, eingepeilt auf eine amerikanische Frequenz.

Überzeugend schien auch die Computeranlage, wenn sie denn noch den wesentlichen Teil eines Rechners besessen hätte, aber die Festplatten und Speichereinheiten waren nicht mehr vorhanden, die Gehäuse ausgeweidet.

Auch auf den Regalbrettern an den Wänden deuteten nur noch Schmutzspuren darauf hin, dass sie mit Ordnern, Büchern und Kisten belegt gewesen waren.
Trotz der leeren Stauflächen herrschte erdrückende Enge in der Leitzentrale, aber das lag an den aufgeklappten Arbeitstischen, dem Hometrainer und dem geradezu monströsen Bürostuhl, der sich vermutlich in einen Liegestuhl verwandeln ließ.
Der nächste Raum zeichnete sich durch spartanische Einfachheit aus. Zwei Meter lang, links ein Klappbett an der Wand, rechts ein Waschbecken und ein WC.
Funk schlief gewissermaßen in der Toilette oder verrichtete seine Notdurft im Schlafzimmer, je nachdem auf welcher Raumhälfte er sich befand. *Der Luxus einer Gefängniszelle,* stellte März fest.
An der linken Wand des dritten Raumes hingen ein Tank und ein Stromgenerator, umgeben von Regalen, die mit Reihen von Autobatterien und Konserven befüllt waren. An der Decke hingen mehrere miteinander verbundene Kunststofftanks, vermutlich die Wasserversorgung.
An der Stirnwand umrahmten mit Lebensmittel gefüllte Regale eine quadratische Metalltür, deren Verschluss an einen Safe erinnerte. Wie die Techniker später herausfanden, war damit ein Fluchttunnel verschlossen, der 30 Meter unterhalb, mitten im Weinberg in einer Brunnenstube endete.
Die rechte Wandseite des dritten Raumes war ebenfalls mit Regalen bestückt, in die eine so genannte Junggesellenkücheneinheit integriert war, bestehend aus einem Kühlschrank, einer Minispüle und einem 2-Platten-Herd.
Was das Lebensmittellager betraf, so war der Vorrat an Kentucky Whiskey, Dosenwürstchen und Dosenbrot auffallend und erklärte auch die Dosenpresse, mit der eine leere Dose in einen Blechtaler verwandelt werden konnte.
Was die Be- und Entlüftung des Bunkers betraf, so hätte

Funk daran arbeiten müssen, denn es stank grässlich nach Verdauung, wie März etwas geziert feststellte. Brunner vermutete, dass kein Organismus dauerhaft mit Dosenwürsten und Bourbon beschickt werden könne, ohne Schaden daran zu nehmen.

Ganz schön Scheiße, war von März zu hören, aber er beschrieb damit nicht die Bunkeratmosphäre, sondern die Tatsache, dass die BKA-Leute offensichtlich ganze Arbeit geleistet hatten, denn außer der Sammlung von Bedienungsanleitungen hatten sie kein Schriftstück zurückgelassen, jedenfalls nicht im Bunker.

Lediglich in Funks Büro im ersten Stock, einem winzigen Raum neben seinem Schlafzimmer, stießen die Kollegen von März auf den Hefter für Kontoauszüge, der in einer ledernen Aktentasche steckte, zusammen mit dem Dankschreiben eines Spendenvereins, an dessen Rand in Großbuchstaben stand „Zurückfordern!".

Vermutlich hatte Funk die unberechtigte Abbuchung mit seiner Bank klären wollen. Wichtig war den Kommissaren allerdings die Tatsache, dass die aktuellen Kontoauszüge von den BKA-Leuten übersehen worden waren und dass März beim freudig-flüchtigen Durchsehen der ersten zehn Blätter eine Überweisung entdeckte, die jener Brosamen bedeuten konnte, den er sich erhofft hatte, nämlich eine Reisebuchung.

Als Brunner zu seinem Auto spazierte, zwang er sich, nicht über Funk und den Huber-Fall nachzudenken, sondern den unglaublichen Sonnenaufgang zu genießen und sich die Freude auszumalen, mit der ihn seine Frau und Dante begrüßen würden.

Monica, weil er ihr frische Brötchen mitbringen würde und Dante, weil er mit seinem über alles geliebten Herrchen über die Morgentaufelder tollen durfte.

Irgendwann

Walcher erfuhr von der verworrenen Situation, als ihn der Kommissar besuchte. Brunner war auf der Rückfahrt von der Polizeidirektion Kempten und hatte den Abstecher gemacht, um, wie er es nannte, sich an der Idylle zu erbauen. Außerdem wollte er wieder einmal erleben, von einem Hund freundlich begrüßt zu werden, was Rolli auch getan hatte. Auch von Mathilde wurde er gestreichelt, jedenfalls was Brunners offensichtlich angeschlagene Psyche betraf. Die Gesundbeterin fixierte ihn nämlich anstelle der üblichen Begrüßungsfloskeln mit einem scharfen Blick und stellte fest: *Wenn Sie nichts gegen Ihre Rückenschmerzen tun, werden Sie Probleme mit Ihren Bandscheiben bekommen.*
Woher wissen Sie von meinen Schmerzen?, Brunners Gesichtsausdruck verriet, dass er darüber nachdachte, ob er Walcher davon erzählte hatte oder wie sonst Mathilde von seinem Problem erfahren haben könnte.
Aber Mathilde klärte ihn mit ernster Miene auf, dass man ihm das ansehen könnte, verkrampfte Bewegungen, Haltung, Leidensblick, Hautfärbung, und gab auch gleich den Rat, es mit Gymnastik und Schwimmen zu versuchen und vor allem weniger Berufsärger an sich heran zu lassen.
Genau da sind wir beim Thema, meinte Brunner und nahm gerne Walchers Einladung zu einem Glas Wein an, immerhin wäre der offizielle Dienstschluss bereits vor einer Stunde gewesen.
Walcher bat den Kommissar, wie schon so oft, in die gemütliche Küche, denn die Temperaturen war mehr als herbstlich geworden. Im alten Küchenherd brannte denn auch ein Holzfeuer, dessen wohlige Wärme und Duft eine Atmosphäre der Geborgenheit schufen, die Brunner dringend zu benötigen schien, samt einen beruhigenden

Roten, den Walcher ankündigte und die Bodenklappe zum Keller aufzog.
Mit einer Flasche Spätburgunder tauchte Walcher wieder auf und kündigte den Inhalt verheißungsvoll an: *Die Königsklasse unter den Weinen vom Schwäbischen Meer. Wenn Sie mal in Bermatingen vorbeikommen, müssen Sie beim Weingut Dilger vorbeischauen, lohnt sich. Der Tropfen hier gilt auch als idealer Seelentröster,* lächelte Walcher, als er vorsichtig den Korken zog.
Brunner stellte klar, dass er nicht zum Jammern gekommen wäre, wenngleich er alle Gründe dazu hätte, vor allem nach dem Gespräch mit seinem Vorgesetzten. Allerdings ging er nicht näher darauf ein, meinte nur, dass er schließlich kein Investigativ-Journalist sei und als kleiner Kommissar gegen das Bundesinnenministerium anstinken zu wollen, käme dem Versuch gleich, seinen Pensionsanspruch in der Spielbank am Rouletttisch einzusetzen und zwar auf Zahl. Nein, er wäre gekommen, weil es durchaus auch noch frohe Botschaften im Fall Huber gäbe.
Na dann, zum Wohl! Walcher reichte dem Kommissar das gefüllte Glas und auch Mathilde bekam das halbe „Gläsle", um das sie gebeten hatte. Alle drei nickten mit Kennermiene, nachdem sie den rubinroten Wein probiert hatten.
Etwas zu kühl noch, stellte Walcher entschuldigend fest, *aber der bringt's auch so schon sehr respektabel.*
Brunner nickte: *Ein Tropfen dem Anlass entsprechend. Die Großen ...*
Walcher zog eine gequälte Grimasse, denn er befürchtete, dass Brunner wieder mal seine lästigen Pausen einlegte, aber der Kommissar lächelte ihm zu, wohl als Zeichen, dass seine Befürchtung unbegründet war und sprach nach einem Schluck weiter: *Die Großen nicht, aber die Kleinen, die erwischen wir irgendwann alle, selbst wenn sie*

glauben, die gerissensten Gauner zu sein. Eine Binsenweißheit, mag sein, aber da steckt ein wahrer Kern drin.
Außerdem werden diese Leute allein schon durch die Lebensart bestraft, die sie führen müssen. Ständig auf der Flucht, ständig in Angst entdeckt zu werden. Man stelle sich vor, keine Stammkneipe, keine Bäckerei, keinen Metzger, keinen Winzer, keine Nachbarn ... aber ich schweife ab. Wir hatten ja das Foto des Toten, von dem wir inzwischen sicher wissen, dass es sich um einen Mann handelt, der als Hubers Doppelgänger gelten kann, zur Fahndung herausgegeben und siehe da, unsere österreichischen Kollegen haben zugeschlagen ... auf einem Parkplatz im Bregenzer Wald. Brunner hatte das Glas genommen und noch einen Schluck daraus getrunken. *Die Gendarmerie-Streife hatte vergangene Woche die Personalien eines Falschparkers aufnehmen wollen, als der gerade wieder davonfahren wollte. Dabei war ihnen der Personalausweis seltsam vorgekommen, auch weil das Fahrzeug in der Schweiz gemeldet war. Ein Jan Beukelar aus Namur in Belgien.* Brunner schüttelte den Kopf und hüstelte den Anflug eines Lachens.
Dieser Huber, ich bin gespannt darauf ihn kennen zu lernen. Fährt doch tatsächlich mit dem Ausweis des Mannes, den er vermutlich wissentlich in eine Mordfalle geschickt hat.
Er wusste wahrscheinlich nicht, dass nach diesem Beukelar gefahndet wurde. Wieder schüttelte Brunner den Kopf und lachte dieses Mal laut und herzlich auf. *Das muss man sich mal vorstellen. Jetzt sitzt Huber in Feldkirch ein und wartet praktisch auf die Auslieferung nach Belgien. Wir werden da einiges klarstellen müssen.*
Warum eigentlich?, überlegte Walcher laut, *Sie sagten doch, dass der Belgier wegen Drogen- und Waffenhandels gesucht wird, also mit einigen Jährchen zu rechnen hat — wenn er denn vor Gericht gestellt wird. Fragen Sie doch mal Ihre Kollegen in Belgien, ob das Belastungsmaterial gegen Beukel..., alias Huber, ausreicht.*
Was dagegen würde Huber, denn hier erwarten? Irreführung

der Behörden? Im Grunde genommen haben Sie doch nichts gegen ihn in der Hand.
Brunner leerte sein Glas, schob es auffordernd zu Walcher hin und nickte gedankenversunken. *Vermutlich haben Sie Recht, aber Huber würde ohne Probleme seine wahre Identität nachweisen können. Aber hat was, Ihre Idee. Wir haben ja wirklich nichts gegen ihn in der Hand. Weder den Mord an seinem Doppelgänger, noch den an Florian Barkow oder den an Grossmann, wenn das denn überhaupt ein Mord und nicht wirklich nur ein Unfall war. Und der Mord an Funk ... da ist der Kollege März auch noch weit entfernt, einen Täter präsentieren zu können. Wenn er den Beukelar als Opferlamm vorgeschickt hat, dann könnten wir ihn immerhin der unterlassenen Hilfeleistung wegen ... ach vergiss es. Außerdem führen inzwischen alle Spuren zu Funk als dem Initiator der Morde, beziehungsweise bei Barkow belegen die Indizien und Zeugenaussagen die Tiefenbach als Täterin.*
Brunner nahm Walcher dankbar lächelnd das gefüllte Glas ab und tat so, als würde er einen Toast ausbringen wollen, unterbrach aber den Ansatz und schüttelte den Kopf. Dann hob er aber doch nochmals sein Glas und meinte sarkastisch: *Ich trinke auf die derzeit heißeste Spur, nämlich die des vermutlichen Helfershelfers Jens Sauter.*
Der Kommilitone von Barkow hatte in der fraglichen Zeit im Museumscafé gekellnert und verlebte dann einen von Funk finanzierten Kletterurlaub in Thailand. Dieser Sauter müsste längst zurück sein, wenn er weiter studieren will und sich nicht irgendwohin abgesetzt hat. Vielleicht spielte er ja eine größere Rolle als wir vermuten.

Nachtrag 1

Jens Sauter ist in Thailand geblieben und arbeitet dort – vermutlich noch heute – in einer der unzähligen Kletterschulen in der Provinz Krabi, am Tonsai Beach.
Nachdem er über die Deutsche Botschaft in der gleichnamigen Provinzhauptstadt Krabi ausfindig gemacht worden war, gab er in einer Internetkonferenz Kommissar Brunner Antworten auf dessen Fragen.
Er gab zu, Funk und Barkow geholfen zu haben, deren Freund Huber, einen Schriftsteller, bei seinem Selbstfindungsversuch unterstützt zu haben. Seine Aufgabe war gewesen, die Überwachungsanlage für eine halbe Stunde auszuschalten. In dieser Zeit begleiteten Funk und Barkow ihren Freund in das Verlies. Bis dahin hätten sich alle vier in dem kleinen Lagerraum des Museumscafés versteckt. Dabei habe Huber einen ziemlich entrückten Eindruck gemacht, aber das wäre ihm erst später komisch vorgekommen. Als er, Jens Sauter, erkannte, in was er sich da eingelassen hatte, habe ihm Funk vorgeschlagen in den Urlaub zu fahren, bis sich der Wirbel gelegt habe.

Nachtrag 2

Ernst-Uwe Huber lebt heute in der Schweiz als ehrsamer und geschätzter Bürger und Steuerzahler. Ihm konnte nicht nachgewiesen werden, dass er seinen Bekannten, den Belgier Jan Beukelar, wissentlich in die von Funk vorbereitete Mordfalle geschickt hat. Es habe sich um einen Spaß gehandelt, dass Jan seine Rolle übernommen habe, so wie er das bereits einige Male getan hatte, gab Huber zu Protokoll.

Beukelar habe auch Sahra Tiefenbach besucht, bei der er früher schon einige Male als Huber aufgetreten war.

Es gäbe da einige Videos, die eindrücklich die enorme Ähnlichkeit beweisen würden. Auch für Beukelar wäre er, Huber, schon einmal in Belgien aufgetreten, aus Spaß, versteht sich. Bei dem Spaß mit Funk wäre es lediglich darum gegangen, ihn wegen einer alten Geschichte aufzuziehen, die Funk mit Sahra Tiefenbach gehabt hatte. Dass Funk ihn deswegen gleich umbringen wollte, hätte sich Huber beim besten Willen nicht vorstellen oder ahnen können. Was die Videos betraf, so wären sie auf Wunsch der Akteure gedreht worden. Das einzige, was ihm in diesem Zusammenhang vorzuwerfen sei, wäre, dass er sich von einigen der Videos Kopien angefertigt habe, bevor die Kassetten den Akteuren übergeben worden seien. Das sei nicht in Ordnung gewesen, aber er habe vorgehabt, sich die Filmchen im Alter anzusehen, denn immerhin kannte er ja die Beteiligten sehr gut und hatte selbst beim Filmen viel Spaß gehabt. Den Vorwurf des sexuellen Missbrauchs von Minderjährigen wies Huber weit von sich und verlangte den Beweis, dass Sahra Tiefenbach bei den Sexspielen unter 14 Jahre gewesen wäre, außerdem sei auf den Videos nicht er, sondern Beukelar zu sehen. Er, Huber, habe schließlich die Aufnahmen gemacht.

Seine Gladio-Beteiligung und die Veruntreuung der gelagerten Materialien waren kein Bestandteil der polizeilichen Ermittlungen, da hierfür keine Anzeige oder Auftrag der Staatsanwaltschaft vorlag und im übrigen derartige Delikte längst verjährt waren – wenn sie denn überhaupt Huber zur Last gelegt – hätten – sollen – werden – können.
Einzig positiv war das Ergebnis der Klage von Arthur Allersheim, der mit Hilfe eines Wirtschafts-Anwalts belegen konnte, dass Ernst-Uwe Huber unrechtmäßig in den Besitz des Allersheimschen Familiengrundstücks samt Villa gekommen war. Erstaunlich genug, dass Huber der Rückgabe der Lindauer Immobilie zustimmte, allerdings nur mit der Einschränkung, dass damit Allersheim keine weiteren Rückforderungen stelle.

Nachtrag 3

Die Morde an Jan Beukelar und Luis Funk wurden nie völlig geklärt.
Im Mordfall Florian Barkow sprachen alle Indizien gegen Sahra Tiefenbach, es kam allerdings zu keiner Anklage, da sich der psychische Zustand Frau Tiefenbachs bis heute nicht geändert hat.
Im Falle des Todes von Benedikt Grossmann wurden die kriminaltechnischen Ermittlungen eingestellt, mit dem Hinweis auf eine unglückliche Verkettung technischer Zufälligkeiten ohne Fremdeinwirkung.
Hortense Grossmann ertränkte ihren Gram über den Tod ihres Mannes derart im Alkohol, dass sie es nicht schaffte, seine Memoiren zu veröffentlichen.
Die Fahndung nach Kaltenbach blieb erfolglos. Selbst die präzisen Beschreibungen der Kommissare März und Brunner führten zu keinem Fahndungserfolg.
Staatsanwalt Lorinser wurde in Würde zu Grabe getragen, die Gründe seines Selbstmordes im schwierigen Verhältnis zu dessen Vater vermutet.
Einzig der Schütze Erich Kammer wurde wegen versuchten Totschlags angeklagt und verurteilt. Seinem Geständnis und seiner Beteuerung, er habe Walcher nur erschrecken wollen, schließlich habe er von den kugelsicheren Scheiben gewusst, verdankte er allerdings ein humanes Strafmaß von zwei Jahren, die zur Bewährung ausgesetzt wurden.
Brunners Gespräch mit seinem Mitarbeiter Kommissar Wehrle über dessen Verbindung zu Staatsanwalt Lorinser brachte nicht die von Brunner erhoffte Klärung.
Kommissar Wehrle lehnte es schlichtweg ab, sich mit Brunner über den Vorwurf des Geheimnisverrats zu unterhalten, schließlich konnte die Weitergabe von Informationen an einen Staatsanwalt nicht als Vergehen

bezeichnet werden. Kommissar Wehrle stellte kurz darauf einen Versetzungsantrag und wechselte in das Kriminalkommissariat nach Nürnberg.

Die Repressalien, mit denen seinerzeit auf Walcher Druck ausgeübt werden sollte, wie der geplante Straßenbau, die Gesundheitsprüfung für Hühnerzüchter, die Nachzahlung der Hundesteuer und so weiter, wurden von den Initiatoren sämtlich als bedauernswerte Irrtümer dargestellt, bis auf die Buchprüfung des Finanzamtes.

Die fand statt. Walcher erhielt eine Nachzahlungsforderung von 420 Euro, weil Mathilde in seinem Haus quasi in einem lebenspartnerschaftlichen Verhältnis lebte. Dagegen legte Walcher Einspruch ein, der jedoch bei Abschluss des Romans noch unbearbeitet war.

Nachwort

In Deutschland ist bis heute nicht von offizieller Seite bekannt gemacht, ob und wann Gladio vollständig aufgelöst wurde. Auch dass gegen die Verantwortlichen dieser nicht durch den Deutschen Bundestag legitimierten und deshalb illegalen Geheimorganisation ermittelt oder gar Anklage erhoben wurde, ist nirgendwo nachzulesen. Sonderbar, denn die deutsche Justiz kennt keine Unterschiede der Person, Artikel 3 der deutschen Grundrechte, Satz 1, *Alle Menschen sind vor dem Gesetz gleich.*
So wurde kürzlich ein bis dato unbescholtener deutscher Staatsbürger in Beugehaft genommen, weil er den Strafbescheid eines von ihm begangenen Parkdeliktes über 20 Euro nicht bezahlen wollte. Nach seinem Rechtsverständnis habe es sich dabei um räuberische Wegelagerei von Stadtbeamten gehandelt.
Auch das Rechtsverständnis eines Steuerbetrügers, der Millionen nach Liechtenstein „transferiert" hatte, war offensichtlich ein ähnliches, jedenfalls was die Wegelagerei von Finanzbeamten betrifft. Dennoch verließ dieser als freier Mann den Gerichtssaal.
Es lebe die Verhältnismäßigkeit!
Deshalb weise ich hiermit in aller mir zu Gebote stehenden Ausdrücklichkeit darauf hin, dass die Namen in diesem Roman frei erfunden sind und Übereinstimmungen mit lebenden Personen reinen Zufall darstellen, ebenso wie die Örtlichkeiten und letztlich auch die Handlung dieses Romans als Fiktion zu bezeichnen ist.

Joachim Rangnick

Ja, trotz Wirtschaftskrise gibt es sie, Freunde und Sponsoren, deren Unterstützung die Herstellung dieses Buches ermöglicht haben.
Herzlichen Dank

Kommissar Brunner schwärmte von seinem bevorstehenden Urlaub. Vierzehn Tage, gemeinsam mit seiner Frau auf Korsika. Vierzehn Tage lang keine Mörder, keine Leichen, nur Berge, Meer und Ruhe.
Darauf sollten wir anstoßen, schlug Walcher vor, öffnete die Bodenklappe zum Vorratskeller unter der Küche, ging hinab und kehrte mit einer Flasche Wein zurück.
Nach dem ersten Schluck las Brunner das Etikett und schüttelte bewundernd den Kopf. *Sie haben Ihr Weinlager wohl nach Ländern befüllt,* stellte er fest. *Ein korsischer Wein, woher haben Sie denn den?*
Walcher lächelte etwas gequält, füllte sich auch sein Glas und prostete dem Kommissar mit dem Chapelle Sainte Christine aus dem Norden Korsikas zu. Vielleicht würde er Brunner ja irgendwann einmal seine Weinquelle verraten ... irgendwann.

Landvogtei "Bei Geli"
Gastronomie Schiffmann
Verwaltungs GmbH & Co. KG
We Can Do It!

Warum, im Namen aller Schutzheiligen, fauchte Brunner Kommissar Wehrle an, *fährst du von Lindenberg über Ravensburg und dieses Dürndast nach Lindau zurück, wo hier vor Arbeit alles zusammen bricht ?*

Dürnast, berichtigte Wehrle.

Warum?, habe ich gefragt, knallte Brunner seine flache Hand auf den Tisch.

Barack Obama!, flüsterte Wehrle

Willst du mich verarschen?, knurrte Brunner.

We can!, nickte Wehrle, merkte aber, dass seinem Chef der Witz abging und klärte ihn schleunigst auf. *Also, der Obama hat der Geli ihren Slogan geklaut, den sie schon seit Jahren auf Ihrer Speisekarte hat. Und ich untersuche, ob es Sinn gibt, Obama dafür haftbar zu machen. Eindeutig ein Copyright-Vergehen.*

Brunner schüttelte nur den Kopf, *wer ist Geli?*

Walcher hat mir den Tipp gegeben ...

Walcher, der fehlt mir heute noch. Also, wer ist Geli?

Geli ... , flüsterte Wehrle verzückt, *das ist Gemütlichkeit, Bratkartoffel, Wurstsalat, Bier, Wein, Knödel, Schweinebraten, Haxen ...*

Brunner klang nicht mehr ganz so geladen, als er fragte: *Wo ist das Dürndingens ...*

Landvogtei "Bei Geli"
Alberskircherstraße 3
88213 Ravensburg-Dürnast

Telefon: 07546 / 918221
Mobil: 0170 / 8995356
post@landvogtei-bei-geli.de
www.landvogtei-bei-geli.de

Ein Lichtschimmer war es, der Walcher im Wohnzimmer ans Fenster trieb. Die Innenleuchte des Espace brannte und er konnte eine Figur auf dem Fahrersitz erkennen. Seine Nackenhaare sträubten sich.
Er atmete tief durch und beschloss das Problem frontal anzugehen. Im Flur griff er sich den Besen und stürmte hinaus auf den Hof, bremste, atmete durch, schulterte den Besenstil wie ein Gewehr und klopfte leicht an die Seitenscheibe.
Er wollte Mathilde nicht erschrecken, die auf dem Fahrersitz saß und in der Gebrauchsanleitung blätterte.
Trotzdem fuhr Mathilde hoch, starrte erschrocken hinaus, erkannte ihn und öffnete lächelnd die Tür.
Konnt' nicht schlafen, weil mir doch der TÜV mein Auto abgesprochen hat.
Walcher nickte und dachte, dass es höchste Zeit gewesen war, ihre alte Karre aus dem Verkehr zu ziehen.
Gibt ein gutes Gefühl, meinte Mathilde und klopfte auf das Lenkrad. *Hast gute Erfahrung mit dene Rennos?*
Walcher nickte.
Die ham doch au kleinere?
Kangoo, nickte Walcher.
Kangoo?
Ja, der Kangoo, mit dem kannst auch mal Heuballen transportieren.
Kangoo, fahrsch mal mit mir zu dene Rennos?
Klar, wenn du willst gleich morgen.

Mathilde brachte nicht nur das Tablett mit dem Kaffee ins Wohnzimmer, aus ihrem Windschatten heraus verbreitete sich auch eine betörende Duftwolke.
Abrupt unterbrach Kommissar Brunner die Schilderung seiner nächtlichen Hausdurchsuchung des Funk'schen Hauses und schnupperte irritiert.
Walcher tat es ihm nach und dachte sofort an Reisen, Abenteuer und exotische Früchte.
Mathilde lächelte, als habe sie diese Reaktion erwartet, nickte und setzte das Tablett auf den Tisch.
Sumatra, flüsterte sie verschwörerisch und zwinkerte mit ihrem rechten Auge, *war gestern extra in der Ravensburger Kaffee-Rösterei. Nero Grande, frisch gröschtet, werets seha, kommt ma numma los ...*

Kopfschüttelnd starrte Walcher auf seinen Notizblock. Nach langem Zögern hatte er sich vorgenommen, seinen besonders gelungenen Altbestand an Dias endlich digitalisieren zu lassen. Ebenso überfällig war ein neuer Rechner und damit verbunden wahrscheinlich der Kauf und die Installation einiger Neuprogramme, denn sein bisheriges System lief noch mit Programmen, die, ohne es beleidigend auszudrücken, noch aus Zeiten des Abakus zu stammen schienen. Um die Neuprogramme nutzen zu können, war vermutlich Schulung notwendig.
Dann stand als nächster Begriff auf dem Block: Prospekt Förderverein.
Walcher stöhnte, kniff die Lippen zusammen und machte sich auf den Weg zum Giftschrank im Wohnzimmer.
Ein Sherry würde jetzt gut tun. Warum verdammtnochmal hatte er den Leuten vom Förderverein angeboten, sich um den Spendenprospekt, Adressen und Versand zu kümmern? Die Aufdeckung manch übler Machenschaften schien da ein einfacheres Problem zu sein.
Er würde vermutlich eine Reproanstalt, eine Druckerei, einen Computerladen, Adressenhändler und weiß sonst noch wen abklappern müssen. Hatte ja auch sonst nichts zu tun. Den Kommissar konnte er wohl schlecht bitten, seinen Polizeiapparat einzusetzen. Brunner war ohnehin sauer auf ihn.
Lustlos googlete Walcher im Internet, erschlagen von der irritierenden Menge all der Firmen, die sich bei jedem Suchbegriff als Problemlöser anboten.
Als er mit seinem leeren Glas hinunter ging, um neuen Mut zu fassen, traf er auf Mathilde, die ihm die Hand mit drei gestreckten Fingern entgegen hielt.
Ist erst der Zweite, knurrte Walcher. Er hasste es, wenn er seines Sherrykonsums wegen angesprochen wurde.
Mein ich doch garnicht, schüttelte Mathilde den Kopf, *hab was von einer neuen Firma gelesen, die bieten alles was du*

brauchst. Heißen w-3 gmbh, versuchs doch mal bei dene. Walcher nickte nur und beschloss, sich einen dreifachen Sherry zu genehmigen. Dass Mathilde den Ruf einer G'sundbeterin hatte, damit hätte er sich ja abfinden können, aber ihm war nun schon einige Male aufgefallen, dass sie offensichtlich auch noch Gedanken lesen konnte. Bisschen starker Tobak, für einen, der nicht an solchen Unsinn glauben wollte.

In eigener Sache

Die Lotto Company

Der Roman erzählt die unglaubliche Entstehungsgeschichte eines globalen Firmenimperiums und zeichnet den Machtkampf nach, der um die Führung entbrannt ist. Als der Investigativ-Journalist Robert Walcher mit der Company in Berührung kommt, bricht im beschaulichen Allgäu der blanke Terror aus. Eine Kriminalfiktion, spannend, atemberaubend und verblüffend.

Die Lotto Company
ISBN 398098890-2

Die Austräger

Walcher stößt auf geklonte Kinder, Organhändler und auf skrupellose Mediziner. Wir werden Augenzeugen eines bedrückenden Szenarios.
Eine Kriminalfiktion, die an Spannung, Grauen und auch Realitätsnähe kaum zu überbieten ist.
Sie führt uns, Menschenverachtung und Brutalität im Gepäck, um die halbe Welt und wieder zurück.

Die Austräger
ISBN 398098891-0

Frische Hühnchen

„ ... gleich würde er aufwachen und feststellen, dass er nur geträumt hatte, gerade ein Kind zu ersteigern, als wäre er auf einem Sklavenmarkt im alten Rom."
Der Investigativ-Journalist Robert Walcher recherchiert diesmal zu einem besonders abscheulichen Verbrechen: Menschenhandel, sei es mit Kindern, mit Jugendlichen oder mit Erwachsenen.

Frische Hühnchen
ISBN 978-3-98098892-6

Viren-Mafia

Durch einen mysteriösen Auftrag gerät der Investigativ-Journalist Robert Walcher zwischen die Fronten von italo-amerikanischen Mafia und den chinesischen Triaden. Beide Organisationen zeichnen sich nicht gerade durch Respekt vor dem menschlichen Leben und den Gesetzen unserer Zivilisationen aus.
Erschreckend real, fesselnd und spannend, erlebt der Leser, wie vom Allgäu aus ein packender Kampf gegen die Viren-Mafia geführt wird.

Viren-Mafia
ISBN 978-3-98098893-3

Sonniger Herbst

Den Lebensherbst in Gesundheit und Geborgenheit zu verbringen – dieser Wunsch aller älteren Menschen bietet skrupellosen Geschäftemachern einen lukrativen und dazu noch stetig wachsenden Markt.
Vor der eigenen Haustür im Allgäu stößt der Investigativ-Journalist Walcher auf die unglaublichen Machenschaften eines amerikanischen Pharmakonzerns, der sich wie eine Krake rund um den Erdball ausgebreitet hat.
Packend und spannend erzählt dieser Kriminalroman eine bedrückende Fiktion, wie sie realer nicht sein kann.

Sonniger Herbst ISBN 978-3-98098894-0

Ausblick

Im Frühjahr 2010 wird der nächste Walcher-Roman erscheinen. Handeln wird er von den Leuten auf der Leutkircher Haid im Allgäu, dort wo bis Anfang 1800 noch freie Bauern lebten. Und über Aberglaube, Exorzismus und das Gute und das Böse im Menschen wird erzählt, von Liebe und Freundschaft und natürlich vom ...
aber lesen Sie selbst.

*Des ka ma so odr so sa'.**
Manfred Küchle ist nicht nur der Maler aller Titelbilder der Walcher-Serie, als gebürtiger Allgäuer bringt er auch meine Dialekt-Versuche in eine akzeptable Form.
Und das ist in einem Gebiet, in dem beinahe jedes Dorf seine sprachliche Eigenständigkeit pflegt – zwischen Unter- und Oberländer nicht nur Höhenmeter liegen, die West- und Ostallgäuer wenigstens ebenso weit auseinander liegen wie Hannoveraner und Sachsen –, keine einfache Sache.
Nur eines vereint den gewurzelten Allgäuer, gleich ob Ost, West, Unten oder Oben, nämlich das Misstrauen gegen Menschen, die Hochdeutsch sprechen und sich im Urlaub am Dialekt der Eingeborenen versuchen.

*Des kasch au so sa'.***
Auch seine Bildsprache ist eindeutig mehrdeutig und lässt dem Betrachter Raum für eigene Interpretation.
Manfred Küchle ist ein Multitalent, das in sanfter Satire ebenso daheim ist wie in opulent-altmeisterlicher Gemäldekunst oder einer auf das Wesentliche reduzierten grafischen Formensprache.
Ich meine, es sind überzeugende Kunstwerke, die meinen Romanen ein Gesicht geben und dafür danke ich dem Allgäuer Künstler, Maler und Grafiker.

*Des hots amool braucht****.
Joachim Rangnick

* Da kann man unterschiedlicher Meinung sein.
** Das kannst du ausdrücken wie du willst.
*** Das musste, in aller Deutlichkeit, einmal gesagt werden.

... und schauen Sie mal ins Internet
www.rangnick-verlag.de